U0451796

我们的老院

肖复兴/著

北京出版集团公司
北京十月文艺出版社

都有一颗红亮的心,
都有一本难念的经。

——题记

目录
Contents

001 — 前言　我们的老院小考

001 — 泥斑马

006 — 油棉袄

012 — 裱糊匠

019 — 花布和苹果

023 — 表叔和阿婆

029 — 花露水

035 — 鼻烟壶

040 — 老倭瓜花

054 — 煎饼果子

062 — 无花果

067 — 刀螂腿阿玉

074 — 三棵老枣树

086 — 大提琴手

096 — 凤冠霞帔

102 — 白桑葚，紫桑葚

115 — 何氏两家春

129 — 盖碗茶

140 — 罗宋帽

153 — 毕业歌

162 — 水房前的指甲草

169 — 商家三女

183 — 六指兄弟

195 — 跑堂的老宋和他的两个女儿

208 — 老钟和他的爬墙虎

222 — 小手表的鸽子

232 — 迟桂花

244 — 最后的孩子王

259 — 丁家的秘密

273 — 捉奸记

284 — 丁香结

296 — 忆秦娥

315 — 槐花祭

333 — 虞美人

352 — 母　亲

388 — 父　亲

前言　我们的老院小考

我们的老院,叫粤东会馆。那是一座有百年以上历史的老会馆,坐落在北京城前门楼子东侧一条叫作西打磨厂的老街上。清光绪《京师坊巷志稿》一书中,记录那时在这条明朝就有的老街上,有粤东、临汾、宁浦、江西、应山、潮郡六大会馆,粤东会馆名列第一。到了北平和平解放之时,这条老街上的六大会馆,仅存粤东和临汾两座。从落生到去北大荒插队,我在粤东会馆里生活了二十一年。

我们大院里,住着各色人等。尤其是老一辈人,表面波澜不惊,却身世如乱云,人生似飘蓬,可以说,每个人都是一本厚厚的书。从童年时光里那些老人欲说还休遮遮掩掩的神神秘秘,到"文化大革命"中几乎所有家庭都被无情地撕开一道口子,让很多神神秘秘的往事变成了触目惊心的现实。这些活生生的人与事,一直处于沉睡状态,人到晚年时,蓦然惊醒,变成我写作的财富,有了《我们的老院》这本书。

纳博科夫曾经说过:"任何事物都建立在过去和现实的完

美结合中,天才的灵感还得加上第三种成分:那就是过去。"过去的作用,对于文学创作就是这样巨大。在时间的作用下,过去有了间离的效果;在想象的作用下,过去成为写作的酵母。于是,人生不仅是人生,还可以是文学;不仅可以让我们回忆,还可以让我们品味。杜诗云:"自古皆悲恨,浮生有屈伸。此邦今尚武,何处且依仁。"便是让我品味我们的人生、品味我们的老院的路标和路径之一,自古如此。

因此,我们的老院,写的是粤东会馆,已经不完全是粤东会馆。那里写的形形色色的人物,曾经生龙活虎真实地生活在过去的年月里,却也生活在我今天的想象里和重新的构造里。为了更加真实,也为了避免不必要的对号入座,那些人物,我进行了张冠李戴,甚至偷梁换柱,如有雷同,纯属巧合。可以说,我今天笔下的我们的老院,是地理意义上的粤东会馆,是历史意义上的粤东会馆,也是文学意义上的粤东会馆。它是为粤东会馆写传,也是为我们的老院写意。它属于那条已经被破坏被腰斩或者叫作被改造更新的老街,更属于我们,属于我自己。

正如纳博科夫所说的过去对于现实的重要作用,要想真正走进我们的老院,重新梳理一下粤东会馆历史的空间和地理的肌理,也许还是很有必要的。

据我所知,在北京城,以广东或广东各地方名字命名的会馆有很多,比如新会、蒲阳、潮州、惠州、肇庆等会馆,真正被称之为粤东会馆的,自有会馆以来,只有三家。

先说第一家和第三家。第一家建的最早,第三家建的最晚。

第一家在广渠门内。据我的同学王仁兴1984年考证,这第一家粤东会馆开始叫作岭南会馆,是旅京的广东同乡在明嘉靖四十五年(1566)建的。北京第一家会馆,是明嘉靖三十九年(1560)由当时一位在史局任职的官员首议兴创,在菜市口建的安徽会馆,也就是说,第一家粤东会馆比它只晚了六年,当数北京最早的一拨会馆,历史很悠久了。

当年蓟辽督师袁崇焕在广渠门激战后金军,不料背后让人捅了一刀,崇祯皇帝偏偏听信了小人谤言,袁崇焕被诬陷而在菜市口凌迟处死,其骸骨最早就是广东乡亲偷偷埋在粤东会馆里的。以后袁崇焕祠(现仍在)是在粤东会馆附近建的,那是清朝的事了。袁崇焕无疑给最早的粤东会馆抹上了最光彩也最神奇的一笔。可惜,这座最早的粤东会馆,明末的时候就已经毁掉了。

第三家粤东会馆是在南横街的东北角,它建成于清末。依然是广东同乡出资,买下康熙年间大学士王崇简父子的怡院一角,占地六亩,比最早的粤东会馆大出几倍。显然,广东人越来越有钱,在朝廷里越来越有势力。而且,那时的广东人如现在的北京人一样格外关心政治。戊戌时期,保学会就是在这里成立,变法的风云人物康、梁等人都曾经出入这里。民国元年,孙中山来京时的欢迎会,也是在这里召开的。他们都是广东人。想那时,出入这里的都不是庸常之辈,个个心怀百忧,志在千里,且吟王粲,不赋渊明。可以说,那是三座粤东会馆中最为辉煌的时刻。

这种辉煌，一直延续到北平解放之后。上个世纪90年代，为开通菜市口南北大道，南横街以西被拆了一片，占据南横街东北角的粤东会馆首当其冲。当时，很多有识之士曾经提出手下留情，希望能够保住粤东会馆。其实，只要让新修的大道稍稍拐一个弯，就能将这座老会馆保下了。但是，老会馆没有新大道值钱，当时，人们的价值观就是这样短浅。

2004年，我曾经专门去那里寻访旧址，那时候，还能看到一点粤东会馆残留的影子。因为它大门外的一株老树还在，而它的邻院虽然破败，却也还在，依然可以让我想象一点它的前生前世。前不久，我又去了那里一趟，却连这点想象都没有了，新建的楼房，挤压得南横街接续往西缩，一直快到粉坊琉璃街了。想当年，拆这座粤东会馆的时候，是将梁柱等建筑材料都按编号拆下的，政府曾经允诺以后将粤东会馆和连同拆掉的前面不远处珍稀的过街楼，一并异地重建。如今，这么多年过去了，异地重建的事，无人再提，人们的记性真有点儿撒爪儿就忘，这座最为辉煌的粤东会馆也就如此风流云散。

下面再来重点说第二家粤东会馆。之所以重点说它，是因为这就是我们的老院呀。

这座粤东会馆建于明末清初，老门牌是西打磨厂179号，新门牌90号。当时，广东同乡嫌广渠门那里的面积小，而且偏僻，交通不方便，出资迁到西打磨厂，紧靠皇城，占地两亩，盖了这个新粤东会馆。想那时的广东人和现在一样，能折腾，起码是赚了钱，要不怎么能够置办第二房产？新建时将粤东会馆曾经一度易名为嘉会会馆，后又改了回来，足见对粤东会馆的钟情。我住的时候，会馆肯定是清末民初时翻修的了，不过基本格局未有大的改变。据说，清光绪年间，广东人陈伯陶写过一副怀念袁崇焕的对联：粤峤星辰钟故里，蓟门风雨引灵旗。专门送到粤东会馆保存，可惜，我问过老人，谁也没有看到。

它是一个三进三出的大四合院，街旁的高台阶上，两大扇黑漆木门，两侧各有一扇旁门，虽然破败，但基本保留着当年的风范。大门内足有五六米长的宽敞过廊，我们叫它大门道。过廊里西侧有一大间房子，有门无窗，是当年的门房。东侧有一块贴在墙上的黑板，是抹在墙上的水泥，再刷上一层黑漆，是"文化大革命"中的产物。当时，在上面写着最高指示——毛泽东的语录。有意思的是，一直到上个世纪80年代，我从北大荒回到北京好多年之后重访大院的时候，不仅它还健在，而且，上面用粉笔书写的语录也还健在。有趣的是，那语录正是当年我写上去的。小二十年过去了，喧嚣不再，笔迹犹新。

过廊外是宽阔的青砖铺就的甬道。其东边一侧，有一个自成一统的小跨院，小跨院里，一排三间倒座房，两间西房，两间南房，想应该是当年乡里一些赶马车的下人住的地方。西侧是一片凹下一截儿却很开阔的沙土地，是用来停放马车，让马匹休息蹭蹭痒打打滚的场所。最早的时候，那里曾有一棵垂杨柳树。我小时候，那里还是可以踢球的操场，可见足够的宽敞。方砖甬道，高于东西两侧，甬道的下面挖了一个一人多深的大坑，上铺一块大木板，下面藏有全院的自来水表，捉迷藏的时候，我们小孩子常常藏进去，就像电影《地道战》一样，谁也找不着了。

然后，看到的才是真正的第一道院门，中间是有盖瓦的墙檐和牌坊式的门柱组成的院门，按照老四合院的规矩，它应该叫二道门，所谓大门不出二门不迈的二门。它的两边是骑着金钱瓦的院墙。迈过院门前后几级台阶，迎面是一座影壁，影壁东边是一片空地，西边是一座石碑，写着好多人捐资重修粤东会馆的名单和缘由。再往里走，是以坐北朝南正房为中心的三座套院，与大门和影壁对照，中心稍稍偏西一些。除第一座院（我们叫它前院）有了前面的二道门，不再设门之外，其余两座院即中院和后院，各有朝东的一扇木院门，一为方形门，一为月亮门。

这两座院内，中院种有三株老枣树，后院有东西两块花圃和一架葡萄架，后院的后面还有一个小院，很窄，我们称之为夹道，里面种着两棵桑葚树。这是我们的老院里最好的房子，后院幽静，仅住两户人家，还是亲戚。中院最大，不仅有东西厢房，还有和前院正房背背相靠一排三大间的倒座房。

前院那三间正房，最早是房东住，他是广东人，是不是最早粤东会馆主人的后裔，我就不清楚了。大院已经多次易主，他应该是大院最后一任的房东了，后来院子交了公，归房管局管理修缮，他们一家依然住在这里。应该说，房子不如中院和后院的正房，我不知道为什么房东自己住。相比较，前院显得要局促一些，因为没有院门，正对着影壁，但是，前面的空间还是不小的。它有宽敞的走廊和高台阶，左右两侧各种有一棵丁香。小时候，我们常从家里拿出床单或被单，挂在两棵树之间，成为我们演戏舞台上的幕布，舞台就在房东房前的高台阶上。房东家人很少，人很和善，不管我们，任我们在那里连唱带跳地折腾。

我小时候，大院的西厢房已经没有了，这是很奇怪的事情，不大符合这样三进三出四合院的建筑格局。正规的大四合院，三座院落自成一统，三座院落的外面，是应该有东西两侧的厢房的，更讲究一些的，还会有环形的游手走廊连接。粤东会馆纵使没有那样的讲究，起码不会没有西厢房的。我怀疑紧邻我们老院的西边的大院，以前会不会就是它的西厢房。因为西边这座大院，非常狭窄，两侧的房子也都很窄小，中间的走道，瘦得仅能走一个人。会不会是依托我们老院的西厢房，改造而成了现在的样子。当然，这只是我的揣测，没有一点儿依据。

我们的老院的东厢房，非常齐整，我小时候，一溜儿东厢房，足有十五间之多。这一条从前院直通后院的过道，笔直而悠长。我家就住在东厢房最里面的三间。据说，那三间房子，曾经是主人家的厨房。那时候，整座大院就一家人住，厨房显得宽敞气派。我家刚搬来时，最里面的一间还有残存的灶台，拆除灶台时，我爸发现埋在灶台下面的几块长条形的金闪闪的金属，以为是金条呢，喜出望外地拿到银行一验，空欢喜一场，不过是黄铜而已，是当年为祭祀灶王爷图个吉利的把戏。读中学的时候，每天上学放学时走进走出我们大院，经过这条长长的甬道，要走老半天；那时候常有一个女同学到我家来玩，一路各家窗户里扫射出来的目光，纷纷落在身上，越发觉得心重路长。

我家房子的南端，是全院的公共厕所。厕所只有两个蹲坑，但外面有一条过道，很宽阔，显示出当年的气派来。过道足有四五米长，最前面有一扇木门，里面带插销，谁进去谁就把插销插上。我们孩子中常常有嘎小子，在每天早上厕所最忙的时候，跑进去占据了位置，故意不出来，让那些敲着木门的大爷们干着急没辙。我们管这个游戏叫作"憋老头儿"，是我们童年最能够找到乐子的游戏。厕所过道的那一面涂成青灰色的墙，是我家的南山墙，成了我们孩子的黑板报，大家在"憋老头儿"的时候，用粉笔或石块往上面信笔涂鸦。通常是画一个长着几根头发的人头，或是一个探出脑袋的乌龟，然后在旁边歪歪扭扭地写上几个大字：某某某大坏蛋，或某某某喜欢谁谁谁之类。写了擦，擦了写，一拨拨新起的小孩们前赴后继。

读高一那一年，学习淘粪工人时传祥，我还背着挺沉的木粪桶，跟着时传祥一起到我们大院的厕所里淘过粪。

厕所过道的东头，有一个很小的夹道，对着我家的后墙，那里堆放着杂物和碎砖乱瓦，越堆越高，从那里可以很轻巧地就爬上房顶。站在房顶上，前门城楼和天安门广场，甚至再远处的西山，都能够一眼看得见。国庆节夜晚燃放礼花的大炮，也能够依稀望得见。国庆节的晚上，我们早早地坐在房顶鱼鳞瓦的上面，静静地等待着突然的一声炮响，五彩缤纷的焰火腾空而起。在下一次礼花腾空之前的空隙中，弥漫在蒙蒙烟雾的夜空中，会有白色的降落伞像一个个白色的小精灵向我们飘来，那是礼花中的一部分。国庆节的时候，常常会有东南风，因此，那小小白色的降落伞，总能够缓慢地向我们飘来，飘过我们的房顶的时候，我们只要一伸手就能够把它们够下来。当然，也会有调皮的孩子用竹竿捷足先登把它们够了下来，惹得大家一通大呼小叫和下面大人的一通责骂之后，只好等待着下一次礼花的腾空而起。

十一年前，2005年，我回粤东会馆特意看它时，竟然看见当年立在影壁旁的那块石碑，垫在老街坊盖的小厨房的下面，露出一小截花岗石，像是千年乌龟探出的头。

六年前，2010年，却只剩下了粤东会馆的大门。我走进大门，只到原来的二道门的地方，就被围栏给挡住了，童年和少年的记忆一起也被挡在里面了，里面已经完全被拆得一片凋零。

前不久，我又去了一趟，围栏没有了，前面建起一座红漆大门，紧挨着老院的那扇已经斑驳沧桑的黑木门，仿佛让历史和现实故意做对比似的，那么触目惊心地不谐调。这在过去是绝对不可能的事，因为红漆大门只能是官府人家的宅院。自以为是的现实，就是这样粗暴地改写历史旧貌。

透过门缝，望着簇新却空无一人的院子愣神的时候，从东跨院里走出来一位妇女叫我的名字，一看是老街坊。她告诉我，除了东跨院三户人家没有搬走，其余全部拆干净了，院子里都盖起了灰瓦红柱的新房。我遗憾地对她说这回看不成了。她把我请进她家，顺手把紧靠后窗的床铺的褥子掀开，又搬来一把椅子，放到后窗外，让我踩着床铺跳窗而进，一睹大院新颜。

　　我从这个小小的后窗跳了进去。空荡荡的院子，空荡荡的房子，过去历史曾经发生的一切，仿佛都已经不存在。我打开虚掩的房门，走进我原来住的那三间东房里，簇新的砖瓦、簇新的玻璃窗、水泥地，夕阳正透进来，将房前那棵老槐树斑驳的枝影打在地上。一切的景象仿佛不真实似的，像是置身在戏台上那样恍惚。不知它以后的用场，也不知以后要住什么人。

　　如果说第一座粤东会馆没有了，是历史的原因；后两座粤东会馆，却完全是这些年在我们的手上毁掉的。三家粤东会馆，四百多年历史，就这样如水长逝。

　　站在静悄悄、空荡荡的院子里，地理和历史的空间，只有依托记忆、依托想象、依托文字，依稀还在，现实的空间已经面目皆非。我想起了我们的老院，想起了那些我曾经熟悉的已经过世的前辈和与我一样依然在世的人们，想起那些让我怀念让我心痛让我惋惜让我愤怒的种种人物。在人物与老院共生的漫长岁月的沧桑变化与动静对比中，重想杜诗："自古皆悲恨，浮生有屈伸。此邦今尚武，何处且依仁。"意味深长，不觉无言。

2016年3月9日写毕于布卢明顿细雨中

泥斑马

我们大院的大门很敞亮,左右各有一个抱鼓石门墩,下有几级高台阶。两扇黑漆大门上,刻有一副对联"忠厚传家久,诗书继世长"。虽然斑驳脱落,但依然有点儿老一辈的气势。在老北京,这叫作广亮式大门,平常的时候不打开,旁边有一扇小门,人们从那里进出。高台阶上有一个平台,由于平常大门不开,平台显得宽敞。王大爷的小摊儿,就摆在那里,很是显眼,街上走动的人们,一眼就能够望见他的小摊儿。

王大爷的小摊儿,卖些糖块、酸枣面、洋画片、弹球、风车、泥玩具之类的东西。特别是泥玩具,大多是一些小猫小狗小羊小老虎的小动物,都是王大爷自己捏出来的,然后再在上面涂上不同的颜色,非常好看,活灵活现,卖得不贵,所以,很受我们小孩子欢迎。有时候,放学后,走到大院门口,我常是先不回家,站在王大爷的小摊儿前,看一会儿,玩一会儿,王大爷望着我笑,任我随便摸他的玩具,也不管我。如果赶上王大爷正在捏他的小泥玩具,我更会站在那里看不够地看,忘记了时间，回家晚了，挨家里一顿骂。

我真的佩服王大爷的手艺，他的手指很粗，怎么就能那么灵巧地捏出那么小的动物来呢？这是小时候最令我感到神奇的事情。

王大爷，那时候五十岁出头，住在我家大院的东厢房里。他人很随和，逢人就笑，那时候，别看王大爷小摊儿上的东西很便宜，但小街上人们生活不富裕，王大爷赚的钱自然就不多，只能勉强生活。

王大爷老两口只有一个儿子，但是，大院里所有人都知道，儿子是抱来的。王大爷不高，属于五短身材，儿子个头高高的，一看就不随王大爷。那时，儿子将近三十，还没有结婚，跟我们大院的大杨一样，在铁路上当司机开火车。王大爷的家只一间东厢房，儿子小的时候，还没觉得什么，随着儿子一天天长大，一晃长到快三十了，还和王大爷两口子挤在一起，儿子不说什么，却成了王大爷两口子的一块心病。小摊儿挣钱多少，王大爷倒不在意，让他头疼的就是房子，这住得实在是太挤，儿子以后再找个媳妇，可怎么住呀？一提起这事，王大爷就龇牙花子。

我读小学四年级的时候，之所以记得那么清楚，因为是大跃进那一年，全院的人家都不再在自家开伙，而是到大院对面泰丰粮栈改成的街道大食堂吃饭。那年春节前，放寒假，没有什么事情，我常到王大爷小摊儿前玩。那一天，我看他正在做玩具。他看见我走过来，抬起头问我：你说做一个什么好？我随口说了句：做一只小马吧！他点点头说好。没一会儿的工夫，泥巴在他的大手里，左捏一下，右捏一下，就捏成了一只小马的样子。然后，他抬起头又问我：你说上什么颜色好？我随口又说了句：黑的！黑的？王大爷反问我一句，然后说，一色儿的黑，不好看，咱们来个黑白相间的吧，好不好？那时候，我的脑子转弯儿不灵，没有细想，这个黑白相间的小马会是什么样子。等王大爷把颜色涂了一半，我才发现，原来是一只小斑马。黑白相间的弯弯条纹，就像真的能动换，让这只小斑马格外活泼漂亮。王大爷，您的手艺真棒！我情不自禁地赞扬着。

第二天，我在王大爷的小摊儿上，看见这只小斑马的漆干了，脖子上系一条红绸子，绸子上挂着个小铜铃铛，风一吹，铃铛不住地响，小斑马就像活了一样。

我太喜欢那只小斑马了。每次路过小摊儿都会忍不住站住脚，反复地看，好像它也在看我。那一阵子，我满脑子都是这只小斑马，只可惜没有钱买。几次想张嘴跟家人要钱，一想，小斑马的脖子上系着个小铜铃铛，比起一般的泥玩具，价钱稍微多了点儿，便把冒到嗓子眼儿的话又咽了下去。

春节一天天近了，小斑马虽然暂时还站在王大爷的小摊儿上，但不知哪一天就会被哪个幸运的孩子买走，带回家过年的。一想起这事，我心里就很难过，好像小斑马是我的，而突然会被别人抢去一样，就像百爪挠心一样难受。在这样的心理下，我干了一件蠢事。

那一天，天快黑了，因为临近过年了，小摊儿前站着不少人，都是大人带着孩子来买玩具的。我趁着天暗，伸手一把就把小斑马偷走了。飞快地把小斑马揣进棉衣口袋里，小铃铛轻轻地响了一下，我的心也在不停地跳，觉得那铃声王大爷好像听见了。

  这件事很快被我爸发现了。他一脸阴云，命令我把小斑马给王大爷送回去。跟在爸爸的后面，我很怕，头都不敢抬起来。走进王大爷的那间狭窄的东屋，王大爷爱怜地看着我，坚持要把小斑马送给我。爸爸坚决不答应，说这样会惯坏了孩子。最后，王大爷只好收回小斑马，还嘱咐爸爸：千万别打孩子，过年打孩子，孩子一年都会不高兴的！

  就在这一年的夏天刚到的时候，王大爷要去甘肃。那一年，为了疏散北京人口，也为了支援三线建设，为了大跃进，政府动员人们去甘肃。王大爷报了名，很快就被批准了。大院所有的街坊都清楚，王大爷这么做，是为了给儿子腾房子。

  那时候，王大爷的儿子正在搞对象。他们两人是在铁路局篮球联赛时候认识的。王大爷的儿子个子高，篮球打得挺好的，那女的也是打篮球的。那时候，在前门火车站的货场里面有一个篮球场，还是灯光球场，王大爷的儿子所在的机务段打篮球，都会在那里打。我和大院的孩子们，结伴去过那个灯光篮球场。那里离我们大院很近，穿过北深沟，顺着后河沿走，过护城河就到。我们去那儿看球，其实主要是看王大爷的儿子和他新搞的对象。回来以后，我们告诉王大爷那女的长得什么样，王大爷笑呵呵地听着，不说话，但我们谁都知道，他在想什么。王大爷儿子的这个对象已经搞了一段时间了，只是，他从来没有领着对象到家里，让王大爷两口子看看。

现在,王大爷为了给儿子腾房子,就要离开我们大院,到甘肃那么远的地方去了。王大爷最后一天收摊儿的时候,我站在一边,默默地看着他。他看看我,什么话也没说,收摊儿回家了。那一天,小街上显得冷冷清清的。

第二天,王大爷走时,我没能看到他。放学回家的时候,看到桌上那只脖子上挂着铜铃铛的小斑马,我的眼泪一下子涌了出来。

五十多年过去了,王大爷的儿子,今年已经快八十了,他在王大爷留给他的那间东厢房里结的婚,生的孩子。他的媳妇个子很高,长得很漂亮。他的儿子个子也很高,很漂亮。可是,王大爷再也没有回来过一次。难道他不想他的儿子,不想他的孙子吗?

五十多年来,我去过甘肃多次,走过甘肃的好多地方,每一次去,都会想起王大爷,想起这个让我百思不得其解的问题。

当然,也会想起那只泥斑马。

油棉袄

牛家兄弟俩，长得都不随爹妈。牛大爷和牛大妈，都是胖子，他们兄弟俩却很瘦削。尤其是等到他们哥儿俩上中学了，身材出落得更是清秀。那时候，我们大院里的大爷大妈们常常拿他们哥儿俩开玩笑，说你们不是你妈亲生的吧？牛大爷和牛大妈在一旁听了，也不说话，就咯咯地笑。

牛大爷和牛大妈就是这样性情的人，一辈子老实、随和。他们在我们大院的大门口前支一口大铁锅，每天早晨在那里炸油条。一般都是早晨五点多一点儿出摊儿，八点一过收摊儿，把地方腾出来，王大爷的小摊儿就摆出来了。两家像接班似的，轮番上场，让我们大院大门前一直风生水起。这里，成了牛大爷和王大爷比试武艺的一个场子。

牛家的油条，在我们那一条街上是有名的，炸得松、软、脆、香、透，这五字诀，全是靠着牛大爷的看家本事。和面加白矾，是衡量本事的第一关；油锅的温度是第二关；油条炸的火候是最后一道关。看似简单的油条，让牛大爷炸出了好生意。好多家住别的胡同的人,为了吃这一口,大老远的,都跑到这里来买牛大爷炸的油条。牛家只卖油条,不卖豆浆,因为生意好,照样赚钱。牛家兄弟俩,就是靠着牛大爷和牛大妈炸油条赚的钱长大的。

大牛上高一的时候,小牛上初一。那时候,大牛长过了小牛一头多高,而且比小牛长得更英俊,也知道美了,每天上学前照镜子,还用清水抹抹头发,让小分头光亮些。那时候,他特别讨厌我们大院的大人们拿他和自己的爹妈做对比、开玩笑。他也不爱和爹妈一起出门,除非不得已,他会和爹妈拉开距离,远远地走在后面。最不能忍受的是学校开家长会,好几次家长会的通知单,他都没有拿回家给爹妈看,老师问,就说是爹妈病了。

小牛和哥哥不大一样。他常常帮助爹妈干活儿,星期天休息的时候,他也会帮爹妈炸油条。不过,牛大爷嫌他炸油条的手艺潮,只让他收钱。收摊儿的时候,他会帮助牛大爷把地扫干净,从不多言多语。

哥哥的学习成绩一直比他好,在哥哥的面前,他总有点儿低眉臊眼。不是他不努力,私下里,他没少用功,就是一到考试就不行,成绩单一下来,总是比哥哥低。于是,牛家也习惯了,大牛一进屋就捧着书本学习,小牛一放学就得拿扫帚扫地干活儿。虽说手心手背都是肉,但在我们大院街坊的眼睛里,牛家两口子有意无意是明显地偏向大牛的,就常以开玩笑的口吻,对牛家两口子这样说。牛大爷和牛大妈听了,只是笑,不说话。

大牛高三那年，小牛初三。两人同时毕业，大牛考上了工业学院，小牛考上了一个中专学校。两人都住校，家里就剩下了牛大爷和牛大妈，老两口接着在十字街口炸油条，用沾满着油腥儿的钞票，供他们读书。

小牛中专三年毕业后，在一家工厂工作，每天又住回家里。大牛五年大学毕业后，分配在一家研究所，住进了单位的单身宿舍里，再也没回家住过一天。别人不清楚，牛大爷和牛大妈心里明镜般地清楚，大牛是嫌弃家里住的这房子破呢。

牛家住在我们大院大门道的门房里。在我们大院里，牛家是老住户了，北平没有解放之前，就住进我们大院了。牛家刚搬进来时，大院里房子很多，牛大爷偏偏选中了没人住的门房，图的是便宜，没多少租金。门道有多长，门房就有多大，开间不小，就是黑，因为没有窗户。牛家朝北开了一扇窗，中间拉个帘子，里外住人，分别住下他们两口子和小哥儿俩。两个孩子小的时候，没有什么，孩子大了，房子像是浮出水面的鲨鱼，开始张嘴咬噬大牛的心了。虽然是开了一扇窗子，屋子里还是黑乎乎的。特别是大院里的人们进进出出的，都要经过大门道，嘈杂的脚步声和说话声，像是蜂巢上的蜜蜂一样，一天到晚在耳朵边嗡嗡地响个不停，小牛没觉得什么，大牛却觉得吵得不行，心烦意乱。牛大爷和牛大妈不说什么，大牛不说什么，彼此都憋着，一直憋到大牛有了工作，有了宿舍，翅膀硬了，当然要飞走了。

牛大妈忍不住，有时候会对街坊们唠叨：住宿舍，可以理解，但总不能一次家也不回来看看吧？金窝银窝还不如自家的草屋呢，这算是怎么回事呢？牛大爷听见了，会把牛大妈拽回屋，两口子坐在炕沿，赌气谁也不说话。

没过两年，大牛就结婚了。新娘子和大牛一个单位，单位分给他们一间房子，当作了婚房。结婚前，大牛回家来了一趟，跟爹妈要钱。要完钱，就走了，连口水都没有喝。具体要了多少钱，街坊们不知道，但街坊们看到大牛走后牛大爷和牛大妈都很生气，平时常见的笑脸也没有了。要多少钱，牛大爷和牛大妈都如数给了他，但结婚的大喜日子，他不让牛大爷和牛大妈去，怕给他丢脸，就跟别人说是病了。只是小牛代表牛家参加了大牛的婚礼，回来后带回一点儿喜糖和喜烟，牛大爷和牛大妈一动没动，一直到烟干了，糖变了味儿，扔进了垃圾箱。

就是从这以后，牛大爷和牛大妈的身子骨儿开始走了下坡路。没几年的工夫，牛大爷先卧病在床，油条炸不成了。紧接着，牛大妈一个跟头栽倒在地上，送到医院抢救过来，落下了半身瘫痪。家里两个病人，小牛不放心，只好请了长假回家伺候。

大牛倒是也回家来看看，比以前来的勤快多了。但是，每一次寒暄过后，便露出了回家的目的，不是看爹妈，而是跟爹妈要钱。那时候，大牛新添了个儿子，开销增大。

有一天，大牛又来了，伸手要钱。牛大爷躺在床上一声不吭，牛大妈哆哆嗦嗦气得扯过盖在牛大爷身上油渍麻花的破棉袄说，你看看这棉袄，多少年了都舍不得换新的，你爸爸辛辛苦苦炸油条赚钱容易吗？这又看病又住院的，哪一样不要钱？你都工作这么多年了，我们没跟你要过一分钱就不错了！你还觍着脸伸手朝我们要钱？

唯一的一次，牛家老两口没有给大牛钱。大牛臊不搭搭地走了，就再也没进这个家门。

都说世上血缘最亲，儿子从来不和爹妈记仇。其实，错了，爹妈可以不和儿子记仇，儿子却是能够和爹妈记仇的。尤其是结婚之后，儿子就不完全属于爹妈，心飞走，离开家越来越远，离开父母也越来越远。这个道理，很多人不信，我是从大牛那里相信了。我想，可能是比起爱和思念这样比较柔软的东西，有的人记恨的心，更坚硬一些，也更容易结成死疙瘩，不能像冰，即使硬，终究可以被融化吧。

牛大爷和牛大妈在病床上躺了有五六年的样子，一直都是小牛照顾。请假的时间毕竟长了，小牛工厂的工会来人到家看望过他，本来的意思是想劝说小牛辞职，一看牛家的具体情况，都为小牛而感动，回厂子向厂长一汇报，厂长不仅准了他继续请的长假，还特别批了每年给他一笔家庭生活困难的补助金。想想，这也是给牛大爷和牛大妈最大的安慰。就像每家的孩子里，必有一高，也必有一矬，必有一个长得俊些的，也必有一个长得差点儿的一样。小牛的实际行动，平衡了牛大爷和牛大妈心里对大牛的一点儿不满。

牛大爷和牛大妈是前后脚走的。牛大妈是后走的，看着小牛为了伺候他们老两口，连个对象都没有找，心疼得很。但那时候，她的病很重了，说话言语不清，临咽气的时候，指着牛大爷那件油渍麻花的破棉袄，张着嘴巴，大口喘着粗气，使劲儿想说什么，又怎么也说不出来，支支吾吾的，小牛不知道是什么意思。

将老人下葬之后很久，处理爹妈的东西，看见了父亲的这件破油棉袄，小牛又想起了母亲临终前那个动作，觉得怪怪的。他拿起棉袄，才发现很沉，抖搂了一下，里面哗哗响。他忍不住拆开了棉袄，棉花中间夹着的竟然是一张张十元钱的票子。那时候，十元钱就属于大票子了。据我们大院里知情的街坊说，老爷子足足给小牛留下了一百多张十元钱的大票子，也就是说有一千多元呢。那时候，我爸爸行政二十级，每月只拿七十元的工资。

这之后，小牛就离开了我们的大院。谁也不知道他搬到了哪里。他是怕哥哥知道这钱的事找上门来？他是不愿意再见到大牛？谁都不清楚。我再也没有见到他们哥儿俩。尽管那时我年龄还小，但发生在牛家的这一切事情，我记得很清楚。

好多年过去了，往事突然复活，是因为前些日子，我听到台湾歌手张宇唱的一首老歌，名字叫作《蛋佬的棉袄》，非常动听。他唱的是一个卖鸡蛋的蛋佬，年轻时不理解母亲，披着母亲给他的一件破棉袄卖蛋度日，懂事后攒钱要让母亲富贵终老，但母亲已经去世了，却发现棉袄里母亲为他藏着的一根金条。"蛋佬恨自己没能回报，夜夜狂啸，成了午夜凄厉的调……他那件棉袄，四季都不肯脱掉。"唱得一往情深，让我鼻酸，禁不住想起牛大爷那件炸油条时穿的破油棉袄。

裱糊匠

我们一直都觉得老吴是一位手艺高超的裱糊匠。

我们大院的房子,除了后盖的,都有百年以上的历史了。我小时候住在那里的时候,除了极个别有钱的人家,将顶棚换成了水泥或石膏,窗户纸换成了玻璃,大多数人家屋子的顶棚和窗户还是高丽纸糊的。整条街的院子里情况大致相同,裱糊匠便大有用武之地。不仅我们大院,整条街,老吴也是赫赫有名的。尤其是秋天冷风吹来的时候,很多人家都要重新换窗户纸,糊顶棚,老吴常常忙得脚后跟打后脑勺。

老吴长得身大力不亏,结实的腿壮得像根树桩,胳膊一伸,能让三个小孩在上面打撂悠。他有个儿子,和我同岁。我们读中学的时候,老吴的活儿忙不过来,常常要儿子搭把手,主要是让儿子到公兴和敬记去买纸。他儿子小吴便拉上我,要我和他就伴儿一起去,好帮他把纸扛回家,别看纸薄,整捆在一起,挺沉的呢。不过,路上,他会买串糖葫芦犒劳我一下。

这两家纸铺离我们大院都很近,公兴在前门大街大栅栏口路西，是一座二层小楼；敬记纸庄和我们大院只隔一条街，更近。这两家都是光绪年间开张的老纸铺，不过，一般买糊窗户用的高丽纸，老吴要我们去公兴；糊顶棚的纸，老吴让我们去敬记纸庄。糊顶棚比糊窗户麻烦，得用三种纸，打底子用毛刀纸，然后刷上一层大白纸，大白纸上刷的有一层粉，比较结实，最后再糊上一层高丽纸。不讲究的，最后一层高丽纸就免了。为省钱的，打底子，不用毛刀纸，改用报纸，但是大白纸这一层是少不了的。之所以选择这两家，是因为公兴的高丽纸质量好，而敬记纸庄的毛刀纸和大白纸便宜。老吴干活儿，大家放心，不多要钱，该替你省的都省了，想得周全。秋天到了要换窗户纸和糊顶棚的时候，各家都会纷纷请他。

老吴很会讲故事，尤其是讲《水浒传》，跟连阔如说评书似的，特别吸引人。尤其是讲起林冲的故事，从八十万禁军教头，白虎堂被诬陷，野猪林被害，到风雪山神庙，火烧草料场呀，讲得津津有味。他对林冲情有独钟，他说如果让他给梁山一百零八位好汉排座位，林冲得排在第一。

我问他为什么？他说在这一百零八位好汉中，林冲武艺最高强，要不他也做不成八十万禁军教头。你们知道什么是教头吗？就是教官，教授别人武艺的老师。八十万啊，八十万是什么数字？能够教授得了八十万人的教头，得是什么样的教头？这样的教头，了得吗？

我问他还为什么？他说林冲对家里人尤其对他老婆最好，要不是为了他老婆，他早就把那个陆虞候，还有那个董超薛霸给杀了，还受野猪林里那么大罪？他对林冲被诬陷格外同情，说是要不林冲也不会非得跑到梁山那个鬼地方不可。

他站在梯子上一边往顶棚上糊纸，一边讲林冲，两不耽误，所以，我和他儿子都愿意在底下帮他递递纸，一边听他有声有色地讲，还有他不时地点评。他的点评，比我长大以后看金圣叹的点评还要有趣。

这样一个颇受我们大院老少欢迎的人，"文化大革命"一来，首当其冲倒霉了。街道办事处的一个什么主任，把他的档案泄露了，一张大字报糊在我们大院的外墙上。我们才知道，原来老吴不是裱糊匠，而是国民党的一个童子军教官。那时候，一沾国民党，还是什么教官，立刻就完蛋了。一通批斗，老吴被罚打扫我们一条街的厕所。

那时候，公共厕所很少，厕所都在各个院子里，一条街，那么多院子，得有多少厕所呀，他忙得脚不沾地，也忙不完。不过，他身子骨棒，都还能忍。让他忍不下来的是，非得说他害过两个共产党人的命。他一再辩解，他当教官的时候，确实见过两个人，是不是共产党，他不清楚，北平解放前夕，那两个人跑到他的学校里来，请他帮帮忙，让他们藏一下，后面有国民党的大兵追他们，等大兵走了，他们就会马上离开。听说话口音是山东老乡，又是两个年轻人，他就答应下来，让他们藏在学校装体育器材的仓库里一对跳马的跳箱里。大兵走了，这两人也跑了，以后就再也没有见过。现在非说是他害了这两个人，弄得他有口难辩。

每天打扫厕所之外，就是要他交代怎么害的这两个共产党人。天天关在街道工厂的一间小仓库里，不让回家。他让人家去调查,但那两人是干什么的,叫什么名字都不知道,上哪儿查去呀!

有一天早晨,有人在我们大院里的厕所房梁上发现了上吊的老吴。

那天晚上,他的儿子小吴找到我,递给我一封信,是老吴写给他的,信里别的话我记不住了,但惊叹号包围着的一行话,我记得很清楚:你要相信毛主席,相信党,也要相信你爸爸,我绝对没有害那两个共产党,相反,是我救的他们!我是冤枉的呀!我不是共产党,但是,我也绝对不是反对共产党的呀!最后,他还连着写了好几句:伟大领袖毛主席万岁,万万岁!

这封信,给我印象很深,当时,我很惊讶,我无法判断信里所写的是不是老吴真实的心?莫非老吴和林冲一样,也是被诬陷的吗?

我问小吴。他也回答不了。他只是悄悄地告诉我,他爸临上吊的前一天晚上,他妈把他的两个姐姐都叫回了家,告诉两个姐姐她们的爸爸被揪斗好多天了,让她们姐儿俩当着他爸的面表态,回去好向单位有个交代。

我猜想,这让老吴很没面子。自打北平解放以后,因为历史的问题,老吴就没有正式的工作,一直靠裱糊为生。虽然不是什么正经的差事,但是,手艺好,口碑不错,在我们大院里,还是挺给家里挣面子的。两个女儿早都结婚单过,偶尔回家,也常常会给他带二锅头,待他不错。历史的那点儿问题,早就有结论了,现在,一下子又成了问题,而且,他一下成为她们要划清界限的对象,他连连解释说自己绝对不是什么坏人,要她们相信。两个女儿什么话也没有说,就回家了。他看见他爸爸坐在折叠床上,一根接一根地抽烟,抽到大半夜,还不睡。我知道,自从老吴被揪了出来,老吴就从小吴他妈妈那屋里搬了出来,在小吴的房间里搭一张折叠床。晚上,我找小吴的时候,见过他好几次,都是坐在折叠床上抽烟。

老吴是我们大院里在"文革"中死去的第一个人,还是自杀,这在当时被说成是畏罪自杀,自绝于人民,可以说是罪加一等。很长一段时间,我们大院好多人不敢上厕所。弄得他儿子小吴灰头土脸的,抬不起头来,更不敢上厕所。

小吴整天跟霜打的草一样,不知所措,特别不愿意回家,耷拉着脑袋,一天也不说几句话。我和他从小一起长大,虽然读中学不在一所学校,在我们大院里,还是常常玩在一起。自从老吴自杀后,大院里好多人躲着他,我不能这样势利眼呀。我能够做的,就是别人都不理他,我还天天陪他在一起,和他在外面转悠,一直转悠到天黑才回家。我心里也害怕,害怕他想不开,走他爸爸的路。

熬过了一年多,我们俩都报名上山下乡,他先去了山西,接着,我去了北大荒。临去山西前一天的晚上,他两个姐姐来了,给他送来一点儿东西,让他带在路上吃。他姐姐走后,我去他住的房子里找他,为他送行。我看见,他爸爸睡的那张折叠床还放在那里,没有折叠回去。我坐在折叠床上,和他说着话。那天晚上,我们聊了好多,聊到很晚,他妈妈从她住的房间走出来好几次,走到我们的跟前,冲他说:都多晚了,你明

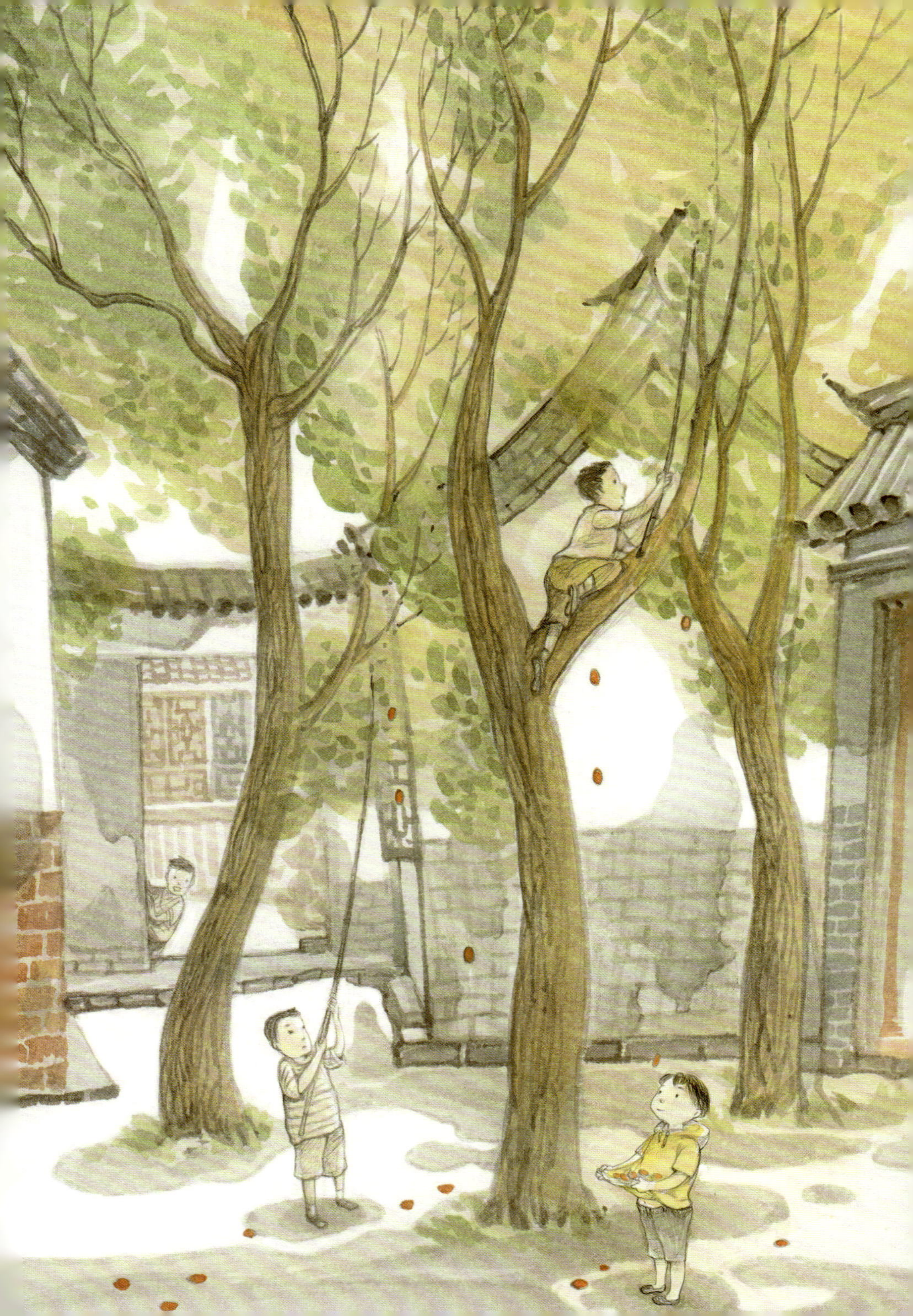

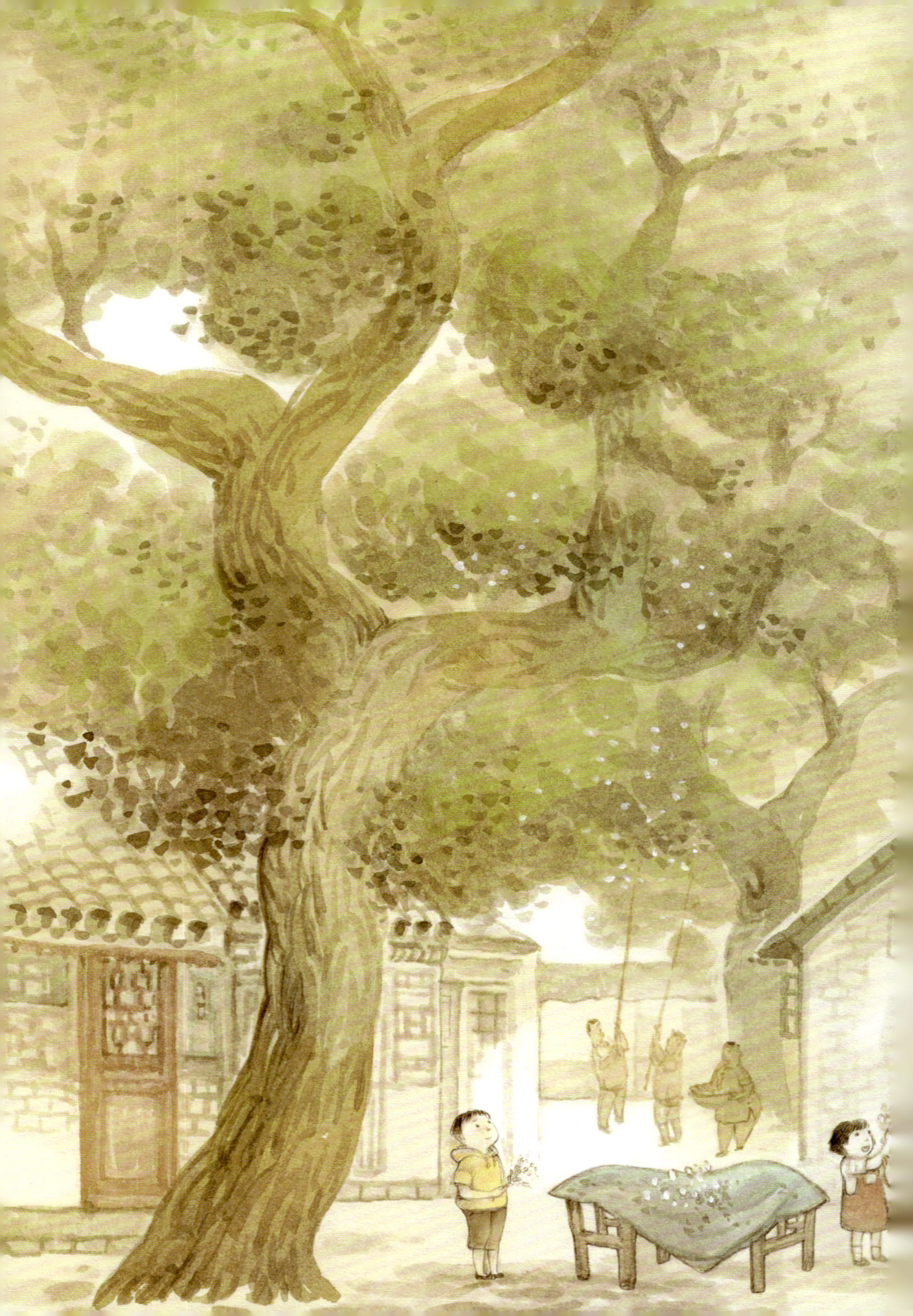

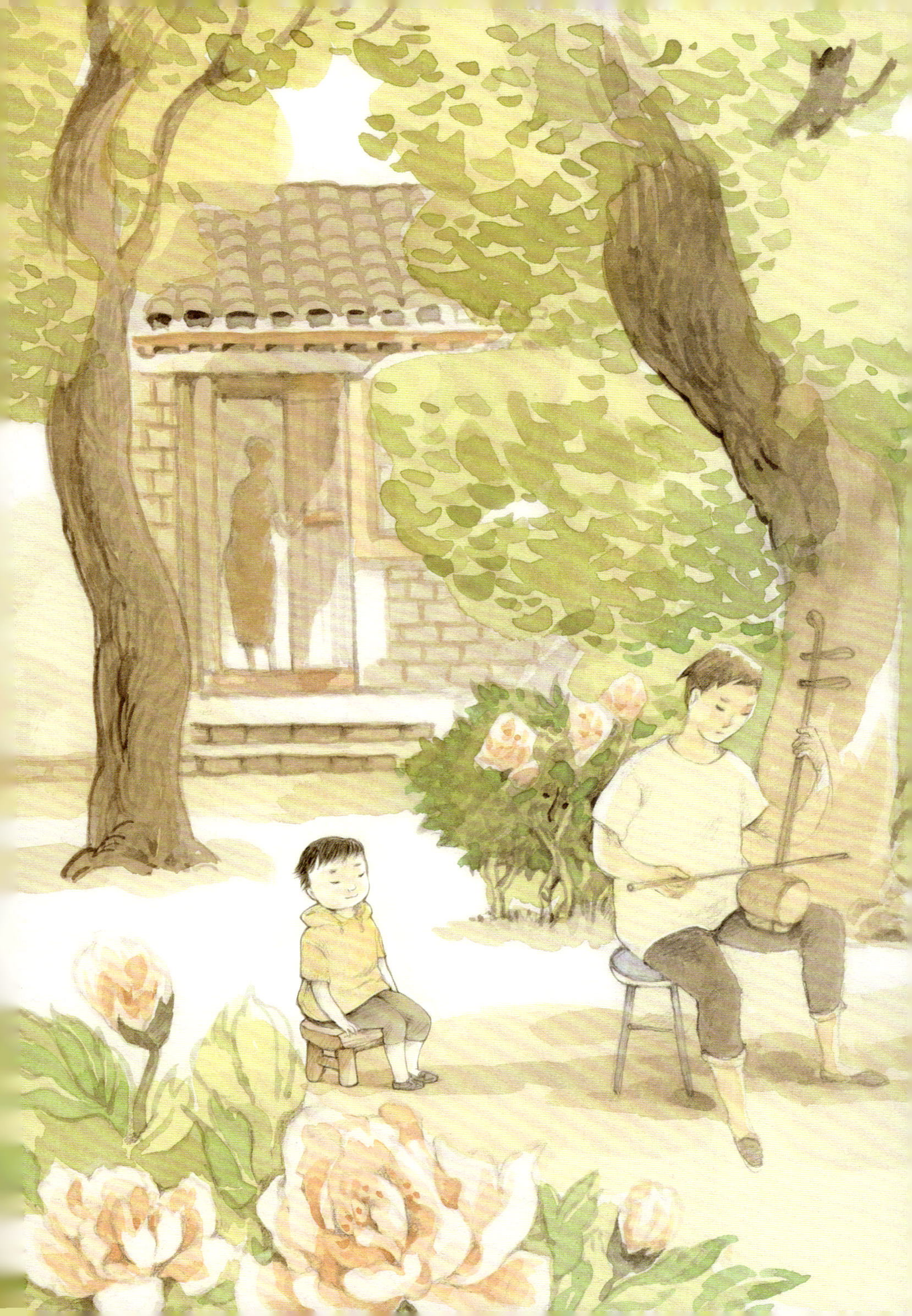

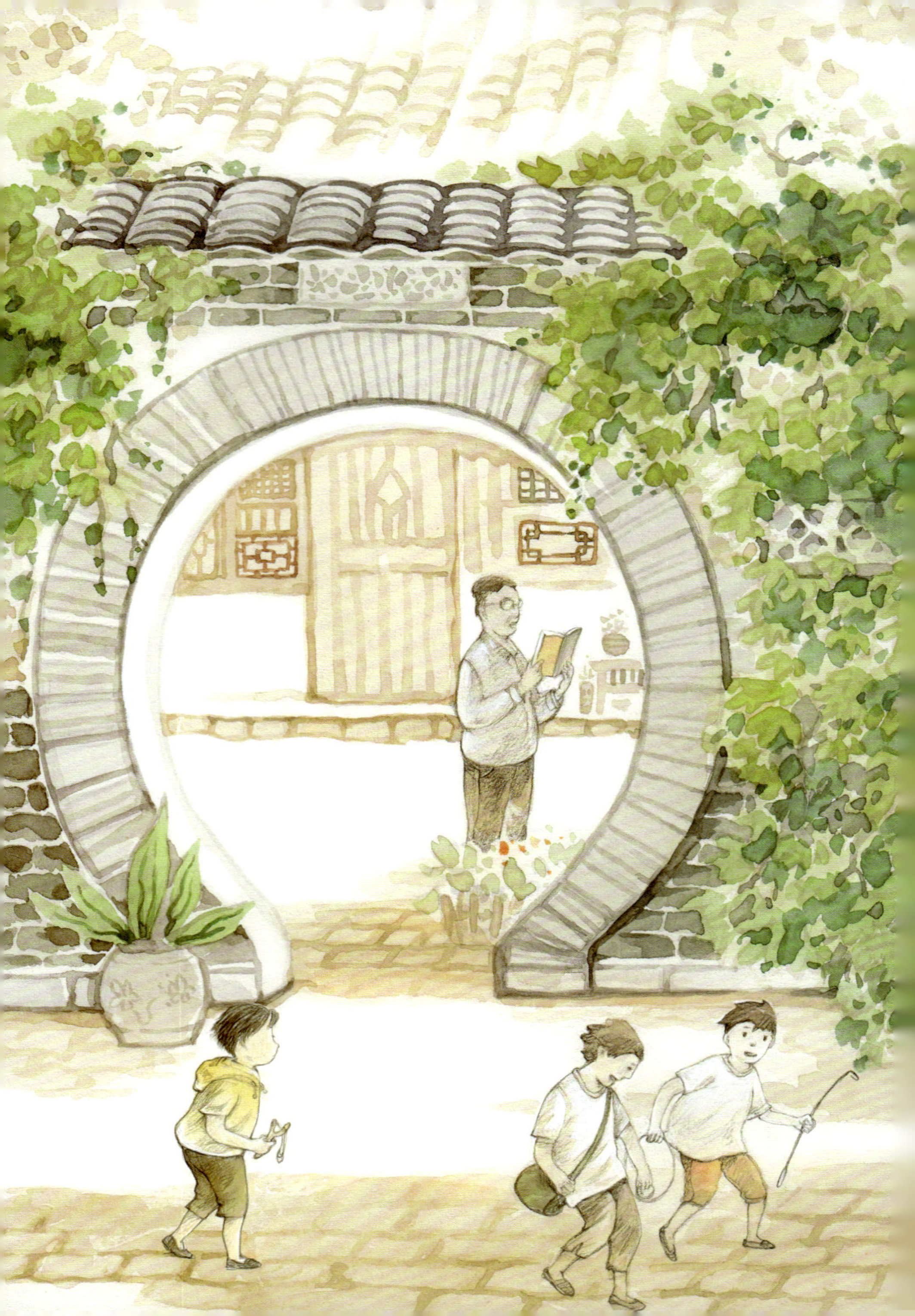

天还走不走呀？他似乎有些不耐烦，说了他妈妈一句：不走了！我看他妈妈很无奈地返回房间。我觉得他也应该睡觉了，明天还要赶火车，也怕他妈妈再来催他睡觉，看见我还待在屋里，挺尴尬的。

他拉我坐下来，对我说：别管她！他的这口气让我一愣，他是一个礼貌周全的孩子，从来没有用这种口吻说过他妈妈。他妈妈是我们大院斜对门那家邮电所的所长，虽然只是一个小邮电所，但从解放以前有这家邮电所，她就在那里当所长，一直当到解放以后。她是一个业务精当又矜持风雅的女人。

小吴拉我坐下，对我讲了这样一件事情。是他爸老吴临死前一天夜里的事情。他说，半夜里，他爸悄悄地从折叠床上爬起来，以为他已经睡着了，其实，他根本没有睡着。那时候，他爸的一举一动都让他揪心，每天晚上睡得都不踏实。他看见他爸悄悄地溜到他妈的房间里。没过一会儿，他听见他妈大声地骂，明显是在骂他爸。他妈是个文雅的人，从来没有这样骂过人。他弄不清他爸到他妈那里做什么去了，只见他爸挨了骂后灰溜溜地又回来，悄悄地躺下，一根接着一根地抽烟，一直抽到烟盒里的烟抽完了。天也蒙蒙亮了。他看见他爸悄悄地又从折叠床上爬起来，还以为去上厕所。

早晨，我爸在厕所的房梁上上吊了。小吴这样对我说，近乎绝望又充满怨恨地说，几乎要落泪。

说实在的，那天夜里，听完小吴对我的讲述，我并没有理解他讲述的全部含义。我只是感到他似乎对他妈有些怨恨。现在，我多少明白一些了，为什么小吴会对他妈有些怨恨。也许他妈当时的心情和做法，都是可以理解的，是想和自己的亲人划清界限时一般人都会有的表现。如果是在平常的日子里，这样的骂，也许算不了什么，夫妻之间，哪有不吵不骂的。但是，不是在平常的日子里呀，是在他爸生死的关键时候呀，他妈的骂，便成了压倒他爸身上最后的一根稻草。或许，外界的一切屈辱和压迫，他都还能忍受，最难以忍受的，来自家庭，来自亲人。

如今，我们都是往七十奔的人了。往事不堪回首，人生歧路多又迷茫，我和小吴多年来再也没有见过面。一直到去年的秋天，我在美国，突然接到一个电话，竟然是小吴——现在应该叫老吴打来的。而且，竟然是从华盛顿打来的。这让我感到非常意外。

他说他前些日子回国了一趟，碰见老街坊，知道我在美国的儿子家小住，便要来电话打给我。我才知道，他来美国已经二十来年了。聊起往事，他告诉我，刚粉碎"四人帮"后，有一天，有两个老头儿找到他，说他们一直在找老吴，是老吴当年救了他们。"文化大革命"时候，他们两人也挨了批斗，心想老吴肯定也会跟着他们吃挂落儿，赶紧千方百计找老吴。他们说不能让好人吃亏呀！知道老吴被冤枉，这两人好心帮助他出国留学。也算是好人有好报吧。

我对他说，你又回咱们大院了吗？现在拆得七零八落了，但老房子里的顶棚居然还是纸糊的。他告诉我，去大院看过了。停了一会儿，对我说，那顶棚还是当年我父亲糊的呢。

花布和苹果

开会时随手翻邻座带的一本书,看见有一首题名为《一块花布》的短诗,作者叫代薇,诗写得很有意思。她说如果你爱上一块花布,"还必须爱上日后:它褪掉的颜色,撕碎的声音。花布的一生,除了洗净和晾干,还有左边的灰尘,右边的抹布"。

我明白,花布就是人,而且应该是女人。花布颜色鲜艳的时候,正是女人沉鱼落雁、闭月羞花的最佳状态,一般容易讨得男人的爱。但当花布的颜色褪尽,在日复一日一次次地洗净晾干之后,最后落满灰尘,变成抹布的时候,男人还能不能坚持最初的爱,就难说了。随手把抹布抛进垃圾箱,然后另寻一块新的花布,是如今一些男人司空见惯的选择。

我想起童年住过的大院里,曾经有一对夫妇,男的是一位工程师,女的是一位中学老师。他们刚刚搬进大院来的时候,也就三十来岁,我还没有上小学,虽然懵懵懂懂不大懂事,但从全院街坊们齐刷刷惊艳的眼神中,看得出来女教师非常漂亮,男工程师英俊潇洒,属于那种天设一对地造一双的绝配,每天蝴蝶双飞一样出入我们的大院,成为全院家长教育自己子女选择对象的课本。

那时候,最让全院街坊们羡慕而且叹为观止的是,女教师非常爱吃苹果。爱吃苹果并不是什么新奇的事,苹果谁不爱吃呀?关键是每次女的吃苹果的时候,男工程师都要坐在她的旁边亲自为她削苹果皮。削苹果皮,也不是什么新鲜的事,关键是每次削下的苹果皮,都是完完全全地连在一起,弯弯曲曲的从苹果上一圈圈地垂落下来,像是飘曳着一条长长的红丝带。

这确实让街坊们惊讶。不仅惊讶男工程师削苹果皮的水平,也惊讶他有这样恒久的坚持,只要是削苹果,一定会出现这样红红的苹果皮长长不断的奇迹。每一次,街坊们从宽敞明亮的玻璃窗前看到这温馨的一幕时,总能够看到女的眼睛不是望着苹果,而是望着丈夫,静静地等待着,仿佛那是一场精彩的演出,最好永不落幕才好。街坊们总会说,这样漂亮的女人,就应该享受这样的待遇。

我中学毕业的时候,这一对夫妇五十多岁了。那一年开春的时候,倒春寒,突然下了一场雪,雪后的街道上结了冰,女教师骑车到学校上课,躲一辆公共汽车,摔倒在冰面上,左腿摔断了骨头。一个来月以后,从医院里出来,腿上还打着石膏。是男工程师抱着她走进我们的大院,我们的大院很深,一路上,穿过东侧院那条长长的甬道,他们的身上便落有一院人的目光,和男工程师脸上淌满的汗珠一起闪闪发光。

那一年的夏天,她的腿还没有完全好,伤筋动骨一百天嘛，"文化大革命"来了，她教的那些中学生闯进我们的大院，硬是把她揪到学校去批斗。等她狼狈不堪地从学校回来，她的那条还没有伤愈的左腿坏得更厉害了。"文化大革命"结束了，她的腿彻底残疾了。每天再看到她的时候，都是丈夫搀扶着她出出进进。她一下子苍老得那样的厉害，当年漂亮的模样，仿佛被风吹尽，再也看不出来了。

他们夫妇有两个孩子，都和我一样前后脚到农村插队，等他们和我一样从农村插队回到北京的时候，他们夫妇已经是快七十的人了。那时，她已经患上了肝癌，她和她的两个孩子都还不知道，知道的只有她的丈夫。

那时候，北京城里的苹果只有到秋天苹果上市时才能够买到。而且，那时也没有现在红星、富士或美国蛇果那样多的品种，只有国光和红香蕉、黄元帅。每年秋天苹果上市的时候，我们常常看到她家玻璃窗前那熟悉的一幕，男工程师为她削苹果，她瘦削得有些脱相，还是如以前那样静静地坐在旁边，望着自己的丈夫。这一幕重复的场景，仿佛时光倒流，让街坊们又能够想起当年她那年轻漂亮的模样。可谁知道她已经是病入膏肓的人了呢？

细心的街坊看出，男工程师削的苹果，一定是红香蕉，这没什么可奇怪的，这种苹果比国光的个儿大，比黄元帅颜色红，口感也甜，而且果肉比较绵软，适合老年人的牙口。男的手已经有些颤抖，这也没有什么可奇怪的，这是人老的原因。让人们奇怪的是，这么多年过去了，男的一直坚持给女的削苹果，更让人们奇怪的是，削下的苹果皮居然还是完完全全地连在一起，弯弯曲曲地从苹果上一圈圈地垂落下来，像是飘曳着一条长长的红丝带。

女教师走得很安详，按照我国传统讲究的五福，即寿、富、康、德和善终，她的一生虽然算不上富贵、健康，也说不上长寿，却是占了德和善终两样，应该算是有福之人。

送葬的那天，她在中学里曾经教过的很多学生来到她家里，向她的遗照鞠躬致哀，有的学生甚至掉了眼泪。这些学生中，也有"文化大革命"中揪斗过她的学生。如今，他们也都老了，白发斑斑。

那天，我也去了她家，看见她的遗照前摆着两盘苹果，每盘四个，每个都削了皮，那皮都还是完完全全地连在一起，摆放在苹果的旁边，垂落下来，像是飘曳着一道道挽联。

因为读到了《一块花布》这首诗，让我想起了这段往事。

花布的一生，有簇新鲜艳的时候，也有颜色褪尽和声音撕碎的时候，也有在日常琐碎的日子里一次次地洗净晾干之后，最后落满灰尘，变成抹布的时候。爱上花布是容易的，始终如一爱花布的一生，如同始终如一能够为自己的爱人削苹果，而且把苹果皮削得一直都完完全全地连在一起，是不容易的。

想起这样的苹果，对照着《一块花布》这首诗，让我感到，对于爱情和人生，花布从鲜艳的布料到抹布的一生，如果像是散文，象征着现实主义的话；那么，始终如一能够将苹果皮削成一条长长不断线的红丝带，则像是诗，象征着浪漫主义了。我们需要向花布示爱，更需要向苹果致敬。

表叔和阿婆

表叔住在我们大院中院的倒座房中的一间。虽然是一间，开间很大，只住着表叔和阿婆母子两个人，贴着两边的墙根儿各放一张床，两床中间，冲着窗户，放着一张写字台，空间还是很宽敞的。

阿婆岁数大了，人们管她叫阿婆，可以理解。老太太是广东人，阿婆是广东人的叫法。为什么唤他表叔，我们大院里的人，谁也说不出子丑寅卯。几十年来，大院无论男女老少都这样唤他。这称谓透着一家子般的亲切，也杂糅着难以言说的人生况味。

表叔这个人有点儿怪，他以洁癖闻名全院。下班回家，两件大事：一是擦车，二是擦身。无论冬夏雨雪，雷打不动。

表叔擦车与众不同，他要把他那辆自行车搬进屋子里，把车掉个个儿，车把着地，两只轮子朝上，活像对付一个双腿朝天不住踢腾的调皮孩子。他更像给孩子洗澡一样认真而仔细，湿布、棉纱、毛巾，轮番招呼，直擦得那车锃亮，能照见人影儿，方才罢手。

然后，表叔再去擦身。他从不挂窗帘，永远赤着脊梁，湿毛巾、干毛巾，一通上下左右、斜刺横弋地擦，直擦得身上泛红发热，方解心头之恨一般，心满意足地将一盆水端出屋，站在他家廊檐前的高台阶上，双手使劲左右一甩，"哗"的一下，把水倒到院子里，一盆水甩出一个扇面的弧度，如雨而下，然后转身回屋。从擦车到擦身一系列动作，这才算完成，绝对是浑然一体，一气呵成，成为大院久演不衰的保留节目。

阿婆已经快八十岁了，近五十的表叔却至今未娶。这很让全院人为他鸣不平。他人缘很好，是一家无线电厂的工程师，院里街坊谁家收音机、电视机出了毛病，都是他出马，手到擒来，不费吹灰之力。偏偏人好命不济，从年轻时人们就开始走马灯一样给他介绍对象，竟然天上瓢泼大雨，也未有一滴雨点儿落在他的头顶。一晃，表叔都已经年近五张，头发都谢了顶。

究其原委，表叔有个缺陷：说话"大舌头"，那说话声儿有些含混，呜呜嘟嘟的，嘴里总像含着个热茄子。姑娘一听这声音，便皱起眉头，觉得这声音太刺激耳朵，更妨碍交流。

表叔还有个包袱，实际上是他对象始终未成的最大障碍，便是阿婆。阿婆年纪大了，并不是影响表叔搞对象的原因，谁家里没有个老人呢？关键是自打表叔一家搬进大院，阿婆便是瘫在床上的，吃喝拉撒睡，均无法自理。有的姑娘容忍了表叔的舌头，一见阿婆立刻退避三舍，甚至说点儿不凉不酸或绝情的话，不愿意一过门就得伺候一个瘫婆婆。

久经沧海，表叔心静自然凉，觉得天上星星虽多，却没有一颗是为自己亮的，而自己要做永远的一轮太阳，照耀在母亲的身旁。这话说得虽义正词严，却也得罪好多姑娘，姑娘撇撇嘴，带有一副讽刺的口吻说：还会作诗呢！然后，甩出一句：做你的太阳去吧！便甩手而去。

表叔能够理解并原谅姑娘拒绝自己的爱，包括对自己舌头的鄙夷，却绝不理解更难原谅她们对自己母亲的亵渎。虽然，老人是瘫在床上，但她这一辈子全是为儿子呀！羊羔尚知跪乳以谢母恩，更何况人呢！

街里街坊都庆幸阿婆有福，虽没得到梦寐以求的儿媳妇，毕竟摊上了这么孝顺的儿子。阿婆总觉得是自己拖累了儿子，常念叨：都是我这么一个瘫老太婆呀，老天爷怎么就不把我收了去呢？害得你讨不到老婆！

表叔总这样劝阿婆：我就是没有老婆也不能没有您。您想想，没有您，能有我吗？表叔说出的话，粗粗的，混沌得很，一般人听不大清楚，但阿婆听得真真的，在阿婆听来，那就是天籁之音。

多次搞对象铩羽而归之后，表叔不再抱希望，别人再给他介绍对象，他也兴趣不大了。这时候，他的兴趣转向了体育，特别爱看篮球比赛。这和我那时候的爱好相同，他便常和我聊天，成为知音。只要有篮球比赛，他下班之后，擦车擦身两项节目完成，再替阿婆把晚饭做好，喂阿婆吃完，一准儿去看篮球比赛。

那时候，首都体育馆和工人体育馆都还没有建成，篮球比赛主要在这样两处。长安街有个露天的灯光篮球场，就在北京饭店的对面，那里一般都是北京市业余队的篮球比赛，属于乙级队的比赛，门票很便宜。再有一处，便是天坛东门新建不久的北京体育馆，那里的比赛要高级得多，国际比赛都要在那里举行。一般到长安街去看球，表叔都会骑自行车去；到北京体育馆，他都改坐电车去，因为那里不好存自行车。那时候，还有那种有轨电车，从崇文门到体育馆，体育馆是电车总站，从我们大院去那里，坐电车很方便。

记得那年苏联迪纳摩篮球队来华比赛，就是在北京体育馆进行的。迪纳摩队有当时世界最高的两米一八的中锋克鲁明，很是引人瞩目，好多人看比赛，就是为了看克鲁明。那场比赛的票价贵，又不好买，表叔老早去排队，好不容易买到了票，也是为了看这个克鲁明去的。

那天晚上，表叔兴致勃勃地坐着叮当当的电车去了体育馆。我也很想看这场篮球赛，哪里像表叔有钱买票。只好等着表叔看完比赛回来，把比赛的情况讲给我听。没有想到，表叔很早就回来了，我见到他，特别奇怪，不会这么早比赛就结束了吧？

表叔一脸沮丧，很有些愤怒的样子，呜呜嘟嘟地对我说了一堆话：人太多，根本看不清……他的话我听不大清，仔细听完，才明白了，原来他买的票是最后一排，离球场太远，好多前几排的人站起来看，一下子就挡住了他的视线，他看不清那个两米一八的中锋克鲁明，一气之下，索性不看球了，又坐着叮当当的电车，跑回了家。

好长时间过后，我才明白，表叔对我说的这番话，只说了一半，另一半是那天比赛，他是买了两张票，带着他新交的女朋友一起去的体育馆。好不容易找到一个不嫌弃他大舌头的，又和他一样喜欢篮球比赛的女人，不大容易。谁想到好不容易买到的两张票，却是最后一排的座位。是那女的觉得根本看不清克鲁明，一气之下，跑出了体育馆。表叔是为了追她，才跑出了体育馆的。

这是表叔吹掉的最后一个对象。从那儿以后，表叔下定决心，再不搞对象。他没有想到，自己的这个决心下得让阿婆折寿。就是从那以后，阿婆的身体越来越差，尽管表叔尽心照料，也难挽狂澜于既倒，没几年，阿婆就走了。

阿婆故去时，表叔已经五十多了。他照样每天雷打不动地擦车、擦身，只是那车再如何精心保养也已见旧。表叔赤裸的脊梁更见薄见瘦，骨架如车轮上的车条一样历历可数。好心的街坊都心疼表叔，觉得这么好的一个人，说什么也得帮他找上对象，不能就这么让他孤零零地下去了。不管表叔自己怎么再下决心不搞对象了，街坊们又开始了新一轮的努力。

只是，表叔的青春已经随阿婆一同逝去，难再追回。他不抱奢望，觉得爱情不过是小说和电视里的事，离他越来越遥远，只能说说、听听而已。但是，好心的街坊锲而不舍，更何况十个女人九个爱做媒，更何况好女人毕竟不只是小说和电视里有。女人的心最是莫测幽深，有眼眶子浅的，有重财轻貌的，有看文凭像当年看出身一样的……也有看重心地超越一切的。几年努力，街坊们没有白辛苦，终于修成正果，有一位四十多岁的女人看中了表叔，虽然是离过婚的，但人长得周正端庄，和表叔一样，也是个搞技术的工程师，应该有共同语言。

表叔却坚决拒绝。起初，谁也猜不透，有说表叔二分钱小葱还拿上一把了，也有说一准是女人伤透了表叔的心。一直到前些年，表叔突然魂归九泉，追寻阿婆而去，人们才明白，表叔那时已经知道自己身患癌症。

表叔留下许多东西无人继承，其中最醒目的是那辆自行车，干干净净，锃光瓦亮。

花露水

在我曾经住过的大院里,白家姐妹五个,号称五朵金花,个个长得如花似玉,不仅是他们家的骄傲,也是我们全院的骄傲。如果有人找我们大院,只要一进胡同口,打听住着五个挺漂亮姐妹的那个院子在哪儿,所有人都可以告诉你往前走,靠南边那个黑漆广亮大门就是。

白家四个姐妹先后嫁人,唯独大姐待字闺中。其实,五个姐妹,论漂亮,无论脸庞、身材,还是皮肤的白皙,或举手投足、一颦一颦,大姐当数第一把交椅。大姐嫁不出去,不是她眼眶子比眉毛高,格外挑剔,而是她有一个致命的弱处:狐臭,而且,那狐臭很是强烈。只要她下班回家,进了院子,老远就能闻见冲鼻子的气味儿。所以,介绍多个对象,大老远地看见人风摆杨柳袅袅婷婷地走过来,都会让人心里一动,等坐下来,这气味实在让人受不了,那些本来跃跃欲试的男人,便都纷纷退下阵来。

几次败北的经历,让白家大姐对于恋爱和婚姻不再奢望,好心人再来介绍,她都无动于衷,婉言谢绝。四个妹妹花前月下的甜蜜恋爱,她都没有经历过,四个妹妹先后有了小孩子的欢乐,她也没有品尝过。但是,她不是那种缺少男人就没着没落的人,而且,她天性乐观。尽管人往三十上奔了,她依然整天乐呵呵的,像只欢快的百灵鸟,我们大院的孩子大人,都很喜欢她。

所有人都说,她的这种性格和她的职业相关。自从师范学校毕业,她一直就在小学里当老师,一直都带小学一年级的学生。天天和孩子们在一起,让她的性格和孩子一样天真烂漫。但是,说心里话,我们孩子虽然喜欢是喜欢她,但却只可以远观不可近处。她教书的小学,就在我们大院附近。那时候,上小学,我们只有这所小学和另一所稍远一点儿的小学可以做选择,我们谁都不希望被分配到她的这所小学。因为早就从这所学校里上学的孩子们那里听说,她特别喜欢小孩子,而且特别喜欢搂孩子。我想,那动作可能属于她的习惯性的动作,情不自禁,表示对孩子的亲切和喜爱。我们谁都渴望被一位漂亮又年轻的女老师亲密爱抚地搂一下。不过,一想到她胳肢窝所散发的气味,我们个个都往后缩步。

幸亏我上小学时没有被分到她的学校里。对于分到她的学校的大院孩子,我悄悄地幸灾乐祸。就在我小学毕业的那一年,白老师终于有了一个对象,是新调到她学校里的一位老师,对别人一向在意的狐臭,他一点儿不放在眼里。这位老师的父亲是一位老中医,说是家有祖传秘方,治这种狐臭是小菜一碟。全家和全院的人都为白老师高兴,觉得这真的是好人自有好报，这么好心又好性格好容貌好身材的人，终于等到花好月圆的结果，属于是好饭不怕晚，按照我妈说的话：最后揭锅的，是热腾腾的大肉包子！

这个"大肉包子"第一次到我们大院里来的时候，我相信，不仅是我一个人，全院所有人，大概都倒吸一口凉气。这个"大肉包子"也实在够肉的了，无论个头还是长相，和白老师太不般配。为什么非得找上这么一个其貌不扬的主儿，仅仅因为白老师有狐臭？或许，人家真的有才，不是说治好白老师的狐臭手到擒来吗？

不过，白家老两口对这"大肉包子"不反感。一是"大肉包子"嘴甜，进门叔叔长阿姨短的一个劲儿亲热地叫；二是自己的女儿一直没有搞上个对象，好不容易有这么一位不嫌弃女儿狐臭的，就别再挑人家什么了，世上哪有十全十美的事情？白家两代人都是给我们大院对面的泰山永油盐店拉车送货，干的是卖力气的活儿，自己没什么文化，人家家里是郎中，自己就算是高攀了，还能再说别的吗？

其实，白家老两口的意见，对于白老师的作用有限，关键是白老师被"大肉包子"感动。她长这么大，还没有一次被人追的感觉呢，一个女人，能够有一次被男人在身后追，那感觉才像是在谈恋爱。以往每一次和男人的接触，只是介绍对象，麻木得没有一点儿感觉，哪里像在谈恋爱。

不知道这个"大肉包子"看中了白老师哪一点，反正，他对白老师的狐臭不在意，或许正像他自己说的，他家是中医大夫，有祖传秘方。而且，他很主动，每天上班之前必要在我们大院门口等白老师,每天下班之后必要送白老师回到我们大院门口。就这一点,别说让白老师感动,连我们大院的街坊们都被感动。白老师束手就擒,是自然而然的事情了。

白老师和他结婚之后,找到我们一帮孩子,给了我们一人一块牛奶糖,然后说:白老师对你们有个小小的要求,你们能不能做到?我们就问她是什么要求?她说:以后你们别叫方老师大肉包子好不好?这外号多难听!

以后,我们真的都听了白老师的话,不再叫他"大肉包子",叫他方老师。可是,没过多久,我们给白老师起了个外号,叫"花露水"。

这得从方老师为白老师抹的药水说起。从白老师和他搞对象到结婚,这都过了一年多了,这个方老师天天往白老师的胳肢窝搽一种药水,据说,早晚各一次,都是他亲自为白老师搽这种药水,就像以前他上班下班接送白老师一样,天天坚持,雷打不动。这让白家老两口很感动,看到了治愈女儿狐臭的希望,高兴地对街坊讲这事,说这个方老师还真的不错,什么事情都能坚持,不是是个人都能做到的。水滴石穿呢!

但是,这药水虽然坚持天天搽,效果却不佳。一年多过去了,白老师的狐臭始终未见改观,夏天的时候,白老师胳肢窝的气味儿依然冲人的鼻子。只有白家老妈心理作用,自己觉得女儿的狐臭好多了,还老对街坊说:方老师这药水还真的起作用,我家大闺女身上的味儿少多了!街坊能说什么呢,只好顺情说好话:是啊,是好多了!

也是,甭管怎么说,人家到底和白老师结婚了,没有像以前走马灯一样的那些男人闻味而逃。我们大院里的街坊们背后说，甘蔗难得两头甜，白老师占着一头也可以了。

白老师结婚一年多以后，我们大院里的人才知道，方老师的父亲并不是老中医，不过是卖耗子药的江湖郎中，搽在白老师胳肢窝的药水，也不是什么祖传秘方，只是商店里卖的最便宜的花露水，是方老师买来之后，将花露水倒进自己的新瓶子里，冒充祖传秘方。当人们知道了这个秘密之后，有人不怀好意地给白老师起了一个外号——"花露水"。

我们大院里好些孩子，早忘记了白老师曾经给过我们的牛奶糖，忘恩负义地背后也这样叫她的外号。她听见了，并不生气。还是照样乐呵呵的，照样情不自禁地搂抱她的小学生。

我从来没有叫过她的这个外号。倒不是我多么的不忘恩负义，而是觉得这个外号比"大肉包子"还要难听。"花露水"，太像旧社会里的一个低级舞女或妓女的花名。那时候，我刚在人艺看过曹禺的话剧《日出》，那里的舞女还叫白露呢，比"花露水"要好听得多。把这样一个外号安在白老师的身上，对白老师不公平。怎么说，白老师也是个漂亮的老师。

只是，我一直不清楚白老师知不知道这事情的原委，或许一开始，白老师就知道，但她不忍心打破这个骗局。如果是这样，只有一个解释，那便是那个方老师爱她、她也爱那个方老师。

事实证明我的猜测是对的。"文化大革命"开始后，白老师的学校里，老师成立了造反派组织，带着一帮学生，包括早就毕业、曾经被她搂抱过的学生，冲进办公室，要揪斗她。那时候，她已经是这所小学校的校长。这帮人准备把她揪到学校操场领操台上批斗，好多红卫兵已经在操场上摆好了批斗大会的阵势。这时候，她的丈夫方老师跑了过来，他冲到校长室，掰开了揪住白老师的两个学生的手，然后，伸出自己的双手，挡住了白老师的身体，质问那些老师和学生：白老师打从师范毕业就在咱们学校里当老师，一当当了十多年，教出一拨拨学生，凭什么你们就要批斗她？

那帮人哪儿听他的，叫喊着：她是校长，是走资本主义道路的当权派！上前还要揪白老师去批斗。他也叫喊着：就因为是校长，就是牛鬼蛇神了？这是哪儿来的道理？这不是茄子葫芦一起数吗？他一边叫喊着，一边死活抱着白老师，就是不松手。这时候，一根棍棒打在他的脑袋上，当场就把他打晕过去。白老师还是被揪到操场领操台上批斗了。但是，这件事，却让全院的人都看到了，这个人是真爱白老师的，凭这一点，白老师值了。白家老妈说得对，这确实不是是个人都能做到的。

自从"文化大革命"后我去北大荒插队，已经有快五十年，再也没有见过白老师。前些日子，见到大院的一个童年的伙伴，他告诉我前两年见到过一回白老师。两口子还住在我们的大院里，他们一直没要孩子，是怕孩子遗传白老师的狐臭吧。但是，特别奇怪的是，现在，白老师的狐臭一点儿都没有了。他当时情不自禁地问白老师：怎么会出现这样的奇迹？白老师笑着还没说话，她的老伴方老师在一旁说话了：是我们家祖传秘方，你们还一直不信！

鼻烟壶

我们老院进二道门东厢房的第一家，住着老孙头儿。我们都这样叫他，现在想来那时候他也就五十岁多一点儿，并不老。

他一辈子没有结婚，那时候，他的母亲还在，大约七十多岁，身体不好，常年躺在床上，下不了地。母亲的饮食起居，端屎端尿，都靠他照顾。全院人都说老孙头儿是个孝子。

在我们老院里，老孙头儿大概是学问最高的一位，他是个英文翻译，据说是从美国留学回来的。说是翻译，我们却没看见他上过一天的班，大多是人家找上门来，把要翻译的东西送来，他坐在家里足不出户就把钱挣了。他住的东厢房只有一间，贴墙一张双人床，他和母亲一起睡；靠窗一张写字台，放着他的命根子打字机。那时候，我们一帮孩子常到他家里玩，我是第一次见识这玩意儿，这是一台掉了漆皮的老式打字机。我常偷偷敲打键盘上圆圆的小按键，小按键发出"嗒嗒"的声音，就像电影里地下工作者发电报似的，特别好玩。

老孙头儿喜欢和我们孩子玩。那是他在家里工作之余的两大消遣之一。他的另一个消遣，是喜欢吸鼻烟，而且，非常讲究。他家里有好多鼻烟壶，装在一个墨绿色的铁皮盒子里，高兴了，他会打开盒子，让我们欣赏里面那一个个形状不一、彩画各异的鼻烟壶。忙的时候，他会让我们帮他去买鼻烟。每一次买鼻烟，他都会从盒子里找出不一样的鼻烟壶，好像挑选他的卫兵，然后，嘱咐我们买了鼻烟一定要把鼻烟倒进鼻烟壶里，免得跑味儿！注意，别撒啦！

他买鼻烟，必定要天蕙斋的。我们都特别愿意帮他买鼻烟，一来，老孙头儿会让我们把买鼻烟找的零钱买糖吃，二来，我们也愿意到天蕙斋去看热闹。

天蕙斋在大栅栏东口，离我们老院不远，穿过兴隆街和鲜鱼口，过马路就是。这是一家老鼻烟铺，开业在清道光年间。鼻烟作为一种闻品，现在很少人喜欢了，但在清末民初，一直到解放初期，它却很有市场，就像现在的香烟一样。听老孙头儿跟我们白话，说是分为十级，档次高低，价钱不等，上好的鼻烟，一两相当于当时四十四斤一袋洋面的价钱。好家伙！当时，听得我们都嘬牙花子，所以，我们都想去看看卖这么贵鼻烟的鼻烟铺到底有什么奥妙。

其实，那个店真是太小，太不起眼，它在一个高高的台阶上，门脸瘦长，被两边的店铺挤压得像是茯苓夹饼。如果同仁堂和瑞蚨祥的门面像是巍峨排场的将军，它就像是一位瘦骨伶仃偏又穿着一袭长旗袍的骨感美人。那旗袍就是它的高台阶，一褶褶曳裙拖地的样子。也许，是因为那时我们个子太矮的缘故，台阶才越发显得高。后来，我们一帮男男女女的半大孩子，拿着老孙头儿给的钱呼啸着去了天蕙斋，主要目的是找下零钱，去前门大街路东的通三益买糖分着吃了。

从40年代到60年代，也就是从老孙头儿三十多岁到五十来岁这二十来年，我们大院长大的好几茬孩子里，大概没有一个没去过天蕙斋给老孙头儿买鼻烟的，便也没有一个没吃过老孙头儿的糖的。

好玩的年华都不禁过，童年和少年，就像鸟一样飞似的飞走了。等到我高中毕业的那一年，"文化大革命"爆发了，天蕙斋关门了。对于闻了大半辈子鼻烟的老孙头儿，没有鼻烟的日子是很难过的。更难过的是有一天，一帮红卫兵闯进我们的老院，径自闯进了老孙头儿的那间东厢房。

那时候，号称红八月，红卫兵造反、抄家，已是常事，见多不怪，让我惊异的，竟然是商家老太太和她的二闺女美莉带着一帮女红卫兵闯进老孙头儿的家。准确地说，商家老太太并不让我奇怪，那时她是我们街道上呼风唤雨的人物，让我惊异的是美莉。以前，她没少像个跟屁虫儿似的，跟着她一样大小的孩子，一起去天蕙斋帮老孙头儿买鼻烟。而且，那时，她刚和那个海军中尉结婚才半年多（虽然"文革"前不久已取消军衔制，但大家还是习惯地叫他海军中尉），她不在家待着，跟着她妈妈的屁股后面凑什么热闹？我真的是很不理解。

正是夏天，天很热，老孙头儿正在家里帮母亲擦身，哪里想到红卫兵长驱直入。老孙头儿可能更没有想到的是，美莉这个他看着长大的孩子，竟然指着自己的鼻子，劈头盖脸说他是美国特务,让他交出藏在家里的电台。她身后站着那帮女红卫兵,叉着腰,瞪大了眼睛,都在死死地盯着老孙头儿。

老孙头儿先是一愣,然后忙跟她认真地解释他家里哪有什么电台呀,你是不是搞错了呀……

她打断老孙头儿的话,用手指着写字台上的打字机说:这不是电台是什么?

老孙头儿叫着她的小名,忙说孩子那是打字机,你又不是没看见我拿它打字!

她说:你用它白天打字,夜里发报,以为我们红卫兵小将不知道!对不对?她转身,对着那帮女红卫兵说。那帮女红卫兵呼喊着:快老实交出电台!老孙头儿越是解释,越是乱了套。美莉索性带着红卫兵开始乱翻东西,一下子翻出了老孙头儿的那个宝贝——墨绿色的铁皮盒子,她指着盒子上印着的一行英文小字:Made in U.S.A.,对那帮女红卫兵喊了起来:看呀,这里有美国的东西,他还不承认自己是美国特务。

老孙头儿再一次叫她的小名,解释说这就是以前用过的旧美国奶粉盒子,然后打开盒子,指着里面装的鼻烟壶又说:你也不是没见过,都是鼻烟。

她一把又夺过盒子,摔在地上,鼻烟壶碎了,鼻烟撒了一地,她质问老孙头儿:这是什么?美国奶粉盒子?你别以为我不懂得,我爱人可是当过解放军的海军中尉,这里面装的就是美国炸药!

老孙头儿做梦也没有想到这个装鼻烟壶的铁皮盒子,给他带来致命之灾。惊吓过度的母亲,没几天便过世了。老孙头儿长寿，活到我从北大荒插队回到北京，我回老院时看到他，他还点着美莉小名对我说：你说这孩子是怎么想的，居然把个装鼻烟的奶粉盒子非说成装的是美国炸药。

我再也没有见过美莉，不知道现在她会怎么想，会不会还记得这桩往事？

老倭瓜花

老孙头儿是个有意思的人物。小时候，在我的眼里，他在我们大院里学问最大。倒不仅仅因为他会外语，家里常来外国人，他和人家老外叽里呱啦地说一大通，挺给我们大院添色的；而是老孙头儿干什么都灵，都能够干出花儿来。我们大院好多街坊都说：看人家老孙头儿，真是有两把刷子，嘴能说鸟语，手能干巧活儿。

老孙头儿家门前有块空地，这是老孙头儿得天独厚的地方。他家是进入我们大院二道门后靠近东边的第一间房子，由于进入二道门后，有一座挺大的影壁，影壁后面才是第一个院子的院门，院门两侧是东西两道的过道，一下子使得东西两侧的厢房前的空间变窄。影壁的西边立着石碑，东边对着的是老孙头儿家，没有石碑，腾出了空地。应该说，是我们大院建筑的格局，无形中给老孙头儿家前多出了这么一块空地。

这块空地上，以前种的是一片花花草草，都是老孙头儿自己种的，有西番莲、美人蕉和大丽花。老孙头儿种花有自己的讲究，他只种这三种花，有街坊问为什么只种这三种？他回答：一是这三种花的花形都大，他喜欢这样大花形的花，看着舒坦，小花形的花，小里小气；二是这三种花都好养活，不像有的花那么娇气；三是这三种花都没有什么香气，他不喜欢香气浓郁的花。所以，曾经有街坊送他月季，他不养，嫌月季香味太重；有人送他茉莉或米兰，他也不养，嫌茉莉和米兰花小；有人建议他养芍药，说芍药花形大，他摇头说芍药和牡丹是富贵之花，得施大肥，娇气，不是他这种人能伺候的。

有街坊在背后说老孙头儿：看他养花，就看出他这个人太挑剔，要不他这么大岁数了，怎么一直找不着媳妇！这话说得是不是有理，那时候，我不懂，但看这三种花，似乎非常听老孙头儿的话，每一年都长得生机盎然，特别是夏秋两季，花开得格外艳，尤其是美人蕉，紧贴二道门那一侧骑着金钱瓦的院墙边，红得像着了火似的，特别的喜兴。甭管是我们大院自己的人，还是外来的人，一进二道门，先看见这一片姹紫嫣红的花朵，都会眼睛一亮，心情变好。人们都会称赞老孙头儿的手艺棒。这家伙，会说鸟语，也懂花语呢！人们没少这样说老孙头儿。

赞美的话，谁都爱听，老孙头儿眯着眼笑，一点儿不谦虚地接受着这样的奉承。在打字机前工作累了，他就走出屋，到他的这些宝贝花前，看看这朵，看看那朵，像韩信点兵，又像是检阅他的六宫粉黛，当作休息，自己给自己解个闷儿。

老孙头儿两大爱好，一是闻鼻烟，一是种花草。老孙头儿始终独身一人，这块空地上的花儿，就成了他的伴儿，心里有再多的话,也可以向这些花草说说。老孙头儿曾经对街坊说:鼻烟养神,花朵怡情;鼻烟是女人,花朵是孩子。老孙头儿这话,让有的街坊似懂非懂,但都更觉得老孙头儿有学问。有学问的人都爱转,说点儿让人似懂非懂的话。

那时候,我们一帮孩子,夜晚的时候,常常会绕着影壁疯跑,或玩捉迷藏,老孙头儿这片花草,便成为了我们的掩体。特别是贴墙根儿的那一排美人蕉,长得又密又高,更是我们藏身的好地方。玩完之后,我们会偷偷摘几朵西番莲或大丽花。老孙头儿知道是我们干的把戏,但是,他从来没有说过我们,或向我们的家长告状。老孙头儿喜欢小孩。

老孙头儿的这块空地上的花草,养到1960年之后寿终正寝。之所以记得这样清楚,因为那一年的秋天,我小学毕业,考上了汇文中学。

第二年的春天,老孙头儿在这块空地上改种了蔬菜。像他种花只是种老三样一样,种菜,也是老三样:丝瓜、苦瓜和老倭瓜。有人问他,为什么只种这三样瓜?扁豆也特别的好活,你干吗不种点儿扁豆?他说,他最喜欢吃瓜。别人想,老孙头儿是南蛮子,丝瓜和苦瓜都是南方菜。但是,人们忘了,老倭瓜可是地道的北方瓜呀。老孙头儿心里的话,没对人说的是:丝瓜和苦瓜固然是我这个南方人爱吃的,却只能当菜吃,老倭瓜却是可以当饭吃的呀。

当然,我们院里那些饱经沧桑的老人的心里,明镜似的清楚,正是全国闹灾荒的年月,各家粮食定量,各家的粮食不够吃,各家人的肚子空空的。后来,我听说了一个词儿,叫

"瓜菜代",说的是用瓜菜代替粮食,填充饿着的肚子,便想起了老孙头儿种的老倭瓜,也就明白了老孙头儿和他的老娘那时候和我们一样,也经常是肚子咕咕直叫唤的呀。

老孙头儿这块空地上,种的老倭瓜最多。老倭瓜可以爬架,也可以满地爬,随着性子长,春天过后,枝枝叶叶,铺铺展展,绿绿的一片,爬得满地都是,有的还爬上他家的窗台,顺着窗棂,一直爬上了房,比他种的那些花草还要热闹。

夏天到来的时候,老孙头儿的这些老倭瓜开花了,那种金黄色的花,大朵大朵地开了,趴在地上的,爬到窗前和房顶上的,肆无忌惮地到处开放,占据了空中和地下,簇拥得老孙头儿这间东房格外火爆。特别是夕阳照在他家的时候,更是一片金光闪烁,让他的家像个金色的小屋。

路过他家的街坊们,望着这片开得金灿灿的老倭瓜花,都会羡慕地说,老孙头儿家今年的老倭瓜肯定能结不少,够他们娘儿俩吃一气儿的了!这么多的老倭瓜花,让人们的心里甚至有些妒忌,甚至想起顶着花的老倭瓜一点点地长大,直至滚瓜溜圆滚满一地,最后炜在锅里,吃进肚里,让没有一点儿油水的肚子稍微有一点儿安慰。老倭瓜可是又面又甜,有点儿白薯的味道呢。熟透了的老倭瓜,个头儿比兔子都大,切成块,上锅炜熟,面面的,比白薯还禁饱。那时候,买白薯还得要粮票,一斤粮票,只能买五斤白薯。老孙头儿这一片老倭瓜,得顶多少斤白薯呀。

那时候的人们真的是饿疯了,到处趸摸吃的,看到什么都能想到吃的,仅仅是老倭瓜花,就可以浮想联翩。但是,人们的想象力再丰富，谁也没有想到，老孙头儿家前盛开的这些灿烂的老倭瓜花，竟然像是炮仗捻儿一样，会在瞬间点燃，然后爆发，上演一出好戏。

这要先说一下，和老孙头儿一墙之隔的白家。白家住在二道门外的东跨院，房子隔着二道门的那道骑着金钱瓦的院墙。虽然只是隔着这道墙，但是，在我们大院里，隔着的距离却很是有些远。跨院里人家，和我们里面院子里的人家，不敢说是老死不相往来，但确实是来往很少。仅仅是一点点地理区域的区别，却分得出胖瘦高矮来。一般而言，里院的人家看不大起跨院的人家，而跨院里的人家也瞅不上里院的人家。里院的人家觉得跨院的人家穷而贱，跨院的人家觉得里院人家假来劲，穷嘚瑟，按照白家老妈粗鲁的话是，觉得自己人五人六呢，澡堂里洗澡，脱了衣服，一个德行！

其实，里院和跨院之间的隔阂由来已久，往根儿里捯，最初建这个大院的时间，就埋下了种子。那时候，之所以在二道门前盖这个东跨院，就是为了给下人和往大院送货送客人的赶马车的车把式住的。那时候，大院的主人阔绰，排场也就讲究，三进三出的院落之外，别出心裁地留出二道门前这一大片地方，有点儿不伦不类，却也显示自家的气派。步入大门道之后，沿着中间一溜儿青石方砖大道，西边凹下去，是一片沙土地，安放车马；东边也凹下去一片，便盖起了跨院。虽然，地势矮一些，房子盖得差一些，但房间不少。以后，时代变了，下人和车把式没有了，但前后住进来的依然是穷人，因为这里的房租要比里院便宜得多。

白家就是一户比较穷的人家。他家一共五个孩子，都是闺女，按照白家老爷子老白的想法，还得再接着生，不生出个儿子，绝不收兵。只是生第五个闺女的时候，白家老妈大出血，救活了母女俩，却落下了病根儿，无法再生育了，彻底断了老爷子的念想。

白家老爷子祖辈两代给我们大院对门的泰山永油盐店当伙计，干得是卖力气的活儿，拉一辆排子车运送货物，都是他们父子来干。只不过，老白的父亲拉的车是木轱辘的，老白改拉胶皮轮子的了。那是泰山永兴旺的时期，我们大院对门这个店，只是它的一个分店，还有三四家分店在花市、南横街和水道子几处，在南城一带很有点儿小名气。说是油盐店，其实是杂货店，什么都卖，就得什么都拉。那时候，白家老爷子拉着车在这几处来回地跑，活儿还是挺忙挺重的。

白家老爷子有的是力气，白家老妈虽然有过大出血，却依然很有气力。两口子长得有些膀大腰圆，敦敦实实，五个闺女却都长得苗条水灵，让我们大院街坊感慨，老天爷真的是瞎了眼。五个闺女，不仅长得不错，学习还都挺好，虽然都没有上大学，但中专毕业之后，都有一份稳定的工作，更是让她们的爹妈省心。这也更让大院的街坊们感慨，说是老天爷不是没长眼，而是长着眼呢，爹妈不行，孩子行，这叫能量守恒，是爹妈受苦受累把德行积攒了下来，给了孩子们了；是爹妈愿意做牛做马，甘当狗尾巴草，才使得闺女出落成了五朵金花。

但是，街坊们关于白家爹妈德行近乎羡慕的判断，是错误的。这样的判断错误，以前看得不大清爽，在老孙头儿家前那一片老倭瓜花前,一下子像显影液里的照片凸显,得到了证明。

闹灾荒的年月里,谁家的粮食袋子里,不是还没到月底就见底了?谁家不得想点儿辙,把自己的肚子给喂饱点儿?一般人家能够有什么法子呢?没有钱去买高价粮高价点心,没有胆儿去黑市倒腾东西换点儿粮票肉票,只能"瓜菜代"。像我妈那时候,是到天坛根儿挖野菜,包野菜馅的棒子面团子,就是我家的"瓜菜代",来填充我们兄弟俩总也喂不饱的肚子。

老孙头儿的"瓜菜代",是种了那么多的老倭瓜。白家的"瓜菜代",是养了四五只母鸡。如果家门前的地方大些,白家还想多养几只,那时候,白家的三闺女刚生完小孩,坐月子正可以多吃几个鸡蛋补补身子。白家这四五只芦花老母鸡,平均每天能拾三四个蛋,便成了白家最大的财富。

白家这四五只母鸡,都是白家老妈在养,她像养孩子一样,有经验也有足够的耐心和细心,而且吃得了苦,几乎每天都去兴隆街副食店去捡菜帮子喂鸡,为了和别人争一点儿菜帮子,没少怄气。还得隔一个礼拜到沙子口去买一趟麸子,要不,鸡光吃菜帮子,净拉稀屎。这些都是她的活儿。从我们大院到沙子口坐电车去,一趟只要三分钱,她也省下来,来回都是走着。她出力,鸡下蛋,白家一家能吃到这么多的鸡蛋,要说都亏了她。是她把这四五只芦花老母鸡养得很精神,很有下蛋的本事。走进我们大院,还没有迈进二道门,常常可以先听到白家的母鸡"咯咯咯"此起彼伏的叫声,每一次叫声里,都会让人联想到鸡蛋,让人羡慕,甚至心生妒忌。在那些饥荒闹得肚子里一直是饥肠辘辘的日子里,我的记忆里几乎没有鸡蛋的样子和味道。

按理说,老孙头儿种他的老倭瓜,老白家养她的芦花鸡,彼此谁也挨不着谁,本可以相安无事。问题是,老倭瓜没有长腿,芦花鸡却是长着腿,不知哪一天,老白家那四五只芦花鸡前后脚地跑到老孙头儿家前这块空地上,一点儿不客气地冲着老倭瓜那金黄色的花,伸嘴就啄,吃得挺美。老孙头儿听见了鸡"咯咯咯"的叫声,知道是跨院里白家的鸡,起初以为是在人家院子里叫,没有在意。细一听,声音怎么这么响?抬头透过窗玻璃一看,看见芦花鸡弯着脖子,正啄着老倭瓜花呢,他赶紧跑出屋子,把鸡赶走,一直赶出二道门为止。

谁想到,第二天下午,这几只芦花鸡轻车熟路大摇大摆地又来了,吃上嘴了,味道不错,又来啄老倭瓜花。老孙头儿又赶紧跑出屋,拿着扫帚,把鸡赶走,一直赶出二道门。老孙头儿回到家里,心里有些气,白家这芦花鸡怎么搞的,鸡长着腿,人没长着眼吗?养鸡也不把鸡看着点儿,让鸡到处乱跑,吃了我的老倭瓜花,还怎么结老倭瓜呀?老孙头儿心里想了,事不过三,要是第三次让我看见芦花鸡再到我这里来吃老倭瓜花,我就不客气了。

第三天下午,芦花鸡又来了。这一次,老孙头儿义愤填膺,却运足了气,压住了火,悄悄地走出屋,蹑手蹑脚地走下台阶,走到一只芦花鸡的身边。那只芦花鸡正在美美地吃老倭瓜花呢,没有想到,老孙头儿已经伸出了手,一把抓住了它的脖子,嘴里喊了句:我让你吃!拎着鸡脖子,使劲儿往地上一摔，鸡"咯咯咯"地惊叫几声，鸡毛横飞出几片，躺在了地上。其他几只芦花鸡，吓得一溜烟儿地跑走，迈过二道门，扑打着翅膀，飞快地跑回白家。老孙头儿气哼哼地转身回了屋，他哪里知道，自己的劲儿还真不小，那只芦花鸡一动不动，断了气。

白家老妈听见自己的鸡惊叫的声音不对劲儿，跑出屋子，一看跑回来的鸡少了一只。等了等，自己"咕咕"地叫了好几声，唤它回家，也没见任何动静。白家老妈什么话也没说，三步两步跑进二道门，来到老孙头儿家前的这块空地上，一眼看见了躺在地上的芦花鸡，赶紧弯腰把鸡抱了起来，一摸，鸡已经没了气，立刻气不打一处来，指着老孙头儿家就大声叫骂起来：老孙头儿，你个老绝户头的混蛋，给我滚出来！

老孙头儿听见骂声，走出屋，说道：你青天白日的怎么跑到这里来骂大街呀？

为什么骂你，你欠骂，你还欠抽呢！你看看我的鸡！

听着白家老妈的话，老孙头儿才看见了她的怀里抱着只芦花鸡。

是你把我家的芦花鸡给摔死的吧？

老孙头儿无话可说，是自己摔的，他不是那种赖账的人。不说话，等于默认了。

你说说，怎么办吧，这只鸡可是我们家最会下蛋的！

白家老妈这句话，挑起了老孙头儿的火，他站在他家门前的高台阶上，反问道：怎么办？你说怎么办？你怎么不说说，你家养的鸡不好好关着，怎么跑到我家这里来了？

白家老妈一扭脖子：它自己长着腿，想跑到哪儿就跑到哪儿！

平常，孙白两家很少来往，更很少过话，没有想到白家几个闺女都那么通情达理，礼貌周全的，怎么会有这么一个浑不讲理的妈？老孙头儿被噎得一时不知说什么好。

白家老妈一看老孙头儿不说话，更是来劲儿了，拎着鸡，扬过了自己的脑袋，冲老孙头儿喊道：赔吧！还愣着干吗？

老孙头儿一听要他赔，立刻反唇相讥：赔？行啊！不过，我得问你，是我先摔死了你的鸡，还是你的鸡先吃了我的老倭瓜花？

老孙头儿这话把白家老妈给问住了，她一时不明白老孙头儿为什么要这么问，知识分子心眼儿多，自己得留点儿神。

老孙头儿接着说：是你的鸡跑到我这里来，吃的我的老倭瓜花吧？我的老倭瓜花横是没对你家的鸡说过来吧，到我这里来吧，吃我吧这样的话吧？那你先赔我的老倭瓜花吧！你赔我的老倭瓜花，我就赔你的鸡。

白家老妈听明白了，一撇嘴：你那破老倭瓜花值几个钱？我这只鸡可是下蛋的老母鸡！

老孙头儿说：我的破老倭瓜花？你给我好好数数，你的那几只鸡一共吃了我多少老倭瓜花？一朵老倭瓜花，以后就得结一个老倭瓜，你说你得赔我多少老倭瓜吧？

白家老妈没有想到老孙头儿会这样说话，知识分子就是弯弯绕多，一朵老倭瓜花，他愣是想到了一个老倭瓜。白家老妈不甘示弱：你这么一说倒是提醒我了，你说你摔死的我家这只老母鸡,以后得下多少个蛋?你还得赔我多少个鸡蛋的钱吧?

老孙头儿这时候心情一下变了,忽然变得不那么生气了,觉得花结瓜,鸡下蛋这样的赔法挺好玩,站在自己面前的这个胖女人挺好笑。他有点儿成心,冲着白家老妈说道:好呀,你要是这样算账,你应该再好好算算,我的一个老倭瓜里面得结多少籽,每一粒籽种下去,还要开多少花,结多少老倭瓜?

这可把白家老妈的火给激了上来,她一把把鸡丢在地上,指着老孙头儿大骂道:好你个老孙头儿,你跟我在这儿逗咳嗽是不是?好啊,那你得好好地赔我,你说我这只芦花鸡得下多少鸡蛋,这些鸡蛋得孵出多少小鸡,小鸡长大了,又能下多少鸡蛋?你好好算算清楚,赔吧!

……

这场罗圈仗,什么时候结束的,后来的人们谁也说不清了。老孙头儿和白家老妈这一通唇枪舌剑,在场听到看到的,只有几个老街坊。开始的时候,他们是想上去劝架的,但一听他们两人你一句我一句的,跟侯宝林和郭启儒说相声似的,都想看热闹,谁也不想上来劝架了。所有这一切,都是我事后听说的,是不是原音再现,有没有演绎的成分,我就不得而知了。但是,事情确实是真实发生的,事情的来龙去脉,大致没有错。这件老倭瓜花大战芦花鸡的事情,成为我们大院历史中精彩的一幕,一直到现在,依然会被老街坊们津津乐道。特别是在那几年饥肠辘辘的日子里,文化跟着缺吃少穿一起荒芜,这一幕确实是比当时的演出还要精彩,而且就发生在我们身边，显得那么真实。老孙头儿一辈子再没有这样出色的口才发挥，白家老妈也再无这样的敏捷反应和强词夺理。

当然，这一幕之所以令人难忘，还在于它的结尾，出人意料，而且是以喜剧大团圆的方式收尾，很符合人们的期待和欣赏习惯。

结尾是，那天，白家的老大回家之后，听见自己的老妈还在跟老孙头儿站在那儿吵呢，就跑了过去。白家大姐白老师对老孙头儿这样有学问的人，一直心存敬意，自己老妈跟人家吵，她从心里就觉得一定是自己老妈的不是，当她问明白了事情的原委，更觉得是自己老妈的不是。别人不清楚，她是清楚的，自己家的芦花鸡从跨院跑到老孙头儿家前的空地上，不仅要出跨院，还要过二道门，那鸡怎么那么有灵性，知道门路，知道那里有美味可口的老倭瓜花？不是自己老妈故意把鸡放出笼，芦花鸡就真的成精了，成了马戏团里的丑角了。

白家大姐把自己老妈拉走，临走前还鸡啄米似的连连向老孙头儿道不是，老孙头儿是那种吃敬不吃罚的主儿，人家敬他一尺，他得还人家一丈。当天晚上，老孙头儿来到白家，那可是他第一次走进东跨院，他掏出十块钱，对白家老妈说：怨我出手太重，您看看这点儿钱赔您够不够？

那个年月里，十块钱不是小数，老白给泰山永干一个月的苦力，也就是四十来块钱。白家大姐在学校当老师，每月开的薪水也就三十六块钱。白家老妈收下了钱，不再说什么。老孙头儿临走，她指着扔在门口的那只死芦花鸡，对老孙头儿说：你把鸡拎走！

老孙头儿客气了一句：您自己留着吃了吧！

这只老母鸡下蛋最勤最多最可人疼，我可吃不下它！白家老妈说着差点儿没掉出眼泪。

第二天，老孙头儿就把这只芦花鸡炖了，香味儿特别地蹿。也是，那些日子里，谁家能吃到炖鸡呢？久违的鸡肉香味儿，满院子里飞。那天，路过老孙头儿家门前的街坊们，都忍不住伸出鼻子使劲多闻几下鸡汤的香气。然后，有街坊说道：老孙头儿这一次也算是捞着了，要没有这么一出老倭瓜花大战芦花鸡，他和他老娘上哪儿吃这么美的鸡肉，喝这么美的鸡汤去？

事后，老孙头儿也说：这话说得真是呢，要不，我和我老娘还真的吃不上这么好吃的鸡肉，喝不上这么好喝的鸡汤。闹饥荒那几年，我们就吃过这么一回好饭，饱了这么一次肚子！

应该说，这还不是这场戏最后的也是最好的结尾。

"文化大革命"爆发后，白家老妈出身好，被街道革委会选进去当了委员，也就是以前的街道积极分子的衔。那时候，我们大院的另一位积极分子商家老太太，正是闹得红红火火的风云人物，带着红卫兵到处抄家。老孙头儿这个懂鸟语的翻译家，肯定是在劫难逃。去抄老孙头儿家的时候，商家老太太特地先跑到白家通风报信，拉着白家老妈一起去。她心想，那年老倭瓜花大战芦花鸡的事，白家老妈不会不记得，现在正好是报仇的时候。但是，白家老妈没有跟着她带着红卫兵一起凑这个热闹。那时候，白家大姐在学校正在遭批斗，她看不明白，为什么人和人跟斗鸡一样成了乌眼儿青？她知道自己和老孙头儿不是一路人,她也看不上老孙头儿整天酸文假醋一副洋派的劲儿,但是,她犯不上这时候给人家下笊篱。

商家老太太带着红卫兵揪斗老孙头儿没几天,孙老太太因惊吓过度去世了。她奄奄一息时,躺在床上,老孙头儿哪有力气抱自己老妈送医院去抢救呀。正是下午,院里的街坊好多不在家,在家的谁也不敢上前伸手帮忙,还是白家老妈知道后,赶紧叫上老白,两个人都有力气,把老太太抱上老白平常蹬的那辆平板三轮车,送到了北官园的医院里。

很多时候,人心隔肚皮,人对人彼此是看不大清的。只有到了关键的时刻,才会看得多少明白一点儿。我从北大荒插队回北京之后,曾经见过老孙头儿一次,提起往事,说起白家老妈,他这样对我说:真的是出水才看两腿泥!

如今,老孙头儿和白家老妈都早已过世,我还常常想起他们,想起那场老倭瓜花大战芦花鸡的精彩好戏。好戏,必得是经过不同年代的动荡,时间是好戏里看得见的背景,也是好戏里看不见的主角。没有时间的熬制,就像没有经过时间的炖煮,煨不出好汤一样,是无法完成一出好戏来的。

煎饼果子

　　五十多年前，我们大院前的北深沟胡同口，有个卖肉的小铺。小铺前面，窄小的空地上，有个卖早点的小摊儿。卖肉的是山东人，卖早点的是河北人，互相不认识。按理说，卖肉的小铺在这里开了好多年了，卖早点的是后来到这里见缝插针的。但是，正挡在人家卖肉的小铺前面。卖肉的山东汉子没有说是因为影响了自己的生意，让卖早点的"小孩拉屁屁——挪挪窝儿"。都是出来混碗饭吃，谁也不容易。卖肉的山东汉子大度，让卖早点的河北汉子十分感谢，他表达感谢的方式，就是每天给卖肉的大哥送点儿刚出锅的炸糕。卖肉的笑纳，却一定要给钱，不给钱，吃不下。这就是那时候胡同里的小生意人，让人觉得亲切，有足够的信任感。

　　开始，卖早点的只卖炸糕，后来，摊主娶了个媳妇，是天津卫的人，在他的油锅旁支起了个饼铛，卖起了煎饼果子。在饼铛上摊上薄薄的一层绿豆面，再在上面摊一个鸡蛋，抹上甜面酱，撒上碎葱花，最后加上一个薄脆，四角一掀，像摞被子一样，把一个煎饼果子弄得四四方方，有款有型。多了这个煎饼果子的新花样，他们小两口这个早点摊儿，越发的热闹。

如今，煎饼果子已经算不了什么了，但是，在半个多世纪之前，煎饼果子，对于吃惯了油饼豆浆的北京人来说，却绝对是件新鲜事物。那时候，我从来没吃过这玩意儿，对这玩意儿感到挺新鲜的。开始的时候，常常是看的人多，买的人少。我们一帮小孩子尤其爱看那个小媳妇，手上灵活翻转着，像变戏法的翻弄手中的那块布一样，最后翻花一样翻出了一个香喷喷的煎饼果子。

那时候，我们大院里住着孙家，家里老大是女儿，下面还有三个弟弟。孙大姐的学习成绩不错，长得也不错，尤其是个子高挑，跳高拿过区运动会的冠军。本来可以作为特长生保送进高中，然后考大学的。她爸爸妈妈都不同意，因为家里只有她爸爸一人工作，希望她早点儿工作，分担家里的负担。孙大姐初中毕业是以体育特长生的资格保送进师范学校，毕业出来在离我们大院很近的一所小学里教体育。住我们大院里的，小学老师有好几位，教体育的，只有孙大姐一位。

这一天，孙大姐早晨刚去学校，去得早，没过多一会儿，就回到家，带回来一套煎饼果子，还热乎乎的呢。她是想分给三个弟弟尝尝。那时候，煎饼果子，我们大院的孩子，谁都没有吃过，对于三个在贫寒家里长大的弟弟而言，更是个稀罕物。看着三个弟弟风卷残云地把煎饼果子吃完，孙大姐挺高兴地又回学校去了。孙大妈却感到奇怪，因为家里生活一直过得紧巴巴的，孙大姐每月的工资都是如数交家里，每天的早点都是在家里吃,她哪里来的闲钱,去买一套比油饼炸糕贵一倍的煎饼果子?

没过多久,煎饼果子之谜,就揭晓得全院尽人皆知。原来是学校里那天刚开会,推门进来一位姓秦的男老师,革委会的头头问他怎么才来?他也不回答,抛绣球一般把手里的东西就扔了出去,扔向了孙大姐那里,幸亏孙大姐练过体育,反应快,长臂轻舒,伸手把东西接住,挺烫的。打开纸一看,是煎饼果子,还冒着热气。旁边的老师也都看见了,立刻哄堂大笑,对这个煎饼果子议论纷纷。会也开不下去了,头头只好提前散会,把这个秦老师叫到办公室训话。

有意思在于,孙大姐和这个秦老师开始恋爱上了。没有人知道,他们两人是在这套煎饼果子之前就好上了,还是这套煎饼果子成了他们的媒人。反正,他们是好上了,好的速度飞快。尽管孙家老两口不大乐意,但是,架不住孙大姐自己乐意。而且,孙大姐的三个弟弟也乐意,他们可以常常有煎饼果子吃了。为了讨好他们的姐姐,秦老师经常买煎饼果子,直接送给三个弟弟吃。

三个弟弟一直吃到了三年自然灾害的那一年,到处闹饥荒,买粮食要粮票,卖煎饼果子和炸糕的早点摊儿,只好关张。好在早点摊儿的小两口和旁边的副食品店的人熟,就在那里干零活过日子。秦老师就是再想买煎饼果子,孙大姐就是再想吃煎饼果子,从此之后,也买不着了,吃不上了。北深沟口的煎饼果子昙花一现,孙大姐和秦老师的日子却过得长久,一直在我们大院里白头偕老。因为这时候,秦老师和孙大姐的恋爱也修成正果，熬到三年自然灾害的日子终于过去了，肚子里有了点儿油水了，他们开始筹备结婚了。

两人结婚是结婚了，却是没有房子住，秦老师家没房子，孙大姐家孩子多，房子住得也紧巴。两个人只好挤在学校放体育器材的小仓库里，勉强支一张单人床。那时候年轻，再苦再紧巴的日子，也是甜的。

没过两年，"文化大革命"来了，趁着学校里整天的闹革命，不上课了，有的是时间，秦老师没事干，瞄上了孙大姐家房前可以见缝插针的一小块空地，找几个老师帮忙，和他一起用学校的平板车，又拉沙子又拉砖的，没两天就在孙大姐家房旁边搭了一个小偏厦，里外刷了白灰，地上墁上了砖，墙上挂上一张领袖戴着红卫兵的袖章站在天安门城楼上挥手的画像，算是补做了婚房。结婚的时候，连房子都没有，婚礼也没有办，现在，房子虽然小，却终于有了自己的房子了，秦老师特意买了挂鞭炮一放，买了点儿水果糖块给街坊们一发，图个热闹热闹。

街坊们吃着秦老师发的水果糖，想起了当年他给孙老师买煎饼果子的事情，冲着他开玩笑：你这媳妇找的也忒便宜了吧，一套煎饼果子开路，所向无敌就齐活儿了！煎饼果子，便成为那个年代我们大院流传下来的一个笑话。

"文化大革命"中，北深沟口卖肉的小铺关张了。卖肉的山东汉子嫌北京太闹腾，早早就把店交了公，自己回老家了。小铺成了旁边副食店的仓房，归公家管，卖早点的小两口负责夜里看店带看仓房，就住在原来卖肉的小铺里，有一份稳定的工作，还省了一份房钱。孙大姐就是再想吃煎饼果子，从此之后，也吃不上了。

孙大姐怀第一个孩子的时候，怀得晚，都以为怀不上时，却怀上了。这是他们搬进我们大院之后第二年的事。孙大姐怀孕的时候，害口害得厉害。别的女人害口，都是爱吃酸的呀甜的呀之类的东西，孙大姐与众不同，偏偏想起了煎饼果子，特别馋这一口。这上哪儿给她淘换去呀！那时候，北京城卖煎饼果子哪儿像现在这么普及，北深沟口唯一卖煎饼果子的小两口，也早改弦更张了呀，横不能为了一套煎饼果子，跑一趟天津卫吧？光来回的车钱得挑费多少？不值当的呀！

可是，孙大姐还真的就馋这一口。起初，秦老师以为是孙大姐开玩笑。后来，看孙大姐说起煎饼果子百爪挠心的样子，让秦老师又开心，又闹心。开心的是，没想到当初自己的一套煎饼果子，让孙大姐这样的念念不忘，煎饼果子简直成了他们夫妻两人情感至关重要的一个组成部分。闹心的是，上哪儿给孙大姐买煎饼果子去呀！

没辙了，大晚上的，秦老师跑到北深沟口，敲开了原来卖肉的小铺那扇木门。小夫妻俩一看是秦老师，一条街上常来常往，脸熟，叫不上名，问：您要买什么东西吗？都关门了，明天再来吧！秦老师觍着脸说：真不好意思，我想买套煎饼果子！这话说得让小夫妻俩一愣，煎饼果子，以前卖过，可已经这么多年不卖了呀！这一条街上的人都知道呀。来的这个人怎么啦，难道是生活在以前世界里的人吗？

秦老师赶紧跟人家解释，说明他媳妇孙大姐害口，非常想吃一口煎饼果子这件事的来龙去脉。听得小两口似信非信,从来没听说过害口非要吃煎饼果子的呀。秦老师一看人家有些半信半疑,又说了当年自己是怎么样从他们小两口这里买了套煎饼果子,又是怎么样甩给了孙大姐,这套煎饼果子是怎么样套住了他和孙大姐的姻缘。说得小两口更是如听天书,将信将疑。

那小媳妇没有想到自己做的煎饼果子,竟有这样神奇的魔力,居然可以促成一对姻缘,还让人家如此难忘,在怀孕害口时惦记着这一口。她为自己的煎饼果子而感动,怯生生地问秦老师:真的?真有这么一回事?

秦老师答道:绝对真有其事!如果不是真的,我也不会这大半夜地跑到这里打搅你们!

那个小媳妇听后立刻吩咐丈夫点火,自己找东西,开始为孙大姐做煎饼果子。对于小媳妇,做煎饼果子是轻车熟路的活儿,无奈没有了家伙什儿,又没有材料,现上轿现扎耳朵眼儿,实在是为难了人家。做煎饼果子的饼铛没有了,权且用烙饼的锅;没有绿豆面,只好用棒子面掺和白面替代;那时候,每人每月就那么一张可怜巴巴的油票买油,丈夫把家里的油瓶子倒了底朝天,也只能在锅上煎一个薄脆,虽然没有那么薄那么脆,已经是勉为其难了。好在鸡蛋有,甜面酱有,葱花也有。最后,煎饼果子是好歹做得了。看小媳妇在锅底上四角一掀,像摞被子一样,依然弄得四四方方,有款有型,真的让秦老师分外惊喜,又分外感激,捧着这套煎饼果子,像捧着个喜帖子回到我们大院,献宝一样献给孙大姐。孙大姐做梦也没有想到自己居然还真的吃上了煎饼果子。

这桩往事，成为在那场动荡"文化大革命"中唯一有点儿暖色的传奇，后来被我们大院人演绎得版本很多。其中最离奇的一个版本，说成了秦老师为孙大姐雪夜访夜店，小夫妻感动之余白手做煎饼，甚至说是不惜偷了副食店里的花生油做了这个得之不易的煎饼，反正是越说越离奇，都编出花儿来了。后来，我见到孙大姐，曾经求证这桩往事，孙大姐笑道：越传越邪乎，不过，事情确实是真的有过，其实是当时我和我家老秦开个玩笑。不过，人家小夫妻俩确实为我做了一套煎饼果子。我到现在都特别感谢人家。现在，还真的难找这样的好心人了！

一晃，将近五十年过去了。孙家老两口早已经去世，孙大姐生的一男一女两个孩子也早长大成人，成家立业。转眼就到了孙大姐七十大寿，两个孩子很孝顺，早就订好了酒店，买好了礼物，订好了生日蛋糕，准备为孙大姐祝寿。只有秦老师当甩手掌柜的，不闻不问，整天坐在沙发上玩手机，看晚报，令两个孩子恼火，便和秦老师认真地谈了一次话。

儿子说：爸，您和我妈结婚快五十年了，给我妈买过一件礼物吗？

秦老师说：都老夫老妻了，还像年轻人玩那小把戏？

女儿生气了说他：爸，您这么说就不对了，我妈跟您过了一辈子，您一点儿血都不吐，老夫老妻也得讲情分吧？

最后，儿子和女儿逼着他爸爸：不管怎么说，哪怕是一个蛤蟆骨朵儿那么小呢，也得给我妈七十大寿送一件礼物。

孙大姐七十大寿的前一天，秦老师还真给孙大姐送了一件礼物。这个礼物差点儿把孙大姐的鼻子给气歪了。她把这个礼物一把就扔在了秦老师的脸上。

是一套煎饼果子。

如今，煎饼果子在北京已经很流行，满北京城到处都是卖煎饼果子的，还有煎饼果子的专卖店呢。买煎饼果子很容易，也不值钱。只是，秦老师有些委屈，连对两个孩子说：我是想让你妈重温过去，不管怎么说，我和你妈是从煎饼果子开始好上的呀！两个孩子，一个埋怨秦老师：您呀，老年痴呆了吧！一个安抚孙大姐：妈，您别跟我爸一般见识，他就是长着一个煎饼果子的脑袋！

关于孙大姐七十大寿这套煎饼果子的传闻，我是听我们大院的老街坊告诉我的。不知道这里面有没有演绎的成分。如今，孙大姐早已经从我们大院里搬走，搬进了儿子为他们老两口买的一套新楼房。北深沟口那间原来的小肉铺，后来副食店的小仓房，早已经拆除，成了我们打磨厂这条老街通向正义路一条南北宽敞的马路的一部分。卖肉的那个山东汉子，卖煎饼果子的那一对小夫妻，更是早已不知所踪。除了和我这样年纪相仿的老人，偶尔还能记得他们，谁还记得他们呢？记忆，虽然不是历史，但是，历史的消失，往往是记忆彻底消失之后的事情。

无花果

在我们大院里，爱侍弄一些花花草草的街坊有好多，景家是其中主要的一家。景家养的花草，最为引人的是品种多。景家住我们中院西房中的两大间，宽敞的屋前，有一道宽敞的廊檐，他们家的花花草草，大盆小盆，都摆在廊檐下面，那廊檐简直就成了一道花廊，特别是早晨的阳光正好打在景家的窗前，花廊更显得明亮而色彩鲜艳，春天常常招惹蜜蜂蝴蝶在那里飞舞，也常常惹我们一帮孩子往景家那些花那边瞧。

有一年春天，景家的孩子送来一盆植物，我不认识是什么，长有半人多高，铺铺展展的大叶子，挺招人的。景家的花姹紫嫣红，都正开得烂烂漫漫的，唯独这盆新来的植物不开花。这让我特别的好奇。我想，可能不像是桃花在春天开花。可是，都快过了夏天，它还是不开花，就像一个人咬紧嘴唇就是不说话一样。我想，它可能像菊花一样，得到秋天才开花吧？

这个想法，遭到我们大院九子的嘲笑。九子比我大两岁，高一个年级,因为他蹲班蹲过一年。那年暑假过后,他就要读四年级了,自以为比我懂得多,远远地指着景家这盆植物,对我说:知道吗?这叫无花果!不开花,只结果!

无花果,我听说过,却是第一次见到。

果然,暑假过后,景家的这盆无花果,在叶子间像藏着好多小精灵一样,开始结出了小小的圆嘟嘟的青果子,一颗颗地蹦了出来。

景家原来是个做小买卖的人家,有两个孩子,都各自成家,一个在外地,一个在北京,偶尔过来看看,我对这两个孩子都没有什么印象。景家只住着老两口,这些花花草草,就是老两口的伴儿,每天侍弄它们,给老两口找来很多的活儿,也给他们找来很多的乐儿。

景家无花果的果子越长越大,颜色由青变得有些发紫的时候,九子找到我,远远地指着景家廊檐下的无花果,问我:你吃过无花果吗?我摇摇头,然后问他:你吃过吗?他也摇摇头。那时候,住在我们大院里的,大多都是穷孩子,像我,以前见过都没见过,无花果是稀罕物,谁能有福气吃过呢?

你敢不敢,跟着我一起去景家摘几个无花果吃?九子这样问我,我睁大了眼睛,刚说了句:这不成偷了吗?我妈该……

九子就立刻打断我的话:就知道你不敢!胆子小得像耗子!转身就跑走了。

第二天,在大院门口,我见到九子,他很得意地对我说:可好吃了!可惜,你没有尝到,那味道,怎么说呢?特甜,还特别的软,里面还有籽儿,特别有嚼劲儿,有股说不出的香

无花果 **063**

味儿!

说心里话,我的心里怪痒痒的,馋虫一下子被逗了出来,望着九子发愣。

后悔了吧?让你昨天跟我一起摘,你不去!九子说着风凉话。

晚上,九子来我家,把我叫出屋,说:我还是又想无花果的味儿了,真的好吃,敢不敢跟我去景家?跟你说,天黑,他们根本看不见咱们!

要说小时候真的是馋,没有吃过的无花果,到底是什么味道呢?还真的诱惑着我。神不知,鬼不觉,我跟着九子溜到景家屋前。窗子里的灯光幽暗,廊檐下更是黑乎乎一片,偷偷摘下几颗无花果,真的是谁也发觉不了。可是,我和九子猫着腰在廊檐下转了一圈,也没有看见那盆无花果。我心里想,肯定是昨天九子没少偷摘,让景家老两口发现了,把无花果搬进屋里了。

果然,九子趴在门口,伸手招呼我,我走过去一看,无花果真的搬进屋里,正在景家客厅的地上。九子轻轻地对我说了句:门没锁,你给我看着点儿,我溜进去,给你摘两个无花果就出来。说完,他把门推开一条缝儿,像狸猫一样钻了进去,不知道碰到什么东西了,就听"哗啦"一声,惊动了景家老两口,从里屋走到客厅,拉亮了电灯。我和九子,一个在门内,一个在门外,灰溜溜地暴露在景家老两口惊讶的目光之下。那天晚上,我和九子的屁股都各自挨了家长的一顿鞋底子。

在以后好几年的时间里，尽管景家的那盆无花果越长越高，高得都换了好几次大一点儿的花盆，我却几乎都忘记了无花果。倒不是因为挨了我爸的那一顿鞋底子，让我长了教训和志气，而是毕竟我长大了，不再对花花草草的事情那么感兴趣，觉得那有些小儿科。无花果长它的，我长我自己的，仿佛像两条平行线，谁也不挨着谁。

一直到"文化大革命"爆发之后，秋天，我到南方大串联回来，九子来我家找到我，递给我几个乒乓球一样大小的圆嘟嘟的青中带紫的果子，对我说：知道这是什么吗？

我认出来了，是无花果，问他：哪儿弄来的？

他得意地说：甭问哪儿弄来的，是特意给你留的，尝尝吧！

我一口气吃了两口，软绵绵的，里面是有籽儿，但特别的小，哪里像他说的那么香，还特别有嚼劲儿？那时，我才知道，其实，九子和我一样，小时候也没吃过无花果，一直到这时候才第一次吃这玩意儿。

我不知道的是，就在我去南方大串联的时候，商家老太太带着一帮红卫兵闯进我们大院，抄了景家的家。九子跟着一帮红卫兵屁股后面浑水摸鱼。真的有些匪夷所思，他去景家，不是为了抄家，而是为了吃人家的无花果。红卫兵没有在景家抄出什么变天账或那时被称之为封资修的古董之类的东西，没有战果，一气之下，把景家廊檐里那些花花草草连同无花果都扔到院子里，说这是资产阶级的闲情逸致。花盆立刻被摔碎，已经长得很高的无花果的果子和枝叶零落一地，九子趁机揣了一口袋的无花果。

那天半夜里，我闹肚子，上吐下泻，没有办法，我爸把我送到医院看急诊。大夫问我白天吃什么东西了？我说没吃什么呀！再一想，是吃了无花果。

不知道为什么，从那以后，我只要一吃无花果，一准闹肚子。有一年，已经是过去了三十多年以后的事了，在新疆库车的集市上，看到卖无花果的，那无花果又大又甜，禁不住诱惑，吃了两个，夜里就开始上吐下泻，而且发起烧来。

后来，读美国植物学家迈克尔·波伦所著的《植物的欲望》一书。我惊讶地看到他说，植物与我们人类有一种亲密互惠关系，我们人类自己也是植物物种的设计和欲望的对应物。这实在是大自然的神奇，也是命运对于人类惩戒的象征。

从此以后，我再也不敢吃无花果。

不知道九子还敢不敢再吃无花果。我从来没有问过他这个问题。

刀螂腿阿玉

小牛搬家离开我们大院，新来一户姓游的人家，住进了牛家原来住的门房。游家两口子，带着一个闺女，名字叫阿玉。游家两口子个子都很高，阿玉的个子也很高。游家刚来的那一年，阿玉上初中二年级，正是青春期，发育得正是汁水饱满的时候，个子都高过她的同学一个脑袋了。特别是她出落的一双长腿，格外引人注目。院子的大人给她起的外号：刀螂腿阿玉。刀螂，如今难找了，那时，夏天在我们院子里常能够见到，绿绿的，特别好看，那腿确实长，长得动人无比，不动的时候，像一件绿玉雕刻成的工艺品。

阿玉的妈妈没有工作，爸爸是个剃头匠，以前拿把唤头，背着个布袋，里面装着推子剪子梳子，穿街走巷，靠手艺吃饭。北平解放以后，加入了服务合作社，一直在北桥湾的一家理发店干，每天正点上下班，每月拿固定工资，有了生活保证，日子过得挺知足。只是随着他家阿玉一天天长大，开销渐大，才觉得每月挣的工资有些不够花了。

游家搬进我们大院的时候，阿玉正是知道臭美，要穿要戴要打扮的年龄。而且，从小学六年级开始，阿玉就被东单业余体校的田径教练相中，每天要到业余体校训练，吃得多，还得买运动衣和田径鞋，花的钱比以前也多了。游大叔知道光靠剃头不行了，游大婶便跑街道办事处和电话局申请，跑了不知道有多少次，终于在朝北的窗台上安了一部公用电话。那是我们那条街上的第一部公用电话，附近的人都上她这里打电话。水道子离我们大院不远，过兴隆街的马路，穿过草厂三条就到了，游大叔上下班都能节省下来时间，帮助游大婶看看电话，传传电话，每月多一点儿进项。

那时候，阿玉自己，包括她的爹妈在内，都开始体会出她的这一副长腿的价值。她的学习成绩比较糟，尤其是数学从来就没及过格。她知道，学习救不了自己，能救自己的只有自己的腿了。在学校里，没少有男生追她，她都一概不理，她只有一门心思，就是练跑。全家把希望都寄托在阿玉的跑上面了。训练了两年多，那时阿玉已经是三级运动员了，在全区运动会短跑拿过名次。如果能够练到二级，她就能够在升高中时保送到女一中，那是北京十大市重点中学之一。如果能够练到一级，她就能够直接进北京市的专业运动队，不仅再不用自己花钱买回力牌的球鞋了，还可以吃住在先农坛，彻底离开家。她早不愿意在门房里住了，自从她搬进我们大院，就讨厌这个门房，不仅屋子里总是黑乎乎的，还总有散不去的以前牛家炸油条的味道。

她那时想得就是这样简单，根本没有想到初二这一年遭遇到了九子。

那时,九子正上初一,比阿玉低一年级,我还在读小学六年级。有一天放学,九子在我们学校门口等我出来,拉着我就往东单体育场跑。那时的东单体育场很空旷,业余体校和一般人都在那儿玩。我们坐在大杨树下看一帮男女绕着圈在跑步。他指着他们冲我喊:你看!你看!我不知道他让我看什么,但我很快在跑步的人中看到了刀螂腿阿玉。这有什么奇怪的呢?到这儿就是为了看她的吗?要看在大院里天天可以看得见。他却在一旁喃喃自语:你说奇怪不奇怪,我怎么就一直没注意到她呢?这家伙了不得,跑得真快!你看她腿,真长!

自从那天后,九子天天晚上跑到她家窗台前打公用电话。那时,打一次电话是三分钱,那时三分钱是一根冰棍、一张中山公园的门票、一个田字格本、一支中华牌铅笔的钱。但钱对于九子不成问题,对比大院里的穷孩子,他上面的哥哥姐姐有八个,每人给他一点儿零花钱,就够他花的了,光过年给他的压岁钱,都还攒着,一分没动呢。

不过,每天都打电话。给谁打?一个初一的学生,有什么电话非要每天打?

有时,他只是拨个121问个天气,拨个114问个时间,有时拨半天拨不通,自己对着话筒瞎说一气,非常可笑。我知道,他是醉翁之意不在酒,不过是借机会看看阿玉。但阿玉连个招呼和正脸都不给他,只是埋头写作业,或是看见他又在窗口出现了,而且又是对着话筒,像啃猪蹄子似的,一个劲儿地没完没了,便心烦地把书本往桌子上一摔,扭头就出了门。

好心的游大叔问他怎么总打电话,他含混地支吾着,被游大叔问得没辙了,只好说我给我二哥打的,要不就说等个电话。谁都知道那时候九子的二哥当了厂长,家里有电话。一听是给他二哥打电话,好心的游大叔还能再说什么呢?就说等有电话来我叫你,省得你总跑。

有一天晚上,满院子传来叫喊声:杨福庆,电话!由于那时天已经很晚了,院子里很静,大院里便响起了很响亮的回声。

九子一时没有反应过来,杨福庆是他的大名。在我们大院里,大人孩子都叫他九子,谁叫他杨福庆呀?每天都是他自己在瞎打电话,并没有真正给什么人打通过。谁能够给他打电话呢?真的会是他二哥吗?

杨福庆,电话!满院子还在回响着喊叫声。

他一跑三颠儿地冲出屋,跑到游家。哪里有他的电话,那电话像是睡着的一只老猫,正蜷缩在游家的窗台上。

他问正在屋子里做功课的阿玉:是有我的电话吗?阿玉给他一个后背,理也不理他。他问游大叔:是有我的电话吗?游大叔向他走过来说:没有呀!有,我会叫你的。

他根本没有分辨清,那是我装成大人的嗓子叫喊,故意逗他玩呢。他那点儿花花肠子,早让我看出来了。

都说往事如烟,人长大了,日子更是被风吹得一阵烟似的,过得飞快,远比当年刀螳腿阿玉跑得还要快。想想,已经过去了将近五十多年,如今,我们童年住过的大院被拆得七零八落,毕竟还在,但大院里的人却好多已经不在了。"文化大革命"中,我离开了大院,去了北大荒插队,九子去了陕西延安插队,只有阿玉留在北京,不过,她到底没有当成专业的运动员,而是止步于二级运动员的位置上。

阿玉获得二级运动员的称号,是在她上高一的那一年暑假。那一年,她的训练很有起色,在北京市中学生运动会上,一连夺得一百米和二百米的双料冠军。她再努一把力,只要获得一级运动员的称号,就能够进专业运动队了。那时候,她兴致勃勃,信心十足,整天迈着她的那双大长腿,旁若无人似的,在我们大院里进进出出,跑跑跳跳,哪里会看得上九子?尽管九子常向她献殷勤,运动会上,跑去给她喊加油。别说九子了,就是比九子学习或长相更出色的男生,她一个也没看上,那时候,她一门心思就是练跑,连上学和放学的路上,都能看见她在跑步。她跟中了魔似的,一天到晚总是想着跑步,希望能快点儿跑进一级运动员,就跑进了专业队。

就在那一年的冬天,一个下雪的晚上,游大叔下班,从北桥湾回家,过兴隆街马路的时候,因为雪大路滑,一辆小汽车没有来得及刹住闸,把游大叔撞倒在地。其实,在并不宽的兴隆街上开车,车速不会快,但是,游大叔的脑袋正好磕在马路牙子上的一个邮筒上,邮筒的铁棱角偏偏扎在他的太阳穴上,当场流了好多血,送到医院抢救,熬了好多天,还是没有抢救过来。游大叔一走,家里断了生活的来源,光靠着一部公用电话,哪里维持得了生计?而且,由于游大叔一走,游大婶受了刺激,魂不守舍,常常恍恍惚惚的,电话铃声响了,也常常听不见,耽误了别人的事情,人家常常向电话局投诉。公用电话，也没法子再看了。没有办法，阿玉只好咬牙退学，找一份工作养家。她的老师和教练都非常为她可惜，也都很同情她，最后，是学校出面，为她找到一家工厂，去当学徒工。

阿玉到底没能跑进一级运动员，跑进专业队。可惜了她的那双大长腿！那时候，不仅九子这样说，我们大院好多街坊都这样感慨。

想想，即使阿玉成为一级运动员，进了专业队，又能怎么样呢？因为第二年的夏天，"文化大革命"爆发了。百业凋零，比阿玉更优秀的运动员都被耽误了，荒废得何止一个人！所以，阿玉也没什么可遗憾的。"文化大革命"中，阿玉草草地出嫁，嫁给了她的师傅。在那个一切都讲究出身的年代里，工人是她最好的选择。出嫁之后，阿玉带着她妈就搬出了我们大院。阿玉是个孝顺的孩子，小两口和游大婶一起过。她的新家在阎王庙前街，离我们大院不远。

我从北大荒刚刚调回北京的时候，曾经在我们大院前的那条老街上见过她一次。她正推着自行车，车座子上驮着她的女儿，那时，她的女儿也就五六岁的样子，可惜没有她小时候的那一双长腿。我对她说起当年九子总到她家打电话的事，又说起我装成大人的腔调逗九子玩的事。她哈哈大笑，惹得她女儿莫名其妙地看看她妈，又看看我。

以后，我再也没有见过阿玉。

我倒是偶尔能够见到九子，曾经对他说起过阿玉，说起当年我逗他跑到阿玉家接电话的往事。他假装深沉地对我说：有这回事吗？我早忘了！

我开玩笑地对他说：什么时候，咱们一起找找阿玉，看看她的女儿，看是不是和阿玉一样，也长着一双刀螂腿！

他呵呵笑着说：还她女儿呢？没准儿阿玉的外孙女都有了呢！你想想，阿玉今年都得七十多岁了！

三棵老枣树

在我们大院的中院,有三棵老枣树,是前清时候留下来的,至于到底是前清什么时候,谁也说不清了。据说,是先有的这三棵枣树,后有的我们的大院。也就是说,我们大院的第一任主人,先看中了这三棵枣树,买下了这块地皮,才建的我们大院。枣树的历史,比我们大院的年头还要长。

枣树,活得年头长久,活到我们这一代,虽然枝干已经斑驳沧桑,但它们并不显得老态龙钟,也没有像老槐树老榆树一样,长得多么粗壮臃肿,而是瘦筋筋地往高了长,树梢都已经高出房檐许多。关键是,经历了那么多年头,三棵老枣树没有退化,到了秋天,结出的枣还是那么多,红红的小灯笼一样点缀在枝叶之间,是非常诱惑我们这一帮半大不小的孩子的。而且,它们结出的枣,又脆又甜。是那种马牙枣,细长细长,一头尖,一头圆,看着就比那种两头粗圆粗圆的棒槌枣要受看,看着也喜兴。大院里老人说,以前这枣还要甜呢。以前怎么个甜法,我不知道,只知道现在就足够甜的了。

这三棵老枣树，也有一个特别令人讨厌的地方，就是到了夏天，老闹"吊死鬼儿"。这种"吊死鬼儿"，比槐树掉下来的还要多。这是一种毛毛虫，长长的，像蚕，却比蚕细，浑身发绿，软绵绵地蠕动，一根细细的几乎看不见的长丝，从枣树枝上垂吊下来，忽忽悠悠的，能够一直垂吊到地上，让人踩在脚上，也够恶心人的。人们从树下走过，常会不留神碰上这家伙，黏黏地粘在你的身上或头发上，特别的烦人。要是粘在你的脸上，会吓你一大跳，如果是粘在小女孩的脸上，就更得吓得她惊叫起来。

那时候，我们常常抓住这样几个"吊死鬼儿"，放在背后，等院里的小姑娘走过来了，悄悄地放在她的身上或脖子里，然后一溜烟儿地跑走，听她们大呼小叫，我们在一旁哈哈大笑。

做这种恶作剧的领头人，是九子。九子是我们这样一群大的孩子的头儿，大家都会听从他的指挥。他最喜欢瞄准的小姑娘，是小猫。于是，我们大院夏天的晚上，常常会听到一个小姑娘跟猫被踩着尾巴似的尖叫声。不用说，那一定是小猫的声音，干这勾当的，必得是九子无疑。

九子比我大两岁，小猫比九子小六岁。小猫是老蒋家的宝贝外孙女。老蒋家就住在中院的三间正房里，小猫进进出出，必须得经过这三棵老枣树的下面。夏天，"吊死鬼儿"出没的时候，便常常成了小猫的噩梦，也成了九子找乐子的最佳时机。

在我们大院里，老蒋家是个厉害的主儿。在我们小孩子的眼里，厉害，不是指他横，而是指他家是我们大院里最阔的主儿。在我们大院里，除了房东，老蒋家是唯一一户广东人，配得上我们粤东会馆的名分。至于老蒋家为什么能够这么阔，是大院里谁也弄不大清楚的。老蒋本人没有工作，钱是以前挣下来的，据说，老蒋家以前是广东梅州一带的大财主，上个世纪30年代，受维新的影响，家里人送他去日本留洋学医，没有完成学业，又娶了这位日本太太，钱折腾得差不多了，才回国来，却没脸回梅州见江东父老了，就留在了北平，住进我们大院，算是我们大院的老住户了。刚开始，他在我们大院西边不远的墙缝胡同边的董德懋诊所，给董大夫当帮手，解放前夕，就辞职不干了。据说是，老蒋家的老爷子过世，几个孩子分家，没有忘记他这一份，光一处围屋就卖出不少的钱，便将这笔为数不少的款子寄到他的手里。有了足够的钱财，他不愿再给董大夫打下手了。本来，他想拿着家里寄来的这笔钱自己开个诊所的，没想到北平一解放，公私合营运动一闹，他也就没有这心思了，整天就是花鸟鱼虫，写写画画，焚香拜佛，优哉游哉地度日，活脱脱一个世外桃源里的陶渊明了。

　　老蒋太太是个家庭妇女，我小时候，看不出她哪一点儿像日本人了。那时候，她有四十来岁，讲一口流利的中国话，干活儿挺麻利的，特别的勤快。蒋先生是从来不上我们大院里的厕所，更不去街上的公共厕所，都是在自家的马桶里解决问题。每天倒马桶的活儿，都是老蒋太太干。那个圆鼓鼓的马桶是木制的，沉甸甸的，她一个瘦小的个子提着，显得特别的不成比例。老蒋太太从不埋怨，她似乎没有别的爱好，就是喜欢洗澡。他们家三间房子，专门辟出一间当作他们的洗澡房，安装了全套的沐浴设备，这在当时我们大院里，可是"蝎子拉屎独一份儿"。那时候，我家洗澡，就是一个朱砂色的大瓦盆。我妈洗衣服用它，我们洗澡也用它，坐在里面，生怕不小心，屁股一使劲儿，坐碎了瓦盆。哪里见过老蒋家这样花洒新式的水龙头。

老蒋太太和老蒋只有一个宝贝闺女，大学没有考上，到夜大学了两年财会，最后到沙子口的食品厂当出纳。她人长得小巧玲珑，面容白净姣好，是那种典型的广东人和日本人的结合，出落得清秀、细腻，就是个头儿矮了一点儿。长到快三十，依然待字闺中，老蒋不急，老蒋太太着急，她自己不到二十就嫁给了老蒋，女儿这么大年纪了，能不让她着急吗？她催促女儿赶紧找对象出嫁，女人一过三十，就江河直下了。介绍了无数个，都没有成功。最后见到一位，是电池厂的工人，女儿终于乐意了，老蒋两口子不乐意，有点儿看不起这个工人。但是，这个高高身挑儿，长得有点儿像电影演员冯喆的电池厂的工人，女儿相中了，铁了心。

结婚之后，女儿和"冯喆"住在蒋家。"冯喆"成了倒插门的女婿。他没有什么怨言，自己家没房，不住蒋家住哪儿去？人穷志短，马瘦毛长，谁让自己穷得叮当乱响呢。这是他住进蒋家，和我们大院里一些街坊熟了之后发的牢骚话。这话，他可不敢当着老蒋两口子说。

第二年，他们生下了小猫，这是我们给人家起的外号，因为她长得瘦小，像只猫。她的大名叫蒋素僧，随了蒋家的姓。

这是蒋家同意这门婚事的唯一要求。外孙女这个有点儿古怪的名字,是老蒋起的,因为他笃信佛教,家里一直供奉着一尊玉做的观世音像。

九子读中学的时候,小猫才上小学一年级,我正上小学六年级。那时候,正是我们大院里那三棵老枣树的鼎盛时期,也是我们最无忧无虑疯玩的时期。每年夏天树上吊下来的"吊死鬼儿"越多,到了秋天,树上结的枣就会越多。等候打枣,等候吃枣,成为那时候我们孩子最盼望最跃跃欲试的事情了。不仅是为了能够吃到那甜甜的马牙枣,更可以在打枣的时候尽情地爬上树疯玩。我们会从后院我家南山墙的土堆上爬上房,然后踩在房顶的鱼鳞瓦上,狸猫一样,跳到东院蒋家的房顶,再从房顶猴子似的攀上枣树的树枝子上,使劲儿地摇晃着树枝,或者用竹竿使劲儿地敲打这树梢上那些最红的枣。枣纷纷如红雨落下,那情景真的很壮观。比我们小的小不点儿,爬不上树,就在地上头碰头地捡枣,抢枣,大呼小叫,吵翻了天。在这样打枣的日子里,大人们开恩,都不再管我们,任我们树上树下可劲儿地疯。打枣的那几天,可真的成了我们孩子的节日。

一般,我们大院都会在中秋节之前打枣。这是个约定俗成的日子,为的是让全院的人能在中秋节那一天吃上枣。打枣那几天,我们会把大院的大门关上,不让别的院子的孩子跑进来抢枣吃。东西两侧的房顶上,也会有大一点儿的孩子分兵把守,不许别的院的孩子从空中入侵。我们甚至把中院那扇木门的门闩也闩上,几道关卡严防死守,只有我们自己尽情在树上树下狂欢。粤东会馆打枣，在我们那条老街上，很是有点儿名气。

每天打下来的枣，都会堆在树下，人们路过，可以尝几个，但谁也不会把枣揣兜里拿回家，那会很让人瞧不起。一般，利用两三天下午放学之后的时间，大家就把枣打完了。枣落了一地，叶子也落了一地。我们一帮孩子会把叶子扫走，把堆成小山一样的枣，用洗脸盆装满一盆盆，给各家送去。每家都会分得这样一盆马牙枣，作为各家中秋节桌上的一道水果点缀。这样平均分配的规矩，不知道是从什么时候立下的，一直到现在，在我们大院还活着的老人的记忆里，还会有这样每年秋天各家一盆的马牙枣在滚动，在闪动。我们是从我们的大哥哥大姐姐那里学来的这样的规矩。端着洗脸盆给各家送枣，好像怀里抱着的是我们的胜利成果，什么战利品似的，让我们特别的快活，非常有成就感。如果说盼望枣红、打枣、分枣是三部曲，那么，端着洗脸盆给各家送枣，就成了每年秋天这个保留节目中的嘹亮而悦耳的尾声。

打完枣后的三棵枣树，好像飞走了蜜蜂的蜂巢和熄灭了蛙叫的池塘，显得有些寂寞。缺少了我们在它们枝头上的腾挪跳跃和大呼小叫，以及枣纷纷如雨而落的声音，只剩下风儿在吹，缺少了生气和活力。树叶的稀少，树上的枝干显得清爽多了，蓝天在疏落的枝条间闪动，看得格外清楚。除了树梢上残存着零星的红枣之外，其余的都被打落了下来。那几颗稀疏零落的红枣，便显得那样的显眼，小星星一样闪烁，常常让我们还想再爬到树上，伸手把它们摘下来。它们可以挂在树梢上，一直到初冬,最后被风吹落,或被鸟叼走。

这三棵老枣树,从春天开满细碎的小白花,到夏天垂落下那样多的"吊死鬼儿",再到秋天累累缀满一树树的红枣,到初冬留给我们最后的回味,带给我们多少快乐和想念啊。我读高中的时候,在作文中好几次写到我们大院这三棵老枣树,写到冬天它们疏枝横斜间那稀疏零落的枣最后的消失,带给我当时怅然若失的感觉,和以后难忘的回忆,还有那个年纪里的那么一点儿矫揉造作的伤感。

记忆中我们大院里最后一次打枣,是1967年的秋天。那之后,我和九子以及我们一般大小的孩子都去各地上山下乡而风流云散。比我们再小的一批孩子们,再也没有了如我们打枣一般的乐趣,和我们前一代孩子所立下的每家各分一洗脸盆马牙枣的规矩。再后来,大院里新的一茬儿孩子长大了,各个娶妻生子,房子不够住,各家纷纷在自家门前盖起了小房,原来宽敞的院落变得越来越拥挤,打枣的乐趣,远远赶不上生存的苦恼和困惑。这三棵老枣树,不知在什么时候,已经被无情地砍掉了。

1967年的秋天,应该算是我们和这三棵老枣树最后的告别。

那一年的秋天,九子居然还领着我们一群已经长大的孩子,爬到树上去打枣。但是,已经没有那么多的孩子和他一样热衷了,好多的孩子还在外面大串联,或者在学校里闹革命,没有回到我们的大院。大院的大门也没有再关,东西两侧的房顶上没有人把守。树上的枣,吃凉不管酸,还是结的那样的

吉祥

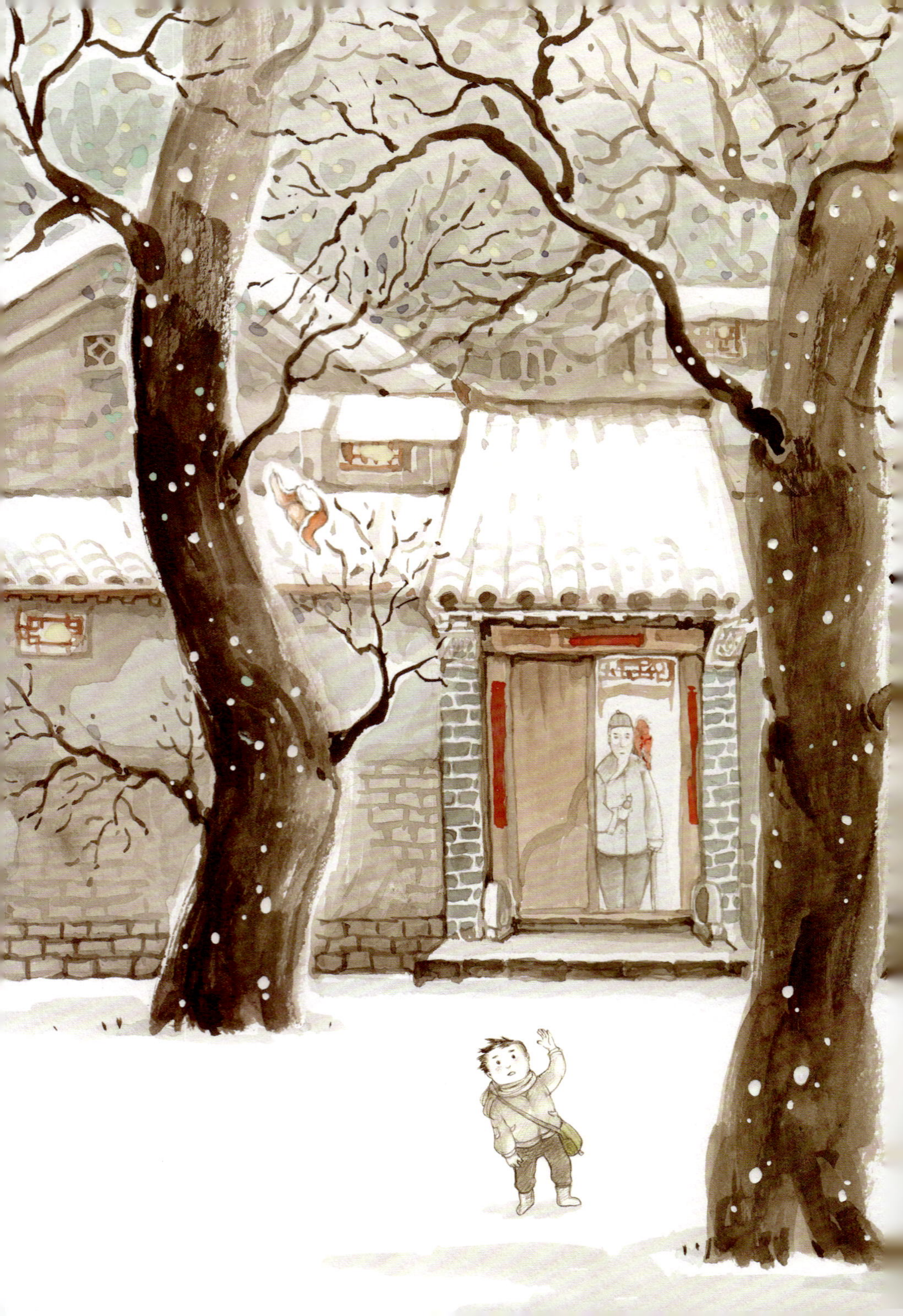

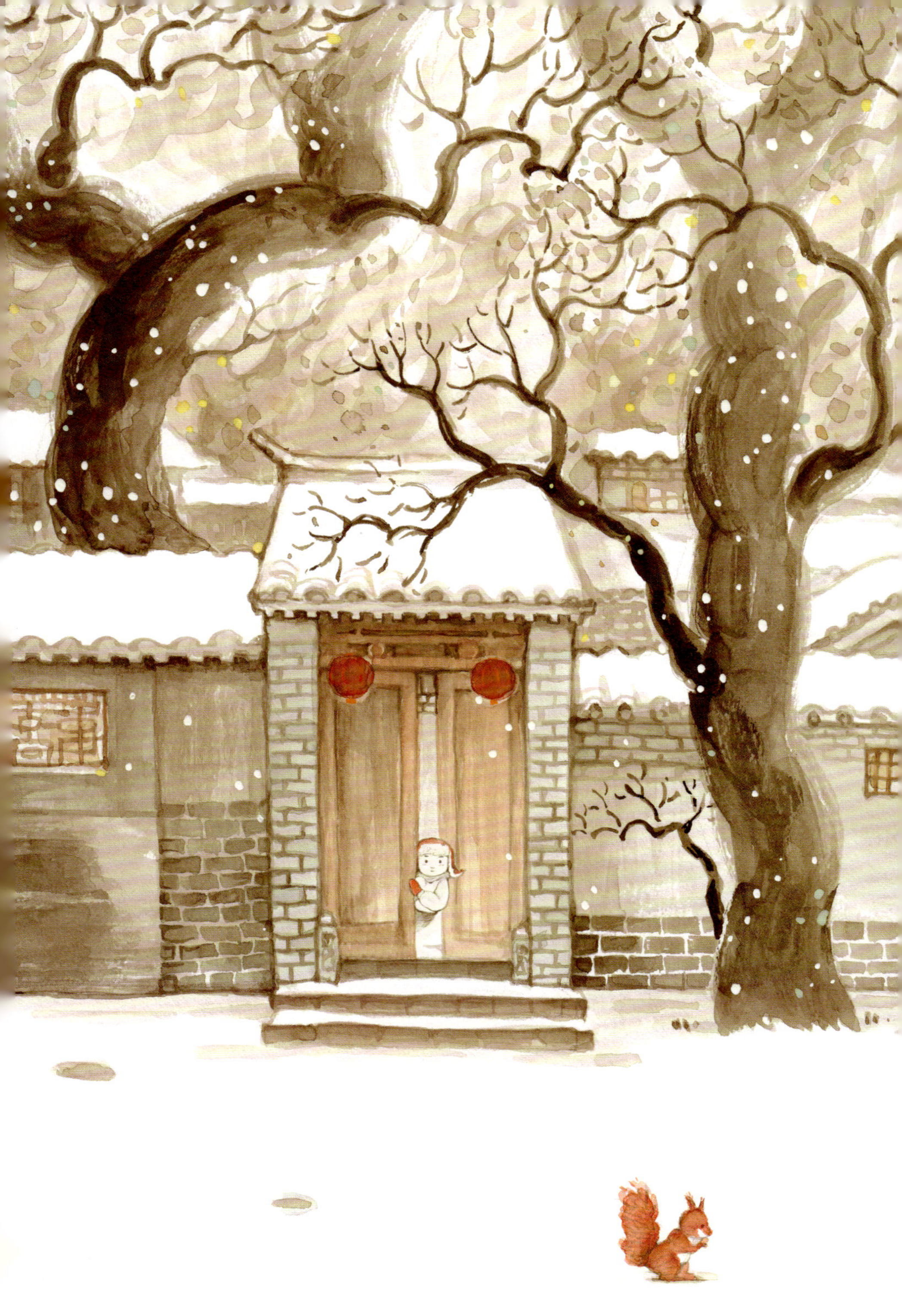

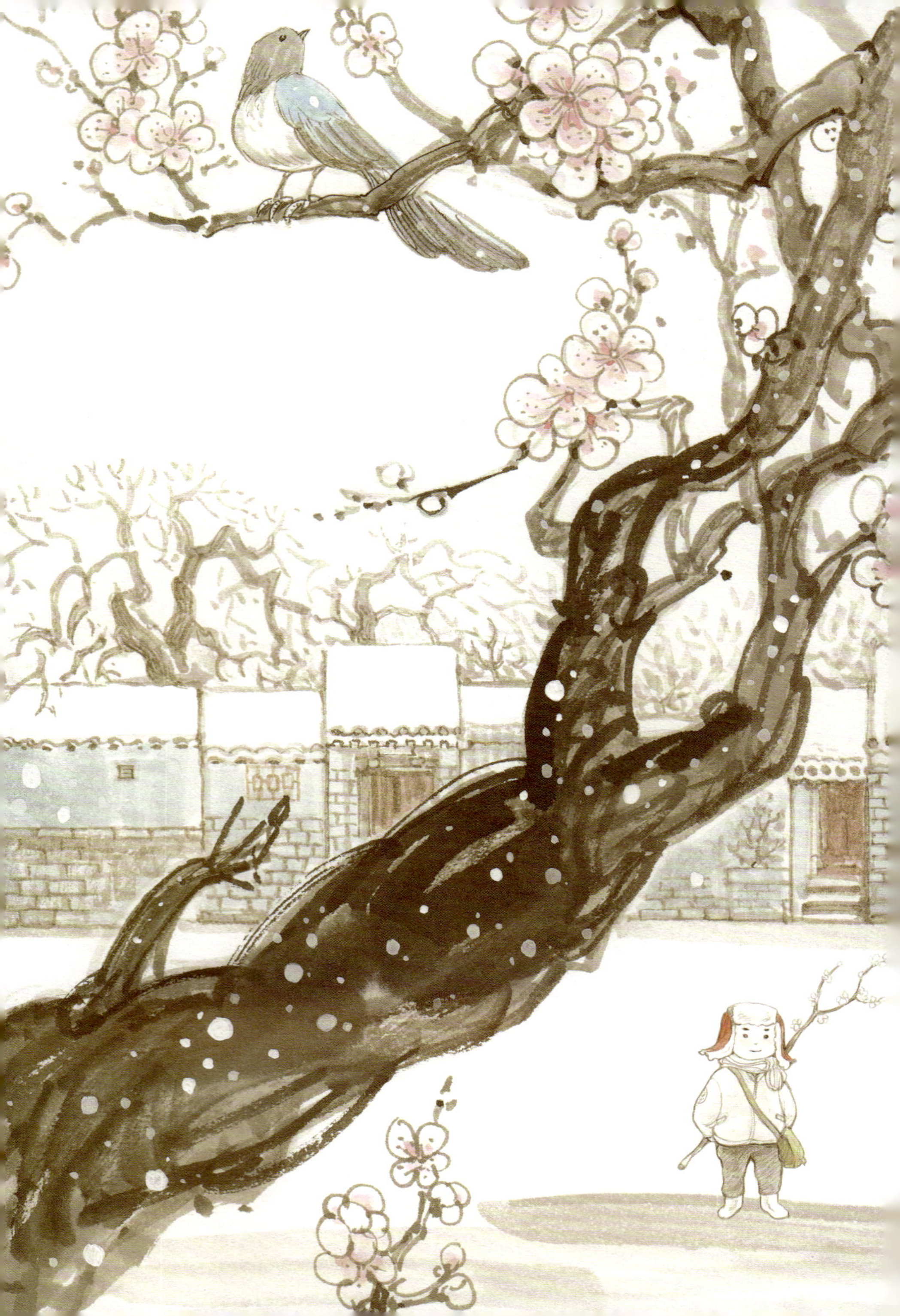

多，有点儿没心没肺地鲜艳地红着。九子、我，还有几个和我们俩一样处于逍遥派的孩子，爬上了树去打枣。由于人手不够，心气不足，树上的枣还没有完全打光，我们就草草收兵了。但是，给各家分枣的老规矩，不能变。只是，这枣该这么分？九子望着我，我望着九子，大家互相望着，心里都犯了难。

原因是眼前硝烟未散的"文化大革命"。老枣树还是以前的老枣树，我们大院却不是以前的大院了。我们大院被掘地三尺一般，一下子挖出了那样多的牛鬼蛇神。原来都是抬头不见低头见的邻居，现在成了阶级敌人。原来只有在电影里在小说中见过的国民党军官和地主老财或舞女妓女，现在就在身边走来走去。这些人家的枣，还能送去吗？

大家把目光都集中在九子的身上，他爸爸是火车司机，正经的工人出身，根正苗红。当时，到处在喊工人阶级领导一切，这时候我们大院如何分枣，当然也得听九子的了。

最后，九子说，被揪斗出来的人家，就别送枣了。没揪斗出来的，咱们还是一律按老规矩送枣。

我知道，九子这样说，首先是考虑到我。我爸爸参加过国民党的历史问题，被商家老太太在大院门口贴过大字报，但万幸没有被揪斗，这样就也能分到枣了。那时候，分枣不分枣，不在乎馋那几颗枣，而在于革命阵营的区分呀。说老实话，我心里挺感激九子的。

这样一来，院子里起码有一小半的人家不用送枣了。原来打下的枣就不多，每家仍然可以分得一洗脸盆。咱们晚上送

三棵老枣树 **081**

吧！九子这样说，我也能明白，是怕看见我们端着洗脸盆走马灯似的在大院里走，那些不送的人家会尴尬。其实，晚上，我们端着洗脸盆往各家送枣的时候，被批斗的人家早都自惭形秽地关紧大门，拉严窗帘，根本不做这非分之想。只是，我路过这几家的门前和窗前的时候，心里有一种说不出的滋味。两年前的秋天，打枣分枣的时候，还不是这样的呀。

枣树下，只剩下最后一点儿枣了。该送的人家都已经送过了。九子装了满满的一洗脸盆枣，还要给谁送去呢？我看九子端着那一洗脸盆的枣，在犹豫着，在想着什么，快满月的月亮光很亮，跳动在他年轻的脸上，却显得几分迷离。

有的孩子以为九子想端着这一洗脸盆的枣拿回自己的家，就对九子说：趁早你就端回你家得了，剩下的枣，我们哥儿几个分了！

九子没有说话，端着这一洗脸盆的枣，向院子里的北屋走去。谁都知道，那是老蒋家。

一年前的红八月里，红卫兵闯进我们大院，就是从这三间北屋里，将老蒋和他的太太推出了屋子，又从屋前的廊檐上推下高台阶。蒋太太只是打了个趔趄，没有摔倒，老蒋却几乎是从台阶滚落在地上。那时候，一个大地主的出身，一个日本的女人，立刻升级，演变成为大地主和日本女特务。这样跌倒在院子里，老蒋立刻昏迷了过去，红卫兵怎么叫他起来都起不来，便大骂他是装死狗，命令老蒋太太把他拽起来。老蒋太太个子矮，瘦小枯干，跟片单薄的树叶似的，哪里拽得动老蒋。不由分说，几个红卫兵的皮带已经纷纷抡将上来，老蒋两口子被打得皮开肉绽。不仅老蒋起不来，老蒋太太也被打倒在地，起不来了。这时，一个男的红卫兵从屋子里拿出老蒋的那尊玉做的观世音像，一把摔碎在院子里；一个女的红卫兵从屋子里提出来老蒋的那个木马桶，几个箭步走到老蒋的身边，骂了句：让你装死！就把半马桶的屎尿都扣在了老蒋的头上。老蒋当天就死了。老蒋太太当晚在洗澡房里，用睡衣的腰带上吊自尽。

第二天的早晨，我和九子还有一帮孩子，看见人们将老蒋太太从屋里抬出来，就像抬一具木偶。她的女儿女婿站在一边，噤若寒蝉，什么话也不敢说。小猫躲在枣树后面，看都不敢看一眼，真的像只受惊的小猫一样，浑身瑟瑟发抖。

九子端着这盆枣走上高台阶的时候，有个孩子拉住了他的肩膀，悄悄地说了句：给她家送去，合适吗？我也跟了上去，随声说了句：是啊！

九子回头说了句：她姥爷姥姥是她姥爷姥姥，她是她！她又没有什么问题！说完，走上台阶，敲响了蒋家的屋门。我看见，是小猫开的门。小猫推托着，九子坚持着。月亮那么的亮，把他们两人这一切的举动，照得那么的雪亮而凄然。那一刻，不知为什么，我的眼泪流了出来。

在我们的大院里，我和九子、小猫都曾经是好朋友。但是，在好朋友受灾受难的时候，只有九子向小猫伸出了温暖的手，而我们都在远远地躲着她。在以后我们彼此分别的日子里，我常常会想起九子和小猫。1967年秋天的那个晚上，九子端着一洗脸盆枣给小猫送去的情景，便像一幅画一样浮现在我的眼前。

九子,以后我还见过几面,小猫,我再也没有见过了。一晃,四十九年过去了,即使再能见到她,她也是六十多岁的老太太了,是只老猫了。真能相见,彼此也都不认识了。

九子后来到陕西插队。他自学成才,靠着一本残缺不全的《赤脚医生手册》,先是在村里当赤脚医生,后来调到了镇卫生院,又调到县医院。最后,调回北京,在一家区属的医院当大夫。由于没有大学文凭,他的晋级之路一直受挫,退休时还是个副主任医师。但是,退休后,他没有闲着,到一家私立医院接着给人看病。用九子的话说,就是再赚点儿酒钱。

九子爱喝酒,有一次,喝了点儿小酒,九子有一点儿微醺,他醉眼蒙眬地对我说:你知道我后来怎么在我们村里想起学医的吗?告诉你,是小时候,我去蒋家,老蒋和我聊天。

老蒋和你聊天?我很奇怪,老蒋在我们大院一直是深居简出,怎么会和一个毛孩子聊天?

你还不信,真的是他和我聊天。他说他一辈子最想开个诊所,但到了没有开成。他说,这人的工作,顶数大夫最好,什么时代,什么人,都离不开大夫,就是饿死了瞎家雀儿,也饿不死大夫!老蒋这话对我印象很深,影响最大。

他为什么对你感慨这个呀?我真的又是奇怪,又是惊讶。

我也不知道,好像他对他的这个女儿没有当成大夫,挺失望的。他希望他家小猫能实现当大夫的这个愿望,但小猫对学医兴趣不大,他好像挺悲观,不抱什么希望。

为什么呢?

这我就真的不清楚了。当时,我也没有问。

我们一起在大院里的时候,我从来没有发现,也没有听说过,九子单独去过老蒋家呀,而且,还能够和懂潮汕话也懂日本话,懂医又懂文的老蒋聊这么多关于医学与人生的话题。

那是什么时候的事情呢?是不是你早就瞄上人家小猫了?我问九子。九子光喝酒,不回答。

我曾经向九子打听过小猫的近况。可惜,他也不知道。他只知道我们都上山下乡之后,她的年龄小,没有去插队,留在北京工作。至于在哪里工作,做什么工作,现在住在哪里,九子和我一样,也在打听,却一片茫然。

大提琴手

　　遗传这玩意儿真的很厉害，因为杨家老爷子大杨拉一手好京胡，杨家的孩子个个都会耍弄乐器。受父亲的影响，老大老二和老三，都能拉一手好京胡。每天晚上他家门前总围着一群戏迷，凑着大杨和三个孩子此起彼伏的京胡声，嘶哑着嗓子唱京戏，一会儿老生，一会儿青衣，一会儿马连良，一会儿梅兰芳，热闹的劲儿，像过去阔人家的宅子里唱堂会，成为我们大院的一景。

　　北平刚解放那年，杨家来了一个亲戚，坐着吉普车来的，穿着解放军的军装，带着个警卫员，像是个当官的。他看见杨家居然有十个孩子，直皱眉头，对大杨说：你倒是能穷欢乐！孩子多得跟鱼甩籽似的。你看看你这么多孩子，日子过得这么紧巴，不如让孩子们跟我当兵去！

　　大杨是个火车司机，他家老大早早就跟着他在铁路上干活儿，下面的孩子还小，老二和老三，一个十八，一个十七，年龄正合适，就真的去当兵了。军装刚穿上没几天，跟着部队南下。那个当官的亲戚让老二和老三都去当警卫员,老二愿意,老三不愿意。亲戚问他想干什么?他说想拉琴。亲戚知道大杨一家都会拉琴,一甩手说:那你就去文工团吧!

三年过后,老二和老三都入了党,从部队复员回到北京。老二分配到一家工厂当工会干事,老三分配进了一家歌舞团。工厂的头头是老二首长的老战友,没过一年,老二就被提拔当了工会主席。几年之后,工厂头头升职,提拔他顶替当了工厂的头儿。老三在部队文工团时,因为不需要京胡,改学的大提琴。好在音乐是相通的,老三聪明,学得很快,到了北京的歌舞团,正缺一个大提琴手,像是虚席以待,专门在那里等着他一样。老二老三,都算是人尽其才,工作都很满意,杨家自然要感谢那位当官的亲戚,没有人家的仙人指路,两个孩子只能和他家老大一样,先当司炉,最后当火车司机,一辈子和自己一样,在铁道上滚。

回京这一年,老二和老三前后脚结婚。对象不难找,哪家的姑娘不喜欢这样的男人呢?那时,搞对象讲究出身,复员军人比工人还要吃香,姑娘愿意找复员军人。喜欢干部的,稳当,找了老二;喜欢文艺的,活泼,找了老三。第二年,两家的媳妇跟比赛似的,前后脚地都生了个胖小子。两个人算是顺风顺水,日子过得挺美。

老二当了工厂的一把手之后,就搬出我们大院,住进了厂子的职工宿舍里,原来老厂长曾经住的那一套三间的楼房。老三的歌舞团没房子,暂时还住在我们大院,和他妈他弟妹挤着。结婚之后,在他家搭了一间小房。日子仿佛又回到以前,每天下班回来，饭由他妈做，老婆在一旁织毛活儿，儿子在一旁看书，他大撒把，大松心，照以前一样，跟着他爹大杨操琴为戏迷伴奏，一家子各忙各的，其乐融融，日子像胡琴奏出的小曲一样，有韵有律的。

这样的日子，如果没有"文化大革命"的到来，杨家老二和老三的日子过得如鱼得水，各有各的滋味。对于杨家，逢年过节的时候，总能得到老二的司机开着吉普车送来的大包小包的年货。对于我们大院的街坊，可以得到老三的好多赠票，不花钱看好多歌舞节目。

但是，"文化大革命"还是到来了。各家孩子插队日子到来的时候，杨家最后的两个孩子小九和老十，跟我年纪相差不多，不愿意和我一起去北大荒，愿意去更艰苦的地方，头一批报名去了陕西延安。没有想到，杨家老二和老三的孩子比我们小好多，也没有逃脱插队的命运，全班人马连锅端，都得去上山下乡。没有了孩子，我们大院一下子空落落的。如果只是空落落的，也只是日子过得寂寞而已。关键是运动牵引着人心起伏不定，让人觉得像是风暴里一只飘摇的小船，不知道前途在哪里，不知道什么时候就会被浪涛打沉。

那时候，杨家老三的日子好过些，歌舞团改演样板戏，缺一把懂京戏的京胡，老三的京胡派上了用场，改大提琴操练起了旧京胡，成了团里一把行家里手，谁也离不了。老二却走背字，正作为走资派整天在工厂里挨批斗，本来因为老厂长的关系，已经让他和老厂长绑在一起，都成为了一条黑线上的人物，又加上老厂长自杀，让他更是罪加一等，在劫难逃。老二的妻子忧心忡忡地到我们大院，找到老三说：小军他爸爸闹得小军整天心事重重的，我特别担心。就让我家的小军跟你家的小辉一起走吧，两人在一起，彼此有个照应，我和他爸爸也好放心。

老二的小军跟着老三的小辉，一起去了小辉学校学生去的山西稷山县插队，在同一个村里的知青点落了户，彼此有个照应。不管怎么说，亲不亲，打断骨头连着筋。小辉比小军大两个月，自觉担当起哥哥的责任，事事会想着小军。那时候，大家都年轻，谁能想到以后会有什么变化，都以为眼前的"文化大革命"不能永远这么乱下去吧？没几年就能够平定下来，一切恢复正常，甚至还能重新考大学呢。那时候，小辉和小军心里都多少还是有几分幻想的。

他们做梦也没有想到，这一去山西，两年多没有回家，再回家的时候，命运已经发生了翻天覆地的变化，他们的幻想，不过如小时候吹的肥皂泡一样破灭得干干净净。小军的父亲杨家老二，因为实在忍受不了每天戴着高帽子挂着黑牌子站在高凳子上批斗的屈辱，走上和老厂长一样的道路，跳楼自杀了。是老三给两个孩子拍的电报，没敢对孩子说实情，只说是爷爷病重，让两个孩子赶紧请假回北京。

那时候，老三的孩子小辉，已经不在村里了。因为自幼受父亲的影响，也会拉大提琴，而且，"文革"前就可以完整无缺地拉全套的巴赫无伴奏的大提琴组曲了，手上的功夫了得。在我们大院的时候，我听他拉过这些曲子，尽管不懂，却觉得美轮美奂。从北京刚到村里的第二年，就被县上的剧团调去为样板戏伴奏，这是可以想象得到的事情。别看只是个县上的剧团，还挺正规的，舞美和乐队，都和正规的剧团差不多。演员和乐手大多数是从知青里挑出来的。小辉从父亲那里学会的大提琴帮助他逃出苦海，临别的时候，小军羡慕死了，连连对小辉说：我爸也会拉胡琴，你说我爸当初怎么不让我也学学一样乐器呀！小辉安慰他说：别瞎琢磨了，早知尿炕不就睡筛子了吗？谁也没长着后眼。再说，我这也只是借调，样板戏一演完，我还得回来，和你就伴儿！

现在，还没等到小辉回村和小军就伴儿，先等来了爷爷病重的电报。小军好请假，从村里立刻到县里，找到小辉。谁想，小辉拿着电报找剧团请假，剧团死活不放他回家，说是一个萝卜一个坑，乐队里本来大提琴手就少，再缺一个，样板戏还怎么演？演出样板戏可是政治任务！

小辉只好把小军送到火车站，眼瞅着小军孤零零地挤上了火车，独自一个人踏上返京之路。小辉哪里想到，小军更是哪里想到，迎接他的会是这样的打击。

大概就是从这时候开始，小军不想再在村里待下去了。梦想回北京，回不了北京，起码能像小辉一样，调到县里也好。却不想处处碰壁，一烧香，佛爷都掉屁股。而小辉却已经正式调到了县剧团，成了每月拿工资的国家干部。这越发对他刺激，让他无法接受。心灰意冷后，小军很快和当地一个农民的闺女结了婚。山西晋南的女子长得水灵，又懂得风情，那个女子一门心思，就想找个北京娃，一直对他不错，知疼知暖的，熟鸡蛋、大红枣、压花的鞋垫什么的，没少往他的衣袋里和炕头上塞。她家里的人对他也不错，彼此有个照应，起码每年冬天盘火炕、堆柴火垛、挖菜窖这一堆让他头疼的活儿，不用他操心了。

他们结婚，是在村里摆了几桌酒席，然后回的北京。小辉特地从县里赶回村里，喝了他们的喜酒，那天，他看见小军挺高兴，搂着俊俏的媳妇，喝得醉眼蒙眬的。小辉只是没有想到，小军这么快就结了婚。搞的这个对象，连带到县里让自己参谋参谋都没有一次，说办事就办事了，自己拿主意，把他这个当哥的撇在一边。小辉喝完喜酒，当天晚上没有返回县城，小军的媳妇家让他住下，说家里有地方住，小辉还是住在了知青点里，躺在烧得滚烫的热炕上，半宿没有睡着。月亮很亮，月光清水似的，透过窗户，淌进屋来，照在炕上。原来这铺炕上，旁边睡着的就是小军，现在，小军已经离着他很远了似的，小辉第一次感到他们哥儿俩之间存在着隔膜。他有些伤心。

小军带着新媳妇回北京，家里冷清清的，他妈并没有一点儿欣喜之情。小军的结婚是先斩后奏，纵使儿媳妇长得像个天仙，毕竟是农村的婆姨。这样把媳妇一娶，不是在农村扎根，彻底回不来了吗？这话，他妈不说，憋在心里，结成了死疙瘩，哪里能有什么心气，由他们小两口自己，爱怎么折腾就怎么折腾，自己没有怎么操持。杨家也只是派来老三，带来当时结婚时流行的两个鲜红的线绨被面，到家里看看他们，表示祝贺。小军带着媳妇，提着从稷山带来的小米红枣土特产，到我们大院看了看爷爷奶奶，又带着媳妇，到颐和园、香山和长城转了转，拍了几张照片，买了些北京的点心和果脯，就回山西了。

谁想到第二年就是粉碎"四人帮"的1976年。如果小军再坚持一年,等到知青大返城的到来,他也许就不会这么匆忙结婚了。当时,小辉这样想。当然,如果他父亲不是自杀,而是熬到落实政策官复原职,应该更会是另一种结局了。好长一段时间,我和我们大院好多街坊都这么说。

杨家老三的孩子小辉,1977年恢复高考之后,凭着那把大提琴考入了中央音乐学院。他的巴赫无伴奏大提琴组曲,让考官眼睛一亮,这个时候,能拉下这样六首全套的巴赫大提琴组曲的人不多。考官问他还会拉谁的大提琴曲?他说还会拉海顿的两首大提琴协奏曲。考官的喜悦之情无以言表,当场就定下录取他了。说心里话,那时候,听到这个消息,我真的感慨遗传的力量,平常的日子看不出来,但在关键时刻,点石成金一样,立刻能改变一个人的命运。

那时候,我考入了中央戏剧学院,艺术院校的学生彼此走动得挺多的,特别是我们班上的同学有找音乐学院的学生谈恋爱的,彼此消息相通是很频繁,很及时的。在我们戏剧学院的校园里,或者在音乐学院的校园里,我和小辉相见好几次,最初让我感喟命运,小辉比我要小了六七岁,却和我是同一届大学生。那时候,学校里的学生,真的是爷爷辈孙子辈都有,混杂一起,让人啼笑皆非。

我向他打听他家和小军的情况。他告诉我,小军还在村里。脸上现出的表情很复杂,有遗憾,有伤心,也有无奈。望望小辉身边的那把大提琴,我心里有些感慨,只是缺少了这样一把大提琴，小军还留在山西稷山县一个无名的小村里，让他们哥儿俩的命运竟然有了这样大的差别。

我和小辉是同一年大学毕业的。毕业后，我留在学院里当老师，小辉分配到北京一家乐团拉大提琴。以后，各忙各忙的，我们没有再联系。

十年前，因为要写《蓝调城南》一书，我重返我们大院。大院正面临拆迁，大多人家已经搬走，好不容易碰到位老街坊，向他打听，还有谁住在大院里？他告诉我杨家老三的小辉还在。我叩响杨家的大门，走出的小辉，让我认不得了，一脸病快快的样子。细问，才知道，他得糖尿病好多年了。从音乐学院毕业到乐团，开始的日子还不错，经常有演出，后来乐团被推向市场，他自己又得了病，日子每况愈下。乐团当年分配给他的房子，给了孩子结婚住，自己和老婆只好又搬回我们大院，就等着和拆迁公司最后的谈判，争取多要点儿房子，或者多要点儿拆迁补偿款。

我问他小军的情况。他告诉我，小军前些年带着媳妇孩子，调回北京了。那时，街道办事处还有知青办，按照知青返城政策办回北京的，他家就剩下老母亲一个人了，完全符合政策，但办的也挺不容易的，因为他媳妇不属于知青，为了他媳妇也能调到北京来，托人送礼走关系，来回拉抽屉，扯了好多的皮。回到北京之后，幸亏他爸爸的那些官复原职的老战友帮忙，解决了他和媳妇的工作问题。他家里有他爸爸留下来的那套三居室的楼房，一家子一直和他妈妈住在那里。

我对他说：甭管怎么说，日子总算安定了下来。

他点点头说：是啊，是安定下来了，你看，我们也都老了！

我说他：你还老，那我们怎么办！

他又点点头，苦笑说：是啊，都有一颗红亮的心，都有一本难念的经！小军的孩子，也到了结婚的年龄了，正跟他闹房子的事情呢！你说，他一家子住在他妈那里，就那三间房子，怎么再给他孩子腾出一间房子结婚呢！他也正挠头呢！

我知道，以前他们哥儿俩一直有隔膜，便问他现在怎么样了？最初，那把大提琴让他们哥儿俩拉开了距离，现在，大提琴的作用消失了，两人又都回到了原点，是不是好点儿了？

他说：好多了！我现在糖尿病整天趴窝趴在家里，日子过得比小军还惨呢！小军倒是常来看看我！我们有时会扯起以前那些陈芝麻烂谷子的事情，都是呵呵一笑。笑完过后，我就对他说，你还记得样板戏《红灯记》里鸠山说过的一句台词吗？真的是人生如梦啊！在县剧团，我给《红灯记》伴奏的时候，那里面的唱段和台词，我到现在还能一字不差地背下来，最难忘的就是鸠山对李玉和说的这句，真的是人生如梦啊！

说着，他笑了，我也笑了。

他叹了口气说：现在，都扯平了！命运阴差阳错，谁也不知道哪块云彩有雨，哪块云彩没雨！

临走的时候，我问他还拉大提琴吗？

他苦瓜一样咧嘴笑道：还拉呢？琴早都卖了。

卖了？我十分惊讶，那是跟着他从北京到山西，又从山西回到北京，转战南北的大提琴，那是他能拉六首全套的巴赫无伴奏大提琴组曲和两首海顿的大提琴协奏曲的大提琴呀！

　　他一直把我送出大院，站在我们都曾经那样熟悉的大院的大门口，破旧不堪的大门口，掉了魂儿，脱了形似的，显得那样的颓败。而我们曾经是那样的年轻，甚至曾经是那样的童稚。大院成为了我们生命的参照物，残酷无比，映照着生命的流失。真的是人生如梦啊！

凤冠霞帔

在我们大院里,欧阳太太是位神秘的人物。她住在中院的一间西房里,平常很少出门。解放以前,她就住在我们大院里,是我们大院的老住户了。老街坊们说,她刚搬进来的时候,就是独身一人,一直到现在,还是独身一人。

其实,欧阳太太的岁数不大,我最初见到她的时候,她有四十多岁,人长得小巧玲珑,面容白净秀气,而且,总爱穿一袭旗袍,袅袅婷婷的,属于典型的徐娘半老,风韵犹存。只是她不能开口说话,一说话,嗓子沙哑得厉害,像周信芳唱的老生,和她的娇小身材与清秀面容不相称。没见欧阳太太之前,听街坊们议论她的嗓子,我还不大相信,一个女人怎么会比男人的嗓音还粗呢?初次一听,还真的吓了我一跳,听她讲话,比听表叔的大舌头说话还要难听。我们大院的街坊便常常感叹,唉,真的是甘蔗难得两头甜!甚至以为欧阳太太孤身一人的原因,便在她这倒霉的嗓子上。

欧阳太太深居简出,我们大院里的人很少能看见她。别人也很少到她家串门。她家的那间西屋，一天到晚，窗帘紧拉着，阳光很少能够漏进去。整天憋在屋里面，还不得把自己憋成夜猫虎！有些好事的老街坊常在背后这么议论欧阳太太。夜猫虎，是老北京话，就是蝙蝠，蝙蝠只在夜晚才会飞出来。可欧阳太太白天都很少出门，夜里就更不出门了。

大约是我上小学六年级那年，中院东房的徐家搬走，新搬来一位姓郭的，是前门大街一家饭馆的白案大师傅，我们都管他叫郭师傅。郭师傅不到五十，也是属于一人吃饱全家不饿的主儿，下了班，没事干，就爱唱戏。一到晚上，尤其是夏天，天凉快，黑得又晚，他常常搬出个小马扎，拿着把京胡，搽满松香，就开始坐在门口前的老枣树下自拉自唱。有意思的是，郭师傅长得胖乎乎的，像个阿福，唱的却是女角儿，咿咿呀呀的，婉转悠扬，一句词儿带好多拐弯儿，倒是挺好听，就是一句也听不懂。

我们大院里的人谁也没有想到，郭师傅开口的第一声唱就找到了知音，这位知音竟然是西房里的欧阳太太。

欧阳太太住的西房，和郭师傅住的东房，正好是对门，中间隔着那三棵老枣树。枝叶婆娑之间洒下的月光，斑斑点点地洒在这个胖胖的男人的身上。胡琴拉得有板有眼，戏唱得有滋有味，有点儿功夫呢。欧阳太太偷偷地透过自己的窗户，远远地看着、听着郭师傅连拉带唱，不动声色。

一连听了好几个晚上郭师傅的拉唱之后，破天荒的，欧阳太太莲步轻摇，走出自家西房的房门，踏过枣树枝条洒在地上的影子，走到郭师傅的面前，用那破锣似的沙哑嗓子说了一句：是学程先生程派的吧？您《锁麟囊》"春秋亭"这一段唱得不错！

其实，在我们大院里，拉胡琴唱京戏的，最热闹的在东厢房的大杨家。夏秋两季，几乎每天晚上，都会有一帮戏迷在那里围着大杨和他的孩子们，吼着嗓子唱戏，什么戏码都有，什么流派都敢招呼。大杨家的房前，已经成为了一个场子，比这位新来的郭师傅的年头可要悠久得多了。可是，欧阳太太从来没有对大杨家前的那个场子感过兴趣。一来，她住在中院，离着大杨家远；二来，她偶尔听过他们吼的几嗓子，觉得水平太低，就是喜欢瞎唱。这都是后来欧阳太太对郭师傅说话时候说起的。我坐在旁边，看见欧阳太太一边说，一边撇撇嘴，有些看不大起大杨家前的场子。不过，在那时我有限的对胡琴和唱戏的认知中，唱的好坏我不懂，但也觉得郭师傅的胡琴，拉得比大杨要有味道。

那一天，月明星稀，小风习习，吹得院子里的夜来香分外香。欧阳太太从她家走到枣树下的时候，我们一帮小孩子正围着郭师傅看热闹，没有注意到欧阳太太，只看到郭师傅停下唱和手里的胡琴，站起身来，恭恭敬敬地对欧阳太太说：对着戏匣子里学的，学的不好，您指教！

我们大院里的人更没有想到，打从这以后，郭师傅不再在自家门口唱，改到欧阳太太家里唱了。这对于我们大院来说，可是个新闻，因为在此之前，从未有一个人进过欧阳太太的家门，缴房租，都是她亲自给房东送去，即便是收水费卫生费之类的，都是欧阳太太走出房门交钱，从未让人进过门。现在，突然可以让刚搬进我们大院这么短时间的郭师傅进她的家门，这怎么能不让我们大院的人惊讶？有的人甚至还气愤或嫉妒呢。

而且，大家最最没有想到的是，郭师傅进了欧阳太太的家，除了郭师傅唱，欧阳太太居然也唱了起来，这可更是破天荒，我们大院的街坊头一次听见她唱戏。虽然嗓子沙哑像磨砂玻璃，但在郭师傅胡琴的伴奏下，抑扬顿挫，起起伏伏，即使我们都听不懂里面的戏词儿，但都感觉得到像是一股清水从沙土地上缓缓地流淌而过，湿湿漉漉，熨熨帖帖，韵味十足，还真是怪好听的呢。

这一唱，把欧阳太太唱戏的馋虫给逗了出来。从夏天到秋天，又到了冬天，看着郭师傅和欧阳太太白雪红炉围坐在一起，一个咿咿呀呀拉着琴，一个有滋有味唱着戏，大院里好多好心又好事的街坊，从他们二位这一拉一唱中，居然听出了弦外之音，都觉得他们是挺好的一对，虽说一个胖点儿，一个嗓子坏点儿，正好就和在一起，老天有意在成全他们呢。

这样的议论多了。欧阳太太整天待在家里不怎么出门，听不到，郭师傅却听在耳朵里，脸上有些挂不住。欧阳太太再请他到她屋里唱戏，郭师傅会拉上我。因为那时候，郭师傅的胡琴，让我着迷，磨着父亲要了两块多钱，从前门大街通三益南货店旁边的乐器行里买了把最便宜的京胡，天天晚上跟着郭师傅学拉琴。我成了郭师傅的小跟包的，只要欧阳太太请郭师傅到她家里唱戏，我一准儿跟屁虫似的跟在郭师傅的屁股后面，进了欧阳太太的家门。大概欧阳太太见我是个小孩，又是在跟郭师傅学琴,便没说什么,只是摸了摸我的头。她的手还真软和。

那时候,我上小学六年级,正是对什么事情都好奇的年龄。第一次进了这个被全院街坊称之为神秘的欧阳太太的家,我好奇地打量着,她的家显得挺宽敞,因为除了一张单人床,就是她那一排顶天立地的大衣柜,占据了整整一面墙。除此之外,她家几乎没有其他瓶瓶罐罐过日子的杂乱东西,好像她不食人间烟火。床和大衣柜中间,用一道浅花布帘隔开,露出一点儿缝,风从窗户吹进来,吹得布帘飘飘悠悠,很有点儿神秘感。那个年月里,有大衣柜的人家极少,在我们大院里,除了房东,也就几户阔人家的家里,才衬这家伙。欧阳太太家里的大衣柜,深棕色,一排武士一样立在那里,很是气派。

令我绝对没有想到的是,有一天晚上,欧阳太太唱到兴头上,忽然眉毛一扬,对郭师傅说句:咱们来一段彩唱怎么样?然后,看她伸出兰花指,轻轻撩开布帘,一个水袖的动作,转身走进去。再走出来的时候,就像魔术里的大变活人一样,变成了戏台上的人物,浑身上下换了戏装,头上还戴着凤冠霞帔,金光闪闪,漂亮得耀人眼睛。

以后,每次随郭师傅到欧阳太太家,我总盼着这一出,觉得就像坐在台下看戏一样,欧阳太太的扮相,一颦一动,举手投足,都那么好看。然后,我会在心里暗暗叹口气,老天爷真是瞎了眼,欧阳太太要是嗓子也好,该多好啊!

我曾经把这话对郭师傅讲过。郭师傅叹口气说:欧阳太太是剧团里正宗程派的好演员,可惜坏了嗓子,吃错了药,嗓子越来越坏，没办法再唱了，才离开了舞台。

郭师傅去世得早，他在饭馆里的白案前一个跟头跌倒，就再也没有起来。亏了他死得早，第二年的夏天，"文化大革命"就来了，一帮红卫兵闯进我们大院，在欧阳太太的西房门前贴了一副对联：庙小神灵大，池浅王八多。横批：害人戏子。然后，不由分说，把欧阳太太揪出去批斗。她的那一排占据一面墙顶天立地的大衣柜，也跟着一起遭殃，被翻得乱七八糟，倒了一地。人们才知道，大衣柜里面全是她以前演出时穿过的戏装。

欧阳太太被剃成了阴阳头，那时叫作牛鬼蛇神头，挂着写着"害人戏子"的牌子，天天被批斗，让她的身心大受刺激。红卫兵那天清早再次到她家要拉她批斗的时候，一推门，看见她身上整整齐齐地穿着戏装，阴阳头上戴着耀眼的凤冠霞帔，站在床上，冲着红卫兵正在咿咿呀呀地唱戏，怎么拉都拉不下来。人们知道，她疯了。

不过，欧阳太太长寿，一直活到"文革"结束。我从北大荒回北京之后，还去看望过她，她还住在大院的西房里，见到我，非要穿戏装给我看，说是落实政策新还给她的，不全了，只剩下几身，最可惜的是凤冠霞帔一个都没有了。她说这番话时，我不知道她的病是好了还是没好。

白桑葚，紫桑葚

我们大院后院的夹道，有两棵桑树，一棵结白桑葚，一棵结紫桑葚。

有这样宽敞夹道的四合院，在老北京，都是讲究的人家。一般的四合院的正房都是坐北朝南，多出这样一个夹道，然后才是后院墙，为的是遮挡北京冬天寒冷的北风。在夹道里，种了这两棵桑树，为的是主人家能够从后窗看风景。夹道拐角处，盖了一间小房。那间小房没有窗户，最初只是主人存放杂物的仓房，也是进入夹道的门房。

平常的日子里，别说一般人，就是主人家，也是不到夹道去的。夹道背阴，一年四季见不到一点儿阳光。老人说，那里阴气过重。但是，夹道是我们大院最幽静的地方。秋天，桑葚树的叶子落了一地，厚厚的，也没人去清扫；春末夏初，桑葚熟了的时候，除了我们小孩子偷偷地爬上仓房的房顶，然后跳进夹道，再爬上树去摘桑葚吃，没有人会想到要吃桑葚，就那么任那些桑葚白的紫的落了一地，然后烂掉，或被鸟吃。

我读小学四年级那年,新搬进来一户史姓人家,那时大院已经没有房子可租,便在这间小仓房前后各开了一扇窗,让史家住了进来。

史家的男人是个工人,女人没有工作,日子过得紧巴。史家最惹人瞩目的,是他们的女儿小秋,人长得漂亮,小巧玲珑,当时正在幼儿师范学校上二年级。街坊们说,我们大院的房东老两口,没有孩子,心眼儿不错,就是看见小秋一条长辫子,长得楚楚可怜的样子,才动了恻隐之心,把小仓房改造之后很便宜地租给了史家。第二年,小秋从幼儿师范毕业,分配到区幼儿园当老师,史家的日子才好过了一些。

那一年桑葚熟了的时候,我和九子嘴馋,到后院摘桑葚吃。史家的房子一侧紧靠着大院的公共厕所,另一侧紧连着夹道,史家没来住的时候,我们扒着厕所的门就能直接上到仓房的房顶,然后跳进夹道。史家住进来了,靠着厕所的门就是仓房新开的窗户,再想上房,就会让史家人一眼从窗户口看见。我们只好先爬上我们家的房顶,再到厕所的房顶,迂回到史家的房顶,再跳进夹道了。总之,是得兜一个圈子,麻烦多了。但是,再麻烦,也抵挡不住桑葚的诱惑。

我和九子这样迂回跳到夹道里,脚刚落地,忽然听见史家后窗传来说话声,除了小秋,还有一个陌生男人的声音。这声音引起我和九子的好奇,趴到她家的后窗户想看看是谁。那时候,我们大院好多人家的窗户糊的是窗户纸,我和九子用手指蘸蘸吐沫就洇湿了窗户纸,轻而易举捅出一个小窟窿。往里面望去,看到小秋和一个男的正搂抱在一起,在她家唯一的床上

白桑葚,紫桑葚

打滚，那男的双手抱着小秋的脸，像啃猪蹄子似的不住地往她脸上啃。男女这样亲热的情景，以往只是在电影里见过，真人真景的，这是我第一次见到，看得我有些不知所措。九子更是兴奋，脚下乱蹦，踢翻了花盆，惊动了小秋和那个男的。我们赶紧爬上房逃跑，桑葚也没有吃成。

这以后，我见到小秋，总觉得她怪怪的。她见到我，总会斜着眼睛看我，好像不认识我，又好像挺鄙视我的样子，有点儿居高临下。那斜斜的眼光，我特别不喜欢。我猜想，她肯定是知道我和九子偷看了她和那个男的亲嘴了，那眼光里是记仇呢，还是得意呢，或是示威呢，我就闹不清了。和人家亲嘴还亲出威风来了，我对她颇有些恨劲儿。

夏天到来的时候，晚饭过后，大院的人们常常搬个马扎，坐在院子里乘凉。史家的房前，虽然一头靠着厕所的大门，但是，后院那一面东院墙外面有棵老槐树，他们一家便坐在树下乘凉。小秋也坐在那里，她已经把她那条长辫子剪掉了，齐肩短发，清水素面，穿着一条白色蓝边的运动短裤，像个假运动员。

这样的运动短裤，在我们大院里很是扎眼。倒不是因为像小秋那样大的女孩子，比较矜持，一般不会穿短裤，大多会穿裙子，或穿那种肥肥大大的摸鱼裤，而是因为即使穿短裤，在那个年月里，短裤都是各家母亲自己动手缝制的，这样的运动短裤，只有运动员才有，我们大院里，只有教体育的孙大姐，后来搬来的刀螂腿阿玉，在练跑步的时候，才会穿。我弟弟那时爱踢球，磨我爸给他买一条这样的运动短裤，觉得穿上这样的运动短裤才像运动员。我爸带他到利生体育用品商店去了，看看价钱，太贵，没给他买。小秋又不是运动员，也不教体育，以前从没见她穿过这样的运动短裤。看她穿着运动短裤，露出一双大白腿，觉得挺新奇的。而且，那条运动短裤，显得有点儿肥，我猜，肯定不是她自己买的，是那个和她亲嘴的男的给她的。不送别的东西，单送这运动短裤，真是的，我闹不明白是为什么。

有天黄昏，我刚吃完饭，九子就来找我，叫我跟他去。我不知道他又有什么幺蛾子，跟着他跑到东院墙的老槐树下。史家一家三口正坐在那儿乘凉。九子指指小秋，让我看。小秋还是穿着那条宽松的运动短裤，坐在马扎上，摇着芭蕉扇。有什么看的呢？她不是天天坐在这里乘凉吗？九子趴在我的耳朵边悄悄地说：你看看她的裤衩！我靠近了一点儿，朝着小秋的运动短裤看了过去，她正叉着大白腿，宽松的短裤里，毫无遮挡，也毫无羞耻地露出了一团黑乎乎毛乎乎的东西。第一次看见女人这东西，这让我特别的好奇，尽管脸有些发烫，还是忍不住多看了几眼。

事后，九子坏坏地问我：看见了吧？怎么样，你下面没支起小帐篷吧？虽然九子比我大两岁，但他家孩子多，前四个都是男孩，第五个到第八个，都是女孩，他接触的女孩子多，懂的也多。我笑他：你下面才支小帐篷呢！他神秘兮兮地对我说：哪天我再让你看看西洋镜，保证让你支起小帐篷！

有一天下午放学，九子让我跟着他，爬上我家房顶，然后跳上厕所的房顶，再到史家的房顶，轻轻地跳进夹道里，贴着史家的后窗户往里面看，看见了小秋和那个男的正在床上滚呢！九子小声地问我：看见了没有？我说看见了。九子又问我：看见小秋的那条运动短裤了没有？我说看见了，那男的把手伸进小秋的短裤里面了！那就对了！九子坏坏地笑着说：快下来，让我也看看吧！

事后，九子对我说：这个男的也太坏了，送小秋这么一条运动短裤！我不懂他说这话的意思，但也觉得送小秋运动短裤是有些怪。这一个夏天，小秋回到家里，总是穿着这条运动短裤，舍不得换一条别的短裤。等我长大以后，再想起这条运动短裤，觉得与其说是成了小秋爱情的象征，不如说是成了小秋性早熟的象征。坦率地说，小秋那些大胆的行为，在我们大院属于那时候的前卫，在某种程度上，也成了我和九子这样年龄孩子的性启蒙。

第二年，小秋就和那男的结了婚。那男的姓洪，在区体委工作。尽管史家两口子都不乐意，小秋还是义无反顾地跟了那男的。小秋目的很明确，结婚之后，她就可以搬到小洪家住，再不用和她的父母在一张床上睡了。史家老两口不乐意的理由很充分，小洪是个离婚的，还带着一个三岁多的孩子。他就是每天到幼儿园接送孩子时认识了漂亮的小秋。

但是，生米煮成了熟饭。况且，那时候，小秋已经有了四个多月的身孕，肚子开始显山显水。木已成舟，史家只好顺水推舟。

谁也没有想到的是，小秋肚里的孩子生下来，还没长到两岁，小秋就和小洪离了婚。离婚的原因，说下大天来，史家老两口也不信。说是小秋又看中了也是来幼儿园接送孩子的另一位有家的男人。就因为那男人比我有钱,家里住着楼房。这是小洪说的话,谁也无法证实真伪。

最后,小秋带着两岁的孩子,跟着人家住进了楼房。史家老两口不得不信了,觉得脸面上有点儿过不去,在大院里见到街坊们,总是耷拉下脑袋,好像自己做了什么见不得人的事情。倒是小秋带着孩子回来看她爹妈,进出我们大院的时候,撅着屁股,挺着胸脯子,依然是青春勃发的样子。只是这个新丈夫,从来没来过我们大院,我们谁也没有见过这个人,以致我后来都怀疑有没有这么一个人真实的存在。

夏天,如果赶上小秋回来吃晚饭,饭后坐在老槐树下乘凉的时候,她还会穿上那条运动短裤,毫无羞耻地露出那双大白腿。不过,她明显胖了许多,腿也粗了许多,原来宽松的运动短裤,都显得有些紧绷绷地包着大腿根儿了。

小秋再次离婚,在我们大院里,曾经是一个新闻。那个年月里,离婚是件大事,一个女人离过两次婚,更是大事。谁也弄不清小秋这一次离婚是为了什么。据说,离婚是男的提出的,具体原因,版本不一,有说是因为小秋再也没有怀孕,无法给人家生孩子;也有说小秋再一次移情别恋,又看上一个比丈夫更有钱也有更宽敞住房的男人。前者,属于小秋的身体原因;后者,属于小秋的思想原因了。当然,这只是传闻而已。经过大院那些爱嚼舌头根子的老娘儿们的嘴巴,常常会走样,甚至完全变形。特别是大院好多人看不大起小秋这样说离婚就离婚的女人,觉得她把婚姻太当儿戏,特别是觉得她是靠身体换男人，换房子，换金钱，不是一般正经女人的本分。

但是，这一次，人们的猜测和判断都是错误的。小秋是带着孩子回到我们大院，和她的父母挤在一间屋子里面。史家那张床上不仅睡着他们一家三口大人，还多了一个孩子。如果小秋真的是为了房子，为了金钱而换男人的话，她并没有找好下家接着她。而且，真的是为了房子和金钱，她应该在离婚的时候要下住的房子来。但是，她像是被扫地出门一样，或者是净身出户一样，带着孩子回到了娘家。

人们便又开始新一轮的猜测。如果说被扫地出门，说明错在她自己，带把儿的烧饼，让人家男的手拿把掐死死地攥着呢；如果是净身出户，说明她并不在意房子金钱，金钱诚可贵，房子价更高，若为自由故，两者皆可抛。她的气性挺大呢。我们大院里那些明察秋毫洞若观火的人们，也拿不准小秋了。这个小秋，不是一般的女人呢。

小秋带着孩子回来的第二年，"文化大革命"爆发了。学校都停课了，但是，幼儿园还在办，每天正常，家长们闹革命，每天还都得把孩子送到幼儿园里来。小秋每天照旧很忙。这时候，她的孩子五岁，每天，她上班，把孩子也带到幼儿园，一举两得。

小秋也才二十五六，年龄不大，"文化大革命"再乱，没耽误男女搞对象这些事情。好心的街坊，也曾经帮助小秋介绍过对象。只是，没有成功。小秋单身两年。原来的那个姓洪的，倒是经常来找小秋，按照史家老两口的主意，是希望小秋为了孩子，和姓洪的复婚。但是，姓洪的没有这意思，他只是为了看孩子,小秋再穿运动短裤,也难吸引他的注意力了。后来,姓洪的也不来了,听说是又结婚了。

对于再婚,小秋自己好像也没有什么兴趣。她好像要在沙家浜扎下去了,没有想借再婚搬走,到一个宽敞的地方住。眼瞅着孩子一天天长大,她的注意力放在怎么样把现在的住房扩大一点儿。趁着"文化大革命"的乱劲儿,房东整天挨批斗,自顾不暇,小秋请来幼儿园里的几个工人,拿着电锯,把夹道里一棵桑葚树锯掉,把自家的房子往里扩展,一间变成了两间。

有意思的是,夹道本来是有两棵桑树,一棵被她锯掉了,另一棵没两年居然也死了。具体什么时候死的,谁也不清楚了。那年月里,死个人都不是什么惊奇的事情,仅我们大院里,因为批斗而死就好几个人呢,谁还会留意人们从来不去的后夹道里的一棵桑树!死了也就死了,不过是一棵树。

到了这时候,人们才注意到小秋的孩子五岁多了,说话还不利落。小秋和史家老两口是不是早就注意到了,人们就不清楚了。起初,人们只是觉得孩子可能不爱讲话,随史家老两口,都是扎嘴的葫芦。后来,人们发现,孩子说话很困难,而且,躲着人,常常把自己一个人关在屋子里。特别是史家扩展出一间新房子,孩子就更愿意把自己关在新房子里。

现在,人们都懂了,孩子这是得了自闭症。那时候,谁懂呀!当人们发现了孩子不是不爱说话,而是有病,是孩子已经读小学的时候了。还是老师找到了小秋,让她带孩子到医院瞧瞧病。幸亏那时候小学校里不学什么功课,要不孩子还真的跟不上,学都没法子上。

我从北大荒调回北京，住在大院的时候，见到小秋这个孩子，已经十三岁了。那时候，孩子的病已经好多了，起码说话利落多了，而且，愿意和孩子们一起玩了。我见到了小秋，她还是独身一人。算一算，她三十出头，一个女人的好年华，还没有过去，而且，她人长得漂亮，这样年龄的女人，属于风韵犹存，汁水饱满，有一种成熟的美。可是，她还是一个人。听街坊们说，也有男的喜欢她，愿意和她结婚，可是，她不愿意，她怕结了婚，到了一个新家，儿子本来就有病，无法适应，再受委屈。

我和她见面只是打个招呼，从来没有和她正面说过话，更谈不上和她有过交流。可能是想起小时候的事情，总觉得偷窥过她的隐私，心里有些羞愧吧。因此，我无法知道小秋内心的真实想法。只是猜想，有了孩子的女人，和没有孩子的女人，心完全不一样。恋爱和结婚，无法改变一个女人，真正能够改变一个女人的，只能是她有了孩子之后。没有孩子的时候，女人的心，是自私的，恋爱也好，结婚也好，离婚也好，都是自己的事情，所有的感受，都是从女人的直觉出发；只有到了有了孩子的时候，女人的心，才会变得不属于自己，而属于另一个生命——孩子的了。她的心，才会变得比以前任何时候，都要宽厚，包容得下一切的困苦与酸楚。她才可能为了孩子而舍弃自己的幸福，她的出发点，便不再只是女人的直觉，而是母亲的本能。

一个才三十出头的女人呀！以我那时候对女人的理解，我忽然对小秋有了一种同情和理解。

我家搬离大院的时候,小秋一家早我一些天也搬走了。我们两家几乎是前后脚搬的家。那时候,小秋已经当上了幼儿园的园长,幼儿园在天坛东门旁边简易楼的职工宿舍,分给她两间。尽管房间并不大,却比我们大院她家的房子好多了。楼里还有共用的厕所,可以不用出去找公用厕所了。她的孩子也到了该上中学的年龄了。看着小秋牵着孩子的小手,离开我们大院的时候,我在心里证实着我的猜想和判断是没错的。她应该是这样一个为了孩子而舍弃自己幸福的女人。望着她和孩子的背影,我的心里忽然对她涌出一种复杂的思绪。我在很长一段的时间想起小秋,都会忍不住想起在她家床上,她最初和那个姓洪的滚在一起的情景,以及她穿着那条白色蓝边的运动短裤,坐在老槐树下乘凉的情景。那时候,她是多么的年轻漂亮,如果不是家里住房狭窄,如果不是她不想和父母在一张床上睡,她不会那么轻而易举就把自己嫁给一个离过婚的男人。那么,她也就不会生下这样一个患有自闭症的孩子。她的命运就会是另一种样子。生存,尤其是生存环境的窘迫,对于一个青春期的孩子,有时候是一种压迫,是一种诱惑,是一种扭曲,是一种无奈,是命运事先挖掘好的一个陷阱,你越是想逃离,也越是容易落进去。那时候,谁让她太年轻。

"文化大革命"结束,落实了政策之后,房东把史家曾经住过的小仓房和扩展出的那一间房子,都拆除掉,把那棵早就枯死掉了的老桑树也连根挖除。在夹道里,又种上了两棵桑树。有老街坊笑房东多余,但是,谁都有怀旧的梦,这院子毕竟属于他,后夹道曾经有过的两棵桑树,也是他的得意之作,疏枝横斜的影子，曾经摇曳在他家的后窗。

自从小秋一家搬走后，我以为我不会再见到她了。谁想到，命运竟然安排我们还非得有一次见面的机会不可。只是，我没有想到，她会突然站在我的面前。而且，站在我面前的小秋，我已经完全认不得了。

是十年前，我在写《蓝调城南》一书的时候。那时候，我像一个胡同串子一样，常常游走在城南那一片熟悉的老胡同里。那个细雪飘飞的冬天，我在南芦草园，正在向一位老街坊请教这条老胡同的历史，一个穿着驼色呢大衣的女人站在我的身后，一直就那么站着，我以为她也在注意倾听老街坊的讲述。等老街坊讲述完毕，她依然站在那里没有走，我望了望她，发现她也望着我，我觉得有些奇怪。她笑着问我：还认识我吗？我抱歉地摇摇头。她依然笑着对我说：我可认出你了！我问她：你认出我是谁？她还是笑道：你不是肖复兴吗？我赶紧点头说我是，问她：你是哪一位？我真的想不起来了。她又是一笑说：我是小秋呀！

不能怪我认不出她来了。她的变化实在是太大了。站在我面前的，是一个白发苍苍，胖得有些臃肿的老太太，而且，矮小得像只水桶。那件呢大衣也不大合身，紧紧地箍在身上，似乎有随时崩裂的可能。原来那么漂亮的小秋，哪里去了呢？在我的记忆里，小秋始终都是我们大院里的小秋，是少女时代穿着运动短裤性感十足的小秋，是中年少妇牵着孩子小手袅袅婷婷的小秋，怎么一下子就变成了一个白发斑斑的老太太小秋了呢？

我握住她的手,叫了声:小秋!小秋,这名字,叫得人有些心酸。那曾经是一个多么年轻好听的名字。

她高兴地对我说:这些天在报纸上总看你写城南老胡同的文章,知道你总在这些胡同里转悠,我还想呢,没准儿哪天在胡同里能碰上你。真巧,今天就碰上了你。老远就看见你和那个街坊说话,我一眼就认出了你!

我忙问她的情况,问她的孩子现在怎么样了?她告诉我,孩子挺好的,病早就治好了,没事了,结了婚,自己办了个公司,弄计算机的。现在,跟他爸爸住在一起呢。他爸爸给他看公司的大门。

我问她孩子的爸爸怎么样了?其实,是想问她和孩子的爸爸是不是重归旧好了?

她明白我的意思,笑着对我说:我知道你想问什么,但是,你说可能吗?孩子病的那么多年,一直都是我一个人吭哧瘪肚地管,他连问过一声都没有。

我说:那也是,不过,孩子跟他爸爸在一起,把你一个人撇在一边,这孩子的心也够可以的呀!

她摇摇头:是我让他到他爸爸那边去,他爸爸现在也是一个人,又有病。我这里一个人挺好,我现在信佛,你知道吗?我是居士,每个星期要到河北蓟县一座寺庙里住两天呢。来回一趟一星期的时间还挺忙乎的呢!

我没有想到,站在我面前的小秋,竟然成为了居士,想象不出梵香缭绕之中,坐在蒲团之上的她是一种什么样子。我只是在心里感叹着,青春最美好的年华,是多么的短暂,一个人的一辈子，这么快就走到了尾声。

我和小秋一起走出南芦草园。她要去两广路，坐公交车回家。我送她一直到公交车站。等公交车的时候，她忽然对我说：你还记得咱们大院夹道里那两棵桑树吗？我说怎么能不记得！她笑了说：你当然记得，你和九子没少从我家房顶跳进夹道，偷摘桑葚吃，也没少趴我家的后窗户！这话说得我脸红。她接着说：听说后来房东又补种了两棵桑树，这事你知道吗？我说知道。她说：但你知道吗？后种的那两棵树结的都是紫桑葚。咱大院老街坊说，房东当时挺纳闷，说买桑树苗的时候，明明说好一棵结白桑葚，一棵结紫桑葚的。你说怪不怪！说着，她哈哈大笑起来，声音挺大，惊动了旁边等车的人不住地瞅我们两人，不知道我们得了什么喜帖子。

何氏两家春

很多事情，是以后才知道的。小学时学过的"水落石出"这个成语的意思，当时其实并不真正懂得。

相比一些老住户而言，我家搬进这个大院的时候不算早。那是北平刚解放的那一年，我才两岁多一点，对于那时候的我们大院，基本没有任何印象了。真正有点儿记忆，是我的生母突然去世那一年，那时，我五岁零一个月。记忆中的场景，至今记得还非常清晰，那是个开春不久丁香花刚刚开放的下午。院子里那两棵老丁香刚刚露出花骨朵。

那时，我爸和我姐还没有下班，家里只有我和两岁的弟弟，突然看见母亲一个跟头倒在里屋的煤球炉子旁，那时候，乍暖还寒，我家一直还生着煤球炉子。看着母亲倒在地上，任我们怎么叫都没有回声，我们吓坏了，赶紧跑到院子里，哭着喊救命。闻声跑来的第一个人，是一个比我母亲年龄小一点儿的女人。当然，这是事后回忆中的比较。当时，哪顾得上仔细看她的模样，只是看到她的腿脚很灵便，一个箭步就跨进我家大门，一把拖着母亲的胳膊，把母亲拽出了屋子。这时候，院里的街坊围上来好多，就听她的喊叫声：谁家有醋，赶紧的！忘记了是哪位街坊小跑着，从家里拿来一瓶醋，递给她。她一手拔出瓶塞子，一手掰开母亲的嘴，就往母亲的嘴里咕咚咚灌醋。旁边的街坊问她：何太太，肖太太这是怎么了呀？她一边给母亲的嘴里不停地灌醋，一边回答：是煤气中毒了！

不知这么搞的，已经过去了六十多年了，那一幕的情景，依然记得那么清楚，就像刚刚发生过的一样。可以说，这是我一生中最早的记忆。

那时候，我才第一次认识了她，从街坊们的话语里，知道她叫何太太。我留心仔细打量过她，是一个长得秀气的太太。相比较我们大院里一些五大三粗的劳动妇女，她不是那种干粗活的人，算不上多么的端庄，却显得格外白白净净，有几分文气，眉眼里闪动着明亮的光泽。即使那时才开春，还穿着厚厚的衣服，她依然腰肢袅娜。似乎还文着眉，一双丹凤吊眼非常有神，嘴巴两边还有两个浅浅的酒窝，不笑，也像在笑。特别像当时月份牌上的那种大美人。

尽管她的那瓶醋最终也没有把我母亲救活，但我还是挺感激她的，对她的印象很好。那天黄昏，我爸和我姐下班回家，忙着料理母亲的后事，没人照管我们，是她把我和弟弟领到她家，在她家吃的晚饭。记得那么清楚，吃的是挂面汤，她给我和弟弟的碗里一人卧了一个鸡蛋，用手轻轻地摸摸我和弟弟的头，说：快吃吧。她的手留着长长的指甲，指缝间有一股刚刚洗过的香皂的气味。

那时，我才注意，她家有一个和她长得一样的白白净净的小女孩，名字叫何小青。当时，我挺奇怪，孩子都应该是随爸爸的姓，为什么她随她妈妈的姓呢？后来，我才知道，何小青没有爸爸，是何太太一个人把何小青养大。何小青为什么没有了爸爸呢？刚开始的时候，我想肯定和我的母亲死了一样，她的爸爸也早就死了。当我知道何小青没有爸爸后，有一种和她同病相怜的感觉。她似乎和我一样，也有这样的感觉。一个没有了妈妈，一个没有了爸爸，我们两人常常在一起玩。

后来，我大一点儿了，隐隐约约知道了，何小青没有了爸爸，和我没有了母亲的原因好像并不一样。我曾经问过我爸：为什么何小青没有爸爸呢？我爸瞅我一眼，说：小孩子家，别瞎问！我也曾经问过我姐这个问题，我姐叹了口气，没有说话。从我爸和我姐的样子看，他们一定是知道何小青为什么没有爸爸的。只是，他们不愿意告诉我。而且，从院里街坊们议论起何太太时候那种躲躲闪闪扑朔迷离的眼神看，大人们都是知道这个问题的答案的。对于一个还没有上小学的孩子来说，这是一个让我特别想知道的谜。

何太太住在我们大院前院北房靠西边的一间。在我们大院，那应该算是好房子了，坐北朝南，阳光充足。最早建这座会馆的时候，这里一溜三大开间，每间只是用木屏风遮挡，是作为主人宽敞客厅的。何太太住的尽管只是一间，但开间很大，足够她娘儿俩住的了。门前还有个宽敞的廊檐，顶着西山墙，盖个小厨房，摆放些花盆，是足够富裕了。

她的隔壁是何叔叔家。对这个何叔叔，大院的街坊们看法不一，有赞有弹。不过，按照我爸的说法，如果当年不是何叔叔让出这一间给何太太住，何太太还真的无处可住了，起码住不进我们大院了。人家何叔叔干吗自己两间大北房住得好好的，非得腾出一间来？不算是高风亮节，起码也是雪中送炭。那时候，兵荒马乱的，何太太一个人带着个一岁多的孩子，正落在难处。

但是，也有街坊不同意我爸的这种说法，他们会撇撇嘴，说几句酸凉的话：漂亮的女人，总是招人疼爱的，怜香惜玉嘛！也不能怪街坊这样说，何叔叔是个光棍汉，牺牲自己一间房子，请来个画上一样的大美人，光是为了做大好人雪中送炭，就没有一点言外之意？真的很难说呢。

对于街坊们的议论纷纷，何叔叔都是笑着做这样的解释：都是没出五服的亲戚，一笔写不出两个何字，船都会有个浅处，人都有个难处，她何太太一个人带着孩子无路可走，我能眼瞅着不管？

很长一段时间，街坊们还真的以为何叔叔和何太太是亲戚，打断了骨头连着筋呢。后来，我们大院见多识广的街坊不知从什么地方打听清楚了，都姓何不假，哪里是什么没出五服的亲戚，不过都是一个何家庄的乡亲罢了。这样的底牌揭出来，何叔叔的心思有点儿欲盖弥彰。

不过，街坊们的议论归议论，没有恶意，相反都非常愿意促成这样一对鸳鸯成双。何太太长得文静秀气，人见人爱；何叔叔是个工厂里的技术员，年龄也不算大，虽然没结过婚，但不嫌弃何太太带着孩子，相反一直对何太太情有独钟，不是挺好的一对吗？街坊们没少这样说合，何叔叔嘴上不说，心里是乐意的。只是何太太不点头，说自己带着孩子，是个拖油瓶，别耽误人家！这么一晃好多年过去，操心他们的街坊们也不再费嘴皮子了。两个何家相安无事，相敬如宾。

我和何小青同龄。转眼，我们同时上了小学，被分在同一班。那时，我们是很要好的朋友，常常上学一起去，放学一起回家。我很愿意和她一起玩，尽管女孩子玩的跳皮筋、抓羊拐、丢包之类的游戏，和我们男孩子不一样，但是，我还是愿意凑到她的身边，和她一起玩。

就像我们男孩子各自有心爱的玩具一样，她也有，那是一副羊拐。一副羊拐，一般要有四只羊骨头的关节，选中大小相差不多的四只，不大容易。她的那副羊拐，和别的女孩子的羊拐不一样，不仅大小很相近，而且非常的小巧玲珑。更特别的是，都被她涂成了玫瑰红的颜色。虽然总玩，玩的时间长了，磨得有些褪色，依然很鲜亮，在全院女孩子的羊拐中，显得鹤立鸡群。她特别爱玩抓羊拐，有一段时间，我苦练抓羊拐的基本功，为的就是和她一起玩。我抓羊拐比她玩的成绩还好。她不服气，总是在我赢了之后，要和我再比赛一把。那副玫瑰红颜色的羊拐，在我们的手指之间抓起抓落，闪动着，映红了她不服气的脸庞。那曾经是我们最开心的日子。

小学四年级的时候，她当上了我们班的文艺委员。因为她爱唱歌跳舞，活泼得像只小燕子。即便在我们大院里，她也愿意和比我们年龄大的大哥哥大姐姐一起玩演戏的游戏。那时，几个大哥哥大姐姐，以钟家老大为首，常常会趁着大人不在家，把家里的被单或床单拿出来，两头分别系在两棵丁香树的枝子上，当作演戏的幕布，他们藏在被单后面装神弄鬼。何小青把我也拉进被单后面，和他们一起演"大灰狼"呀，"白雪公主"呀之类的节目。每一次玩的时候，她都会划着一根火柴，然后吹灭，用火柴棍烧黑的头把自己的眉毛抹黑，再用指甲草把自己的手指甲染红。挺好玩的。我们都特别开心。大人不在家的时候，我们疯玩疯闹，大闹天宫。

有一次，记得特别清楚，是在暑假里，我们凑在一起演节目，何小青唱了一段京韵大鼓，是《玉堂春》里的一段。那是我第一次听京韵大鼓，也是第一次听何小青唱京韵大鼓。她唱的什么内容，我一句没听懂，只觉得奇怪，她平常唱歌唱得挺好的，在我们学校的合唱队里领唱《听妈妈讲那过去的事情》，特别委婉动听，什么时候学会唱这种咿咿呀呀的京韵大鼓的呢？一边唱，还一边伸出个兰花指来。说心里话，没觉得比她唱歌好听。

就是何小青这唯一的一次唱京韵大鼓，被她妈妈何太太听到了。我忘记了，那一天，何太太是出门刚刚回到我们大院，还是从前院她家的那间北房里出来的，反正是一阵风似的疾步上前，走到何小青的面前，一把抓住她的胳膊，二话没说，把她拽回家。我不知道何太太为什么发那么大的火，不就是何小青唱了一段京韵大鼓吗？尽管咿咿呀呀地唱的并不好听，但也不至于这样呀。那天的何太太，和平常日子里说话柔声细语、走道风摆柳枝那样温文尔雅的何太太，判若两人。这让我非常的惊讶。

那天，何太太是真的生气了，把何小青关在家里，一连好几天都没让她出门和我们一起玩。我也不敢去她家找她。一直到那个暑假结束，开学之后，在学校里见到何小青，很想问问她究竟是怎么回事，你妈生那么大的气？可是，没敢问。

小学毕业，我和何小青分别考入两所中学，她读的是女中，我读的是男校。见面的机会很少。后来，上了高中，知道了她有一个男朋友，是她在暑假夏令营认识的邻校的一个男同学。有好几次下午放学的时候，在我们大院前老远的地方，我曾经看到过送她回家的这个男同学的影子，他们告别的样子有些鬼鬼祟祟的，那个男同学好像看见了我，一阵风似的就没有影子了。她走到我的跟前，一脸云淡风轻的样子，像没事的人一样，有时候，还故作热情地叫我一嗓子。我没有理她，跑了几步，先进了大院。我和她越来越疏远。小时候在一起疯玩抓羊拐、一起躲在被单后面演节目的情景，一下子像被风吹得老远老远，远得像未曾经发生过一样。

初中三年，高中三年，那样飞快就过去了。我再一次走到她的身边，仔细看到她的时候，发现她长高了，好像一下子蹿的个儿，个头儿都快赶上我了，亭亭玉立的样子，像小时候我看到她妈妈何太太时的印象。想想，那时候正是她青春年华的时候，当然留给我的是一个豆蔻少女最美好的印象。一直到现在，一想起何小青，浮现在我眼前的，还是这样一个美好得让人心动的印象。

可是，这样美好的印象，却是发生在那一年令人心碎的下午。那是"文化大革命"第一年的夏天，一伙不知道从哪里来的红卫兵呼喊着口号和语录，冲进我们大院，惊动了我们大院的街坊。我和好多街坊都出了屋，心里惴惴不安，不知道今天又会抄谁的家，会不会是自己的家？那时候，似乎谁的家里都藏着一本变天账或以前地主老财埋下的财宝，像地雷一样随时可能炸响。

就看见这帮红卫兵不由分说地闯进何太太的北房，推推搡搡地把何太太推出了房门，然后一个女红卫兵拿着把剪刀，二话不说，上去就把何太太的一头秀发剪成了当时流行的阴阳头，让何太太站在她家廊檐前的高台阶前弯腰。何太太不肯低头弯腰，还是那个女红卫兵，挥舞武装皮带，抽打在何太太的肩上。我心里暗想，幸亏何小青这时候没在家，要是她看见这样一幕，会怎样的惊讶和难受。

但是，我想错了，就在这武装带抽打在何太太身上的时候，何小青从外面回到我们大院，恰恰看到了这一幕。我眼角的余光，一下子看见了何小青站在了人群外面。我看了她一会儿，似乎有点儿不认识她，发现她长高了，也变漂亮了。这样美好的样子，却出现在这样残酷的情景中，让我心里针扎一样难过。我悄悄地走到她的身边，拉着她的胳膊，往外走。她似乎很不情愿地跟着我走出了大院。我真的不忍心让她接着看何太太悲惨的情景。

那天，我们两人一直走出西打磨厂，走到前门火车站，坐上22路公共汽车，坐到终点站，下车后又坐上车回到前门的终点站。来来回回，坐了好多趟22路，一直到天黑了下来，万家灯火点亮，一直到末班车，车上没有几个人，颠簸的车厢摇晃着，车窗玻璃上辉映的街灯跟着一起摇晃。我想她的心和我一样也是一直起伏不定，我很想安慰她，却又不知道说什么才好。我们就这样一起又走回我们的大院。

我不知道，那一晚上，何小青回到家里的时候，何太太是一种什么样子。我知道了何太太被批斗的原因，是因为她是一位资本家阔少，也就是现在所说的富二代——没有明媒正娶的外室。据说，何太太原来是天津卫唱京韵大鼓的演员，在当时的天津卫虽然是拜的骆玉笙为师，但功夫远赶不上师傅，算不上出名，只是在开场前唱点儿小曲暖场的，却正赶上青春无敌的时节，模样俊俏，迷上了这位阔少。如果没有何小青的出世，也许，何太太还会做她的二、三流的唱小曲的曲艺演员。但是，何小青的出世，彻底改变了何太太的命运。她只能离开舞台，跟着这个阔少从天津来到了北平。如果到了北平过安安稳稳的日子，也算是云淡风轻，却又赶上北平被解放军围困，整天在城外打炮。这个阔少没有和何太太打一声招呼，自己一个人跟着他父母全家坐飞机逃到了香港。何太太便是以一个资本家的小老婆的身份被批斗。那时候，资本家的老婆，便等同于资本家；又是小老婆，还是唱小曲的演员，就连唱戏的戏子都不如，双料合在一起，就等同于流氓、破鞋、狐狸精；同时，还是叛逃到香港去的资本家的小老婆，更是罪加一等，她虽然没有跟着一起逃往香港，却和逃犯一样有着不死的亡我之心。那时候的逻辑就是这样荒唐，又不容置辩。

现在想来，那一晚和何小青来来回回乘坐 22 路公交车，竟然是我和她的最后一面。我们竟然一句话都没有说，就此天涯远隔。童年和少年，一起抓她染过颜色的羊拐，一起躲在被单后面演戏，很多美好的回忆，一下子便风流云散似的，只成为烟雾一样的一团缥缈的梦。

我不知道何小青是什么时候离开北京，到山西去插队的。反正，她离开我们大院，离开北京的时候，我不知道，何太太也不知道。我理解她那时候因为母亲和生父的身份问题心里很压抑。但那时候，谁的心里不压抑呢？我很不理解她的不辞而别。等我知道何小青远在山西的时候，她已经和中学时代那个常常送她回家的男同学结婚一年多了。

1974年的春天，我从北大荒调回北京的时候，忙忙叨叨的，没有顾上去看看何太太。1975年，我搬家离开大院以后，一切安定下来，我特意回我们大院一次，见到了何太太。那天晚上，走进何太太的北房，满屋子都是糊好的和没有糊好的火柴盒。从摞得高高的如同小山一样的火柴盒中露出头来的，除了何太太，还有何叔叔。当他们两人抬头看我的时候，我发现他们一下子苍老了那么多。何太太走到我的面前，我仔细看了看她，鬓角花白飞霜，身子也臃肿了许多，童年印象中像月份牌上的那个大美人，哪里去了？现在想想，那时候，何太太也才还不到五十岁呀。

那时，何小青还在山西没回来，何太太见到我就问我是怎么办回北京的，我知道她很希望何小青也能够回北京。我说，知青返城有政策，现在街道办事处都有专门的知青办，应该让何小青回北京一趟，找找知青办。您现在就一个人，身边无子女，完全符合让何小青回北京的政策。何太太听了很高兴，却一个劲儿地掉眼泪。何叔叔在一边劝着她，一边忙着张罗做晚饭。她拉着我的手连连对我说，你还记得来看我，比我家小青都强，她都好几年没有回家了。

那天晚上，何太太和何叔叔非要留我吃饭。盛情难却，我只好留下。她为我端上来的是一碗挂面，里面卧着两个鸡蛋，一下子让我想起童年。那一刻，让我感到世上好多东西都有可能离我很远，只有童年离我并不远。

离开何太太家的时候，何太太和何叔叔非要送我出大院的大门口。我走了老远回过头来，看见他们两人还站在大门口。我冲他们喊道：给小青写信，让她回来找知青办！

何小青没有办回北京。她是在几年之后，直接从山西办到香港。那时，"四人帮"被粉碎几年了。他的生父从香港回到北京，千方百计找到了何太太，要把何太太和女儿接到香港。何太太没有去，何小青去了。在山西，何小青第一次见到了自己的生父。据说，何小青跟着第一次相见的父亲特意回到北京，劝何太太跟她一起到香港，但是，何太太还是没有去。

当我听到这事之后，当时还以为何太太和何叔叔已经结婚了，不能跟着女儿他们一起去香港呢。但是，街坊们告诉我说，何太太和何叔叔一直也没有结婚，不过，何叔叔一直都是在何太太身边照顾着她。街坊们无不感慨地说：何叔叔这样的人真的很难找，如果没有何叔叔的照顾，何太太这些年的日子不知怎么过呀！街坊们说得极是。北平解放前夕，何小青的生父一走了之，开始那些年，靠着手头的一些积蓄，何太太还能勉强度日，以后，何小青生父留下的那些金银首饰都卖得精光，坐吃山空，没有何叔叔的接济，何太太的日子真的难熬。街坊们感慨完了，又感慨何小青，说这孩子像她爸爸一样，心也够硬的，也是甩下何太太自己一走了之，一点也不知道心疼她妈。是，她自己在山西农村的日子过得也不如意，在心里一直埋怨她妈生下她来就受气受苦受委屈，和她妈越来越生分。但是，她这个从来没有见过面的爸来了，她就不生分了，一下子就屁颠屁颠地跟人家走了，这算是怎么一回事呀！街坊们一边对我说着，一边撇着嘴。

据说，何小青的生父带着何小青走之前，执意留给何太太一笔钱，还相中了在芦草园的独门独户小四合院，要买下来给何太太住。何太太坚决不要，何小青的生父坚持要给，僵持不下。最后，何太太勉强只收下了钱。

去年的夏天，我接到何叔叔的一个电话，告诉我何太太去世了。在电话里，他对我说：何太太一直念叨你，你在报纸上发表的文章，她特别爱看，特别是你写怀念你母亲的文章，她边看边掉眼泪。

何叔叔的话，说得我的眼睛湿湿的。我问他：何太太的事情告诉何小青了吗？何叔叔说：告诉她了，现在，她在美国呢，听说，她自己也得了乳腺癌，正住在医院里化疗，来不了她妈妈的葬礼了。然后，他对我说：你知道何太太身边没有任何亲人，你要是能来的话，她一定会高兴的。我忙对何叔叔说：放心，我一定去！

何太太葬礼那天，我早早赶去了。葬礼举办得很简单，除了大院几个老街坊，就是我和何叔叔。街坊们告诉我，何太太病重在床的时候,都是何先生照顾,连端屎端尿都是他,幸亏有他!

望着何太太的遗照,那是何叔叔特意找出来的何太太年轻时候的照片。照片上的何太太,是留存在我童年时候的何太太的样子,那样的漂亮。我的心里充满感慨,一个人的一辈子这么快就过去了。所有的痛苦也好,辛酸也好,欢乐也好,怨恨也好,思念也好,都一去不返,留下来的即使是这样一张好看的照片,最后也会随遗体被火烧尽,化作一缕青烟,消散在如今已经雾霾沉沉的天空。

望着何太太已经被整过容的遗体,我的心里更是充满感慨。我们上一辈人的一辈子,比我们这辈人,有着更多的苦难。命运,让他们赶上我们国家最动荡的时候,国破家亡,战乱连年,妻离子散,临了临了,又赶上了"文化大革命",一个个的磨难,让他们心成老茧,老树成精。在这些个磨难中,就像我真的不清楚我的父母的心里是怎么想的一样,我不知道何太太最难以忍受,或者最痛苦不堪的是什么。是被自己的男人抛弃吗?是在艰难日子里为生存而苦恼吗?是"文化大革命"中被残酷批斗吗?还是为自己唯一的女儿不理解,那么轻而易举地就离开辛辛苦苦养大自己的母亲而跟着陌生的父亲远走他乡?

听何叔叔对我讲,何小青去香港之前和她的丈夫离了婚,然后很快又从香港去了美国,后来,她嫁给了一个美国人。结婚的那一年,她带着她的美国丈夫一起回了北京一次。以后,由于工作太忙,再以后自己又得了病,就一直没有回北京看看何太太。我猜想,这恐怕是何太太心里最解不开的一个结。我问何叔叔,何叔叔说,我也这样问过小青她妈,可是,她不说什么。其实,说出来,才好,憋在心里,就憋出病来。

去年秋天的时候,在一份很大的报纸海外版上,我看到了何小青怀念母亲的文章。文章不长,写得很动情,写到了何太太怎样在艰辛中把她养大成人,也写到了何太太去世时候她自己正卧病在床无法参加葬礼的遗憾和悲伤。读后,我挺感动,毕竟是自己的母亲,母女连心。在这篇文章中,我才知道,何小青跟着生父来到香港之后不久,就到了美国,即便年过三十有四,还是攻读了美国名牌大学的 MBA,学业有成,有了一份不错的工作。同时,她写到母亲临终前还把存下的一笔钱换成美金汇给了她和她的孩子,那是母亲最后对孩子无私的爱。只是,她没有说,但是我知道,那笔钱,是当年她的生父留给何太太的,还有她到美国有了工作之后寄给何太太的钱。何太太一分没动,全部留给了她。

让我心里有些不舒服的是,文章署名是庄小青。她把原来的何姓改成了庄,不用说,庄,是她生父的姓。

有意思的是,文章配有一张照片,不是何太太,却是何小青的。面容姣好,化有精致的淡妆,很像年轻时候的何太太。

盖碗茶

老袁头儿一家搬进我们大院的时候，我记得很清楚，因为那一年我刚刚上小学。是将要开学的前几天，一挂马车拉着老袁头儿全家来到我们大院的大门口。

老袁头儿是位小学美术老师，应该称袁老师才是，不知为什么，我们大院街坊们都管人家叫老袁头儿。可能是他的妻子平常老是老袁头儿老袁头儿叫他的缘故吧。不管谁叫他，他都鸡啄米似的点头，微笑着，答应着，人显得很和气，很有人缘，街坊四邻都愿意和他家来往。

老袁头儿人长得高高胖胖的，走路总是挺着大肚子，鹅似的迈着四方步，从来不紧不慢，无论见到谁，都是先露出一脸的笑容打招呼。现在回忆起来，觉得他特别像日后看过的电影《小兵张嘎》里的胖翻译。相反，他的妻子长得小巧玲珑，和他并排站在一起，一高一矮，一胖一瘦，特别像是一对说相声的。

老袁头儿有两个孩子。弟弟胖，像他，个头矮，像他妻子。姐姐瘦削，像妻子，个头高，又像他。这一家子人长得！街坊们这样说，话里面不带有任何的贬义，只是觉得有点儿好乐。

我没有想到的是，开学没几天，上第一节图画课，预备铃声响过，站在教室门口的，竟然是老袁头儿。当然，以后我们背后还是和院子里的老街坊们一样叫他老袁头儿，但是，在学校里，只能叫他袁老师了。老袁头儿是个好老师，小时候，对老师好坏的认知标准是极其偏差的。老袁头儿之所以被我们很多同学认为好，是因为他是个大好人，别看胖，说话却柔声细气，从来没见他的脸上飘过一丝阴云。我们常在图画课上捣乱甚至恶作剧，比如他教我们画水墨画的时候，趁他背过身往黑板上写字，我们偷偷地把他放在讲台桌上的墨汁瓶打翻。他从来不生气，也从来没有向我们班主任老师告状。全班同学，只要你图画课的作业交了，即使画得赖得像狗屎，他也不会给你不及格。

老袁头儿住我们大院靠近里院的两间西屋。他和老伴儿住里间，他的两个孩子住外间。我第一次进老袁头儿的家，是读小学三年级的时候。那时候，我和他家的男孩子小水已经混得厮熟。小水邀请我到他家玩，说他家有成套的《水浒》和《西游记》的小人书。那一阵子，天天从电台广播里听孙敬修老爷爷讲孙悟空的故事，特别想看《西游记》的小人书，一听说他家有，迫不及待地就跟着小水进到他家。

他家外屋比里屋大好多，小水和他姐一人一个单人床靠屋的两侧，紧贴在墙边，屋子中间摆放着一张八仙桌，桌子后面的墙上，挂着一幅大写意的墨荷图挂轴。不用问，肯定是他爸爸画的。老袁头儿给我们上图画课时候，曾经教过我们画这种墨荷，说是不着颜色，只用墨色，就能将荷花的千姿百态画出来，是只有中国水墨画才有的本事。说实在的，我是不大喜欢画这种画的，弄得一手都是黑乎乎的墨汁，也画不出老袁头儿说的那种荷花的千姿百态。尽管这样，老袁头儿还是不止一次表扬过我，说我有慧根，指着我图画课的作业，说我画得不错，还把我的作业放在学校的橱窗里展览过。现在想来，后来我真的喜欢上了绘画，还真的要感谢老袁头儿呢。

那天，我和小水挤在他家床头看《西游记》里的"盘丝洞"，老袁头儿回家来了，看我们两人正在专心看书，冲我们点头笑笑，脱下外衣，一屁股坐在他家的八仙桌旁，就没再搭理我们。听我们大院的街坊们讲，老袁头儿这两个孩子，他最喜欢姐姐，因为姐姐爱读书，学习成绩好。他嫌小水太贪玩，一进门看见小水和我在一起看小人书，而不是看课本，心里肯定不高兴，不过是看我在身边，不好申斥小水罢了。

只见小水他妈立刻从里屋出来，端出一杯茶，端到老袁头儿的身边。我瞟了一眼，和我爸喝茶用的玻璃杯不一样，和大院里有的街坊用的大搪瓷茶缸子更是完全不同，是那种盖碗茶，牙白细瓷，茶碗和茶盖上都印有一朵小小的墨荷。心想，这个老袁头儿，跟墨荷还真干上了。

老袁头儿一辈子除了画两笔画，没有别的爱好，只是喝茶必得用盖碗，这是以后我们大院里街坊们都知道的。尽管茶叶可以不讲究，用从前门大街上庆林春茶庄买来的便宜的高末儿都行，但沏茶的碗必得用盖碗，而且必得是他的这个印有墨荷的盖碗，好像这盖碗能让茶变香。我去他家次数多了，每次见他喝茶都用这个盖碗，我曾经问过小水，为什么袁老师偏爱盖碗茶？小水摇摇头，说他也不知道。那时候，我和小水年龄还小。

小水的姐姐比他大两岁，叫小溪。老袁头儿给他的这两个孩子起的名字，都很有意思，离不开水。大院里有见多识广的街坊说，那是老袁头儿自己命中五行缺水。至今我也闹不明白，五行缺水是什么意思。记得小时候曾经问过我爸我妈这个问题，他们答非所问，说是老袁头儿命中的八字缺水，反正就是缺点儿东西。缺点儿什么呢？我想打破砂锅问到底，我爸我妈答不上来了，弄得我一头雾水。缺点儿什么呢？有时候，望着小水和小溪，我会想起这个莫名其妙的问题。他们一家子过得挺好的，老袁头儿有个稳定的工作，妻子贤惠持家，两个孩子，一男一女一枝花，并不缺什么呀。

我和小水越来越形影不离，和小溪却越来越疏远。特别是小溪读中学以后，一直住校，我很少见到她，再加上她平常也很少回家，偶尔回来一趟，更是很少和我过话。即便回家，也是整天囚在屋子读书，凡人不理，一副高傲的小公主的样子，留给我的印象不深，甚至连她的模样都影影绰绰，都是模糊的。

我读高二的那年暑假，一次和小水一起到陶然亭的露天游泳池去游泳。那时候，南城的孩子游泳，只有两个地方，一个是龙潭湖，一个是陶然亭。龙潭湖有点儿野，地方大，一般家长不愿让我们去那里，怕危险。陶然亭便是我们最好的选择。我们也愿意去陶然亭，因为那里泳池很规矩，四周围着一圈白杨树，中午遮阳，挺风凉；晚上哗哗地响，很好听。池子里面和外面都是瓷砖砌的，非常光滑，干净，关键是还有可以跳水的跳台。特别是那种十米高的跳台，挺立在蓝天白云下，对我们孩子充满着诱惑。那时候，我刚刚看完电影《女跳水队员》，对能够爬到那么高的跳台上跳一回水，更是充满期待。小水也是一样，我们俩都还从来没有上过跳台呢。

只是，跳台在深水区那边，我和小水都没有深水合格证。深水区和浅水区中间有一道铁栅栏隔开，要想过中间那道铁门，得出示自己的深水合格证。这个暑假里，我和小水去陶然亭游泳池好几次了，都没有找到溜进深水池的机会。这一次，看门查验深水合格证的那个工作人员，不知什么事突然离开了，我和小水赶紧泥鳅一样钻进了里边。

说心里话，爬十米高的跳台，心里还真有点儿怕，白杨树哗哗地特别响，心跟着一起扑通扑通地响得厉害。望着下面泳池里的水，水波涟涟，好像跳台都跟着一起在不住地晃动，腿禁不住地哆嗦起来。一想好不容易爬上来了，怎么也不能再爬下去吧，那也就太丢脸了。咬着牙，闭着眼睛，纵身一跃，什么感觉都没有，只听见扑通一声，身子已经进入了水底，咕咚咚地连喝了几口水。等我刚刚过了一把高台跳"冰棍"的瘾，爬上水池，一身的水珠还没有抖搂干净，先看见一双大白腿在我的眼前晃了。真的，这一辈子我都没有见过这么洁白如玉又这么修长的大腿。一直到现在我都认为一个人，无论男人还是女人，真的漂亮不在五官而在于腿。

我和小水从水池边站了起来，确切地说，我是顺着这双修长的长腿，像猴爬杆一样，逐渐站起来的。看见的是一个泳衣勾勒出漂亮线条的姑娘，漂亮得让我不敢再看她，却又忍不住瞟了一眼她，就听见小水怯生生地叫了声，姐！

那一次，小水的姐姐小溪给我留下深刻的印象，不仅是她那双漂亮的长腿，还有她的声嘶力竭。当着那么多人的面，她厉声把我们两人像训三孙子似的狠狠地训斥了一顿，说我们没有深水合格证怎么可以跑进深水池，还爬那么高的跳台去跳"冰棍"？出了危险怎么办？去找死吗？……她的声音非常大，语速飞快，话又密集，雨打芭蕉一般，把我们两人骂得狗血淋头。泳池内外的好多人都把头伸向我们这里，大概都非常奇怪这漂亮的一个姑娘，怎么这么粗葫芦大嗓门儿不顾一切地骂人？

我们俩像是犯错的小狗一样，老老实实跟在她的身后回家。有意思的是，记吃不记打，很久很久以后，我似乎忘记那天小溪雨打芭蕉骂我们的样子了，她留给我的印象，一直都是穿着泳衣笔直地站立在泳池边，露出那一双大长腿，洁白如玉，亭亭玉立。

第二年的夏天刚到，"文化大革命"爆发了。突然而来的风暴，全中国都乱了套，我们大院一下子变成了"庙小神灵大，池浅王八多"，写着这样十个字的一副对联，墨汁淋漓地贴在大院的大门上，紧紧地糊在了原来"忠厚传家久，诗书继世长"木刻的门联上面。这一年，我们大院里发生了很多意想不到而且是令人触目惊心的事情。其中之一便是号称红八月的一个黄昏，小溪带着一群高校的红卫兵，一群飞炸了的黄蜂一样，闯进了我们大院，没有进别的人家，径直闯进了她自己的家。她把自己的父亲一把推到大院里，把墙上的那幅墨荷拽下来，扔在院子里，踩在了脚下，紧接着又转身回屋，抱出一个红漆木盒，一下子摔在地上，木盒裂开，从里面蹦出几个茶杯，是老袁头儿最讲究的那种盖碗，碗和盖上都印着墨荷的盖碗。原来是一套四个，都碎在那个惨淡黄昏小溪那修长的长腿下面。每一片碎片上，都反射着夕阳跳跃的光芒，一闪一闪，晃动在老袁头儿的身上和脸上。

　　小溪的妈妈和小水惊慌地躲在一旁，老袁头儿，教过我的图画课的袁老师，倒是神情镇定地垂头站在小溪的身旁，好像他早已经料到这样一幕一定会发生。

　　那一天，小溪完成了这一系列的革命行动之后，还宣读了她和家庭决裂的革命宣言。她的声音一下子高八度，不是响亮，而是像炮仗炸响一样刺耳，比那天在陶然亭游泳池边训斥我和小水的声音，还要让我感到锥心般的难受。

　　我才明白盖碗茶对于她和袁老师的重要意义。原来，解放以前，袁老师在北京一所中学里教美术，集体参加过国民党，介绍他入党的是袁老师最好的朋友，学校里的另一位美术老师。这套盖碗就是这位老师送的。如果事情到这里止步，也许不至于发生以后的事。最严重的事情是，这位老师在北平解放前夕逃到台湾去了。袁老师一直钟情盖碗茶，并存放着这套盖碗，便成了留恋国民党，向往台湾的罪证，被自己的女儿大义凛然地揭发出来。

在那个荒诞的年代里,盖碗变成了定时炸弹的事情,屡见不鲜。革命小将大义灭亲,也比比皆是。问题发展到后来,是小溪自己始料未及的。盖碗茶,只是炸药的引子而已,由此引发的以后的爆炸,连一向温文敦厚的老袁头儿自己都没有想到,他不仅是历史问题,而且有了对国民党反攻大陆的向往和接应的现行问题了。1968年的春天刚过不久,袁老师被扫地出门,和老伴儿一起被遣返回乡。一个大好人,立刻变成了十恶不赦的大坏蛋。在时代的万花筒中,人的面目和灵魂连同历史,都可以变得似是而非,颠倒阴阳。

老袁头儿和老伴儿被遣送回乡这件事,我们大院里不少街坊不理解,心里面是同情老袁头儿的。不仅在于平常日子里老袁头儿的人缘好,更在于就是几个盖碗就能证明他是摇着白旗盼望着国民党反攻大陆,就把人家老两口给遣送回老家,这实在有点儿过。只是,大家私下议论,谁也不敢声张。幸亏小水没有被连带着一起被遣送,还住在那两间东屋里,街坊们便把这一份同情给予了小水,让小水在父亲被遣送的日子里好过一些。

过了好多天之后,我们大院那些消息灵通人士,不知是从哪里扫听到了确切的消息,说老袁头儿被遣送不是学校的主意,完全是街道办事处那帮小脚侦缉队的主意。她们撇着嘴,意味深长地说:那四个盖碗不简单呢!送老袁头儿这四个盖碗的不仅是老袁头儿加入国民党的介绍人,而且是老袁头儿的老相好的。怪不得人家都跑到台湾去了,老袁头儿还念念不忘，一直保存着这套盖碗，喝茶总忘不了得用盖碗。一喝茶，嘴一碰到碗，就像又和相好的亲嘴了呢！据说，最后这句话是街道办事处一个小娘儿们带有几分猥亵的口气说的。正是又外加上了这样一层情色，让老袁头儿的历史与现行问题加重。在整老袁头儿的这批街道办事处的小脚侦缉队，无疑对老袁头儿的情色部分感兴趣，便也更同仇敌忾，落井下石，一把把老袁头儿推远。

老袁头儿盖碗中的情色部分，其实，只有老袁头儿的老伴儿知道，不知道小溪知道不知道？但我敢肯定小水是不知道的。就在袁老师和老伴儿被遣送回乡第二年的夏天，小水去山西插队，我去了北大荒，临分别之前，我曾经问他这个问题。他摇摇头说不知道，他只知道送他爸爸那套盖碗的人，也是介绍他爸爸到中学里教书的人，他听他妈说过，如果不是人家的好心，你爸爸还失业在家里蹲着喝西北风呢。

流年似水，和小水分别之后，四十多年，再未见过面。前些年，为写《蓝调城南》一书，我重返我们大院好多次。老院旧景，前尘往事，不请自来，纷沓眼前，我想起了老袁头儿，和他的两个孩子——小水和小溪。

第一次去，我到袁老师曾经住过的西屋前，门上着锁。我问老街坊：袁老师还住在这里吗？街坊告诉我：老袁头儿老两口都过世了。现在，这房子，他儿子小水从山西插队回来后一家人住。我问小水他姐姐呢？街坊反问我：你不知道吗？小溪也走了。我很是惊讶，忙问：什么时候走的？街坊摇摇头说：具体什么时候走的，不清楚，反正是走了好多年了。天呀，她才多大岁数呀,走得也早了些吧?我心里感叹着。

第二次去大院,特意选在晚上,我希望小水能够在家。那天,他刚下班回家,见到我很高兴,忙要烧水沏茶,我拦他,他说这么多年不见,怎么也得喝杯茶吧,就拧开煤气灶烧水。我说喝茶真的不急,先说说这些年你都是怎么过的吧。顺便问起他姐小溪。

他叹口气,对我说:你可能不知道,我姐是自杀的。

这让我感到突然,心头不禁一惊。小水却显得很平静,接着对我说:我爸我妈被遣送回老家那一年,她正在"五七干校"。我爸坚决不让我写信告诉我姐他们被遣送回老家的事情。我爸这一辈子从来都没有这样沉下脸来,对我说这样的狠话。你知道我爸一直偏爱我姐,是我姐伤透了我爸的心,我也就一直没有告诉她。我去山西插队后那一年的春节,她从"五七干校"休假回北京,回到咱们大院,才知道我爸我妈被遣送回老家的事情。她回到"五七干校"以后,没多少天,一头扎进了水库里。

我有些奇怪,难道她好不容易从"五七干校"回北京一次,都不和小水联系吗?她临走之前也不留下一点儿遗书之类的东西,即便对她父亲有隔膜,起码应该对她唯一的弟弟留下一点儿说法吧?

我问了小水,小水摇摇头。

你姐可真够决绝的。

她就是这么个人。一直到前几年,那时候,我刚从山西办回北京,有一个男的来家里找过我,说他是我姐的大学同学,当年"五七干校"在一起。他说，他很早就想来了，他来的目的，是想让我更多地了解我姐，理解我姐，也能原谅我姐。

小水忽然有些说不下去。我静静地等待着，没有打搅他。过去的岁月，在那一刻显得格外沉重、悠长，又近在眼前，触手可摸，刺眼刺心。

我姐的这个同学说，我姐临走的那天晚上，对他念叨过说她对不起我爸，说送我爸那套盖碗的女人是我爸的相好的这事，是她到街道办事处去揭发的。说如果不是她，我爸也不至于被遣送回家。这个男的说当时他还劝过我姐，但我姐只是哭，第二天早晨，在水库的水面上，发现了我姐。

小溪办事竟然从来都是这样决绝，和袁老师的优柔敦厚完全不同。当我听小水讲完这样沉重的往事之后，心里翻腾着的情绪五味杂陈。非常奇怪的是，那一刻，我的眼前出现的，不是她那年把袁老师推出家门又摔碎盖碗的样子，也不是她后来浮尸水库水面的样子，而是那年暑假她一身泳衣亭亭玉立在游泳池边的样子。那时，她刚刚告别中学时代，考上大学，还没有报到。那时，她是多么年轻，多么漂亮。

我和小水都不再说话，屋里很静，煤气灶上的水壶冒着白汽，吱吱响着。水开半天了。小水站起身来，为我沏了一杯茶。竟然是盖碗。依然是牙白细瓷，只是没有了那一朵墨荷。

盖碗茶

罗宋帽

最近这十几年，我曾经多次回我们大院看看。只要有路过前门这一带的机会，不知道为什么，一次次我的腿都会不由自主地拽着我往大院里转。开始的时候，是为了写作《蓝调城南》这本书，后来，书写成了，也印出来了，而且，印出来了小十年。为什么我还是要忍不住回去看看？

其实，大院在面临拆迁，而且，已经拆掉了绝大部分，盖起了簇新的房屋，已经看不出多少原来的样子了。老街坊所剩无几，只有几家坚守在那里，要和开发商进行最后的谈判。依稀残存老院老样子的，除了那几间风雨飘摇还在的老房子，最重要的存在，就是大院那座广亮式大门了。这是老北京那种只有三进三出的大四合院才会有的宽敞大门，只是如今黑色的漆皮斑驳脱落，破旧不堪，像一条奄奄一息的老狗，还顽强地蹲在那里，看守着这座活了几百年的我们的老院。

大院里，残存的几间老屋，其中有当年老梁居住的那间北房。以前，我说的以前，是我的小时候，那间北房显得多么敞亮高大，就像老梁魁梧的身材，如今，这间北房像一个风烛残年的老人，抽抽的那么厉害，显得那么的矮小。站在这间和大门同样破旧不堪的房前，每一次，我都会想起老梁。非常的奇怪，每一次浮现在我眼前的老梁，都是他戴着那顶灰色的罗宋帽的样子。那顶罗宋帽，是用灰色的毛线织成的，只有到了冬天，老梁才会戴它，其他的季节里，他是不会戴的。为什么在我的印象中，总会出现他戴罗宋帽的样子呢？

我第一次见老梁戴着这顶罗宋帽，大概是我读小学二年级或者三年级的那个寒假里。具体的时间，我记不大清楚了。但是，那顶罗宋帽，在我的记忆里是那样的清晰。也可能是第一次见到这种罗宋帽，感到很新奇。它戴在头上，上面折成几叠，显得很厚，从里面伸出一个帽檐；它也可以将上面折叠的部分放下来，一直放到脖子上，把整个脑袋和脖子都包住，只露出一对眼睛。比起我戴的带耳朵的棉帽子，它把脸和脖子都包裹得更严实，便也更保暖，不仅起到了棉帽子的作用，还起到了围脖的作用。一举两得。关键是，它能露出两只眼睛，像童话里的蒙面怪物，特别的好玩。有时候，老梁会把罗宋帽摘下来，戴在我的头上，只露出两只眼睛，让我回家照照镜子，看看好不好玩。我就是这样认识的老梁，觉得他人和罗宋帽一样挺好玩的。

读小学六年级的时候，我和同学到广和剧场看电影《林家铺子》，里面谢添演的林老板，戴的就是这种罗宋帽。我忍不住指着大屏幕对同学说：我们大院里的老梁就戴这种帽子！同学觉得很奇怪，不以为然地瞅了瞅我，那意思说，这有什么大惊小怪的呢！但在当时，我就是对老梁的这顶罗宋帽感到新奇。

我和老梁并不熟，仔细想想，就是小时候玩过几次他的罗宋帽。小学毕业那一年的联欢会上，我们班排练小话剧，其中有个同学演过去的一个资本家，我想起了电影《林家铺子》里的林老板，他戴着罗宋帽，不是挺像个资本家的吗？就向老梁借过一次他的罗宋帽，他挺痛快地就把帽子借给了我。长大以后，好像我和他都没有说过什么话。毕竟，他比我大好多，是属于和我爸爸一样的上一辈人。以前，我不相信代际之间是存在代沟的，总觉得是能沟通的。现在看来，代沟是客观存在的，是无法沟通的。就像前门楼子前的那条护城河，"文化大革命"前修地铁的时候，把它的水引走了，把它填平了，好像它就不存在了。但是，那条河道毕竟还在我们的脚底下，在轰轰鸣响的地铁驰过的轨道下面。

老梁这间北房，已经不知几次易主，如今谁在那里住，我不清楚了。我几次回大院，看见屋门都是锁着，据老街坊对我讲，现在是一个外地人租住，每天早出晚归，不知在忙什么。

当年，在我们大院里，这是间很好的房子，紧挨着前院一排正房的边上，高矮和正房一样，只有懂行的人，从老四合院的建造格局上，或是细心的人，从房顶上鱼鳞灰瓦颜色的深浅程度，才可以分辨出来它是后盖的房子，最初建会馆的时候，是没有这么一间房子的。会馆经历的年头久了，主体结构未变，但几经易手局部改建的地方，还是有的。据说，不知是我们大院的第几任主人，看到正房东西厢房两侧边上各有一块空地，西边的空地上立着一块假山石，东边的空地上栽着一架玫瑰香葡萄藤，觉得地皮有些浪费，便把假山石拆掉，把葡萄藤拔掉，在东西两边各盖起了一间房子，房门朝南，门前也修起了和正房一样宽的廊檐和一样高的高台阶，完全成了和正房一样的房子，以便出租出去多要点儿租金。其实，北京四合院这样的空地，在最初盖大院的时候，是特意留出来的，被称之为小院落，是有讲究的布局，按照邓云乡先生的说法，"这种盖法，多为宫廷、园林的格局"。这块地方，本来就是种花草置山石的点缀之地。后来，我们大院的这位主人，对四合院的认识远赶不上对钱的认识了。住户多了起来，房子比假山石和葡萄藤的点缀要重要，也实惠得多了。现在想想，这样的格局改造，就跟如今我们将挺好的阳台封闭起来，在挺宽敞的一楼前的院子盖起阳光房，以增加居住面积的思路是一样的。

如今，这间房子，年久失修，又常年没有人住，生气委顿，显得矮小和破烂不堪。年月的沧桑，在它的身上留下无情的痕迹。房前的高台阶早已经拆除了，充分利用了它占据的空间，用碎砖头垒砌了间小厨房，一直顶到了房子的窗台前。散落的几个破纸箱和垃圾桶，凌乱地堆满厨房的四周。谁能够想起当年这里曾经有过一架枝叶茂密的葡萄藤呢？

老梁是北平解放之前就搬进了这间北房的。那时候，这间房子，是除了前后三院的正房之外最好的住房了。大院三个院子前都有宽敞的空间和花草树木，算是挺受人住，受人看的。战火熄灭，和平解放之后的北平明朗的天空下，这里也曾经是一派祥和。

那时候，老梁是在我们大院对门老葛家开的泰山永油盐店里先当伙计后当账房先生之后，搬进我们大院来的。图的是上班就在大院对门近便，当然，也是相中的这间房子不错，租金和自己的收入相匹配。从内心深处，老梁以前住惯了自己独门独户的小四合院，即便是落魄的凤凰不如鸡，也得是驴死不倒架，面子还是要的。他这种曾经人五人六的人，最讲究的就是面子。这些话，都是老葛对院里的街坊们讲的。住在这样变成大杂院的四合院里，早不是以前一家人居住的四合院，各家各户已经没有什么秘密可言，好打听又好传播各家隐私的人，不是一个两个。老梁搬进我们大院，便也把自己以往的历史一起搬进了我们大院。

我们大院里一些见多识广的街坊，一开始便对老梁自己说的原来在布巷子里开的那家绸布店倒闭的说法，表示怀疑。老梁说是由于战争，是日本鬼子打进北平，日子举步维艰，绸布店倒闭，进而入不敷出，坐吃山空，才不得不把自己的四合院也卖了。原因都推给了战争和日本鬼子。其实，那只是原因的一部分，还有一部分，便是老梁和现在这个老伴儿结婚，而且，这部分才是这一切的真正原因。只不过，老梁脸皮薄，自己不愿意说罢了。

说得远了，而且，谁都是听说来的，谁也没有亲眼见过。我更是在老梁两口子被遣返回乡之后，才听说这些关于老梁的传言的，对之更是觉得真假莫辨。据说，那时候，老梁的绸布店里正缺少个能记账的会计。朋友给他介绍了一个，他本来想找个男的，没想来了个女的，而且，只是略通文字，并不懂

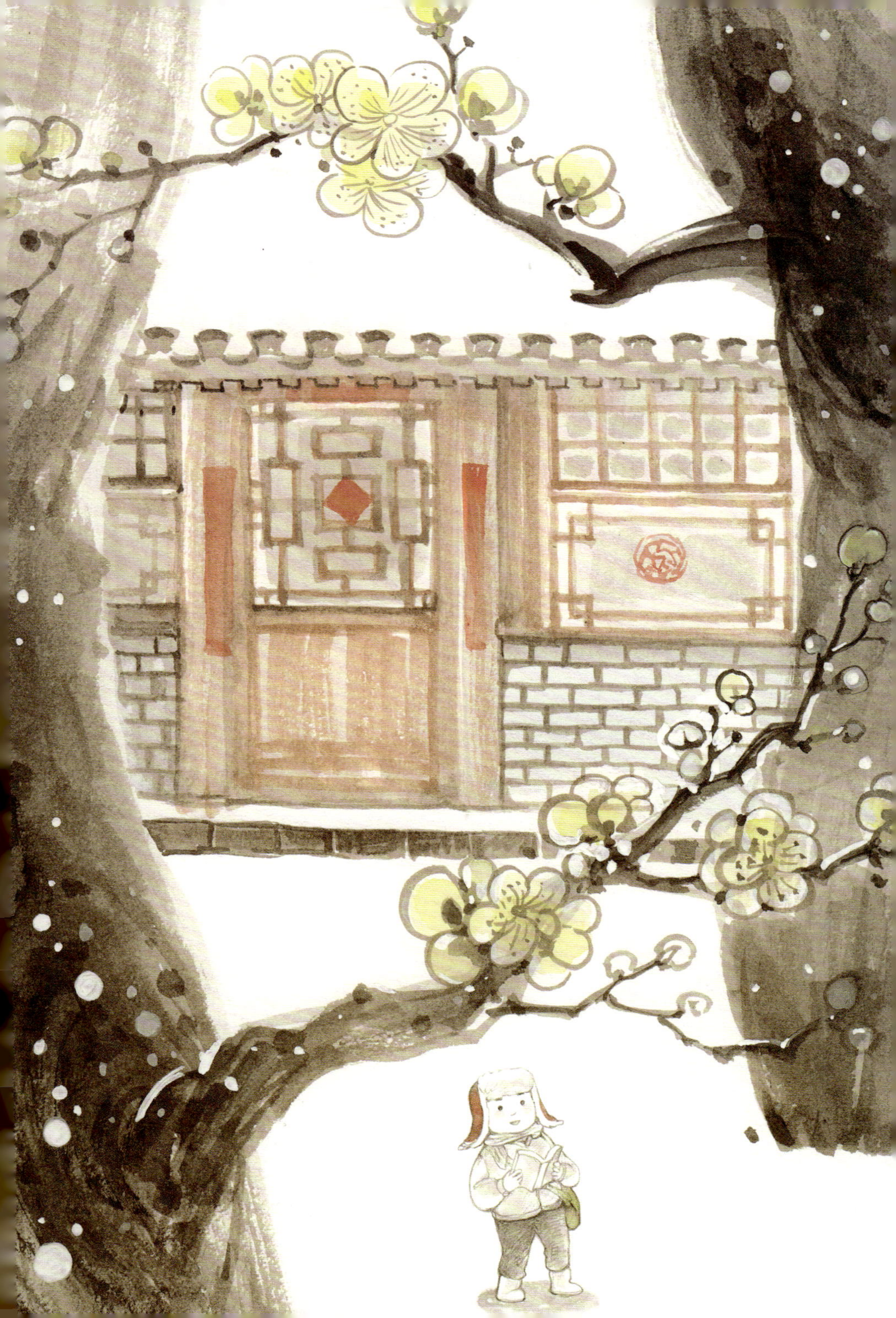

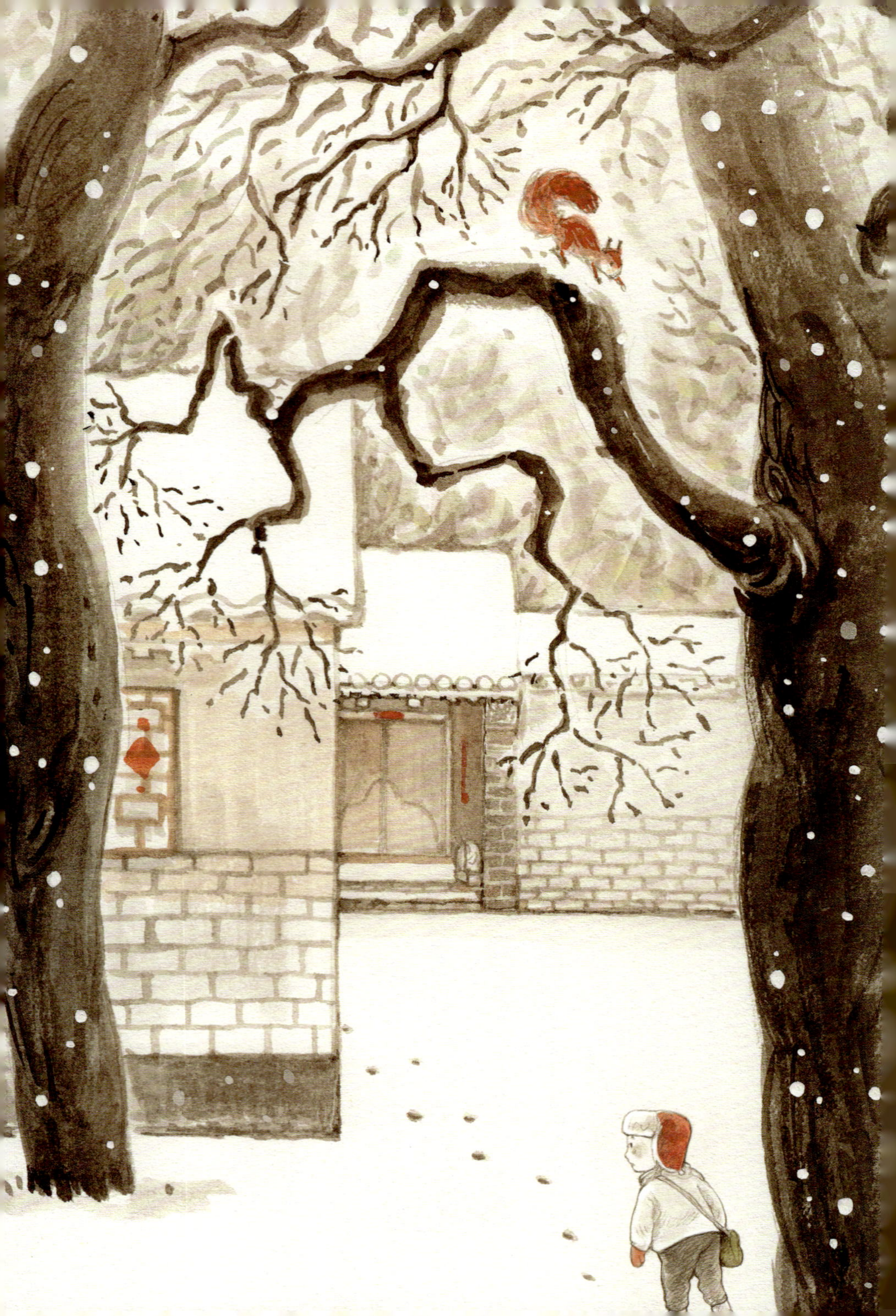

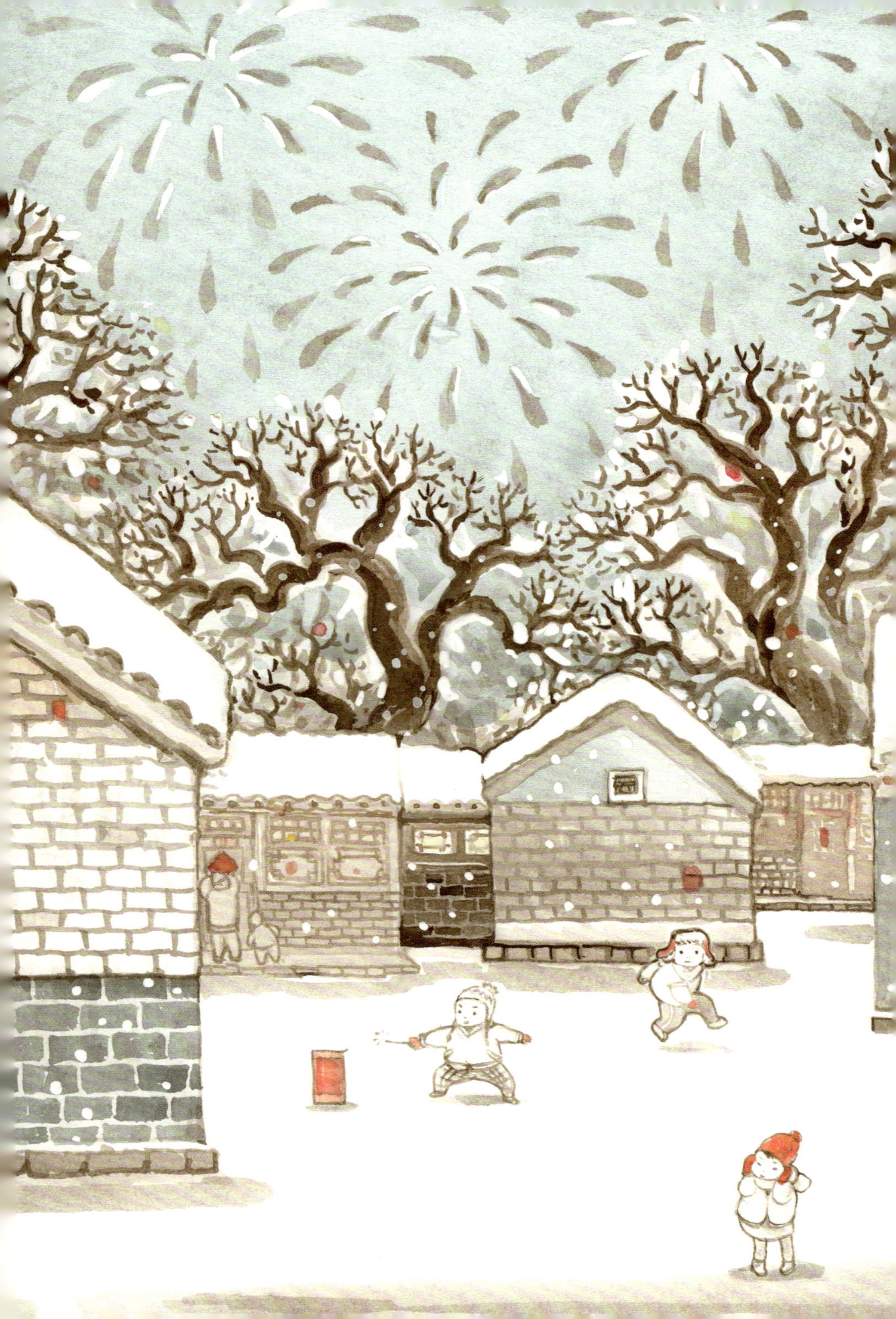

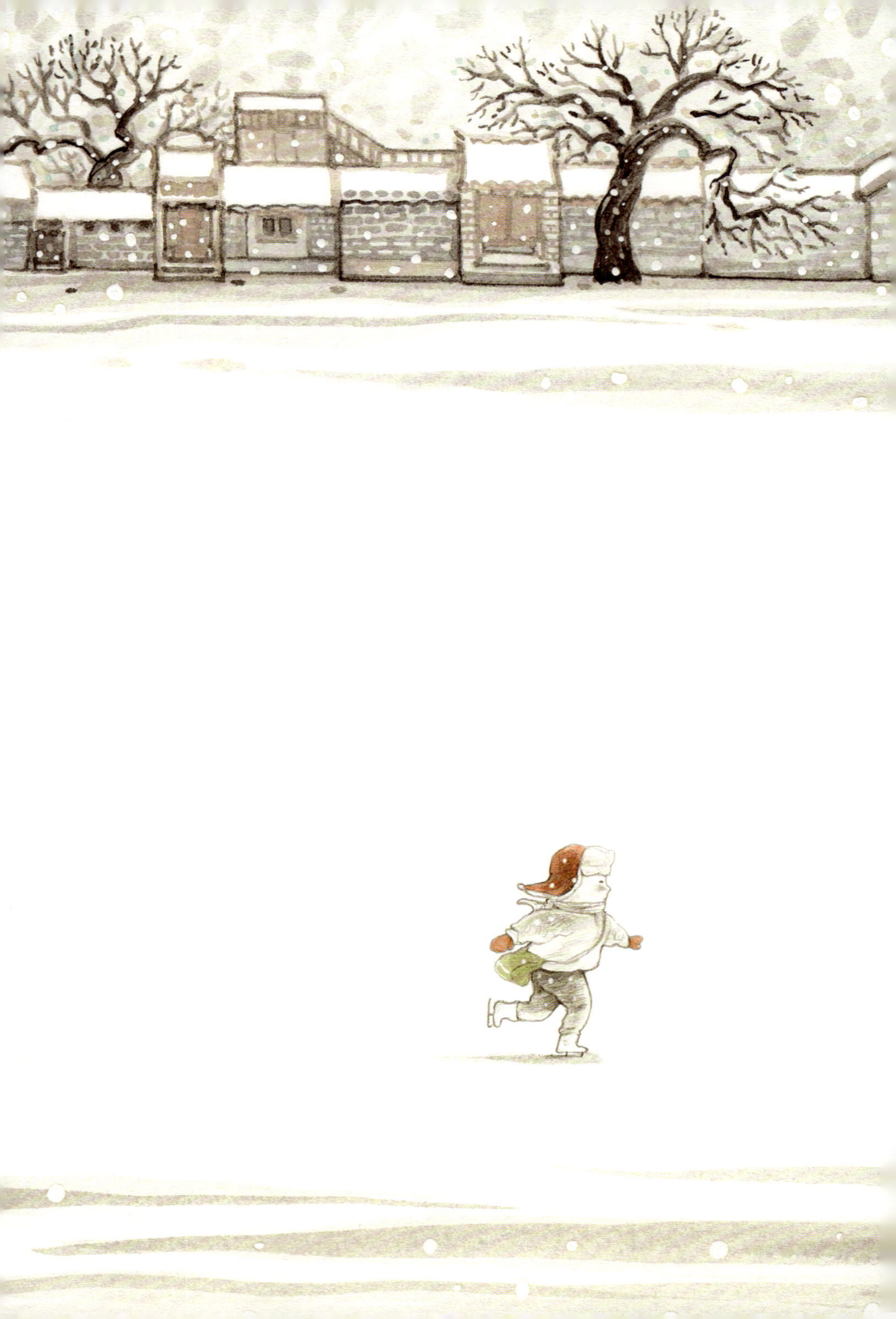

得会计。老梁一听本不想要的，架不住朋友一再劝说他来见见，耐不住面子，见就见吧。一见本人，老梁的心立刻动了，因为这女子也是临汾老家人，更是年方二十的妙人。老梁在山西临汾老家有个结发的妻子，但是，远水难解近渴，更难敌这女子年轻貌美可人，不管略通几个文字，毕竟有一点儿文化。老梁蠢蠢欲动，为了抱得美人归，老梁没少花钱，也没不舍得花钱，他信奉火到猪头烂，钱到好事办，以致最后把绸布店搭了进去。

也有人说，老梁之所以如此一溃千里不可收拾，是当时受到瑞蚨祥这样大绸布庄的挤压，想吞并他的绸布店，特别设的一个局，让老梁中了美人计，陷了进去而一发不可收。不管这后一种说法是否属实，老梁不惜千金抱美人，貂裘换酒也堪豪的劲头，还是让我们大院一些人感慨，甚至有点儿羡慕和佩服。

老梁搬进我们大院的时候，已经不是最潦倒的时候了，他在泰山永油盐店已经升任为账房先生，有了还可以的收入。那时候，他不到四十，他的妻子才二十多一点儿，正是风华正茂的时候。那时候，也是泰山永油盐店生意鼎盛的时期。在我们这条街上，打个酱油醋，买个香油芝麻酱黄酱辣酱，以及各种咸菜调料木耳黄花和南北干货，都要去泰山永。各家喊小孩去换瓶酱油打瓶醋，都会在前面加一句"到泰山永"。泰山永和各家各户的日常生活联系的，比街道办事处和派出所要紧密得多。

解放初期，公私合营，对泰山永没有什么太大的影响，只是 1958 年大跃进之后，香油芝麻酱都配给供应，什么什么都要票，进货渠道大受限制，泰山永渐渐凋败，最后不得不关门，把它合并到北深沟口西边一点的副食店里了。这间房子成了副食店的仓库，后来成了职工宿舍。北深沟的副食店，是我们打磨厂一条街上最大的一家副食店，不仅卖油盐酱醋，也卖蔬菜和鱼肉。到了这样大的副食店，老梁像鲤鱼跃了龙门一样，他会算账，又懂经营，非但没受泰山永倒闭的影响，相反当上了采购部门的小头头，工资没少拿，反倒更固定更有保障了。他还会时不时地从副食店里拿点儿内部供应的猪油和猪下水回家，改善改善生活，这在当时三年大灾荒的年月里，是难得的美事。

老梁得感谢新社会，感谢共产党，尽管那几年常常会饿肚子，却让他的日子过得平稳而安详。更何况，他比我们一般人家多了好多回猪下水吃，他不再想他的绸布店和四合院了，对谁也不会提他的绸布店和四合院。只是，调到副食店的时候，他的曾经年轻漂亮的美人已经年过四十，青春不再了。说老实话，自从我对老梁两口子有点儿印象，我没有看出他老伴儿有多漂亮。她和大院里那些家庭妇女没有什么区别，个子不高，一身褪色的蓝布衣裤，整天在家里家外忙乎，和老梁一样不苟言笑，但对街坊四邻都礼貌周全。这样一个看起来和普通的家庭妇女没有什么两样的人，还没有我对老梁冬天顶在头上的那顶罗宋帽印象深。

但是，就是这样一个女人，居然能够迷得老梁晕了头，泼洒出那么多的金钱，乃至让自己的绸布店破产，让自己的小四合院易主，我是怎么也弄不明白的。传说中的人和事，经过添油加醋和想象的作用，总会变得夸张而变形。

有人说，别小瞧这个不起眼的女人，能迷住男人的女人，都会有迷人的拿手好戏，其中最重要的是风骚。我们大院有些女人，有时候会用一种格外晦涩又带有暗示性的口吻和强调说老梁的这个女人。有长着榆木疙瘩脑袋的街坊非要打破砂锅问到底，问：我看那女人挺老实的，看不出她哪儿风骚了呀？那些憋着一肚子坏水的街坊就说：人家能对着你风骚吗？人家得对着老梁，关了灯，上了炕，去风骚，懂吗？大院里的不少人，对这样的事，总是津津乐道的。

但是，我是看不出她有哪一点风骚的。那时，看电影《英雄虎胆》，觉得王晓棠演的那个女特务有点儿风骚，她哪一点儿像王晓棠呢？她平常很少出门，出门也是低眉顺目的，老梁下班回来，也没见怎么风摆柳枝扭着腰身。她唯一爱好就是织毛活儿，她的手艺不错，可以和我们大院工人织毛活儿的能手小王太太有一拼。有时候，她会坐在她家门口，晒着太阳，织毛衣，织手套。听老葛讲，老梁冬天一直戴着的那顶罗宋帽，就是当年她给老梁织的，一顶罗宋帽勾着了老梁的心，让老梁破费了一家绸布店和一处小四合院。这顶罗松帽，也实在太值钱了！听完老葛这么讲之后，我曾经对老梁有些不屑一顾。或许，这也是人们说她的风骚表现的一种吧？风骚，就像吸铁石，吸引男人不由自主地往你身边紧紧地靠。这是那时候我理解的风骚。

老梁两口子没有孩子，老梁自己唯一的儿子，一直在山西临汾的农村老家，从来没有到北京来看看他爸爸，似乎根本没有这么一个爸爸。自从为娶这个人们传说的风骚的女人，和原来农村的妻子离婚之后，老梁自己也从来没有回过老家，似乎他根本没有这么一个儿子。这一点，让我们大院里的人对老梁颇有看法，十分不满，觉得他有些铁石心肠。即使你不为江山为美人，儿子，难道不是你的亲骨肉？是灰也得比土热才是吧？美人，再这么说也不是和你有血缘关系的亲人吧？再说了，美人迟暮，如今都快成老太太了，你甜哥哥蜜姐姐的也黏糊这么多年了，现在，怎么也应该腾出点儿工夫来，回去看看你儿子吧？王宝钏守寒窑十八载，人家薛平贵还回去看看呢，你这都早过了十八年了，就是再忙回不去，也应该叫你儿子到北京来看看你吧？但是，在老梁的口中，从来没有提过他的儿子。

　　据说，他的老伴儿曾经对他说过接他儿子来北京看看这件事。那时，他儿子的孩子都上小学了。他儿子托老乡给他捎来一封信，说想带着孩子来北京看看天安门。自从老梁和前妻离婚娶了这房年轻的老婆之后，这是这么多年以来，儿子好不容易给老梁来的一封信。这是多年不见的父子弥合感情最好的机会。听完老伴儿的建议，他没有应声。难道那不是他从来没见过面的亲孙子吗？很多街坊听说这件事后，没少在背后骂老梁。相反，对老梁这个从不多言多语的老伴儿，多了一点儿好印象。曾经说她风骚的街坊，也不住说：到底是女人，女人的心都比男人软。

　　也有街坊说，这也怨不得老梁，正是闹灾荒的年月，连肚子都填不饱，走路都直打晃，哪里是走亲戚逛北京的时候。后来听说，老梁给孙子寄了点儿钱，他老伴儿给他的孙子和儿子还有儿媳妇各织了件毛活儿，包了个包裹，到我们大院斜对门的邮电所，寄回了临汾老家。这都是我们大院小吴他妈说的，那时候，她在那个邮电所里当所长，亲眼看见老梁的老伴儿到她那里寄包裹。

那时候，这家邮电所，是座二层的小洋楼，在我们一条街上都非常显眼。邮局立在临汾会馆的前面，据说以前这个地方是临汾会馆的戏楼。知道了这段历史，很长一段时间里，我对我们大院都有些遗憾，我们大院要比临汾会馆大，年头也久，却没有过这样的一座戏楼。

灾荒年过去了，日子好点儿了，有街坊不知是从哪儿打听到的消息，说老梁写信让儿子带孙子来北京，儿子和孙子都没有回信，想必是不愿意来了。本来，那么多年好不容易有了个和儿子和解的机会，让老梁给错过了。

不过，关于老梁和儿子孙子的这些事情，都是在我们大院里东传西说的家长里短，属于嚼舌根子的话，谁也不敢保证其真实性。没准儿，这一切都是人们对老梁的编排，老梁根本就没有这么一个儿子，孙子就更是无从谈起。

如果没有那场"文化大革命"，关于老梁的儿子和孙子的这一切传闻，对于我们大院的人而言，可能真是一个永远的谜团。号称捣毁一切的这场大革命，那时有个时髦的词儿，叫作"揭盖子"，便让很多谜团揭开了谜底，上至中央那些老将帅，下至平民百姓的隐私，都在顷刻之间暴露在光天化日之下。那

罗宋帽

样的场景,就像一下子人们都被扒光了衣裤,一丝不挂,在满地行走,倒退回到了猴子刚刚变成人时候的原始时代。

老梁被我们大院里鼎鼎有名的街道积极分子商家老太太带着一群乳臭未干的红卫兵,闯进他家那间北房,从屋子里推了出来揪斗。只不过因为他曾经开过一家小绸布店,曾经置办过一处小四合院,曾经娶过一个比他小十几岁的老婆。

我们大院斜对门的那个邮电所,以后是什么时候关张的,我不清楚。但在当时,邮局还存在,我记得"文化大革命"刚开始的时候,我还到那里买过上海出的《少年文艺》。那是《少年文艺》停刊前的最后一期。而且,我记得非常清楚的是,我替老梁到那里往他的老家寄过一封信。那时老梁两口子被揪斗之后,他们和我们大街上一群所谓的牛鬼蛇神,负责打扫我们这条大街的卫生,清理各院的厕所。有一天晚上,老梁的老婆偷偷地交给我一封信,让我帮着她寄到老梁的老家去。她对我说:老梁被人看管没自由,她还好点儿,但不敢去邮局寄信,怕节外生枝,再惹出新的麻烦来。记忆中,这是老梁的老婆第一次和我说话。看信封上收信人的名字也姓梁,我想可能是他儿子,但我不清楚,这时候,老梁为什么要给久未联系的儿子写一封信,远水难解近渴,难道他儿子能够帮助他渡过难关吗?我没深想,既然人家信任我,我自然去了一趟邮电所,贴上一张八分钱的邮票,就丢进了信筒里。那时,邮局一楼里面有个挺高的绿色信筒。这个绿色的信筒吞噬进去了老梁的那封信。我对老梁充满了担忧。

四十九前,1967年年末的那个冬天,老梁两口子被扫地出门，遣返山西临汾老家的那个早晨，我们大院很多人都看见了老梁两口子走出家门时的情景。我们这些人当中，不乏看热闹的，但不少人是和我一样，替老梁有些抱屈，要说资本家，也是多少年前的事，后来人家一直是凭着自己的力气干活儿吃饭，并没有剥削人。资本家，都是在解放以后一直拿着国家给的资产定息的人，那时定成分，老梁定的是职员，他不过只是个管账的账房先生，后来是拿国家工资的主儿，顶不上资本家这顶帽子。要说娶小老婆，也只是年龄比他小十几岁而已，老梁并没有像有的人蓄妾或偷别人的媳妇，犯不上流氓这顶帽子。可那时候，上哪儿说理去呢？街道办事处变成了革委会，副食店也变成了革委会，造反派和红卫兵小将主宰了一切，商家老太太假借他人之手，就可以轻而易举地把老梁两口子遣返回乡。不是商家老太太的本事有多么的大，是那个时代实在太荒唐，可以让什么不可能发生的怪事都在瞬间发生。

那天，下着雪，雪是从昨天夜里就开始下了，那时候，已经越下越大，地上铺着厚厚一层的雪花了。地上有些滑，老梁走下他家房前的那几级高台阶，脚下一打滑，险些跌倒。就在这时候，我和街坊都看见了，一个男人上前一把扶住了老梁。起初，我以为是副食店派来的前来押送老梁两口子返乡的人，好心扶了老梁一把。后来，我看见，那个人把自己头上戴的帽子摘了下来，准备往老梁头上戴。这时候，我才注意到老梁冬天头上一直戴着的那顶罗宋帽没有了，他的头被剃成了那时被批斗者的时髦发型：阴阳头。纷飞的雪花落满老梁的阴阳头上，冷风吹得他直打哆嗦。而且，我看见，那个男人把自己的帽子戴在老梁的头上之后，接着把帽子上端叠起来的部分放了下来，直垂到脖子上，只露出了一对眼睛。原来也是一顶灰色的罗宋帽。

很快，老梁两口子就跟着这几个人走出我们大院。院里的街坊开始议论纷纷。我才知道，本来是副食店派人遣返老梁两口子回老家的，和老家的村子联系，电话打到村革委会，接电话的正是革委会主任，问清楚情况之后说，他们会派人来北京，就不用麻烦你们了。副食店省下一笔差旅费，又免去长途颠簸之苦，何乐而不为。但是，副食店和我们大院里的人，谁都没有想到，村革委会主任就是老梁的儿子。

我们谁也不清楚的是，老梁的儿子怎么也会有和老梁一模一样的一顶罗宋帽呢？

毕业歌

在上个世纪 50 年代初期和中期，我们大院里陆陆续续搬进好多新住户。这是我们大院膨胀期的开始，不仅改变了以往会馆居住人口的成分，也改变了以往会馆的建筑格局。在历史的变迁中，地理的肌理随之变化。我们的这座老院的"老"，逐渐被"新"所改变，甚至所替代。可以说，就是从这时候开始，尽管广亮式的大门还在，二道门、影壁、石碑和院墙还在，但包子里面包的馅是肉还是菜，不在褶儿上，原来的老会馆，渐渐地成了大杂院。

这是一种非常有意思的现象，我没有做过研究，为什么那时候我们大院一下子膨胀出这样多的人家。现在想想，大概和当时的户籍管理没有那么严格有关，不像现在北京户口那样金贵。那时也没有城镇户口和农村户口之分，从外地乃至农村来的人，都可以轻易地上上北京户口，只要到派出所登个记就行了。我生母去世之后，我的继母从河北沧县东花园村里来，就是这样简单轻便地上了户口，那是 1953 年。另外一点，是北京刚解放不久，百废待兴，需要各种人才和劳动力，要不，那么多人来到北京，找不到工作，没有饭碗，光有户口也没用。总之，看着住进越来越多的人家，大院越来越热闹的样子，可以看出那个时代的一点影子。大院的兴旺，就是北京当时兴旺的一种象征，也是人权物再分配的一种显示。人口的流动，是社会血液畅通和生活发展的必然。紧随着社会的变化，我们大院的风生水起的变化，在迅速地蔓延，只是人们还不大清楚以后究竟会发生什么样的变化。

那时候，搬进我们大院的好多是从农村来的，都是些出身贫寒的人家。他们大多是底层的普通劳动者，和老师职员这样的小知识分子。租住的房子，是大院里破旧或其他废弃的房子改建的，房租仨瓜俩枣，没有多少钱。那时候，我们大院的房东，心眼儿不错，可怜这些人，旁人一介绍，就住进来了。

玉石和他的爸爸妈妈住进我们大院，可以说是大院最差的房子了。对于我们大院的住房，有个约定俗成的看法，就是前三个院子的正房为最好，它们两侧的配房其次；再下面，是大院两边的东西厢房；最差的则是东跨院。玉石家的房子在大院的西厢房最里面的把角的一间，为什么大家都说是比东跨院还要差，就因为房子是用以前的厕所改建的。我们大院原来有两个厕所，东西两边各占一个，大院的住户增多，房东想多挣房租，就只留下了东边的一个稍微大一些的厕所，把西边的这个厕所改成了住房。

玉石家是不知道这内情的。我们都知道，大概是心理作用，什么时候到他家去，地上总是潮乎乎的，我总觉得有股子臭味儿，从地底下一阵阵地往上拱出来。后来，玉石家知道了内情，但是，玉石觉得比他们家以前在农村住的好多了，关键是，离学校近，这让他最开心。他对我说过，在村里上学，每天得跑十几里的山路。

　　玉石搬进来那一年，读小学六年级，来年就要读中学了。这是他家决心从农村搬进北京城的一个主要原因。如果读中学，玉石就要到县城去，那就更远了。玉石学习成绩好，他爸爸说，就是砸锅卖铁，也要供玉石读中学，然后上大学。那时候，上大学，对于我是一件遥远的事情，但和玉石在一起，天天听他和他爸爸这么念叨，便也成为我一件特别向往的事情。

　　玉石的爸爸在村里是泥瓦匠，心里对读书人高看一眼，信奉的是老辈人传下来的至理名言：书中自有黄金屋，书中自有颜如玉。他教育玉石有两句口头禅，一句是你爸爸我只念过三年的私塾，要是家里有钱供我，我也能读书读到中学大学，不会当这泥瓦匠。一句是吃得苦中苦，享得人上福；小时候吃窝头尖儿，长大才能当大官儿！这两句口头禅，前一句是现身说法，后一句是要玉石学习刻苦。玉石听得耳朵都起茧子了，要是我早烦了，尤其是什么吃得窝头尖儿，长大当大官儿，难道读书就是为了当大官儿吗？好多当大官儿的，并没有读过什么书，就是一个大老粗嘛。这是我当时的想法。不知道玉石怎么想的，反正他爸这么说，他都是毕恭毕敬地听着，也许这耳朵听进去，那耳朵又跑出来了吧？

　　玉石他爸有手艺，到了北京，很快就在建筑工地找到了活儿。住的房子虽然是厕所改的，一家人的日子倒过得其乐融融,好像只要人到了北京,一切就有了盼头。就是玉石像豆芽菜一样,显得瘦小枯干,虽然比我大三岁多,长得还没有我高。记忆最深的是,有一次我们房东太太好心地对玉石的妈妈说:你家孩子这是缺钙呀!玉石妈妈连忙摆手说:我们家玉石不缺盖,家里的被子絮的棉花挺厚的。这件事,一直到现在,只要提起玉石,大院的老街坊还要说起。

我们大院里好多街坊,都像房东一家关心玉石家,不仅因为两口子待人和气,日子过得紧巴,关键是心疼玉石。玉石学习确实棒,小学毕业以全校第一的成绩考入汇文中学,更是让人们的心偏向玉石。并且,家家都拿玉石做榜样,催促自己孩子好好学习。我爸爸就是最有代表性的一个,几乎天天对我说:你瞧瞧人家玉石是怎么学的,你得向玉石一样,也得考上汇文!

三年后,我也考上了汇文中学。玉石又以连续三年优良奖章获得者的身份保送上了汇文高中。这时候,全院开始以我们两人为骄傲。这是1960年的秋天,短暂的快乐,迅速被淹没。自然灾害和人祸一起搅裹,从农村到城市,饥饿蔓延,家家吃不饱肚子。本来就瘦弱的玉石,越发显得骨瘦如柴。冬天到来的时候,玉石的爸爸从工地的脚手架上摔了下来,当场没了气。事后,从玉石妈妈的哭丧中,人们才知道,玉石的爸爸是把粮食省下来让玉石吃,自己尽吃豆腐渣和野菜包的棒子面团子,天天在脚手架上干力气活儿,肚里发空,头重脚轻,一头栽了下去。

玉石是个懂事的孩子,爸爸走了,妈妈没有工作,他不想再上学了,想去工地接他爸爸的班。工地哪敢要他?背着书包,他不是去学校,而是瞒着他妈妈,天天去别的地方找活儿。一直到我们学校里的老师到家里找来了,是他班主任丁老师,一个高个子教物理的老师,推着辆如同侯宝林相声里说的那种除了铃不响哪儿都响的破自行车,从大门口,一直走到西厢房的最里面,自行车哐当哐当地响了一路。

玉石没在家,还在外面跑着找活儿呢。丁老师对玉石妈妈说:玉石学习成绩一直很好,是个读书的材料,这么下去,就可惜了,您要劝劝他。学校也会尽力帮助的。咱们双管齐下好吗?

玉石妈妈没听懂双管齐下是什么意思,等玉石回来,只是一把鼻涕一把眼泪地对玉石说:孩子呀,你爸爸为啥拼着命从村里到北京来?又为啥拼着命干活儿?还不就是为了让你好好上学?你这说不上学就不上学了,对得起你爸爸吗?说句不好听的,你爸爸就是为了你死的呀!最后,他妈用拳头捶着他的后背,指着挂在墙上的他爸的遗像,让他跪下向他爸发誓。他没有说话,只是扑通一下跪了下去。

玉石又开始上学了。有一天放学,在学校门口,我碰见了他。他显然是在校门口等我半天了。他要我跟着他一起去一个地方,我虽然很敬佩他的学习,毕竟比他低三个年级,平常很少和他在一起,不知道他要我跟他去干什么。

我跟着他一直走到东便门外,那时候,蟠桃宫还在,大运河也还在,顺着河沿儿,我们一直走到二闸,这是我第一次去这个地方,人越来越少,已经是一片凄清的郊外了。他带着我走到了一个废弃的工地上,这时候,天擦黑了,暮霭四起,工地上黑乎乎的,显得有些瘆人。

他悄悄对我说,你就在这里帮我看着,如果有人来了,你就跑,一边跑,一边招呼我!他这么一说,让我更有些害怕,不知道他要做什么。不一会儿,就看见他从工地上拉出好多钢丝,还有铜丝,见没人,拽上我就跑,一直跑到收废品的摊子前,把东西卖掉。他分出一部分钱给我,我没要,我知道,这也是没办法的事,他妈妈现在给人家看孩子,他是想用这种办法分担母亲的压力。

我们两人就这样联手作案,只要学校下午课少,我们就去那个工地,然后到收废品那儿换来钱,交给玉石妈。玉石妈问玉石:你哪儿来的钱?我赶紧替玉石解释:是玉石放学后捡的废品换来的钱!玉石妈说玉石:钱是大人操心的事情,你现在就给我好好学习,对得起你爸爸就行了!玉石听着,不说话。可是,只要放学没什么事情,他还是拉上我往工地跑。

终于有一天,我们让人给抓到了。虽然是废弃的工地,还有不少建筑材料,也有人看守。玉石拉上我就跑,那人个高腿长跑得飞快,很快就追上我们,一把揪着我们的衣领子,像拎小鸡似的把我们抓到他看守的一间板房里,打电话通知我们学校领人。

来的老师骑着自行车,高高的身影,大老远就看出来了,是玉石的班主任丁老师。那人余怒未消,对丁老师气势汹汹地叫嚷道:你们学校得好好教育这俩学生,明目张胆地偷东西,太不像话了!丁老师弓着腰,点着头,听那人数落完,把我们领走。他推着那辆破自行车,沿着河沿儿,一路没有说话,只听见自行车嘎嘎乱响,我感到我们的脚步都有些沉重。走过东便门,走到崇文门,在东打磨厂口,丁老师停了下来,对我们说:快回家吧。然后,他从衣兜里掏出了几块钱,塞在玉石的手里。玉石不要,他硬塞在玉石的兜里,转身骑上车走了。走进打磨厂,路灯亮了,我看见玉石悄悄地抹眼泪。

玉石和我再也没有去工地。学校破例给了他助学金,一直到他高中毕业。1963年,他考入地质学院后,和他妈妈一起从我们大院搬走。我不知道他要搬走,他也没告诉我他要搬走的消息。只是有一个周末的晚上,他到我家门口叫我,我出来,他对我说,要我陪他去找一趟丁老师。我知道,对丁老师,他一直心存感激,学校给他的助学金,就是丁老师为他争取到的,帮助他渡过了高中三年的难关。他不善言辞,希望我能帮帮他。我当然很乐意帮忙。

可是,那一天,我们没找到丁老师的家。事先,玉石已经从我们学校打听到了丁老师家的地址,按照那地址,我们却怎么也没有找到。可能是抄错了地址。玉石对我说。那天晚上,我们一起回家的路上,繁星点点,明朗的夜空显得格外深邃,可是,玉石的脸上却是灰蒙蒙的,一副失望的表情。我劝他,以后到学校去找丁老师。要不周一上学见到丁老师,我先对他说说你已经去找过他了,转达你对他的谢意。玉石听我这么说,没有说话,明亮的眸子,有泪花闪烁。

没过几天,玉石和他妈从我们大院搬走了。从那以后,我就再没有见过他。"文化大革命"中,听我妈说,玉石来大院找过我一次，那时，他大学毕业，在学校里等待着遥遥无期的分配。可惜，我正和同学外出大串联，没能见到他。后来，我才知道，他来找我，是找我陪他一起回学校看看丁老师。那时候，丁老师被剃成了阴阳头，几乎天天要被我们学校那帮老红卫兵拉到操场的领操台上批斗。我无法想象，玉石和丁老师相见会是一种什么样的场面，又会涌出一种什么样的心情。

前不久，我接到一个从西宁打来的电话，让我猜他是谁。我猜不出来，他告诉我他是玉石。他说他后来在五七干校待了几年之后被分配去了青海地质队，一直住在青海。他说他看过我写的柴达木的报告文学，也知道我弟弟在青海油田工作过。他说他一直生活在青海，他妈妈一直跟着他，一直到去世。他说他退休后在学习作曲，而且出过专辑的唱盘。他笑着对我说：你觉得奇怪吧？我是学地质的，怎么改行了呢？我说我是有点儿奇怪，你是跟谁学的作曲？他说：我是自学的。但也不能这么说，你知道我读高中的时候，教我们数学的是阎述诗老师。我问：你跟他学的？我知道阎述诗老师曾经为著名的《五月的鲜花》作过曲。他笑着说：不是，但是，我想阎老师可以教数学又可以作曲，我为什么不能学地质搞勘探又能作曲？玉石是一个有能力的人，有能力的人，世界在他面前是圆融相通的。

最后，他告诉我，他学作曲，是想为丁老师作一支曲子。那个晚上，丁老师让他难忘，让他感受到世界上难得的理解和温暖。他说，这么多年，只要一想起丁老师，心里就像有音乐在涌动。

我告诉他，丁老师早好多年就已经去世了。他说我知道了，所以，我想请你把我的这番心思写篇文章好吗？我想借助你的文章让人们知道丁老师。过几天，我会把歌寄给你。

我收到了玉石作的歌，名字叫《毕业歌》。说实在的，曲子一般，但其中一句歌词让我难忘：毕业了那么多年，你还站在我的面前；那个懵懂的少年，那个流泪的夜晚。

水房前的指甲草

我们大院，有一个水房。我猜想，它肯定不是最早设计的时候就有的，而是民国时期北平城有了自来水后建的。水房在我们大院中间的院子里，这个中院，是我们大院前中后这三个院落里，最大的一个院子。据说，之所以特别的宽敞，有别于一般三进三出的四合院的格局，是因为有前清时期留下来的三棵老枣树，中院的格局与大小，是以这三棵老枣树为中心设计而成。这个中院建的另外一个特别之处，是多出东西两侧厢房的各一间房子，分别是当年的水房和厨房。老格局的厢房，都是一溜儿三间，不会是四间的。这证实了我的判断，水房是后建的没有问题。为了对称，在建水房的时候，在西边建了一间厨房。幸亏了中院大，多盖出的东西两间房，一点儿不显山显水，以为最早就是这样盖的呢。也正因为中院大，水房才建在这里。

我小时候，水房还是作为水房用的，一条水管子有个弯头，前后接出一截儿，一头在水房里面，一头在水房窗户外面,各有一个水龙头。天冷的时候,外面的水管子冻住了,可以到里面去接水。天暖和的时候,屋里屋外两头都可以接水。为此,水房前后各有一扇门。我们家就是要从外面的门进水房打水。水房成为了我们大院里的客厅,人们在打水的时候,可以站在水房内外聊天。

最早大院住户不多的时候,水房这样两个水龙头就够用的了。后来,搬进来的人家多了,水房常常人满为患,打水的人们挤成一团,便在三个院子和东西两侧各装上了一个新的水龙头。房子不够住后,水房便成了住房,水龙头只留下了窗外的一头。

我读初二的时候,大院搬进了一户姓商的人家,是和原来住在东厢房中的两间赵家换的房,因为人口多,两间房子不够住,又租了对面的那一间水房,改造成住房。在我的印象中,我们大院的水房历史自此结束。

商家的先生在银行里做事,太太没有工作,他们有四个女儿,年龄分别相差有三四岁的样子,老闺女比我小五岁。奇怪的是,三个姐姐穿戴都十分漂亮,只有她永远穿一身灰了吧唧的旧衣服;更奇怪的是,他们一家人分别住在东厢房里,只有老闺女住在水房里。那时,水房不仅住老闺女,还被他们家改造成了厨房。

大院里那些好奇而快嘴的大婶和婆婆们,私下议论,老闺女不是商太太亲生的,是商先生的私生女,所以才遭受如此待遇。也有人说,是因为老闺女长得难看。这个疑团,雾一样,弥漫在商家和大院里,似是而非,好久也没有人弄得清楚。

我私下将她对比她那三个姐姐,她是长得有些难看,瘦小枯干,面色蜡黄,像根豆芽菜。但她有个好听而洋气的名字,叫曼莉。她家人真会起名字。

那时,她上小学三年级,上学背着一个洗得都褪色的蓝布书包,像贴在屁股后面的一块褯子布;放学回来,放下书包,就系上围裙,开始干活儿。她妈妈总是颐指气使地让她干这干那,她爸爸在一旁,屁也不敢吭一声。这么小的年纪,干这么多的活儿,有时候她妈妈还嫌她干得不好,举手就打,简直比保姆还不如。街坊们没少这样骂商家两口子。最让人看不过去的,是晚上睡觉,让曼莉睡在厨房里不算,还没有床,只能睡在吃饭用的小石桌上,连腿都伸不开。

曼莉是他们家的灰姑娘。

曼莉很少和我们一起玩,也很少和我们说话。因为她总是在干活儿。我们也很少见到她和她姐姐们一起玩,或一起说话,好像她们没有一点儿血缘关系,只是陌生人。即使是陌生人,见了面也应该打个招呼吧?但那三个姐姐只会像她们的妈妈一样,像吆喝一条狗一样吆喝她,指挥她替她们拿这拿那的。当时,我真的非常奇怪,这几个姐姐怎么和她们的妈妈是一个模子里刻出来的一样?即便她真的是一个私生女,就该是她的原罪要惩罚她到底吗?那时候,我刚刚读完美国作家霍桑的小说《红字》,心想那是她们刻在她脸上的红字,成心要羞辱她。她却是那样逆来顺受,好像一切就应该这样。

曼莉唯一的爱好,是养了一盆指甲草,说是盆,其实就是她家一个打碎了的腌菜罐子。这种草本的花,很好养活,埋在土里一粒花籽，几场雨后，一夏天就能开满星星点点的小红花。小姑娘都爱用捻碎了的指甲草涂在指甲上臭美。曼莉也不例外，用指甲草染红自己的指甲，却被她妈妈看见，劈头盖脸骂了她一顿，非逼着她洗掉。而她的姐姐们十指涂抹得猩红猩红的，却不见她妈妈的任何反应。

我们大院的孩子都替曼莉鸣不平，也曾经大义凛然地联名写信告了曼莉的妈妈一状，在信里我们说起码几个姐妹一视同仁，不应该让曼莉再住在水房的小石桌上。夏天还好，冬天睡在上面多凉呀！

在那封信上，我们每个人郑重其事地签上了自己的名字，然后把信寄到派出所。没几天来了一个女警察到她家。那一天，我们都很兴奋，等待着信能像一枚爆竹爆炸，蹿起冲天的烟火，可以好好教育教育这个恶老太太。那个女警察在商家待了好长时间，天快擦黑的时候才走。我们看见商家老太太跟在女警察的屁股后面，屁颠儿屁颠儿的，恭恭敬敬地一直把女警察送出大院的大门。

第二天，这个恶老太太就站在水房门口，撅着脚地大骂：谁家的孩子有人养没人管，狗揽八泡屎，跑到老娘头上动土……

后来，警察不来了，事情不了了之，她家形势依旧。曼莉依然住在水房里，睡在小石桌上。

那时，我们还是孩子，哪里肯甘心，警察来了，还这样嚣张！我们一帮孩子夜里常爬上房，踩她们家的屋顶，学猫叫，吓唬她们。要不就是看见曼莉的妈妈要上厕所了，我们提前钻进厕所里，关上门，让她着急，再怎么拍打厕所的门，我们就是不开。我们大院里，就这么一个公共厕所。我们管这种方法，叫作"憋老头儿"。以前，我们都是"憋老头儿"，"憋老婆儿"，这还是头一次，憋得我们特别的开心解气。那时候，我们就是这样的可笑，忍住大人们的骂，无能为力，又想替天行道，只能干这样可笑的事情。

对于曼莉，我们都是同情她的。那时，我们常恶作剧偷走别人家摆在窗前的花呀、鞋呀，然后丢到别处，或者干脆扔到房顶上，让人家着急到处乱找。但我们从来没有动过一次曼莉摆在水房前的指甲草。有一次，她妈妈嫌弃她的指甲草破破烂烂，把花扔进了垃圾桶。我们捡了回来，重新放在水房的窗前。曼莉看见了指甲草，冲我们笑了笑。那是我很少见到的她的笑脸。

曼莉的这盆指甲草，被她妈扔了好几次，都被我们又捡了回来，气得她妈也没那份耐心和心思再扔了。那时，我的同情心泛滥，觉得自己一腔正义，很想替她出口恶气，也很想找曼莉说说话，但是，我不知道该对她说些什么。安慰一下她吗？轻飘飘的话，打不起一点儿分量。而且，她也总是躲着我们，好像她妈叮嘱过她，不许她和我们来往。她妈一直嫉恨着我们曾经给派出所写过告状信。我只看见，每年曼莉都种指甲草，那盆指甲草每年都开得挺红火的。曼莉唯一的乐趣，就都在那盆指甲草上了。

我刚上高一那一年的秋天，一天放学，突然听到曼莉死了的消息，说是从护城河捞上来她的尸体，全身都被水泡肿了。

我真的很吃惊。护城河离我们大院很近,穿过北深沟,或者穿过三中心小学东边的小道,没多远,就走到了。那时候,曼莉在三中心读小学还没有毕业。她可能放学之后就是顺着这条小道跑到护城河边。那天晚上,我一个人顺着三中心小学东边的这条有些弯弯曲曲的小道,跑到护城河边,想着曼莉是从这里纵身一跃跳进了河水里,心里很难受。她还那么小,怎么有这么大的勇气,跳进了秋天已经很凉的河水里了呀!

除了母亲的死,这是我童年少年时期见到的第一个死亡。母亲的死,那时我的年龄还小,记忆并不深刻,这一次,曼莉的死,正值我有些多愁善感的青春期,记忆特别深刻。在我的记忆里,除去我的母亲,这是我们大院里第一个人死去,死去的如果是寿终正寝的老人,也算不得什么,死去的是一个还在含苞待放的小姑娘呀。很长一段时间里,我的眼前总会浮现出曼莉的影子。走过水房前,我的心里会涌出一阵伤感和愤恨。

全院里的人,谁也不知道曼莉是为什么而死的,但谁又都清楚曼莉是为什么而死的。我们大院的孩子们,对商家一家尤其是老太太充满了憎恶。谁知他们一家却跟什么事情都不曾发生过一样,没过多久,便在水房边上又盖起了一间房,把水房里一切曼莉用过的东西,包括那张小石桌和那盆指甲草全部扔掉,然后重新装修一番,在地上墁上了方砖,作为他们家的客厅。那时候,她家的二姐正和一个海军中尉搞对象,天天晚上在里面跳舞。舞曲悠扬中,他们不觉得曼莉的影子会时时出现,睁大了眼睛瞪着他们吗?

第二年的夏天,水房的窗缝儿里冒出了一株绿芽,几场雨过后,很快就长大,竟然是指甲草,一定是原来那盆指甲草的种子落在了窗台的泥缝里。看见那小红花开出来,我的心里无比的伤感,我永远不会忘记风中那一株指甲草瘦弱单薄的样子,它像一根针深深地刺疼了我。那天的黄昏,趁他们家没人,我狠狠地扔了一块砖头,砸碎了水房的窗玻璃。碎玻璃渣子溅在指甲草上,星星点点,在夕阳光照下反着光,像眼泪。

商家三女

曼莉死后,商家的日子依旧。好像他们家根本就没死过这样一个人,或者死去的只是他们家床底下的一只耗子。最让我们气愤不过的,不仅仅是商家水过地皮湿,把水房改造成他们的舞厅,更是大约过了一年之后,商家老太太居然摇身一变成为了我们街道的积极分子。当初,我们给派出所告发商家老太太虐待曼莉的那封信,一点儿作用没有,倒好像成为了给商家老太太的一封表扬信似的,让她有了飞黄腾达的阶梯。

别小瞧了这个街道积极分子,这是那个时代的产物,都是从各家各院的家庭妇女中挑选出来的,协助街道办事处做一些工作,组织学习宣传呀,收取各种杂费呀,检查卫生呀,国庆节戴着红袖章搬个小马扎维护治安呀,等等。但是,更重要的工作是监督各家各户,有什么情况及时向街道办事处汇报。所以,这个街道的积极分子,别看帽翅不大,没什么官衔,却在街道办事处拿补助费,走在整条街道上,威风得很。尤其是大院里那些没有工作的家庭妇女们和老爷们儿,特别是那些从旧社会过来，有点儿这问题那问题，身上带点儿疤瘌带点儿痄儿的人，见到她们都有点儿怵。

当然，不是所有的积极分子都这样令人畏惧，也有不错的，帮助孤寡老人做点儿好事的，调解好因一点儿鸡毛蒜皮的琐碎小事引起家庭纠纷的。但是，商家老太太是不大愿意管这类闲事的。自从当上了这个积极分子，她可是了不得了，特别的狐假虎威，整天像只鹅一样，仰着脖子走路，在我们大院里格外的颐指气使。现在想想，有点儿像如今城管的那些协管员，当时，我们背后没少叫她二狗子。

其实，商家老太太，只是我们一帮孩子的叫法，她没有那么老，那时，也就五十来岁。她一共四个闺女，曼莉是老小，老大玉莉才刚满三十。对于这个玉莉，我没有什么印象，她是他们家唯一一个大学生，大学毕业之后，分配到河北下花园工作，很快就结婚，又麻利儿地先后脚隔一年生了一个闺女。一下子弄出两个孩子，又上班又带孩子，据说整天忙得陀螺般地转，很少回北京。偶尔回来一趟，常听到商家老太太骂她结婚太早，就那么想男人心急火燎的，也不好好挑挑，不管茄子还是西葫芦，剜到篮子里就是菜了？一回来，总是这么劈头盖脸地挨骂，这个玉莉就更少回家来了。

她家二闺女叫美莉，应该说是她家长得最漂亮的一个孩子，个头儿高，鹅蛋脸庞，配上一双大眼睛，模样也俊俏，长得比商家老太太强多了。别看没考上大学，却被商家老太太最娇宠。美莉高中毕业后，在一家旅店当服务员，活儿不累，商家老太太嫌这个服务员是伺候人的下人，催她上夜大，混个文凭，跳出服务员，起码当个部门的头头，大小属于管理人员。她不乐意，对商家老太太说：我读书都读腻了，一看见书比看见了肥肉片子还腻，你还让我读书！你饶了我行不行？商家老太太知道她不是读书的料，强扭的瓜不甜，不再强求，只是叮嘱她：那得说好啦，提前打好预防针，你可不准那么早搞对象，像你大姐一样，早早就把自己给贱卖了出去！

那时，商家老太太不知道她这个宝贝闺女读高中的时候，就已经搞上了对象。这么一个漂亮姐儿，在学校里引人注目，少不了男生追。但是，她学校里那些追求她的男生，她一个也没看上，偏偏看上了我们大院里的玉石。这事我早就知道了，别看玉石比我大三岁，玉石却不瞒我美莉和他要好的实情。他们两人同岁，同时考入的高中，玉石学习成绩好，考入了市重点的汇文中学，美莉只考入了二十九中。

那时，商家老太太一门心思想让她这个宝贵闺女能考上大学，就让美莉找玉石补课。玉石学习好，在我们大院是出了名的，商家老太太相信近朱者赤，近墨者黑的老理儿，她希望自己这个宝贝闺女能受点儿玉石的传染，把学习成绩提高点儿。商家老太太做梦也没有想到，自己的宝贝女儿找玉石补课，一来二去的，没看上玉石的学习，却看上了玉石的人。一个如花似玉的女孩，整天簇拥在自己的身边，用一双水汪汪的大眼睛看着自己，频频放电，玉石能无动于衷吗？

玉石家穷，美莉更是动了恻隐之心，像童话里的公主与贫儿，千方百计地释放她的救助爱心。少女爱心一泛滥，哪里阻挡得住。我知道的，就有一次，玉石一直想买本物理课外参考资料，手头儿紧，又不敢向他妈要钱买，美莉知道了，特意到大栅栏路北的新华书店，帮助玉石买了这本书，送到玉石的手里，玉石喜出望外，欣然接受，成了他形影不离的宝贝。无论男女，只要是送去了、接受了这一份礼物，就算是让彼此的关系走近了一步，甭管这礼物是什么东西，轻重贵贱都在其次，都是向对方敞开了心思的一种象征。再说，又是这么一个漂亮的女生，像只花蝴蝶似的，愿意跟在自己的屁股后面，玉石当然是不会拒绝的。都说女追男，隔得就是一层纱，一点儿没错，即使那么聪明又那么矜持的玉石，也难过美人关。

等商家老太太发现自己的宝贝女儿和玉石好上的这件事情之后，生平头一次抽了女儿一记耳光，然后大声骂道：你贱不贱呀你？我看你比你大姐还要贱！他玉石家是什么家庭，穷得屋里除了耗子之外都没有一件带毛的东西了，你就这样分不出轻重好歹来？

商家老太太这样恶毒的话，先是传到了玉石妈妈的耳朵里，她对儿子说：你听妈的一句话，谈女朋友，不是你现在要做的事情。你现在要做的事情，就是考大学。你考上一个好大学，让那些瞧不起你也瞧不起咱家的人瞧瞧，到那时，你要找的女朋友，会排着队任你挑！

开始，玉石反感妈妈这样的劝说，他对我讲过，我也觉得他妈自尊心强，但这样说是有些过。不过，我更看得出来，美莉是让玉石真的动了心，他是有点儿舍不得和美莉分手。

但是，这样一件事情发生后，玉石主动疏远了和美莉的来往。那是个星期天，玉石和美莉都偷偷地瞒着家里，跑到国子监的首都图书馆去看书，一看看了一下午，等人家闭馆了才回家。回到家里，天都黑了。平常进我们大院，他们两人都是有点儿做贼心虚，一前一后分开的。这一天，他们心想反正天都黑了，谁也看不见，就并着排地走进了大院。刚进大门洞，撞见了我，我是专门跑到这里等他们的。见到他们两人肩并肩地走了进来，忙对他们两人说，千万别一起回家了，你们两人的妈，可一直都等着你们回来和你们算账呢！我还没敢告诉他们，下午，这俩妈已经当面锣对面鼓地吵了一架，美莉妈伶牙俐齿尖酸刻薄，玉石妈哪里受得了，那么老实的一个人，忍不住也反唇相讥，更恨自己的儿子不争气，偏要和这么一个恶毒的老太太的女儿好。

我的话刚说完，玉石让美莉先回家，自己留下来和我说会儿话。谁想到，美莉刚走出大门洞，就看见了她妈横眉立目站在那里了。而玉石的妈已经三步并两步地走进大门洞，怒气冲冲地站在了玉石的面前，伸着不住哆嗦的手指指着玉石的鼻子，想说什么，一时又说不出来；想抽儿子的嘴巴子，又伸不过来巴掌，一下子蹲在地上哭了起来。倒是商家老太太不管不顾地大喊大叫了起来，连美莉带玉石卷在一起，一个劲儿地骂。她那纸糊的驴大嗓门儿，惊动了院里不少的街坊，跑了出来看热闹。

穿过大院那么多街坊芒刺般的目光，玉石回到家，他妈才缓过气来，抹干了眼泪，指着镜框里玉石爸爸的遗像对玉石说：你要是对得起你死去的爸，立马儿把这事给我断利索，断干净了，不能洒汤漏水！

玉石对我讲起这天晚上他妈的这番话，脸色阴沉沉的。我猜得出来，比他妈这番话更刺疼他的心的，是他爸爸的遗像，他爸爸的目光一定让他想起很多比美莉更重要的事情。他爸爸的目光，帮助他下定了决心。和他爸爸性格一样，他是个想好了就不会再回头的人。

美莉似乎没有玉石那样决绝的心，尽管她妈比玉石妈要穷凶极恶多了，但是，少了玉石爸爸的那一张遗像。骂挨过了，打也挨过了，美莉记吃不记打，一直到玉石考上大学，还找过他。玉石明确地拒绝了她。她不死心，她笃信铁杵磨成针的古训，笃信女追男隔层纱的俗语。她特意买了支英雄牌的24K金的金笔，托我送给玉石。那是美莉领取了她第一个月的工资后，专门到前门大街的公兴文具店里买的。那时，我们用的都是铱金钢笔，谁用得起金笔呀？在我们大院里，只有翻译老孙头儿几个特殊人物，才用得起金笔。说老实话，如果不是看到的是支金笔，我真不想管这事。可它是支金笔呀，出这样大的血，怎么说也是一片心意。

星期天，玉石从学校回家，我找到玉石，把笔转交给他，没想正好让刚进门的他妈看见了。他妈问玉石又问我这笔是怎么回事之后，拿起笔，转身就找到商家，把笔交到了商家老太太手里，对老太太甩下一句：这可是你闺女上赶着送我儿子的笔，我们可没那么贱！气得商家老太太的脸立马儿就挂不住了，蕴了一肚子的气，等美莉下班回家后，统统发泄了出来：我看你不仅是贱，还倒贴呢！你还是我女儿吗？你趁早管人家叫妈去得了！你送什么不好，你居然还上赶着送人家笔！笔！

笔！你怎么不把X也送人家得了……嘴上没了把门的，像开了闸的洪水，一通数落，风卷残云这个骂，骂得越来越难听，满院的街坊都听得真真的。

这一次，在商家老太太和玉石妈共同反对下，玉石和美莉的爱，终于昙花一现。没过多久，玉石和他妈搬家，其中原因之一，就因为这件事，玉石妈不希望玉石和美莉藕断丝连，旧情复燃，希望斩草除根，一了百了。

玉石搬走之后，美莉的情绪格外失落了一阵子。不过，很快就云开雾散。漂亮的女人，是不愁爱情的。中学时代的爱情，往往是美莉这样的女人的练功房，让她有了经验的打磨，步入舞台之后，一下子可以如鱼得水，功夫尽显，而仪态万方。

只是，商家老太太有了玉石和女儿的这个教训之后，有点儿像惊弓之鸟，生怕这个宝贝女儿重走她家老大的老路，未雨绸缪，已经先女儿一步下了笊篱，给美莉介绍了个对象。人长得仪表堂堂，军事学院毕业，海军中尉，在北京军事研究机构做科研工作。商家老太太故作几分神秘的样子，下巴挑了挑，对我们大院里的街坊们说：工作单位是保密的呢。商家老太太把人带到她家，出入我们大院的时候，眉梢上都带着几分得意。我们都看到了这海军中尉，不说别的，仅论长相，真比玉石要强。我心里替玉石长叹一口气，希望只是商家老太太的一厢情愿，美莉没有相中这个海军中尉。

商家的三女儿叫嘉莉，比我小一岁。她不怎么爱说话，比起活泼的二姐美莉，她就像一个扎嘴的闷葫芦。美莉没有考上大学，商家老太太把希望寄托在她的身上，对她管教得格外严。她高中考入了女八中，是所好学校，就是离家有些远，商家老太太做主，让她爸爸在女八中附近租间房子，陪她住，这样可以节约上学放学来回跑路的时间，一门心思用在学习上。可见，商家老太太对嘉莉下的功夫和寄托的希望。商家的事，从来都是老太太说了算，商先生只有唯命是从，很快就找到了住房，带着嘉莉住了过去。别说，嘉莉比美莉要争气得多，据说，学习成绩在班上一直名列前茅。

自从嘉莉上了高中，我和她见面机会不多。其实，即使她上高中不是住在外头，还是住在我们大院，我们见了面，话也不多。她天生就不是那种爱说爱笑的人，自从她家搬进我们大院里，她就不合群。特别是她的妹妹曼莉投河自杀后，她就更是愿意一个人独来独往，不仅不大和我们一群孩子说话，就是跟她家里的人也不多言多语，和她二姐美莉的性格完全不同。

她家里连老带少那几个人，我对她的感觉最好，因为看得出来，曼莉的死，对她的触动最大，她的表现和她全家人不一样。曼莉下葬那天，我看得很清楚，她家里所有的人都铁青着脸，唯独她悄悄地抹眼泪。而曼莉曾经养过的指甲草，她一直养着，在她和她爸爸搬到学校附近的房子去住的那天，我看见，她把那盆指甲草也拿走了。那天，商家老太太冲着她喊：一盆破花，拿走干吗？分心，影响学习！她没理她妈，还是把指甲草带走了。

嘉莉读高二那年，我读高三，"文化大革命"爆发了。学校不上课了，高考制度被废除了，大学没法子考了，嘉莉和她爸爸搬回我们大院住。我看见,她把那盆指甲草又带了回来。她是个细心的人。我也看见,她的脸色不大好,以为和我一样,都是为没法考大学了而忧愁不安。

其实,除了这一点原因之外,还为了她家自己的事。她家和"文化大革命"一起闹腾得不消停。比嘉莉先一步回家的,是她大姐玉莉。那是"文化大革命"爆发之前的春天,她大姐回到了北京,就已经埋下了定时炸弹。开始,她家都以为她调回北京工作了,都为她高兴。后来,明白了,她大姐调回北京倒是调回北京了,但是,她是离婚之后才找到的这个对调的单位。她已经离婚有两年多了,一直没有告诉家里,两个孩子中的老小跟着她,这具体的情况,家里更是一无所知。等她和她妈她爸说明情况,是到了新的工作单位报到之后的事情了。商先生没有说什么,商家老太太气疯了,大骂一顿,光解气却改变不了已经离婚的事实。听完她妈这一通解气的大骂之后,玉莉回下花园一趟,把孩子接了过来。原来以为单位会有职工宿舍,来了一看,没有,只好带着孩子住进家里。这最后的落脚点,更是让商家老太太怒火冲天。

也难怪商家老太太发怒,商家一下子拥挤不堪,掰不开镊子。那时候,商家二姐美莉也刚刚结婚半年多,部队没有房子,小两口住在原来老疙瘩曼莉曾经住过的水房里。这会儿,老大玉莉带着个孩子又回来了,往哪儿挤?只有让她带着孩子住嘉莉那间屋。现在,大学没法子考了,老三嘉莉跟着她爸爸又回来了,怎么办吧!一家子糇甜面酱了!只好让嘉莉挤进商家老两口住的那一间,搭一张折叠床了。商家老太太能不气不急吗？偏偏嘉莉没眼力见儿，把那盆指甲草还搬进了屋子，摆在了窗台上，商家老太太本来就看着什么都不顺眼，她一把把这盆指甲草扒拉到地上，骂了句：人都住不下呢，还弄来这么个不长眼的玩意儿！骂着，又上来使劲踢了两脚，花盆粉碎，指甲草也零落一地。

商家自己挠头的事情多了起来，商家老太太消停了许多，不像以前东跑西颠的那么爱咋呼了。

谁想到"文化大革命"像着了火似的，越来越热烈，特别是进入了红卫兵大疯狂的红八月之后，抄家成风，批斗成风，商家老太太像打了鸡血一样亢奋，又闲不着了，像只跳蚤，开始上蹿下跳。几乎天天都能看见她和红卫兵在我们住的那条街上呼风唤雨，她带着红卫兵今天闯进这家院子，明天闯进那家院子。她带着红卫兵闯进我们大院，是迟早的事。我们只是猜想着，谁家会是第一个遭殃的。谁也没有想到，她带着红卫兵抄了我们大院前院老梁家。

在我们大院里，老梁不显山不露水，上班走下班回，忙得我们几乎很少看见他的人影。他就是副食店采购部门的一个小头头，芝麻粒大的一个官，根本算不上走资派呀？我们都很奇怪，等看到大院门口的墙上商家老太太写的大字报，我才知道，原来老梁解放以前是个资本家，还娶了一个年轻的小媳妇。当时，年轻的小媳妇在有的人眼里就变成了语义含混的小老婆。这样的词语出现在墨汁淋淋的大字报上，就一下子非同小可，资本家和小老婆这样两个词，便足以成为戴在老梁头上的两顶帽子，成为揪斗他的充足的证据。老梁立刻像魔术里的鸡变鸭一样，变成了商家老太太说的那个十恶不赦了。

其实，关于老梁过去的这些事情，大院里很多人都清楚，我也隐隐约约地知道一点儿。老梁以前不过在前门布巷子开过一家小的绸布店，抗战一爆发，绸布店经营不下去，被迫关了张，还欠了一屁股账。没办法，只好把原来住的草厂二条的小四合院卖了抵了债，搬进我们大院，住了这一间北房，先在我们大院对门的泰山永油盐店里当账房先生，后到兴隆街的副食店。至于他的小媳妇，不过是比他小十几岁罢了。在大字报中，商家老太太故意夸大这个"小"字，让红卫兵也让我们大院里一些不明真相的人们误以为是老梁娶的一房姨太太。在当时，小老婆这个词儿，就足可以置人于死地。

就是商家老太太的一张大字报，就是老梁过去的绸布店，让老梁连带他的小老婆一起遭殃。过去的绸布店，也是资本家开的；过去的资本家，也是资本家，死老虎也是老虎。不用再说什么了，就这一顶帽子，足够抄家批斗的理由了。老梁的倒霉不仅在于被抄家和批斗，这一年的年底，冬天最冷的时候，老梁老两口被扫地出门，遣返回乡。更令我们大院里的人们瞠目结舌的是，魔术里鸡变鸭的现实再一次发生了，老梁住的那间宽敞的大北房，一下子变成了商家老太太的。这样魔术一般的变幻结果，成为了我们大院里"文化大革命"的伟大成果之一。

老梁这间北房，成为了"文化大革命"给予商家老太太这个街道积极分子最大的红利。她把占领的这间北房，就那么理所当然地交给二女儿美莉和那个海军中尉住。其实，"文革"之前,部队的军衔就取消了,但商家老太太在街坊面前还是爱这么叫她这位二女婿海军中尉。街坊们便也跟着她这么叫,不过,背地里,街坊们叫完"海军中尉"之后,会立刻撇撇嘴。有多嘴的街坊会在撇撇嘴之后,找补上一句:在她家中尉就是最大的官呢!看着她理直气壮地站在老梁这间北房前的高台阶上,挥着胳膊叫喊:资本家怎么可以住这样好的房子,却让我们的亲人解放军住水房?街坊们有些气不忿儿,在心里不住撇嘴。

她家美莉和那个海军中尉搬进老梁家的北房之后,她家大姐玉莉搬到水房住,嘉莉又回到原来自己的屋子。只是人家老梁老两口被赶回到了山西临汾的农村老家。

平常的日子里,在我们大院那些形形色色的人物中,尽管老梁不显山不露水,但他是个见过点儿世面的人,一辈子没有大富大贵过,开的绸布店也没法和瑞蚨祥相比,毕竟也做过买卖,置办过房产,周旋过各类衙门,见识过各种嘴脸,而且,从老板到伙计一落千丈地没落过,乃至一贫如洗,落魄的凤凰不如鸡,世态炎凉都经历过。所以,对这样突如其来的变革,似乎没有太多的哀伤,甚至看不出任何的表情,也许,都藏在心里了吧,那时,我们还都小,认识不到江湖的水深和风波的险恶。他离开我们大院之后,再也没有回来过,我们大院好多街坊,现在一提起商家老太太,便会说起老梁。

其实,老梁完全可以赖在北京先不走,资本家多得是,比老梁大的资本家也多得是,不走的更是多得是。老梁还是太老实了。马善有人骑,人善有人欺,这话一点儿不假。老梁走后没几个月，春节刚过，冬天还没有结束的时候，商家出事了。

那天，我从学校回家，还没进大院，就看见门口的墙上贴着一张大字报，写的内容是揭发商家老先生解放以前给日本鬼子干事，在日本银行里当过襄理。在当时，这就等于汉奸呀！再往下看，让我倒吸一口凉气，原来人们传说的她家老闺女曼莉真的是他的私生女。在当时，这就等于流氓呀！这样双料的问题，等于抛出的两颗炸弹，足以让商家遭受灭顶之灾。

看到大字报最后的署名，更让我大吃一惊，简直不敢相信自己的眼睛，竟然是商家的三女儿嘉莉！

说实在的，在当时，大义灭亲，并非是什么惊人之举。之所以让我吃惊，并不是因为嘉莉的大义灭亲，她让我刮目相看，是她和她的两个姐姐不大一样，和她的妈妈更不一样，多少表现出她的正直和正义。而且，也多少替老梁出了口气。在当时，别怪我狭隘，我就是这么想的，很多大院里街坊也是这么想的。尽管，这些话都不敢说出来，但是，人心从来都是从善恶有报这样最传统的观念出发，由此来判断人好人坏的，和当时漫天席卷的革命的高头讲章有些背道而驰。

嘉莉抛出了这两颗炸弹，不仅让商家老先生在单位挨批斗，更让商家老太太立刻威风扫地。这两颗炸弹在我们大院爆炸的直接后果，是商家二闺女美莉的海军中尉丈夫提出和她离婚，然后是美莉从梁家那间北房灰溜溜地搬了出去。说心里话，这样变化迅速又莫测的结果，是我们没有想到的，但我们好多孩子和好多街坊，都有些幸灾乐祸。

这一年的冬天再次到来的时候，开始了上山下乡运动，我们大院里第一个走的,是嘉莉。她报名去了吉林哲里木盟插队。尽管我们对商家老太太很反感,但对嘉莉,尤其是她贴出那张大字报之后,还是充满了好感,而且,当时还很敬佩呢。甭管什么样的大义灭亲,都需要有点儿与众不同的勇气,更何况她的大义灭亲,让我们多少有点儿钦佩,也有点儿解气。因此,尽管在她贴出大字报之后,她和她妈妈都抬不起头来,我们对她还是一直充满了同情。这一年的年底,她去吉林插队,离开我们大院的时候,我们几个孩子,都送她出了大院的大门口。她走了老远,回过头来,向我们招了招手。

  嘉莉去了哲里木盟之后,商家没脸再在我们大院住下去了,很快就搬了家。从此以后,我再也没有见过嘉莉跟商家的任何一个人。

  前几年,听老街坊说,见过一次嘉莉。那时候,西河沿的劝业场还没有关张,老街坊是在劝业场里碰见嘉莉的,她身边带着一个十多岁的男孩子。她也离婚了。在哲里木盟插队时,她和当地的一个牧民结婚,知青大返城的时候,离了婚,自己一个人带着孩子回到北京。

  谁也没有想到,商家四个女儿,自从老四曼莉死去之后,这三个女儿最后的命运竟然都是离了婚。事过境迁之后,有老街坊挺同情商家这几个女儿的命运的,也有老街坊说,都是她家老太太作的,让几个闺女替她受过呢!

  现在想想,那真的是一个扭曲的时代,扭曲的不仅是人的历史和精神,更是人的心灵。扭曲的不仅是上一代人,也是我们这一代人的历史、精神和心灵。

六指兄弟

大雨和他妈搬进我们大院来的时候，街坊们都说他长得不像他妈。他妈有些发胖，面容却还算白净，而大雨脸色黑黝黝的，好像整天在太阳地里晒，单薄的身子瘦得跟根麻秆似的。而且，大雨长着一张方脸盘，他妈是一张柿饼一样的大圆脸。

大雨他妈是和我们大院里的邱老师结婚后，住进了东跨院里靠东朝南的那两间倒座房。邱老师打北平解放之前一直住在那里，前些年他的老伴得病去世，孩子还小，那时候，邱老师三十出头，正是学校里的壮劳力，一个人教小学五年级的算术语文两门课，还当着班主任，上班很忙，一个人弄不了孩子，常常是按下葫芦起了瓢，焦头烂额，孩子就让爷爷领回河北隆化山里的老家去了。这些年下来，我们院里的街坊没少给邱老师介绍对象，二茬子光棍，日子不好过，整天清锅冷灶，孤灯寒壁，大家都挺关心他。

我们大院里的老师挺多，大中小学的老师，连幼儿园的老师都有。邱老师为人不错，虽然来北京好多年了，还带有山里人的那种朴实淳厚讲义气的劲儿，还有点儿学问，又不大，让人觉得并不那么高不可攀。所以，过年的时候，各家贴个春联，或是谁家里有事要给远方的亲戚写封信什么的，人们都愿意找邱老师。邱老师从来都是有求必应，人很热情，没有什么架子，在我们大院里人缘不错。只是，对于大家热情地给他介绍后老伴儿一事，他一再推托，一再说，一个人习惯了，不想再找对象了。

  没有想到，一晃十来年下来了，邱老师从一个三十来岁的小伙子，变成了四十来岁的中年汉子，本来说是不想再找媳妇了，却突然领回来一个媳妇，让大家有些吃惊。人们忍不住要把她和邱老师的前老伴儿做比较，前老伴儿说不上是个美人儿，却怎么也比这个其貌不扬又胖胖的后老伴儿要看着顺眼。怎么看，大家看新来的这个后老伴儿都觉得别扭。关键是，和邱老师以前也是学校里当老师的前老伴儿相比，这个后老伴儿没有什么文化，大家就觉得更是配不上邱老师了，不知道邱老师这回搭错了哪根筋，弄回来这么一个土老帽儿，还带着一个拖油瓶。

  后来，大家伙知道，大雨他妈在邱老师他们学校搞后勤，干了好些年了，渐渐和邱老师熟悉起来。说是后勤，是邱老师这么向街坊们介绍的，其实就是打扫校园里的卫生，冬天来了，附带着负责给老师办公室和每班教室里生炉子。尽管学校不大，一天也够她忙活的，每天回来都是一身土一脸灰，大院那些火眼金睛的街坊们早就一眼看出，知道邱老师好面子，便也不捅破这层窗户纸，见了大雨妈的面，都像称呼邱老师的前老伴儿一样，叫她邱太太，她听着非常不习惯，总是让人别这么叫，就叫大雨妈吧。人们其实也不习惯，便也都叫他大雨妈了。

大雨妈搬进我们大院来时，大雨十二岁，比我大不到一岁，但因为他学习差，留级过一年，在邱老师的学校里上六年级，我在中学里读初一了。但是，放学之后，都是皮小子，吃凉不管酸，大人们的事情，谁闹得清楚？我们常常在大院里疯跑，很快就熟起来，还是能玩在一起的。

和他在一起玩了好长时间，我竟然没有注意，他是六指，他的左手小拇指边多长出一根手指。是有一次放学回家的路上，看见大雨身后跟着一帮小孩子，冲着他大喊大叫：大雨大雨是六指，他比别人多一指！多一指，多一指，他比别人多吃屎！

我看见大雨不理他们，只是使劲儿往大院跑，想甩开他们。我轰走那帮撂着脚叫喊的小崽子，追上大雨。大雨感激地望了望我，没说什么，我也没说什么，两人一路无语回到大院。我偷偷地看看他的手指，他悄悄地把手揣进兜里。

我发现大雨是个温和的人，除了和我们一起玩的时候显示出男孩子应有的疯的一面，一般的时候，不多言多语，多少显得有些忧郁，并非我最初对他想象的那样的吃凉不管酸，他和他那种年龄的孩子不一样。

这一点，随他妈，他妈也是个不多言多语的人，倒是非常的勤快，脚不拾闲，进了邱老师的家门，把家收拾得井井有条，干干净净。一般的时候，她就像个扎嘴的葫芦，常常看见她坐在灯底下做活儿，不是给邱老师缝衣裳，就是给大雨做鞋子。邱老师对大雨不错，坐在一旁的桌子边，给大雨辅导功课。据说，邱老师就是喜欢大雨他妈这种性格，邱老师不喜欢咋咋呼呼的人，踏实过日子最好。而且，邱老师有些怪，除了不要那种快嘴碎嘴的女人，他也不想找一个有多好的工作或者和他自己一样有文化的人，他觉得找这样的人，和自己不合适，大雨他妈过日子踏实，又没有什么文化，这样两点，都符合邱老师后来找老伴儿的条件。

  好长一段时间，大院里的街坊们都不清楚邱老师找老伴儿说的这种合适与不合适的真正原因。一直到四年过后，大雨初中毕业了，考上了一所住校的中专技校，住进郊区的学校，邱老师才让大雨妈陪着他回到了隆化山里的老家。那时候，邱老师病得挺厉害的了，有一两年的时间，一直卧病在床，躺在家里，全都靠大雨妈伺候。那时候，邱老师虽说学校有医保，也还有工资，但吃药打针的，开销加大，大雨妈没敢辞了学校的活儿，一直都是学校家里两头跑着。大雨住校了，邱老师才让大雨妈陪着他回老家，说是不愿意死在这里，死也得死在老家，得落叶归根。大家才知道，其实，邱老师早就知道自己身子有病了，才找大雨妈这么个老伴儿，他知道只有这样的老伴儿，才会任劳任怨陪伴着他走回老家和死亡。

  邱老师在人们心里的形象多少有些受损，人们觉得他有些自私，一直不想找老伴儿，知道自己有病，想起来找老伴儿了，拉上人家大雨妈当垫背的，这不等于给自己找了个不花钱的老妈子吗?

没过半年,邱老师死在老家。那时候,听说大雨妈心疼邱老师的儿子,想把他带回北京,但是,儿子不愿意,姥爷、爷爷家也不愿意。邱老师的儿子比大雨大两三岁,已经能够下地干活儿了,人生地不熟地跑到北京来能干什么?大雨妈觉得也是这么回事,自己就别狗揽八泡屎了。但是,大雨妈这一切的行动,给她加分,尤其是和邱老师一对比,大家都挺佩服大雨妈的。所以说,人不可貌相,海水不可斗量!这是大雨妈从隆化回来之后,我们大院里街坊们常常感叹的一句话。

大雨和他妈一直住在邱老师那两间倒座房里。这是邱老师留给他们娘儿俩唯一的补偿了。大雨妈又回到学校去打扫卫生,生煤球炉子,大雨在技校里学的是钳工,只要熬出四年的学业,就可以进工厂里,有份技术工的稳定工作。娘俩相依为命,日子过得平淡如水,却也平安无事。

我和大雨都大了,不再像小时候疯跑疯玩了。其实,想想,也就是大雨来到我们大院以后这四五年的事,但是,一个孩子的长大,正是在这四五年的时间里。我和大雨算不上多么有交情的朋友,尤其是他读中专技校后,一直住校,我们很少来往。一直到"文化大革命"来了,学校都不上课了,我们只能待在家里,便天天又可以碰面。而且,我发现,他和我一样成了"逍遥派",整日无所事事,便常在一起聊天。那时,废弃的前门火车站原来的货场上,有半个篮球场还顽强地挺立着,那里离我们大院不远,我和大雨常常跑到那里去打篮球。一打一个半天,一身汗一身土,空旷的篮球场上,只有我们两个人，球敲在水泥地上的嘭嘭的响声，和落进篮筐的咣咣的响声，寂寞而响亮，帮助我们打发那段动荡而漫长的光阴。

有一天下午，我和大雨打了半天篮球了，天快黄昏的时候，我们都准备要回家了，忽然看见大雨妈向我们走了过来。这个时候，还没有到下班的时间，尽管学校里在闹革命，但大雨妈一直坚持守时守点地上班，她就是这么一个人。她这时候来，一定有什么事情。

走近时，我和大雨都才发现，她的身后还跟着一个小伙子。小伙子走到我们的眼前，我注意观察了一下，他的个头儿比我和大雨都高一点儿，也壮一点儿，但年纪比大雨还要小。衣衫不整，灰头灰脑，一脸沮丧的样子，好像刚刚遭遇一场不幸。从大雨的表情来看，好像并不认识他。这让我很是奇怪，怎么会突然冒出来这么一个小伙子？

大雨妈凑到大雨的耳边说了几句什么，便拉着大雨和那个小伙子走了。我手里拿着大雨临走时抛给我的篮球，独自回到大院，心里充满着疑惑。那一晚，大雨妈回到我们大院之后，很晚了，大雨一直都没有回来。这无疑更增加了我的疑惑。为什么大雨妈丢下两个孩子不管，自己一个人回家来了呢？在那个动乱的年头，时刻都会有不测发生，我隐隐为大雨担心。

我不知道那一夜究竟发生了些什么。第二天，大雨带着那个小伙子什么时候回到我们大院里来的，我也不知道。我只知道，从那天以后，那个小伙子一直住在大雨家里。过了好几天，这个小伙子才从阴云里走出来，开始和我和大雨一起去前门火车站货场上那个废弃的篮球场去打篮球。他球打得不错，个头儿又比我们高，常常是我和大雨是一头的，他自己是一头的，一人单挑我们两人，玩得热火朝天。我们疯了似的跑跳，疯了似的抢球，暂时的欢乐和逃避，驱逐了少年的忧愁，忘却了四周不远的地方正在疯狂地闹革命，打砸抢甚至流血死人。

也是在球场上拼命抢球的时候，我和他的手抢在一起，碰疼在一起，我才发现，他的左手小拇指边上也多出一根小指头。这个发现让我分外惊讶，这也实在太巧合了吧，怎么和大雨一样，他也是个六指呢？

我相信，在争抢篮球的时候，大雨肯定也和我一样，触摸到了他的手指。这样惊人的相似，会让他想到什么呢？是这样遗传的力量，会让人心彼此接近，让两个从未见过面的陌生人迅速地走到一起？

我和他渐渐熟了起来，才知道，他的名字叫小雨，是大雨同父异母的弟弟。说起来，最心酸的应该是大雨妈。那一年，是北平解放的第二年，大雨妈带着大雨从河北辛集来到北平，找到大雨的爸爸。那时候，大雨才三岁多一点。那时候，大雨的爸是第一批进入北平城的解放军，一位不小的官，找起来比找一个当兵的要容易。大雨妈在一座原来是王府后来是北洋军阀再后来是国民党一位将军住的四合院里，找到了大雨的爸。他很高兴他们娘儿俩的到来，让他们娘儿俩住进了铺着磨花瓷砖地板、有着枝形吊灯的东厢房里，整天有勤务兵帮助他们料理生活。刚进城不久，百废待兴，他的公务繁忙，就让勤务兵开着他的那辆吉普车，带着他们娘儿俩在北京逛逛，好几个能去的公园都去了,让他们娘儿俩大开眼界。他还特意嘱咐勤务兵带着他们娘儿俩去前门外的肉市胡同,吃了一次全聚德的烤鸭。那是大雨和他妈从来没有吃过的玩意儿,香喷喷的,油腻腻的,吃得肚子撑得很,忍不住还又多吃了几片鸭片。

这样马不停蹄地又吃又玩了一个多星期,一天晚上,大雨爸公干之后,回到四合院,推进东厢房的花格栅门,对大雨妈说:明天我正好有工夫,带你去个好地方。大雨妈挺高兴,来了一个多星期,还没有正经和自己的丈夫待上一会儿了,便问:去哪儿呀?他说:明儿去了你就知道了!大雨妈指着身边已经快进入美梦中的大雨说:不带孩子一起去了吗?他笑笑说:先不带了,这些天,他玩得也累了,让他在家里好好歇一天吧!

第二天,他带着她去的地方是民政局,两人办理了离婚手续,他对大雨妈说:真的对不起,我在这里已经结婚了,小孩子马上就要出生了。他还对大雨妈说,想把大雨留下来。大雨妈没有说话,离婚手续办完,他让勤务兵开着吉普车送她回去,她进屋停都没停,带着大雨,离开了这个住了一个多星期的四合院,再也没有回去过。

带着一个三岁多孩子的乡下女人,能够到哪里去呢?她不想回乡下的老家,那样,会让人笑话。既笑话自己,也笑话大雨他爸。她决心留在北京。她留在了北京,只好露宿街头,但她相信老天爷饿不死瞎家雀儿,何况自己还有一双手,是个勤快的人,什么苦都吃得下。过了不知几天,在一个凄风苦雨的夜晚,她有幸遇到小学校一位好心的校长,那位校长看见他们娘儿俩萎缩地在一处房檐下躲雨，可怜他们，带他们进了学校，她总算有了一份能够糊口的差事。以后，又遇到了邱老师，让她和大雨有了一个家。有时候，她会对大雨说，也对我们大院的街坊说，自己的命就算不错，我挺知足，多少从老家乡下来北京的人，能像我这样留下来的，有几个呢？

当大雨和小雨两个人交错着，也是信任地对我讲述了这一切的时候，我简直不敢相信这一切会是真实的。因为在以往我的印象中，解放军一个个都是了不起的英雄，他们怎么可以随便抛弃自己的妻子和孩子，另有所爱呢？我发现，其实，那时候，我没有接触过一位真正的解放军，更不要说什么首长了，一切的印象，都是从小说和电影中得来的。对于我还好，这一切只不过像是听《天方夜谭》里的故事，对于大雨和小雨而言，却是他们亲身经历的感受，所有的悲欢离合，都渗透在他们成长的生命里的呀；所有的痛苦悲伤，都得他们自己去咀嚼和消化呀。

这个和大雨同父异母的小雨，如果不是遇到了一场"文化大革命"，恐怕不可能和大雨相见。正是这场大革命，让他们共同的父亲遭受了批斗，不堪忍受折磨的父亲，和他后来的妻子商量好了，双双选择了跳楼自尽。临走之前，给小雨留下一封遗书，其中一条是让他去找大雨，那是他在这个世上唯一和他有着血脉关系的亲人。

大雨妈是宽厚的人，就像当年人家素不相识的校长收留了自己和大雨一样，收留了孤苦伶仃的小雨。但是，一直到这个时候，大雨妈还不清楚，那个凄风苦雨的夜晚，遇到的那位

六指兄弟　**191**

小学校的校长，并非巧遇，而是大雨爸的安排。大雨听小雨讲完当年的真情后，一直没告诉给他妈听。以后，我听大雨对我讲述了这个雨夜巧遇的往事，我是很怀疑的，觉得这是小雨编造出来的传奇，或者是小雨和大雨他们共同的父亲编造出来的、安慰他自己也安慰他们兄弟俩的幻觉故事而已。我想，可能大雨自己也不大相信，要不他为什么一直没有告诉他妈呢？不告诉他妈就对了，告诉了，又能起到什么作用呢？能够改变历史中曾经发生过的一切吗？

　　一年多以后的夏天，我去北大荒，大雨和小雨到北京火车站为我送行。他们两人知道我爱写东西，特意到前门大街的公兴文具店里，买了一本丝绒精装的北京日记本送给我。那日记本里有好多张北京名胜古迹的彩色照片。

　　在锣鼓喧天的火车站的站台上，望着完全不一样的长相却有着惊人相似的六指的这一对兄弟，那一刻，让我感慨。我在想，从来没有见过面的一对兄弟，如果没有如此明显的遗传特征，怎么会那么快就相熟相知并能够患难与共？但是，这样的说法也不尽然。在那个以六亲不认、亲人反目，甚至大义灭亲为时尚的时代里，血缘，并不是完全能够让人走到一起的根本原因。让人能够走到一起，并能够患难与共的，心比血缘更可靠，更重要。血缘，即使是平常的日子里，也是可以验证出来的，心看不见，只有到了风云漂泊风雨动荡的时候，才能够如试金石一样，立判分晓，令泾渭分明。如果说血缘是那个飘摇动荡时代潮流里的一叶扁舟，这条小船已经禁不起水波的跌宕，漏船翻船的，已经屡见不鲜。只有心最为可靠，心才是一只锚,让船在可以停靠的地方和时候,有了自己的定海神针一般的定力。因此,真的能够因为血缘并且能为血缘而迅速走到一起的人,其实,靠的是血缘,更是内心的善良和坚强,这是那个荒唐时代里唯一还能够温暖人心、安慰人心之处,也是人们能够走出那个荒唐的时代而让生命与情感延续下去的地方。我紧紧握住两双有着六指的双手,真心祝福他们。

六年过后,我从北大荒调回北京,重回我们大院,大雨一家已经搬走。听说是林彪事件之后,小雨的父亲落实政策,恢复名誉,部队里找到了小雨,让他重返自己的家。小雨算是个知恩图报的人,坚持要把大雨和他妈一起带回家。他说的十分有道理:我爸我妈都不在了,唯一的亲人,就是我的这个哥和他的妈妈了。十分幸运,大雨和小雨两人都没有去上山下乡。大雨因是在中专技校,因祸得福,早早就被分配到一家机床厂当钳工,小雨后来参了军。

街坊们都不知道他们搬到哪里。我也再没有见到他们一家人。如今,我们大院就要拆迁,他家曾经住过的那两间倒座房后来几经易主,新的主人,我已经不认识了。新主人早已经不住在这里,只留下一把锁锁住房门,替他们等待着拆迁最后能够谈拢的补偿款额。房子和人一样,也是有生命的,久不住人,炊火断灭,生气也就没有了,一下子显得衰败得厉害,房檐上的衰草也了无生气地随风凄凉摇摆着。

有时候,路过前门一带,我还会去已经没有几户老街坊的大院里看看。站在残败的这两间倒座房前,我会想起大雨小雨和大雨妈。不知道现在他们过得怎样了?眼前最顽固不去的印象，形成了这样的一幅画面，那是小雨第一次出现在大雨面前，那天夜里，小雨带着大雨来到他的父母双双自尽的楼上，小雨痛不欲生，说前途渺茫，活着没有什么意思，也想一头从这楼上跳下去，一了百了。大雨听他说完哭完，什么话也没有说，只是给了他一记响亮的耳光，然后指着楼下对他说：你跳，现在就跳，既然你要跳，你还来找我们干吗？你是不是见到了我，特别的失望，觉得再也找不回你们家这样子了？

小雨被这一记耳光和大雨这一通话给打蒙了，说蒙了。大雨不是个能说的人，他自己没有想到竟然说了这么一大通的话。他对我们讲述这一切的时候，还在为自己感慨，之后，他居然补充了这么一句：都说兔子急了咬人，兔子急了也会说话呢！

那天夜里，小雨老老实实地跟着大雨回到我们大院，住进了这两间倒座房，一住住了那么长时间。

我一直都在想，这恐怕是大雨这一辈子干得最漂亮的，最富于兄弟之情的，也是最值得回忆的事情了。我清晰地记得，当年他对我讲述这一记耳光的时候，眼睛里放着光，他的倔强，他的温情，那一刻在他迸射的眼光里倾泻无余。我不知道，这一记耳光，大雨妈知道不知道。我也不知道，这一记耳光，小雨现在是否还会在偶然间想起。

跑堂的老宋和他的两个女儿

别看老宋是花市一家饭馆跑堂的,却写得一手好毛笔字。他主要写隶书,有点儿魏碑的味儿。谁见了老宋的这笔隶书,都会夸奖说写得不错。即使是我们大院里教美术的袁老师,他会画画,也得自认毛笔字赶不上老宋。

我读初二的时候,学校有个《百花》板报,是语文组的老师办的,将全校老师和学生写的稿子,散文、诗歌、杂谈呀,还有创作的小说,抄写在三百字一页的稿纸上,分成好几个栏目,上下好几排,贴在乒乓球案子上,挂在教学楼的大厅里,每两周更新一期,每一期都以老师画的水粉或水彩画作为报头,图文并茂,一时间很是轰动。我们班上的几个同学照葫芦画瓢,也找来一块黑板,把我们自己写的稿子抄写在稿纸上,贴在黑板上,然后把黑板搬到大厅里,和《百花》唱起了对台戏。我们给我们的板报取名叫《小百花》。我自己当主编。我们一切都要仿照《百花》做,才叫作唱对台戏。每期的报头好办,我们班上有画画好的同学,由他们负责来画。每篇文章的题目,人家《百花》都是老师写的,那老师叫闵仲,是教我们大字课的书法老师。我们班所有同学的字,一个个写得跟狗刨的似的,都拿不出手呀。

我找到了老宋。因为老宋搬进我们大院头一年过年的时候,他在他家门前贴了一副春联:春到新门载新福,志存远马扬远蹄。是他自己写的。词儿好,字写得更好,我对他连连夸赞。他连连摆手说:图个乔迁之喜的吉利,好久没拿笔,手生了,生了!

就是我读初二要开学前的那个春节前,老宋搬进我们大院。那时,我们大院已经没有房子可租了,房东找到我家,说我家住的三间东房还比较宽敞,让我家腾出一间,老宋一家实在有些困难,帮帮忙,救救急!等以后大院有了空房,再让老宋一家搬出来。我爸我妈都好说话,而且,那时我爸正闹血压高,吃药吃营养品花费入不敷出,腾出一间,还可以少交一间的房费,手头宽松些,就把南头的一间腾出来。房东找人在中间砌了一道墙,新开一扇门,老宋一家搬了进来。

我拿着稿子和毛笔、墨汁,找到老宋,请他帮我们写文章的题目,他从不推托,总是一个劲儿地谢我,说我给了他一个写毛笔字练手的机会,还说他已经好多年没写毛笔字了,还是以前读私塾时候练的童子功呢。

老宋的字,确实写得不错。我们的《小百花》在学校教学楼的大厅里亮相之后,老宋在每篇文章前写的题目,字体饱满遒劲,颇得赞赏,给我们的《小百花》增光添色。闵仲老师曾经专门找到我,问这字是谁写的,写得真是不错。我告诉闵老师,是老宋写的。闵老师问我老宋是谁?我说老宋是花市饭馆里一个跑堂的。闵老师连说:了不起!海水不可斗量,民间里,藏龙卧虎!

老宋一家四口,住进我家的南房,和我成了隔壁的邻居。那时,他把他老婆和两个女儿从农村接到北京,一时找不着住处,我们大院的房东常到花市饭馆里吃饭,看他人热情,还愿意和人聊天,特意照顾了他。我管他叫宋叔,管他老婆叫宋婶,他的两个孩子,老大比我大两岁,老小比我小两岁,我管老大叫宋姐,管老小叫小妹。

由于一家子刚从农村来,好多习惯都是农村的老例儿。比如,吃饭,他家都是摆出一个小炕桌,放在院子里吃,按照宋婶的说法,他们在老家都是在院子里吃的,敞亮,小风吹着也凉快。当然,也是屋子里的空间小,放不下一般人家里的八仙桌,只好因陋就简。他家吃饭用的是从农村带来的黑釉大海碗,喝水用的是从农村带来的葫芦做的瓢。他家门口放着一口半人高的大缸,冬天渍酸菜,夏天放水,让日头把水晒热,晚上老宋下班回来,孩子放学回来,就着水热,洗洗涮涮,省了煤火。

这些都让我们看着新鲜,也还都能够接受,甚至佩服宋婶的勤俭持家。让我们大院好多街坊难以接受的,是夏天到来的时候,他们一家围坐在院子里吃饭,两个女儿的身上一人穿着一件红兜兜,是在电影里看到的那种,用粗布做的,没有袖子,只是胸前遮着的一块布,背后拴着两根布条条儿。布上倒是绣着花,不难看,只是,老小还好,但老大毕竟大了,一对圆嘟嘟的小奶子在布后面晃，让人想看又不敢看。

这还好说，让大家最难以接受的是，宋婶的上身连根布条儿都没有，就那么光着上半拉身子，一对黑亮黑亮的大奶子，像两个布袋一样，在胸前来回地晃荡。看见了街坊们走过，她还会挺热情地抬起身子来和人打着招呼，两个大奶子晃荡得更厉害了。别人还好一些，而我家和他家是邻居，夏天天天吃晚饭的时候，都会打照面，天天看见宋婶这一对又黑又大的奶子在眼前晃荡，开始，不习惯，还真的有些尴尬。天再热，总还是穿点儿衣服的好，哪怕只是像两个闺女穿上件兜兜呢。

那时，我心里想，这一切和宋叔这一笔好毛笔字太不谐调了。尤其是很难把宋叔这一笔好毛笔字，和宋婶的这一对总亮在外面的大奶子联系在一起。

那时，我真的很难想象，宋叔是怎么样将这雅和俗谐调在一起的。

那时，我没有想过这样的问题：宋叔一个跑堂的，为什么能写这样一手好的毛笔字呢？或者说，宋叔能够写这样一手好的毛笔字，为什么只做一个跑堂的呢？

是啊，那时，我年龄太小，不知道人世间的千奇百怪，甚至光怪陆离，更不会知道人世间藏有太多难言的秘密和辛酸。

有时候，我会感谢"文化大革命"，如果不是有这样一场大革命，好多的秘密和辛酸，我无从知晓。尽管，这场大革命无情地剥开很多人的外衣，将其历史乃至隐情和隐私暴露无遗，比当年宋婶毫无顾忌地暴露出自己的大奶子还要令人难堪，甚至由此带来无比的伤痛，乃至逼人致死。却也让人心和人性赤裸裸地相见，由此，彼此能够接近的便越发地接近，相互拉开了距离的便拉开遥远的距离，而永远无法弥合。

我和宋叔，应该属于前者。在那场动荡的大革命中，我和他和他全家彼此接近，而认识得更加清楚。

1966年，宋叔的两个女儿已经长大，宋姐二十一岁，小妹十七岁，豆蔻年华，正属于妙龄时期。除了长得随母亲黑了点儿，两姊妹长得都挺耐看的。尤其是宋姐，爱唱爱跳，活泼好动，又发育得成熟，如同汁水饱满的草莓，鲜灵灵的。她当时在街道一家服装厂工作，人称"黑玛丽"，那是当时流行的一种热带鱼的名字，服装厂公认的厂花，是我们一条街上好多男孩子追求的对象。

小妹在女十三中读高一，和姐姐的性格正相反，不好动，好静，放了学，就闷头待在屋子看书学习。哪怕天再热，也不出来和别人玩，或到别人家串门。在我们大院里，她唯一找的人就是我。那时，受我的影响，她爱好读书，喜欢文学，经常找我来借书，也经常写一点儿类似冰心的《繁星》《春水》的小诗，或汪静之的《蕙的风》那种的爱情诗，拿给我看，让我提提意见。那时，我特别的好为人师，有这样一个漂亮的小姑娘找到我头上求教，自然更是有几分飘飘然，没少自以为是地提出我这样那样的意见，表现自己，甚至炫耀自己。她从来都是认真地听着，然后改过之后，过两天，再拿来让我看。

如果不是"文化大革命"，这一对姐妹花，一定会各有各的生活。宋姐会找一个自己相中的男人结婚，过她的小日子。小妹会考上一个大学，学习她喜欢的文学，成为一个类似以前冰心一样或以后舒婷一样的诗人，做不成诗人，做一名中学或小学的老师，也是好的。

可是，"文化大革命"来了。

有一天，我忘记具体的时间了，只能说是有一天，是红八月到来之前或者之后的有一天，反正，我记得天很热。那时，各家大人都去街道参加政治学习了，家里就剩下我一个人。那时，学校里在武斗，天天在批斗老师，在争论那副"老子英雄儿好汉，老子反动儿混蛋"的对联，同学们分成两大派，势不两立，个个剑拔弩张的。我反感这一切，但胆子小，只好躲避着，常躲在家里，成了"逍遥派"。

谁想到，那天的下午，小妹突然闯进了我的家里，我看见她上身穿着件圆领的背心，下身只穿着件短裤，是那种睡觉时候才会穿的花布裤衩，露出一双腿，像一只鹭鸶一样细长的腿，让我格外的吃惊。虽然是大夏天，天热，但大白天的，也不至于穿成这样子呀。我有些惊讶，也有些害怕，生怕这时候父母回来，看见了这场面，该怎么向他们解释呀。

慌乱中，没来得及问她有什么事，她已经一下子扑在我的怀里。我才发现，她的浑身在瑟瑟发抖，如同风雨中的一片树叶。我忙问她怎么啦？她却一下子哭出了声。

还是生平头一次有一个女孩扑进我的怀里。而且，由于穿得这样的单薄，她整个身子那样的柔软而有弧度和温度，都紧紧地贴在我的身上，让我不由得一惊，不知如何是好，一下子很僵硬地立在那里，像根突然被雷劈的树干。

我再一次问她怎么啦？

她还只是哭。

过了好一会儿,她才缓过劲儿来,对我说:你帮我看看我家现在还有人吗?

我走到她家,家门打开着,像呼扇着大耳朵似的,被风吹着还在动,一间屋子半间炕,一眼望穿,没有一个人。我回来告诉她没有人。她抹干眼泪,说了句谢谢,转身回家了。

小妹这突如其来的举动,让我分外吃惊难解。以前,她倒是常到我家里借书,或是送她写的小诗,但从来都是文质彬彬的,没有见过她这样慌里慌张,又穿得这样单薄,而且是这样大胆猝不及防地扑进我的怀里的呀。

我猜想,就在她跑进我家之前,在她的家里,一定发生了什么事情,让她受到了惊吓。而且,这事情肯定不是一般的事情,是很严重的事情。我想,应该把这事告诉给宋叔。这兵荒马乱的年头,她一个小姑娘家的,别再出什么事情。

晚上,宋叔下班回来。那时,宋叔从饭馆里抽调到二服局,因为都知道了他写一手好的毛笔字,到那里便负责给造反派抄写大字报,刷大标语。宋叔的大标语,不仅刷在他们二服局的墙上,还曾经当场写在天安门楼子两旁的观礼台前的红色围栏上,红墙黑字,墨汁淋漓,那应该是宋叔这一辈子书法的巅峰之作了。他常常回到家里,一身的糨糊,一手的墨汁。这天晚上,他还没来得及洗手洗脸,我就把他叫出了屋子,悄悄地告诉了他白天发生的事情。宋叔听完我的话之后,一脸铁青,谢了谢我,没再说话。

没过两天,我们大院大门口的墙上,贴出了一张大字报,署名是革命群众。大字报揭发宋叔解放以前曾经在国民党河北省政府当过机要秘书,专门负责抄写文件,军衔是国民党上校。国民党溃退台湾的时候,他曾经跟随着国民党一直到了福建的东山岛,由于没有挤上最后的一拨船,被迫留在大陆,辗转到北京,隐瞒了历史,在花市饭馆里找到了这么一个跑堂的活儿。"文化大革命"有一种掘地三尺的本领,让过去很多被湮灭的秘密重见天日,便不要说什么隐瞒的历史了。国民党上校的宋叔,和饭馆里跑堂的宋叔,被迅速地粘连在一起,亮相在光天化日之下。

当时,我还是幼稚,没有立刻想到那天小妹跑到我家,和紧接着出现的这张揭发宋叔的大字报之间的必然联系。当时,我只囿于那张大字报本身,想象着宋叔以往我未曾认知的一面,思忖着这样一个国民党机要秘书的上校头衔,会是一个多大的罪过,宋叔能否逃得过这样的一劫等等这样迫在眉睫的问题。在我们大院里,由于初二那年办《小百花》板报,我和宋叔接触最多,再加上是隔壁的邻居住着,彼此关系也最密切,觉得他一点儿也没有国民党上校那样一个大官常常表现出来的穷凶极恶或阴险狡诈,自然对这张大字报更关心,对他的命运最担心。

那时候,我们大院大门口前墙上的一张大字报,就可以决定一个人的命运。那面高高的灰墙,最早的时候,曾经有个报栏,专门张贴每天的《北京日报》。后来,不知什么时候,报栏不在了,改成了公告栏,张贴街道办事处关于卫生大检查、人口普查、治安条例或法院判决书之类的公告了。"文化大革命"一来，成了张贴大字报最好的地方，让人每天看着它都提心吊胆，不知哪一天谁的名字会在上面出现，谁出现，谁就要倒霉，在劫难逃。

宋叔居然逃过了这一劫难。这在我们大院里那些被张贴过大字报的牛鬼蛇神中，是绝无仅有的一个例外。他只是从二服局又发落回了花市饭馆，接着当他的跑堂。

这一年新年到了的时候，宋姐结婚。这消息很突然，宋家没有告诉我们大院里的任何人。我是过完新年之后，才听说宋姐和她的街道服装厂的厂长结的婚。结婚之后，宋姐就搬到栾庆胡同住去了，很少回家。

在当时，我也没有立刻想到宋姐结婚，与宋叔的那张大字报有什么必然的联系，更没有想到这两件事，和前面发生的小妹的事有什么必然的联系。

这一年秋天，宋姐生小孩，宋婶去栾庆胡同照顾宋姐坐月子，宋家只剩下了宋叔和小妹两个人。宋叔有时候会叫上我到他家吃饭，他会亲自炒上两个小菜，让我陪他喝点儿小酒。宋叔这人聪明，从他的字就能看得出来，他在饭馆里干了这么多年，虽然只是个跑堂的，但端盘子看得菜品多了，出入后厨瞄上那么几眼，耳濡目染，炒菜也有了几分馆子味儿。用宋叔自己的话说，叫作久病成医。

天冷了，他家地方小，小炕桌放在床上，我们都脱了鞋上床，盘着腿吃饭喝酒。那天晚上，他的二锅头喝得有点儿多，话也多了起来，根本不管小妹就坐在床边上。突然，他问我：你知道那张大字报是谁写的吗？没等我回答，他自己说：大屁股黄!

大屁股黄,就是大闺女的丈夫,那个街道服装厂的厂长,还兼着街道办事处的副主任。要不他怎么知道我的档案?他从街道办事处的档案室弄出来的。

我知道,当时,档案泄密,都是这些掌握一定权力的人干的。但为什么明明知道大屁股黄是这样一个人,还让自己的女儿嫁他?这不是明知道是火坑,还往火坑里跳吗?还他妈的给他生孩子?我借着酒劲儿问他。

要不怎么说我窝囊呢!大闺女完全是为了救我呀,你知道吗?心里明镜似的知道那就是一只狼,还把闺女往狼嘴里喂,你说我窝囊不窝囊呀!

说到最后,宋叔哭了。虽然只是隐隐的饮泣,却像锥子一样扎我的心。我真的没有想到,宋姐是这样匆匆出嫁的。

更让我没有想到的是,坐在床边的小妹也啜泣了起来。我以为她是为了她爸爸刚才说的这一切。谁想到,宋叔指着小妹对我说:你知道吗,你宋姐嫁给大屁股黄,也是为了她呀!

小妹哭得更厉害了。

一直到这时候,我才明白了宋家一连出现的事情之间相互的关联。宋叔的历史,成为了发生这一切的一粒种子。大屁股黄就是用这粒种子,先后在宋家姐妹两人身上播撒。宋姐为了父亲,也为了妹妹,牺牲了自己。以前,只是在电影和小说中,才能够看到地主老财或军阀、国民党恶棍,是如何霸占民女的。如今,"文化大革命"让这些披着共产党外衣的人,有了一次重演历史的机会。他们将有些人过去的历史,当成换取今天自己私利的一张王牌,揭发、恐吓,然后批斗、遣送还乡,甚至殃及池鱼,连带他们的孩子,无所不用其极。"文化大革命"给了这样的人一个以革命的名义而疯狂攫取的机会,真的是人性之中最丑恶的东西,空前未有的一次大泛滥和大表演。记得那时流行一句话,常常出现在大字报或报纸上,叫作跳蚤变龙种。大屁股黄,就是这样的一只跳蚤,他却趴到曾经是街道服装厂的厂花宋姐的身上,吸取宋姐的血。

第二年的夏天,我去了北大荒,小妹和她学校的同学要去甘肃的山丹军马场。我是上午十点三十八分的火车。临走的前一天晚上,宋叔把我叫到他家里。明儿我得上班,没法子送你了,让小妹代我送你。他指着他身边的小妹说。然后,他递给我用海尚蓝布袋包的一小袋黄土,又对我说:带到北大荒,刚到新地方,都会水土不服,泡点儿咱这里的黄土冲水喝。小妹站在一边不说话。我拿着那一小袋黄土,有点儿不以为然,被他看了出来,他对我说:你别不信,以为是迷信。老例儿,不是什么都得非破不成的。真的,当年我要去台湾的时候,也带着一包黄土呢!

现在,只要想起宋叔,我就会想起宋叔写的一笔好字,和这一包黄土。我知道这包黄土是宋叔的一番好意。但是,第二天上午,我离开大院,到北京火车站之前,就把这包黄土给丢进了垃圾箱里。我还是觉得这有点儿好笑。谁会带一包黄土去北大荒?怪沉的。

那天,在北京火车站,我没有看见小妹来送我。但是,一个多月以后,我正在北大荒收麦子的时候,有人从田边跑过来喊我,让我快回队里去,说是有人找我!我回到队上,在队部的办公室里,看见是小妹,她的身边还有两个女同学。

我才知道,她们一共三个同学,是扒火车从北京来到北大荒的。小妹不想去山丹军马场,她是来投奔我的。她想得太简单了,以为人来到了这里,而且是扒火车来到的这里,表示自己的心诚,就可以留在这里。她已经在我们的农场场部哭诉过了,希望能让她们留下来扎根边疆,我也找过了场里的头头陈情诉说。可是,说下大天来,都没有用,她和她的两个同学,在我们队上的女知青宿舍里住了几天,最后还是被送回了北京。离开北大荒的时候,我送她送到福利屯火车站。隔着车窗玻璃,挥手告别之后,我再也没有见过她。她说会给我写信的,可是,我没有接到她的一封信。

好多年以后,我收到宋叔寄来的一封信,是封厚厚的挂号信,寄到报社,几经辗转,过了好多天,才到我的手里。展开信纸一看,映入眼帘的,是满纸的毛笔字,很久没有见到的宋叔那一手好看而遒劲的隶书。信上宋叔告诉我,小妹前些日子在甘肃嘉峪关市去世了。她早从山丹军马场调到了嘉峪关市的文化局做宣传干事,她的文笔帮助了她的调动。只是,常年在军马场,营养失调,让她患上了肝病,最后越来越严重,不可收拾。宋叔在信中说,小妹临走之前,嘱咐我想办法找到你,把她的这本日记本送给你。

我打开这本封面已经磨损、纸页发黄的日记本,里面全是用钢笔字抄写的诗,是以前读高中时我曾经见过的小诗,是我不止一次好为人师又自以为是帮她修改的小诗,是那些模仿冰心《繁星》《春水》和汪静之《蕙的风》的小诗。青葱岁月,隔壁邻居的时光,波诡云谲的大院日子,一下子如风扑在眼前。

老钟和他的爬墙虎

老钟,其实不老,这是他自己对自己的称呼。他曾经刻有一枚印章,在一枚很软的化石上刻有小篆阴文两个字:老钟。印章,是他自己刻的,用的他爸的修脚刀。这种化石很便宜,二分钱就能买一块。

老钟曾经把我们一帮小孩子招呼到他家,展示过他的这枚印章,他问我们:知道为什么我刻"老钟"这两个字吗?我们谁都不清楚他的真实意思,只觉得他故意装大,倚老卖老,好当我们的孩子王。他接着说:你们知道,古时候,孔老二叫孔子,还有老子、墨子、孙子……好多人都省略了他们的名字,只留下姓,再叫一个"子"字。这是尊称。叫我自己钟子,不好听,好像我成了种地的什么种子一样了。但像叫老子一样在前面加个"老"字,既好听,又有古意。你们觉得是不是?那时,我们都还小,听他这么云山雾罩地讲,既觉得他在吹牛,也觉得他挺有学问的。

老钟是个极其聪颖的人,心灵手巧,什么都会。样样把

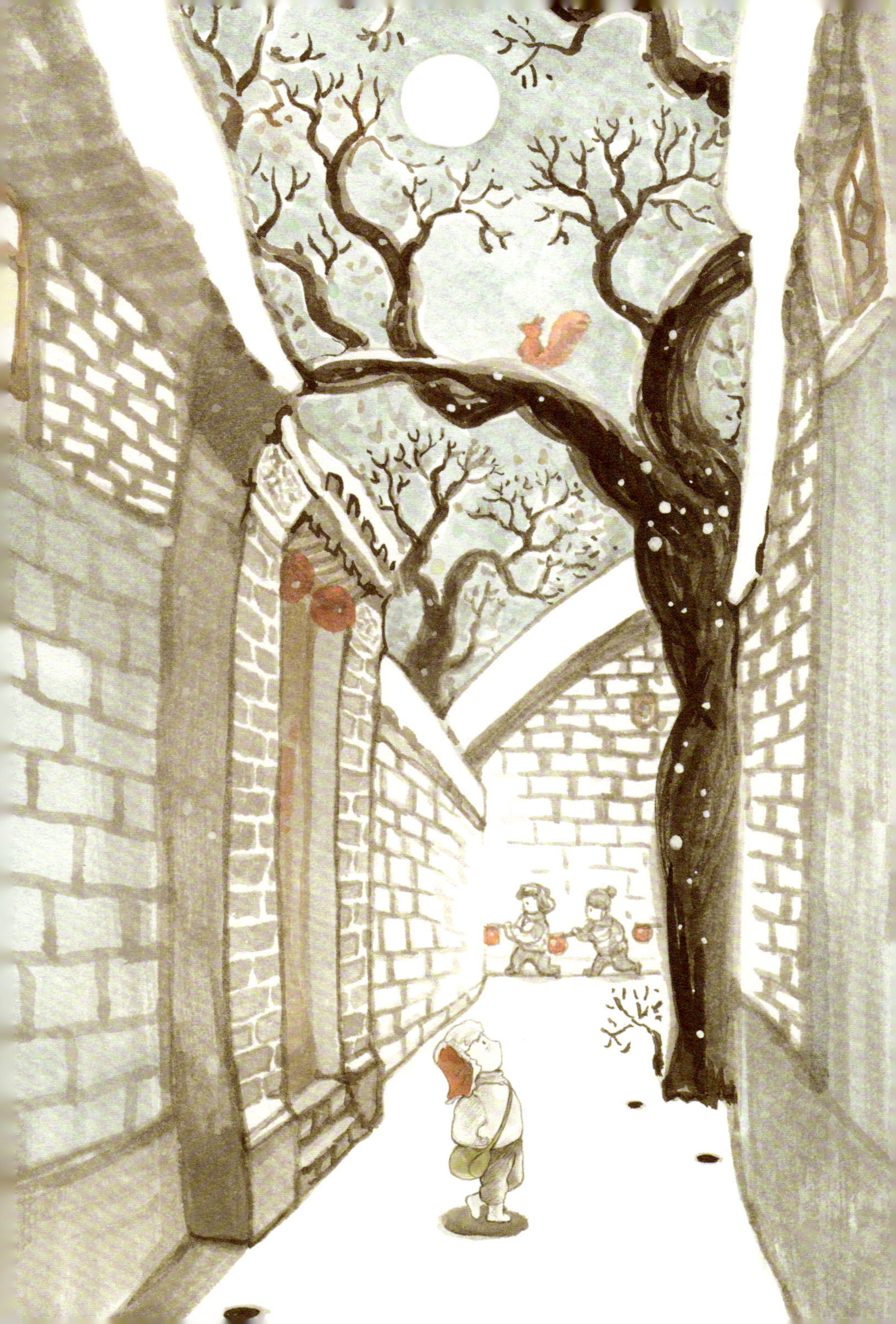

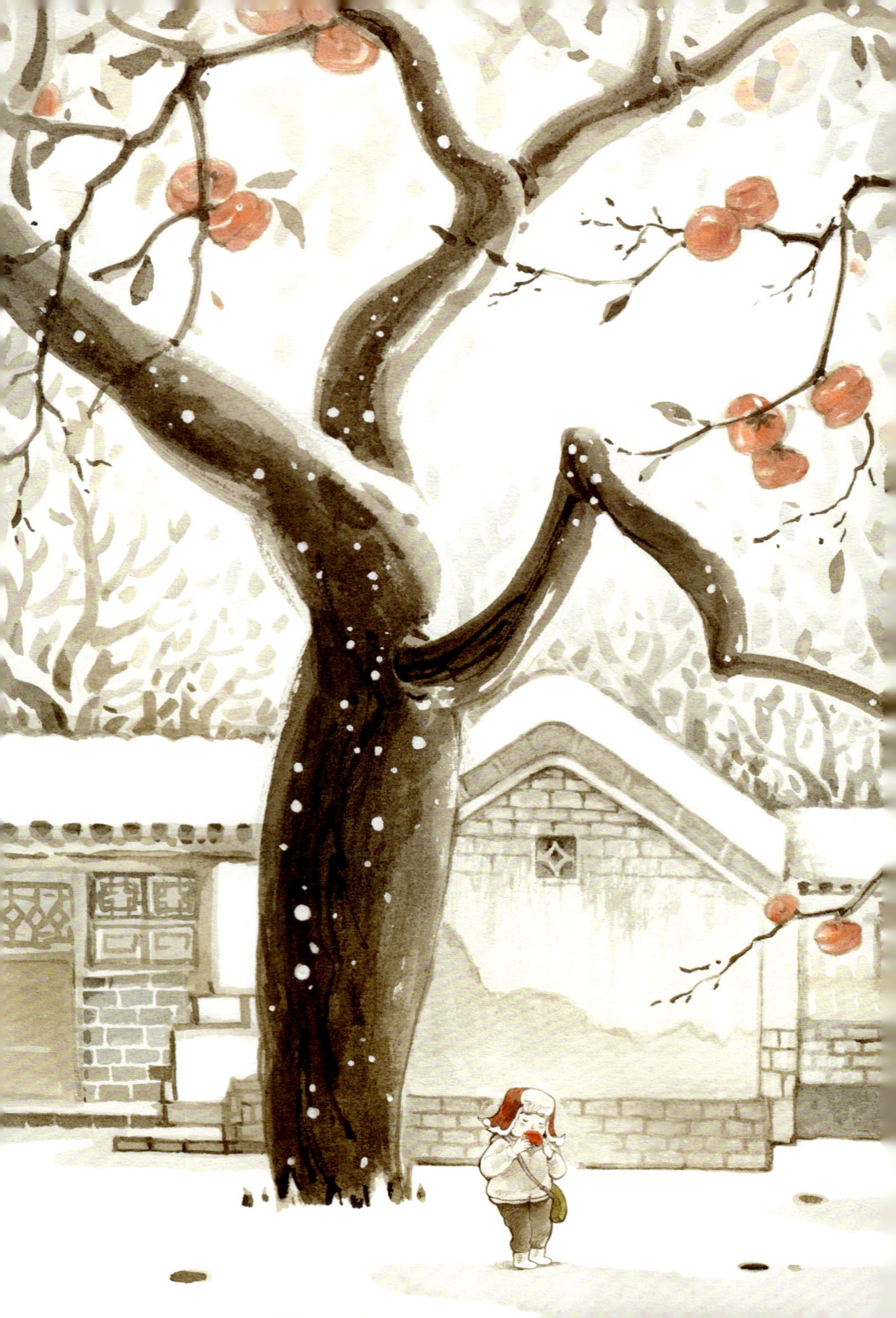

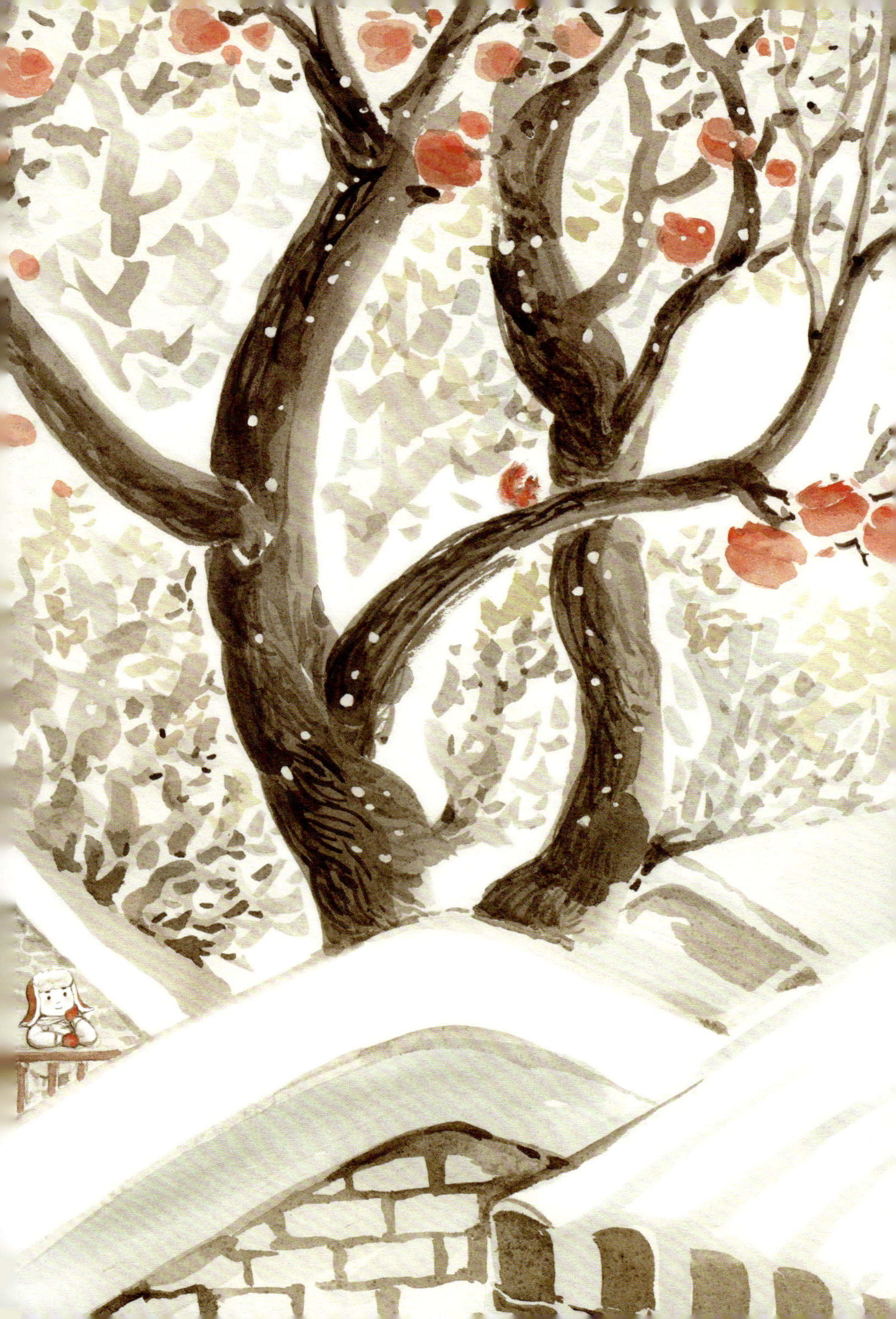

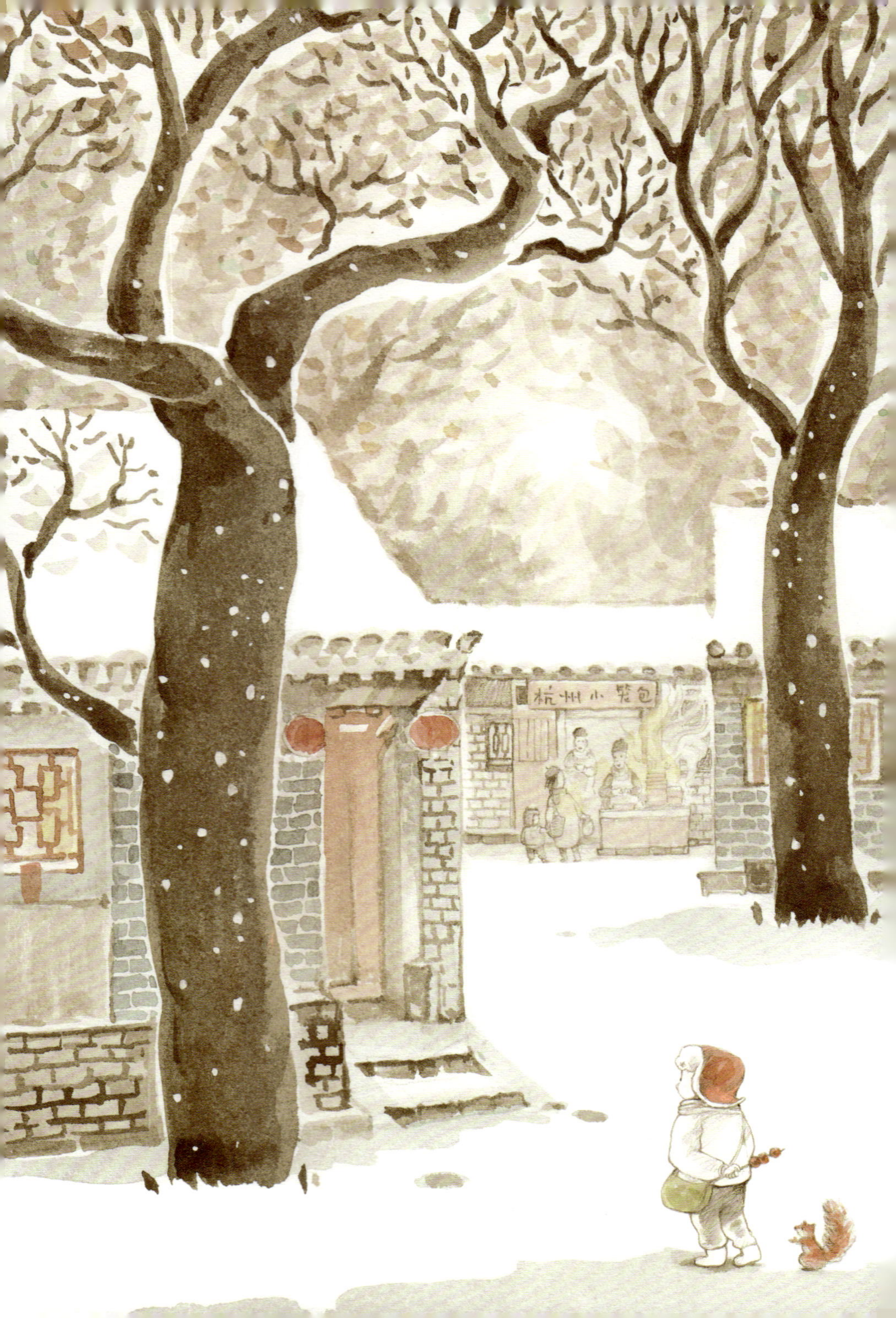
杭州小笼包

式，都拿得起，放得下。爱好多种多样，像万花筒，总在变幻之中。

老钟家住在我们大院最宽敞后院一排东厢房，足有三大间，他家房的边上就是后院的院墙，沿着院墙往北走一点，便是后院的月亮门，门上镶有梅兰竹菊砖雕。很漂亮。这一溜儿院墙，便成为了老钟施展才华的舞台和园地。他先是沿院墙根儿种了一排的蛇豆。春天，绿绿的叶子爬满墙；夏天，墙上开满淡紫色的小花；到了秋天，长长的蛇豆弯弯地垂挂着，成为我们大院里的一景。

第二年，老钟不种蛇豆了，改种丝瓜，原因是蛇豆不好吃。老钟家是南方人，喜欢吃丝瓜。丝瓜炒鸡蛋，有黄有绿，常是他们家夏天和秋天里吃的菜，端在他家的房前，坐在院子里的小桌旁吃，逗我们的馋虫。

后来，老钟又不种丝瓜了。他对我们说，丝瓜蛇豆都是蔬菜，太低级，太俗气。他要玩一个高雅的，改种爬墙虎。这玩意儿，不开花，不结果，但是，从开春到秋末，绿油油的，比丝瓜和蛇豆的叶子都密，都绿，都好看，爬满一墙，连个砖缝都难看见。尤其是到了秋天，秋风一吹，渐渐变红，一直红彤彤地摇曳到冬天，真的成为了全院大人小孩都可以观赏的风景，而不再仅仅是为了饱老钟一家人的嘴福。

老钟应该比我大六七岁的样子。我小学还没读完的时候，他已经在读高二了。那是老钟一生最辉煌的一年。这一年，就是他改种的爬墙虎爬满东院墙的第二年。

这一年，老钟的爱好又转移了。他不再热衷他的农艺，而改为了艺术，真正高雅的玩意儿了。老钟的这一爱好的转移，得从他的姐姐说起。

老钟家里姐弟三人，他下面有个弟弟，上面有个姐姐，他上高二这一年，姐姐已经从航空学院毕业，刚和她同班的一个男同学结婚。这个男同学是个印尼华侨，他们结婚之后，回过印尼一次，回国的时候，带回一台录音机。当时，在我们大院里，可是个新鲜玩意儿，谁也没有见过。在我们大院里，除了前院当翻译的老孙头儿家里的那台打字机，这是我们见到的第二个洋玩意儿了。它的出现，像给大院带来新奇的风一样，吹得我们一帮孩子整体趴在他家的玻璃窗前，看老钟摆弄这玩意儿。是那种台式的录音机，一个四四方方的小匣子，透明的塑料玻璃里面，转动着焦糖一样褐红色的磁带，薄薄的，细细的，小股的水流一样，缓缓地转动着，声音就在这转动中录进去了。真的让我们感到非常神奇，又非常的好玩。

那时候，只要下午没有课，老钟就早早回到家里，像只猫一样，趴在他姐姐这台录音机前录音。他在朗诵长篇小说《林海雪原》，一看我们趴在他家的窗前了，便把我们招呼进屋，有了我们一帮听众，他朗诵起来特别来情绪，一会儿是203首长少剑波，一会儿是小白鸽白茹，一会儿是英雄杨子荣，一会儿是土匪座山雕和蝴蝶迷，一会儿装男，一会儿装女，一会儿变粗，一会儿变细，他不停变换着不同人的声音，煞有介事地朗诵着。我们都屏住呼吸，大声不敢出，只听见录音机里的磁带咝咝转动的声音。然后，见老钟停下朗诵，按下停止键，长舒一口气，我们也跟着长舒一口气，叫着让他赶紧放给我们听听，他朗诵的声音是什么样子的。

　　从录音机里放出的声音，显得不那么真实似的，仿佛从什么遥远的地方传来，让我们感到神奇，充满诱惑。从那年的冬天开始，一直到来年的春天，老钟姐姐的这台录音机一直放在他家窗前的桌子上，老钟常常像只猫一样趴在录音机前朗诵他的《林海雪原》，我们也都会跑到老钟家，像蹲在电线杆子上的一排家雀儿似的，听他朗诵《林海雪原》。

　　我们当中好几个孩子受他的影响，也都跟着他学习朗诵，我是其中最迷朗诵的孩子之一。他会让我们对着他姐姐的录音机，朗诵一段诗歌或课文，帮我们录音，然后放给我们听。我们的声音，和老钟的声音，交错着从那台录音机里放出来，就像好几股水流飞溅起不同的水花，成为那些个日子我最快活的事情。盼望着到老钟家对着录音机朗诵，再让录音机里放出我的声音，比什么游戏都要好玩，常常让我在课堂上走神，想入非非，而在眼前幻化出一些似是而非的幻景。

　　那时候，北京很时兴了一阵星期天朗诵会，每个星期天，在中山公园的音乐堂，或王府井北口路西的儿童剧院，都有这样的朗诵会，殷之光、曹灿、董行佶、周正、苏民、郑榕、朱琳……一帮名角儿汇集，曾经风靡一时，就像今天听歌星的演唱会。在星期天朗诵会上，我碰见过好几次老钟。我不知道是这样的朗诵会受到了老钟的影响呢，还是老钟受了他们的影响？我只是知道，我非常崇拜老钟，觉得他对着他姐姐的那台录音机朗诵的《林海雪原》，一点儿不比星期天朗诵会上的那些名角儿差。

我佩服老钟,他是我童年和少年时期的偶像,我最初对于文学的爱好,可以说相当一部分是源自他的朗诵,让我接触到了那么多的诗歌和小说。老钟确实聪明过人,干什么都有两把刷子。尽管他爸他妈都常数落他,说他干什么都没有常性,三分钟的热乎气。但是,朗诵,成为他坚持时间最长的事情。而且,看得出来,在以前他所侍弄的那么多玩意儿里,他最喜欢的,也是他最终选择的,是朗诵。

这一年夏天还没有到的时候,老钟家的录音机被他姐姐拿走了。老钟开始安静了下来,天天趴在桌前复习功课。我们知道明年他就要高考了,谁也不再去他家的窗前打搅他。只是第二年过了寒假开学之后,看见他不再埋头读书,而是常常站在他家的窗前,装腔作势地摇头晃脑,又伸胳膊又伸腿地比画,但是,嘴里不出声音。不知他装神弄鬼地在干什么。

我发现,每次在大院里见到他的时候,他的嘴里都含着东西,和他说话,他的声音含含混混的。我问他嘴里有什么东西?他吐出来给我看,告诉我是喉片。那时候,我从来没吃过这玩意儿,第一次见到,奇怪地问他吃这玩意儿干吗,又不是什么糖?他告诉我保护嗓子,我才知道,老钟要考北京电影学院表演系。他从迷上了朗诵,到迷上了表演。他找到了高雅的玩意儿,原来在这儿等着他呢。尽管他姐姐不赞成他考电影学院,他爸他妈更是都不看好他,给他泼冷水,说我们老钟家的坟头上就从来没有冒过演戏的这种香火!不好好读书学习,净整这些不着调的玩意儿!他爸他妈心里就想他能踏踏实实地学习,像他姐姐一样考上个正经的大学。在他们的眼睛里,电影学院就不是什么正经的大学。

老钟考电影学院，他们家并没有当回事，但我看得出，老钟是当回事的，准备得很认真。可以说，当时在我们大院里，除了老钟自己，就是我也把这事当成大事的。他一直这么我行我素地坚持着，我挺佩服他的，也祝福他能如愿考上北京电影学院。

老钟初试通过了，这让他有些扬眉吐气。他爸他妈不再说什么了。难得他开始用功，因为笔试需要考电影戏剧常识，外语还得过关，他特意找老孙头儿求教，请老孙头儿帮助他补习英语，还让老孙头儿帮助他借斯坦尼斯拉夫斯基的书和爱森斯坦的电影剧本集。抱着这些砖头一样厚厚的书，趴在他家窗前的桌子上，整天像啃窝头似的啃这些书。

那时，我挺好奇，指着他抱着的书问他：爱因斯坦和电影有什么关系？

他拍着手里的书笑话我道：什么爱因斯坦，你好好瞧瞧，这是爱因斯坦吗？这是爱森斯坦好不好？

那时，我只知道爱因斯坦，真不知道还有这么一个爱森斯坦，便问他：是爱因斯坦的弟弟吗？

他更笑了：一个德国人，一个苏联人，八竿子都打不着！爱森斯坦，电影蒙太奇理论的发明者！蒙太奇，懂不懂？

那时，我还真的不懂什么叫蒙太奇。老钟在复习他的这一套电影理论的同时，给我上了电影艺术的启蒙课。几年之后，我考中央戏剧学院表演系，很大一部分的因素是得益于老钟。考试之前，我曾经特意找他，向他请教。他是我最早的艺术老师，关于朗诵，关于表演，关于诗歌小说，还有蒙太奇，一切最初的萌芽，都是在他那里悄悄地吐绿，潜移默化在我这幼小的心里。

复试，除笔试之外，还有面试，我看得出他很兴奋，也很紧张，但还是充满希望。面试那天，老钟把自己打扮得油光水滑的，换了件干干净净的白衬衫，早早地就骑着他爸的那辆飞鸽牌自行车，去了北太平庄外的电影学院。那辆自行车是他爸的宝贝，如果不是路远怕他考试迟到，不会让他骑的。

这天上课，我总是有些走神，心里想着老钟的面试，想象着电影学院的面试会是一种什么样子？对于我，表演的面试，总显得有些新鲜，又有些神秘。下午放学回家，老钟还没有回来，就等着老钟回来，听他的消息。快天黑的时候，老钟才回到家，他把他爸的自行车给撞坏了前车圈，到修车铺修完后才回的家。他就等着他爸下班回来挨骂吧。但是，我看他一点儿也不害怕，得意扬扬的劲儿，情不自禁在洋溢，满脸泛着红光。下午骑车从电影学院的考场回家，正是这得意的劲儿，让他躲行人一不留神把车撞到马路牙边的树上了。

我问他考得这么样？他眉毛一扬，说没得说！我又问这么有把握？他眉毛又一扬，说我这点儿自信还是有的。我让他赶紧说说都考的什么，他是怎么表演的，怎么就有这样的自信和把握？

他告诉我，面试是先要他朗诵一段自选的篇目，他朗诵了《林海雪原》攻打奶头山的一段。这一段他轻车熟路，早在他姐姐录音机前背得滚瓜烂熟，获得考场老师的好评，这从老师的面目表情就看得出来。接着，老师把桌子上的一个墨水瓶递给他，让他以这个墨水瓶为小道具，表演一个即兴小品。这是面试的重头戏。有点儿意思。看得出，他很得意，很满意自己的这个即兴表演。我催他赶紧说说他是怎么弄的这个小品。

我先朗诵了一段陈然的《我的自白书》。然后，他问我：知道我为什么选择这段吗？

我说：熟呗，心里有底！这是当时星期天朗诵会上的名段，殷之光的拿手好戏，耳熟能详。

他说：不仅是熟，是朗诵完"为人进出的门紧锁着，为狗爬出的洞敞开着。一个声音高叫着：爬出来吧，给你自由！……"这样一段有针对性的台词，我的双眼紧盯着前面坐的那一排考场的老师，停顿了好半天。你知道为什么这时候我要盯着他们停顿吗？

我说：不知道。

这就是艺术了，知道中国画里的留白吗？停顿，就是留白。坐在前面的那一排老师，这时候就是那些冲着我高叫，要给我自由，让我从狗洞子里爬出来的人，那些国民党，那些渣滓洞里的坏蛋！我就有了一种现场感。你懂吗？现场感，是表演情境中最重要的，是斯坦尼斯拉夫斯基学说里最重要的。

听着他对我的这番慷慨陈词，知道他还沉浸在白天的面试里呢。我听得有些云山雾罩的。那你横不能朗诵完这首诗就齐活了吧？老师给你的那个墨水瓶呢？我催问他，这是考试关键的地方。

他瞅了我一眼，颇为得意地说：这就吃功夫喽，道具不论大小，得用得恰到好处，秤砣虽小压千斤，知道吗？我用这墨水瓶里的墨水写好我的自白书，临时把这首诗最后一句改了一下，朗诵到"让我把这活棺材和你们一起烧掉"的同时，我把手里的墨水瓶朝那帮老师使劲儿地扔了过去。那帮老师都愣在那里了。

尽管我非常佩服老钟面试考场上这样出色的即兴表演。但是，最终老钟没有考上电影学院。事后，我安慰他，是那帮老师没眼光。他却说，还是那个墨水瓶让我倒的霉。我没有处理好！毕竟墨水把人家老师的白衬衫都给染了。

第二年，老钟不甘心，接着考电影学院。这一次，成绩还不如上次，名落孙山，连复试都没挤进去。

因为考电影学院，耽误了高考，老钟最终没能上得了大学。连番两次的失败，让老钟很沮丧，有点儿灰头土脸。他那些多种多样的兴趣爱好，也随之受挫。霜打了的草似的，他变得对什么兴趣都不大了。那时候，高中毕业没有考上大学的人，档案都归在街道，等待着分配工作。在他爸他妈的责骂和催促之下，他整天灰头土脸地跑街道办事处找工作。有意思的是，这几年他根本无暇顾及的东院墙上的那片爬墙虎，吃凉不管酸，竟越长越茂盛，春夏两季郁郁葱葱，到了秋天，红得更厉害了，满墙像着了火一样。

第二年秋天要开学之前，街道办事处也没有帮助老钟找到工作，还是钟家两口子出的力。钟家两口子都在区政府工作，拉下老脸，求区教育局的人帮忙，才算给老钟找到了一个工作，让他到我们大院附近的长巷四条小学当老师，教语文课。他挺喜欢当这个老师的,他当孩子王也合适。在课堂上,朗读课文,是他的长项,也是他最喜欢的,同时,也最受学生的欢迎,他朗诵的时候,满教室鸦雀无声,他的声音洪亮,会荡漾出教室的窗外,回响在校园里,引来好多老师驻足倾听,成为了学校的一绝,给他找回好多青春的回忆。

我们大院有在长巷四条小学上学的孩子,回来以后对我绘声绘色地讲这些情景的时候,我看见站在旁边的老钟的父母脸上笑容绽放。真的,钟老师在我们学校名声可大了!那些孩子很为我们大院出了个老钟骄傲。

他妈和他爸听到后,尽管心里高兴,表面还是要指着他的鼻子说:别翘尾巴!语文课可不是光会朗诵个课文!他会反驳道:语文课读写听说四大基本功,第一位的可就是朗读!

没过几天,那些孩子又带回来关于老钟的新消息。课余之时,老钟组织了个课外的朗诵小组,他负责辅导学生的朗诵训练,还照当时星期天朗诵会的模式,每个星期的周末下午放学之后,也组织一个朗诵会,自娱自乐,颇受学生的欢迎。过新年的时候,他在全校组织了"迎接新年朗诵会",邀请校长和家长参加,更是大获好评。

举办这场"迎接新年朗诵会"之前,老钟找过我,让我帮着他写一首迎接新年的朗诵诗。那时候,我刚上初三,喜欢上了写诗,要说也是受老钟对着他姐姐那台录音机朗诵的影响,和当时星期天朗诵会的影响,常常会模仿当时颇为流行的一些朗诵诗,比如张万舒的《黄山松》、闻捷的《我思念北京》、贺敬之的《西去列车的窗口》之类,自以为是地涂鸦。

老钟知道我喜欢写诗，找到我，是看得起我。我当然乐意拔刀相助。朗诵会那天，老钟也邀请我去他们长巷四条小学参加。现场听到那么多的掌声，和他们校长当场对老钟的表扬，我很为他高兴。炉灰渣儿也有放光的时候，更何况是金子呢？

也许，老钟也自认为自己是金子，但好多人认为他还是个炉灰渣儿吧。很可能是这个原因，导致老钟的婚事一直不顺。老钟自视清高，总有怀才不遇之感，希望在婚姻中找齐。当然，这是事后我对他的理解与分析了。当时的情况，证实了我后来的分析。老钟找对象的标准不是人模样长得漂亮，而是这样两个条件，必须和他有相同的艺术爱好，还有一点致命，他自己没考上大学，却希望找一个大学毕业的人。那个年代，不像现在大学扩招之后，大学生如蝗虫似的遍地飞。找一个大学生，尤其是找一个看中他这样一个小学教师的女大学生，真的难度很大。

老钟后来和草厂九条的一个女体育老师结的婚。至于为什么老钟最后选择了一个体育老师，谁也不清楚。从表面看，老钟以前所坚持的两个条件，这位体育老师一条都不符合。不知道老钟的父母对这个体育老师怎么看，在我们大院的街坊眼中，都觉得这个体育老师配不上老钟。老钟不仅人长得好，关键是多才多艺。多才多艺，虽然不顶饭吃，但是，人们的心里还是喜欢多才多艺的人。我看钟家老两口也没有看得上自己的这个儿媳妇。毕竟是诗书人家，找了这个五大三粗的女人，怎么都觉得，即使青花掸瓶上插的不是孔雀的翎毛，起码得是鸡毛掸子，现在像是插上了一把大扫帚。

完婚之后，老钟两口子就住我们大院老钟家。我常常和这个女体育老师打照面，她长相一般，个子挺高，头发很黑，一双大长腿，一脸笑模样。她教过我们大院里的一个孩子，那个孩子说她是运动队受伤后下来的，原来是练短跑的，所以跑得特别快，学生给她起了个外号叫"二级风"；还有，她上体育课时爱穿一条运动短裤，露出腿上的汗毛特别重，特别黑，学生又给她起了外号，叫作"黑毛腿"。这两个外号，很快就在我们大院的孩子中间叫开了。

老钟听到了，找到我，对我说，告诉那帮孩子，不许再叫这俩外号了！那是你们老师！但是，大院里孩子谁还听他的，这两个外号，照样满院子里此起彼伏地叫。这样的叫声，常常让老钟很没面子。叫的这帮孩子里，大多已经是新一茬小不点儿了，不是当年我们趴在老钟家窗台前看他对着他姐姐那台录音机朗诵《林海雪原》的孩子们了。一茬茬不停长大不断变换的孩子们，是老钟也是我们成长的参照物。大院还是那样的老，老钟却不再年轻了。

老钟结婚是在年初寒假里的春节的时候，小日子还没过半年，这一年的夏天，"文化大革命"爆发。破四旧，立四新，我们大院干的第一件革命行动的事，是推翻了老钟家前这面东院墙。说这是一面资本主义的墙。以前种蛇豆和丝瓜就是应该割掉的资本主义的尾巴，现在又种爬墙虎也是资本主义的闲情逸致。推翻院墙的时候，我们好多孩子都参加了。这还不够，那天推院墙的时候，街道办事处的积极分子非得把老钟也叫来，和大家一起推墙，说这面资本主义的墙都是老钟一手弄出来的，得让他自己推倒这面资本主义的墙，用自己的实际行动和资本主义决裂。街道积极分子给长巷四条小学打电话，我们就在大太阳地里喊着口号，朗诵着语录等老钟，个个跟打了鸡血一样亢奋，一直等到老钟和他的妻子一脸汗淋淋地回来了。老钟和他的妻子"二级风""黑毛腿"，和我们一起推倒了这面院墙，漂亮的砖雕和绿绿的爬墙虎一起纷纷倒在暴土扬尘中。在这样一片暴土扬尘中，我看老钟远不及我们那样的亢奋，他的脸是麻木的，他在废墟前站了一会儿，连家也没回，擦了擦脸上的汗，转身就回学校了。"二级风"跟在他屁股后面，也很快离开了我们大院。

老钟的命运，并不是在我们大院这面东院墙被推翻时终止的，但老钟的辉煌是以此为终止的。老钟显得委顿，甚至有些苍老，原来洪亮的嗓音，也变得有些嘶哑了。想想那一年，他才二十七八岁。

这面东院墙上的爬墙虎，我想可能早已经被老钟所遗忘。用自己的手，用我们大院里包括我自己在内曾经那样欣赏并赞扬过他的人的手，一起连墙带爬墙虎拆毁干净，会引起他什么样的感喟，我不知道。我只知道，爬墙虎并没有完全从他的命运中连根拔除。没过多久，"文化大革命"的风暴席卷全城的每个角落，小学校也不能逃脱。长巷四条小学的老师也成立了造反队，从长巷四条小学毕业的学生成了红卫兵，杀了一个回马枪，搅得学校和我们大院一样天翻地覆，不在一所小学校里抓出几个牛鬼蛇神，誓不罢休。揪出了校长之后，还需要陪绑的，他们竟然选中了老钟。老钟的课余朗诵小组和周末朗诵会,成为他向学生灌输封资修的罪证;他曾经养过的爬墙虎,也在这时候死灰复燃冒了出来,成为他自己闲情逸致资产阶级思想的来源之一;同时,他还有一个海外华侨的姐夫,学生时代就整天抱着从国外买来的录音机不放,更成为他崇洋媚外资产阶级思想的罪证。

老钟,就这样理所当然地成为了校长的黑爪牙,陪绑的位置已经预先为他留好了。老钟也真的是够倒霉的。

一晃,五十年过去了。算一算,老钟今年应该是七十多岁的人了。大院人事纷纭,老钟早就搬家,不知搬到哪里去了。去年夏天,我路过长巷四条小学,忽然想起了老钟,他在这里当过老师,便想到这所小学校里,打听一下他的下落。学校总会知道的。谁知我走到长巷四条小学的校门前,看见学校已经变成了拆迁指挥部。而且,大门紧锁,只有拆迁指挥部的牌子挂在门口,校门里面一片凋零,看来作为拆迁指挥部都是以前的事情了,现在它自己也等着拆迁呢。

棋罢不觉人换世,酒阑无奈客思家。世事沧桑与人生况味的变化之中,还真的有些想念老钟了,想念青春年少时那种无忧无虑、异想天开和纯净得几乎透明却那么易碰易碎的梦想。

小手表的鸽子

小钟是老钟的弟弟。我们都管他叫小手表。那一年,我们院里的好多小孩子都看了一部新上映的叫《探亲记》的电影。那里有个从农村进城看望儿子的老爷子,老演员魏鹤龄演的,到商店买一个闹钟,非得让人家售货员再饶他一块手表,人家笑他手表比闹钟可要贵多了,老爷子说手表比闹钟小,怎么会比闹钟贵!这个笑话,带进我们大院,小钟比老钟小,不就是手表吗?这么着,我们都管老钟的弟弟叫小手表。

小手表就是要比钟贵一些。钟家对小手表一直有些偏爱。因为小手表的学习成绩比老钟要好得多。小手表比老钟小四岁,老钟初中蹲过一年的班,他考高中那年,小手表考初中,小手表考上市重点中学男八中,老钟只考上了离我们大院很近的二十九中这样一所普通高中。老钟高中毕业那年,考电影学院落榜,小手表保送本校高中。小手表上高一那年的暑假,他爸爸买了块上海牌的手表给他作为奖励。这是我们大院里一帮孩子中戴在手腕子上的第一块手表。那个年月,手表还是金贵的玩意儿，别说孩子了，就是大人，也没有几个能戴得起手表的。小手表，这个外号就更名副其实了。

小手表戴上这块手表之后，有点儿嘚瑟。最明显的表现，就是他交了个女朋友，是女五中高一的学生。不在一所学校，不知他们两人是怎么认识的，反正，仗着学习好，他胆子挺大的，常常趁他爸妈和老钟不在家的时候，带这个女同学到他家里来玩。那个女生，我们都见过，小手表很大方地向我们介绍过她，和他一样也上高一，姓白。那时候，我们都听过他哥老钟对着他姐姐那台录音机朗诵《林海雪原》，里面有个漂亮的女卫生员小白鸽白茹，也姓白，记不住她的名字，便把她也叫小白鸽。无论是她，还是小手表，听我们小白鸽小白鸽地叫，挺受用的，这个外号和小手表一样，也就叫开了。

只是后来，小手表带着他的小白鸽一进我们大院，见到我们，不和我们恋战，说不了两句话，两人就钻进屋，还把窗帘拉上，神神秘秘的，别说让我们生气，更让街坊们看着不顺眼。按理说，男女同学来家里玩玩，也不是什么了不起的事情，问题就出在他们一来就拉窗帘。大白天的，拉什么窗帘呀？

其实，小手表带小白鸽来，也没干什么出格的事，我们一帮孩子曾经偷偷趴在他家窗台上，从窗帘缝儿里看过他们两人，就是头快要碰着头地坐在一起，温习功课。我看了一会儿，没有发现什么异样，不过有点儿亲热罢了，就想走了。有嘎小子，就是九子拉住我说：再等等，好戏就上演了！好奇心，连带着一点儿憋坏的心思，纠缠在一起，让我接着趴在窗台上。

又等了半天,他们还是头快碰着头地坐在一起温书,只差那么一点儿,两人的头就总也不往一起碰。这一点点的距离,让趴在窗外的我们看着心急。我真的没看出小手表有什么异样。小手表比我大两岁多,那时候,我们都正处在青春期,谁的心里不会对女生产生那种朦朦胧胧又似是而非的感情萌动呢?

但是,有好心也多嘴的街坊,很快就把小手表带小白鸽到家里来的事情,向他爸他妈告了状,把头快碰在一起,说成碰到一起了。这点儿距离之差,使得小手表的问题一下子变得十分严重,让他爸他妈格外警惕起来。钟家两口子都是政府的干部,哪里能容忍自己的孩子这么小不好好学习就搞起对象来呢!

有一天,他爸专门等在小手表带着小白鸽进屋拉上窗帘之后,紧跟着推门也进了屋,圆乎脸一抹长乎脸,当着两人的面,狠狠地训斥了一顿,坚决不允许他们两人继续来往,如果再发现他们两人在一起,他就会到女生的学校告诉老师去。小手表他爸是真的生气了,嗓门儿没有控制住,嚷嚷得我们在外面都听得真真的,吓得小白鸽落荒而逃。我看见她一路小跑狼狈地跑出我们大院的样子,身上落满大院好多人芒刺般的目光。当时,心想小手表也没出来送送她?

小手表不是那种嘎杂子琉璃球,一直是个听话的好孩子,他爸这么一发威,他还真的就夹起了尾巴,断了秧一样,断了和小白鸽的来往。但是,他的心思也变得飘忽不定,放学回到家，不像以前总爱温习功课，而是屁股上长了草，坐不住了，干什么都干不下去。他家的窗帘倒是不拉上了，却整天看着他坐在窗前，两眼无神在发呆。

就是从这时候开始，他玩起了鸽子。起初，只是别的同学连笼子带鸽子，送他两只白色的点子，他养着玩的。他爸心想养鸽子就养吧，只要不再和那个女生来往就行了。再说，那两只雪白雪白羽毛红红小腿的点子，红是那么红，白是那么白，还真的挺可爱的。

没想到，鸽子让他着迷，他养上了瘾。半年之后，他养的鸽子从这两只点子发展到了十几只，咕咕的叫声，此起彼伏，响得他们家像总有悦耳的小鼓点儿在敲打着。小手表和他哥老钟一样聪明，都是心灵手巧的主儿，干什么都能够干出点儿名堂。这一年的暑假，他在他家屋子的西山墙边上，自己一个人干起泥瓦匠的活儿，用砖头和木头垒起了一人多高的鸽子棚。第二年开春，这群鸽子繁殖出的小鸽子，多得已经让我们数不出数来了。

也就是这一年开始，小手表的学习成绩每况愈下。他爸被连连请到学校，老师告知了小手表的情况。他爸回家，生气得很，厉声命令他拆掉鸽子棚。没有想到，这一回，小手表没有像上次他爸爸命令他和小白鸽断绝来往那样的听话，他梗着脖子，不应声。那鸽子都是他自己一手喂大的，他怎么舍得再用自己的手拆掉它们的家呢？他爸爸看他没有任何反应，站在那儿就是不动窝，一气之下，走出屋门，抄起放在门口的一把铁锹，三下两下就把鸽子棚拆了，眼瞅着鸽子纷飞的羽毛落了一地,惊吓得飞上天,在屋顶上盘旋,还想落下来,他爸挥舞着铁锹,愣是把鸽子都给轰走了。

他爸在气头上,忽略了那些鸽子都是小手表喂大喂熟的,个个都认识家,响着鸽子哨,在天上呜呜地飞了一大圈,没过半天的时间,又都飞了回来,落在他家屋顶的灰瓦上,房檐上,窗户前,咕咕地不停地叫唤着。小手表半夜没睡,把鸽子棚又搭了起来。

他妈劝他爸,街坊们也劝他爸,你儿子刚开始养那两只点子时,你没管,到现在他鸽子成群了,这么粗暴的法子已经不灵了,得想新招儿。他爸这个后悔呀,养这群鸽子,还不如当初让他和女五中那个女生来往呢。起码,那时候,学习成绩没有哗啦哗啦往下掉呀。

小手表的鸽子队伍越来越壮大,一飞起来能遮一片天。他读高二那一年,他的那群鸽子,在我们前门这一片已经小有名气,到他这里来看鸽子的、换鸽子的、买鸽子的人络绎不绝。他的学习成绩直线下滑,和他爸他妈的关系也越闹越僵,他爸他妈拿他和他的这群鸽子七窍生烟,一筹莫展。

就在这一年,发生了这样一件事情,帮了小手表他爸他妈一个大忙。这是他们绝对没有想到的,他爸他妈一定想,这真的是天助我也。

就在这一年,我家隔壁向家的孩子毛蛋儿养了一只波斯猫。毛蛋儿比我小五岁,比小手表小将近八岁,这一年,刚上小学四年级。在我们大院的孩子里,他年纪小,根本和我们玩不到一拨里来,属于井水不犯河水。但是,他养的这只波斯猫和小手表养的鸽子,却是井水河水搅和在了一起,成了彼此的克星。

事后,小手表后悔,当初毛蛋儿抱回这只波斯猫的时候,自己瞄了一眼这猫,对毛蛋儿说:你这猫不是波斯猫吧?

毛蛋儿不爱听,立刻反唇相讥:怎么不是?你养鸽子,养过猫吗?

他指着猫,不以为然地对毛蛋儿说:人家波斯猫的眼睛都是蓝的,你看看它的眼睛,灰不溜秋的。

毛蛋儿说:这你就不懂了吧?得到夜里,眼睛才变蓝呢!

他一摆手说:拉倒吧!还到夜里呢,你以为它是猫头鹰呀?肯定不是波斯猫!起码不是纯种的!

就是当初自己年轻气盛,多了这么几句嘴,得罪了猫大仙!

毛蛋儿养他的猫,一直都很精心,谁想到那天夜里,猫钻出了笼子,从东院墙爬上去,跳进钟家住的后院,来到鸽子笼前,叼走了没来得及回窝的一只鸽子,还是小手表心爱的一只凤头。看见自己的凤头银灰色的羽毛,零落在毛蛋儿的猫笼前,小手表能干吗?他趁着毛蛋儿家里没人,把笼子一脚踹开,拎起猫的后腿就往自家后院里跑,头朝下倒栽葱的那只大白猫呜呜地惨叫,他也不管。他用绳子把猫绑在后院中间一棵老槐树的枝子上,就开始狠命地用根木棍抽打它。一边打一边喊:你赔我鸽子!你赔我鸽子!怎么打都不解气,怎么喊都不解气,谁上来劝都不管用,他人就跟发了疯似的。只听见那猫的惨叫声,越来越凄凉,越来越微弱。

就像鸽子是小手表的心头肉,这只大白猫,甭管是不是纯种的波斯猫,也是毛蛋儿的心头肉呀。那天,毛蛋儿从外面刚回到我们大院,就听见了他的猫的惨叫声,心头像被扎了一样,三步两步循声跑了过来,一看自己心爱的猫被绑在树上,小手表还在不住手地抽打着它,这还了得。他也跟疯了似的,冲了过去,一头撞在小手表的胸前。别看他只是个四年级的小学生,那一刻变得力大无比,像辆开足马力的坦克车直冲而去,小手表光顾着打猫了,根本没有注意猫的主人回来,一下子被扑倒在地。毛蛋儿上前先把自己的猫救下来,抱着已经被打得血淋淋的猫,更是怒火万丈,冲向小手表,没完没了地踢打。一边用脚踢着小手表,一边大声叫喊:你赔我猫!你赔我猫!

小手表虽然比毛蛋儿高出半拉身子,却抵挡不住毛蛋儿这一通狂轰滥炸。也许,是小手表听到猫在毛蛋儿的怀里呻吟的声音,也觉得自己做得有些过分,自觉不妥,便没怎么还手。街坊们趁机上来把他们两人劝开了。

临回家,毛蛋儿不依不饶,一边哭着一边喊着:我的猫要是有个三长两短,我跟你没完!

小手表的哥哥老钟回来,知道了这事,说弟弟:你也真是的,一只鸽子犯得着吗?打狗还看主人呢,你这么打人家的猫,实在过分!他爸他妈回来了,也这样说他。他心里虽然还是心疼自己的那只灰凤头,但是,不再多说话。

这一夜,两家相安无事。只听见毛蛋儿家猫在笼子里凄惨的呻吟。小手表的鸽子棚里的鸽子也躁动不安地不住扑腾。

第二天早晨，毛蛋儿惦记着他的猫，天没亮就起来，一看，心爱的猫死了。一下子，火冒三丈，他抄起他们家劈柴的斧子，冲进月亮门，一直跑到小手表的鸽子棚前，抡起斧子，三下两下就把鸽子棚的木头砍断，里面鸽子还没有来得及飞走，又被毛蛋儿的斧子砍死了几只。

噼里啪啦的响动和鸽子凄惨的叫声，把钟家人惊醒，都跑了出来，小手表先是惊呆了。他刚要冲上前去夺毛蛋儿手里的斧子，他爸一声怒吼喊住了他。那时候，别看毛蛋儿只是一个四年级的小学生，却已经像战场上杀红了眼的兵，抡着斧子，不管不顾，死俩鸽子没事，别再伤着自己的孩子。

鸽子棚彻底被捣毁，鸽子死的死，飞的飞，眼前一片羽毛纷飞零落。不少街坊被惊动，纷纷跑了出来，看着眼前凋零的一切和疯了似的毛蛋儿，都惊呆了。在那个天空的鱼肚白刚刚吐露出来的早晨，这一幕的景象，给我留下至深的印象。一个只有四年级的小孩子，让全院人震惊，更让高二的学生小手表震惊，束手无策也无言以对地望着惊飞的鸽子和哭泣不止的毛蛋儿。那一天清晨嘹亮的鸽哨渐渐消失，而嘤嘤的啜泣声始终缭绕在我们大院的情景，烙印在我少年的记忆里，相信，也烙印在毛蛋儿和小手表的记忆里。

如果没有以后"文化大革命"发生在我们大院里更为惊心动魄的事件，这是发生在我少年时代一件最值得记录的事件，足以记录在我们大院的历史之中。这个事件，以毛蛋儿和小手表各自心爱之物——猫和鸽子的丧失，而早早地终结了他们各自的童年与青春期。从此之后，他们再也没有养他们的心爱之物——猫和鸽子。

为此,钟家两口子非常庆幸,他们怎么说怎么做都无法让小手表将他的鸽子驱散走,毛蛋儿却帮助他们意外地做到了。只是,做到的时间晚了些。尽管小手表在此之后一心扑在学习上面,留给他的时间毕竟有限,高三毕业的高考,他还是差了十几分没有考上大学,只上了一所中专石油学校。钟家两个儿子,在高考中先后落榜,成为老两口一生的遗憾。

时过境迁之后,谁都会为当初自己的行动感到几分幼稚得好笑。但是,谁没有在自己的童年少年乃至青春期的时候,做过一些这样可笑得让自己脸红的事情呢?那时候,为了自己的心爱之物,为了自己的心爱之人,曾经是那样倾情付出,那样忘乎所以,那样疯狂相许,甚至可以生死与共。是的,只有童年少年和青春期,我们才有可能这样。我们的童年少年和青春期,恰恰是在我们大院里度过的。那里现在看来已经破旧不堪的屋顶与院落,凋零的树木和花草,甚至丢弃的拖把和水桶,以及从残破木箱里飘散而出的以前的旧报纸和旧挂历,都曾经驮负着我们的回忆和感情,点染着我们的生命与爱恨情仇。

对于小手表和毛蛋儿,他们之间有过激烈的争斗,甚至有过咬牙切齿的恨,却从来没有仇。都说夫妻没有隔夜的仇,在我们大院里,我们这些曾经从小长大的朋友之间,可能会有过隔夜的仇,甚至几夜乃至整个童年或少年时期的仇,但没有像死结一样解不开的仇。那时候,无论小手表,还是毛蛋儿,尽管为了他们各自的鸽子和猫,曾经发生过震撼我们全院的争斗,但是,那时候,我们毕竟还都是孩子,我们很快就会弥合曾经有过的摩擦和创伤,又像朋友重新走在一起。

小手表考入石油学校后的第五年,也就是1969年,毛蛋儿初中毕业。北京1969届初中生连锅端,都要上山下乡,毛蛋儿去的是内蒙古兵团。那年秋末,我从北大荒探亲回家,正好赶上为他送行,拿着从同学那里借来的一架海鸥牌照相机,可以为他拍几张临别留影。那时候,东院墙已经拆干净了,钟家那一排东厢房一览无余,当年小手表亲手垒的鸽子棚东倒西歪还倚在他家的西山墙边上,像我们童年和少年的物证一样,残存在那里。我对毛蛋儿说起当年的往事,他一笑对我说:复兴哥,帮我在那儿照张相,留个纪念。他跑到鸽子棚前,留下的这张照片,至今还保存着。

我和他都没有想到的是,第二天,小手表也回到了家。他们石油学校,那时候已经从北京搬到大庆油田,他是从大庆特意赶回来的。不过,我可不是单单为你送行的,你把我的鸽子赶尽杀绝,这个账,我一直还记着呢。小手表这样说,是玩笑,也是实情,他是回北京结婚来的,正赶上毛蛋儿要去内蒙古,送行的队伍自然又多了一个老街坊。

毛蛋儿去内蒙古是晚上的火车,那天晚上,为给毛蛋儿送行,小手表送了毛蛋儿一个礼物,是一件石油工人的工作服,那种轧有一条一条格子的蓝色棉服。让我们都没有想到的是,小手表新婚的妻子也来了,尽管多年没见,我们还是一眼就认出来了,是那个小白鸽。

迟桂花

杨家老四是我们大院的农艺家。不知道是受谁的影响，他特别爱鼓弄花花草草。他爸爸是开火车的司机，一辈子就爱拉胡琴，他家一共九个孩子，个个受他爸爸的影响，都喜欢鼓捣个乐器。唯独老四，不喜欢乐器，偏偏喜欢种花养草，属于他家的另类。那时候，学校里多讲米丘林，是苏联的一位农业科学家，杨家老四崇拜米丘林，买了张米丘林的大头像，贴在学校他宿舍的床头。

杨家老四上高中以后，一直住校。但是，不管多忙，每周末必定得回家一趟，因为放心不下他家门前的空地上的花花草草。其实，他也没个章法，什么都种，有凤仙花，我们叫指甲草；有夜来香，我们叫晚饭花；也有鸡冠花、西番莲和美人蕉，都不是什么难种的，非常常见的草本植物。他好像是来者不拒，逮着什么种子就撒什么种子，然后等着它们随意地开花，把他们家前不大的空地挤得五颜六色满满当当的。种不下了，他就把它们种在花盆里，摆满他家一窗台。

我们大院的街坊，老早在背后就说他。有话里带刺的：小小子儿爱花，女里女气的；但也有夸他的：小小子儿爱花，将来长大娶了媳妇，一准儿的疼人。

他爸嫌他的花种得太多了，挤上了窗台不说，还挤得他晚上下班回家找哥儿几个拉琴吼几嗓子京戏的地方都下不去脚。他爸便对他说：糖吃多了不甜，花养多了不香。你把你这些宝贝给我拾掇拾掇，捡点儿好看的种种，剩下的都给我拔了。

高一下学期开学没多久，刚过了清明，他还真的把他的这些宝贝都拔得干干净净，扛回家来一棵长得不矮的树。这棵树，他一个人根本扛不动，是钟家的大女儿帮他一起扛回来的。

开始，人们的注意力都集中在这棵树上了，我们大院里的树不少，但没有这种树，都好奇地问他这叫什么树。他一脸汗珠淋漓地告诉大家是桂树。大家便也都没在意，帮他一起扛树回来的钟家大闺女更是一脸汗珠淋漓。钟家大闺女和杨家老四在一所中学里，又在同一个班，既是街坊，又是同学，帮个忙，是捎带手的，不是什么大不了的事。

但是，钟家的两口子老眼毒辣，见微知著，看出了端倪。风起于青萍之末，自己的大女儿肯定和杨家的老四好上了。否则，这样一棵树，那么远的道，她不会和人家一起去抬的，带手的，也得看带手的什么活儿。平常，让她去水房抬桶水，她都说功课忙不过来呢。不过，钟家两口子暗中观察，不动声色，心里有数就是了。因为他们知道这个宝贝的闺女是个顺毛驴，戗毛是理不顺的。

迟桂花　233

钟家大闺女叫钟锦钰，她爸她妈锦钰锦钰地叫着她，我们大院的孩子听成了金鱼，就都叫她金鱼，上了高中之后，她戴上一副近视眼镜，我们都管她叫龙睛鱼。在钟家三个孩子里，她不算是最聪明的，却是学习最用功的，一门心思想上大学。她和杨家老四是怎么好上的，我那时比她和杨家老四小十来岁，不属于他们那一帮孩子的圈，不大清楚。听他们那帮大孩子说，是因为她先喜欢上了杨家老四种的花，后喜欢上了人，算是典型的爱屋及乌吧。

后来，我知道了，杨家老四之所以把以前种的那些花都拔了，改章程种桂树，是听了龙睛鱼的主意。龙睛鱼说，花和树，树更好，又高又大，开满一树的花又多又香，你种的那些花都是草本的，命都不长，每年都得种一次。树就不用了，种活了它，命比花长多了，每年都可以开花。杨家老四觉得有理，但种什么树，心里没底，征求她的意见，问她种什么树好，她提议种桂树。

这样的传言，是可信的。因为钟家两口子都是南方人，刚搬进我们大院的时候，每年秋天，常有老家人给他们寄点儿糖桂花来。他们对这玩意儿挺钟情，熬八宝粥、做醪糟、包豆包、煮汤圆，都爱放点儿这玩意儿。后来，他们和老家的关系渐渐地断了，就自己到稻香村南味店里买这玩意儿。正月十五，钟太太煮好她自己亲手包的汤圆，有时候会端一碗送给我们尝尝，别说，还真的挺好吃的，添了一点儿这玩意儿，立马有一股子说不出来的浓郁的香味。龙睛鱼自然会从他们家钟爱的糖桂花想到了桂花树。

杨家老四种上这棵桂树后的第二年秋天，桂花就开满了树。花不大，米粒一般小，金黄色一片，缀满枝头，一粒一粒的小花不起眼，聚集成阵，花香就像攥紧的拳头一样，击打出来是那样的有力，浓浓的花香长上了翅膀一样，飞满我们大院，比起春天开的丁香还要香，还要好闻。

当然，到龙潭湖苗圃里买这棵桂树的时候，人家没有蒙他们两个中学生，说来年肯定能开花，还就真的开花了。更重要的，还得算是杨家老四喜欢农艺，钻研这门学问。他先是把原来种花的土全部换了，那土还是我们好几个孩子帮助他拉的平板车，到后河沿的护城河边挖来的呢。我问过他为什么非得换土？他说，等你长大了你就懂了，花草树木对生长的土壤需求不一样，就像是不同的人对生活的需求不一样，就像有人喜欢吃甜的，有人喜欢吃酸的。树和人是一样的，听说过十年树木，百年树人这个词吧？

我听了似懂非懂，只见他换了土之后，还往土里掺和了好多他妈做鱼前刮下来的鱼鳞和吃剩下的鱼刺，又买了点儿什么溶液洒在土里。我看了瓶子上写着"硫酸亚铁"，就更不懂了。但是，也更佩服他了，他懂得可真多！

冬天来临之前，我见他又用他爸帮他找到的黄色草绳，从树的根部一直包到树干的中间。我帮他忙乎的时候，他对我说，桂树是南方的树，娇气，怕冷，你帮我看着点儿，别让那帮孩子把草绳给掰走玩去。

第二年开春的时候，我看见龙睛鱼的爸爸钟老师，还专门帮助杨家老四给这棵桂树剪枝。是个星期天的早晨，大家都休息，我们一帮孩子也跑到杨家房前那棵桂树下看热闹。龙睛鱼跟在他爸爸的后面，也跑来了，杨家老四搬着一个"人"字形的梯子立在树下，他自己爬到梯子上，钟老师在下面指挥他剪，不住大声地说：别怕多剪，枝子太密，遮挡阳光，桂树喜欢阳光。早晨的阳光，透过桂树的枝叶，斑斑点点地洒落在杨家老四和钟老师的身上，还有龙睛鱼仰着头伸长了脖子的脸上，她那副近视眼镜的镜片上反射着的全是一片闪闪烁烁的太阳光。

这棵桂树，给我们全院庸常的日子带来新奇的欢乐。盼望着它早点儿开花，便不是杨家老四和钟家龙睛鱼的事情了。那时候，我们小孩子的心思更集中在我们从来没有见过的这棵桂树上，根本没有注意，就在桂树一天天长大的日子里，杨家老四和钟家大闺女的感情，也一天天在长呢。桂花开满树的时候，他们的感情也在悄悄地开着花喷着香呢。

这一切，是瞒不过钟杨两家老人的眼睛的，他们都是过来人，知道这种年龄的男女常在一起的结果，当然会像树到了季节要开花一样的，哪有不让树开花的道理？钟家两口子都是政府的干部，看杨家老四爱学习爱钻研，当然喜欢这样的好孩子。杨家看钟家是诗书之家，文化比自家高，钟家大闺女性格文文静静的，长得又白白净净的，自然更是喜欢。因此，虽然两人也属于老师都反对的早恋，但他们两家却悄悄默许，睁一眼闭一眼。

这一年秋天，我们大院弥漫着桂花浓郁的花香。桂花飘落的时候，制作糖桂花，是我们大院开天辟地的大事。我们都尝过钟家的糖桂花，但是，还从来没见过这玩意儿是怎么做出来的，大家都很好奇，我们一帮孩子更是跑过来看。这一次做糖桂花的主角是钟家太太，杨家大婶在一旁当帮手。桂花早就在杨家窗台上晾干了。杨家大婶早就备好了红枣和蜂蜜还有白糖，钟家太太从家里拿来了从稻香村买来的米酒和桂圆，然后，教杨家大婶这么样一层层地将这些东西放进盛满水的铁锅里，将他们煮开，熬成黏稠状。最后，钟家太太放了一点点的盐。糖桂花就算做成了，并不复杂，跟我们熬粥差不多。但闻起来真的很香，尝一口，甜里面带着一种说不出的味道，是糖的甜无法比拟的。

　　钟杨两家合作的这一锅糖桂花，给我们大院每家送去一小碗，让我们在熬腊八粥和包元宵的时候用它。在我的记忆里，我们大院，除了那三棵前清留下来的老枣树，每年秋天打完枣，各家分一大洗脸盆的红中泛绿的马牙子枣，就是这棵杨家老四种的桂树了，用它开放的桂花做的糖桂花，也分给每家分享，成为了我们甜蜜的回忆。在以后很长一段时间里，到了秋天，我就盼望着糖桂花和马牙枣，一般都是先分了糖桂花，过不了几天，就该分马牙枣了，吃月饼的中秋节，也就紧跟着到了。那是我们能够连续大饱口福的季节。

　　桂花第二次开放的时候，杨家老四和钟家的龙睛鱼都如愿以偿地考上了大学。杨家老四考上了北京农学院，钟家龙睛鱼考上了北京航空学院。仿佛人只要一上了大学，就跟鲤鱼跳过龙门一样，立刻长大了，恋爱更成了名正言顺的事情，想怎么爱就怎么爱。杨家老四和钟家龙睛鱼，可以双飞蝶一般，明目张胆地手牵着手,大摇大摆地出入我们的大院。钟杨两家不仅是默许,而且是承认了他们两人的关系,我看见他们两人在没人的地方,还偷偷地亲过嘴呢。但是,我和大家一样,觉得亲就亲吧,他们就应该到了亲嘴的时候了。我们全院里的街坊包括我们孩子,都认为他们是天造地设的一对。

每个星期天从学校回到我们大院,杨家老四和钟家龙睛鱼,都会一起侍弄给他们带来感情和好运的桂树,每年暑假时候,也就是他们领到大学录取通知书的那个日子里,他们两个还会在树上系上一根红丝绳,作为还愿和感谢的表示。每年的秋天桂花开放的时候,钟杨两家都会聚在一起,做糖桂花,然后给全院每家送一小碗糖桂花尝尝。这成为了我们大院每年秋天的保留节目。

不知道从哪年的秋天开始,这个保留节目消失了。只是觉得忽然,有一年的秋天,大家等来了分的一洗脸盆的马牙枣,却没有等来糖桂花,心里闪了一下,有些空落落的,才觉得好像缺了点儿什么。大家才注意到了,事情发生了变化,无论是杨家老四钟家龙睛鱼他们自己,还是钟杨两家,乃至我们大院的所有人,最开始看到桂花开放,尝到糖桂花好吃的时候,都过于乐观了。

我后来仔细想了想,糖桂花和我们告别的具体日子,应该是在钟家大姐龙睛鱼大学毕业之后,和同班同学、那个印尼华侨结婚之后。当时,我们只顾着到钟家找老钟玩她从国外带回来的那台录音机了,没顾上倒霉的杨家老四。

实际上,我的记忆是错的。早在钟家大姐龙睛鱼和杨家老四考上大学那一年的秋天，在我们的大院里，糖桂花就没有了踪影。因为那时候天灾人祸在全国闹腾，什么东西都紧缺，买什么都得要票，还上哪儿淘换金贵的白糖和蜂蜜去呀？所以，将糖桂花在我们大院的消失迁怒于钟家大姐龙睛鱼和杨家老四考上大学，是没有来由的，那不过只是我们大院里好多人对龙睛鱼的一种态度罢了。

　　后来，我听杨家的九子对我说起他哥哥老四，应该是更早的时候就已经埋下了祸根。大学毕业，龙睛鱼分配在北京一家航天科研所工作，他哥哥老四分配到了黑龙江去研究马铃薯退化。这是导致两人最后分手最重要也是最开始的原因。据九子对我说，当年，龙睛鱼希望老四能够留在北京，但老四自己要求去的黑龙江，他毕业实习就在黑龙江，对马铃薯退化的研究感上了兴趣。那时候，马铃薯退化，在我国是个大事，作为重要的研究项目，从北京调去了好几位老科学家，他正好想跟老科学家取点儿真经。

　　两人尿不到一壶去，即使没有那个华侨的出现，两人早晚也得分手。这是有一天九子夜里醒来撒尿的时候，听他爸和他妈说的话。

　　不管怎么说，本来挺好的一对，就因为这个退化的土豆，给棒打了鸳鸯，我们大院的街坊都替他们惋惜。

　　但是，也有明察秋毫的街坊不这样看，他们认为，土豆只是压弯骆驼身上最后的那根稻草。更根本的原因，是人家华侨有钱，又留在北京，谁家的闺女放着眼面前的河水不洗船，非得跑到那么远的黑龙江去洗船？

迟桂花　**239**

那时候，我还小，对大人们的这些议论，觉得似是而非，好像都有道理。不管什么道理吧，也只是瞎猜。鞋穿着合适不合适，只有脚丫子自己知道，别人哪里会知道，兴许脚后跟都磨出了血泡来了，还觉得挺舒服的呢。

自从杨家老四去了黑龙江，他家门前的那棵桂树没人照料，每况愈下。开始还行，几年之后，开春时候没有人施肥剪枝，入冬前又没有用草绳包好保温，树渐渐凋零。秋天来的时候，开的花稀疏零落，全院飘香的盛景，竟然再不存在了。

我临去北大荒那年的夏天，望着这棵失去了元气的桂树，想起老四和龙睛鱼，想起小时候老四对我说过的树和人是一样的话，心里挺感慨的。算了算，老四大学毕业到黑龙江，已经是六七年前的事情了。日子过得飞快，我都二十了，老四都往三十岁上跑了。听九子说，他哥哥一直都没有结婚，可人家龙睛鱼都有两个孩子了。

我在北大荒待了六年之后，重回北京，再到我们大院里的时候，钟家早就搬走，杨家还住在老房子里。只是门前的那棵桂树早就没有了，那块空地盖起了房子，杨家好几个孩子从外地插队回来，先后结婚成家，房子不够住呀。

九子也从陕西延安插队回到北京，我见到他，聊起天，自然要说起他哥老四。他告诉我：我哥还是外甥打灯笼——照旧（舅）！我挺奇怪的，怎么，还是一个人，还在黑龙江呢？我都从黑龙江回来了，你们哥儿几个就不劝劝他？九子一摆手，说：他得听呀！好像天底下就他妈的一个龙睛鱼了！

如今，我们大院就要拆迁了。去年开春，过前门，顺便回大院看看，心里想，这么多年没来了，不知道还能碰见哪位老街坊。空荡荡的大院里，有的房子拆了，有的房子空了，有的房子上着锁。所剩无几的几户老邻居，在等待着和开发商进行最后的谈判，希望要到的补偿能够多一些。没有想到，这几户中竟然看见了九子。他告诉我，他哥哥老四从黑龙江调到北京来了。我为他哥老四高兴，想想，他都得七十多岁的人了。我以为他是退休回来的呢，其实早在二十多年前，他就调回北京农业大学教书了。他研究的马铃薯退化问题，有了科学新成果，获得国家的奖励，是调他回来教书的主要原因。不管怎么说，失之东隅，收之桑榆。

我问他哥现在生活怎么样，还是一个人吗？九子狡猾地一笑，让我猜。我说，看你这坏笑，他肯定是花好月圆了！

是，我四哥也太不容易，那么老了，才成了一个家。

我问：和谁，不会还是那个龙睛鱼吧？

九子一笑：还真差一点儿让你给说着了。我让他赶紧说说。他说，你要是感兴趣，哪天你自己找我四哥，问问他自己吧！我说不清他们那点儿骡子事。

我让九子带路，找了一趟杨家老四。他住的离我家不远，一个新开发没几年的小区。显然，他也是新搬来没几年。小区规划得很好，尤其是绿化，很有特色，每一片楼前都种着不同的花草树木，而且花开四季，此起彼伏在一年不同的时辰里，错落有致在每一片楼群前。正是春天，满园花红柳绿，正路过的楼前，一片樱花如雪，开得正艳，明丽照人。

我们的见面，如果不是九子领着我进了老四的家门，向我们彼此介绍，还都不敢相认了。日子不抗混呀，我们都老了。他身边站着一位女士，年龄也不小了，但比他要显得小好多，看样子年纪比我还要小几岁。不用说，她是龙睛鱼的取代者。

都说往事如梦如烟。但是，再怎么如梦如烟，小时候的事，年轻时候的事，还是很难忘记的。坐稳之后，没等我开口，老四先对我说道：我听我家九子对我说了，你关心的不是我，而是钟家的钟锦钰，我就先告诉你，省得你惦记着。我从黑龙江调回北京，她还真的找过我一次，那时候，她已经离婚好多年了，两个孩子都被她丈夫带到国外。不知道她从哪儿得到我调回北京的消息。当然，我明白她的意思，是听说我一直都是一个人，希望能破镜重圆。那时候，我刚到北京，还没房子住，暂时住在学校的招待所呢，下班之后，我就带着钟锦钰来到了招待所，见了她。说着，他指指坐在身边的老伴儿。

在来的路上，九子告诉我了，这位就是他哥当年在黑龙江研究土豆时候的助手。两个人一起从黑龙江调到北京来的。两人在离开黑龙江的时候结的婚。差了一步，人生有些事情，失之毫厘，往往会谬以千里，和农艺稼穑一样，错过了季节，不是不可以补种，但补种也需要恰到好处的时间差。

虽不是青梅竹马，但也属于红袖添香，看到杨家老四身体硬朗，晚年幸福，我真为他高兴。告别的时候，他坚持要下楼送我。送到楼下，我才注意到他家的楼前种的是一片桂花树，刚才来的时候，光顾忙着上楼了，没有看到这一片桂花树。我笑着对他说：我认得出来，你不是相中了这片桂花树，才搬到这里来住的吧？他连连摆手，笑着说：我可没有你这么怀旧。

巧合,完全是巧合。我笑他:哪里有这样的巧合!他说:真的是巧合,如果我真相中桂树,会选当年种在咱们大院的桂树,那是早桂,开花早,开花多,开花香,不会是这种,这种是迟桂花,开花不行,又开得晚。

最后的孩子王

在我们的大院里,由于住户多,各家的孩子多,一茬茬的孩子,就跟一茬茬的庄稼一样,长得飞快,此起彼伏的,这茬麦子刚登场,那茬豆子又要成熟了,另一茬的稻子又等着开镰了。年龄相仿的一群孩子,便如同一茬庄稼一样,会收在同一个场院上,聚在一起,便常玩在一起,聊在一起,惹祸也在一起。就像连阔如说的评书里英雄好汉们的江湖一样,各有各自的圈子,一茬孩子有属于自己一茬的孩子王。这样孩子王的领袖资格,好像是与生俱来的一样,不用投票选举,自然而然就形成了。

向家的毛蛋儿,应该是我们大院里最后一茬孩子的孩子王了。

倒不是因为他从内蒙古兵团回到北京,没有住多久就搬家到洋桥去,不再在我们大院里住了。孩子王,不会延续到那么大的年龄。孩子王这个头衔的保鲜期和保值期,一般是在小学毕业到初中毕业这短短的几年时间里。毛蛋儿是 1969 届毕业生，他初中毕业就去了内蒙古兵团，他的孩子王的头衔本应就此结束，该由下一茬孩子接替。但是，那时候，红卫兵闹得正欢，称王称霸，横冲直撞，早把孩子王的气势给压下了。再加上大院里不少人家泥菩萨过河自身难保，大人都不让孩子再到外面惹祸。大院清静了许多，以前像我们那一茬，像毛蛋儿那一茬的孩子，时常凑在一起，前院后院疯跑、房顶树梢乱窜、绕世界疯玩的情景，已经再也见不到了。而且，随着大院被革命行动一次次的破旧立新，枣树、丁香树、桑葚树、影壁、石碑、院墙……都消失殆尽，孩子们也失去了疯玩的舞台，孩子王发号施令耀武扬威的空间也没有了。孩子王，便彻底消失在毛蛋儿那一茬孩子里了。

毛蛋儿能成为孩子王，主要归功于毛蛋儿和钟家小手表那场惊动全院的恶斗。一个小学四年级的毛孩子，把比他大近八岁的高中生打得翻倒在地，而且用一把斧子把小手表的鸽子笼砍断，把他养的那群鸽子砍杀得落花流水，致使他再也没有养鸽子。这样的举动，不能说是惊天动地，在我们大院里，却是绝无仅有。那一茬孩子，自然把毛蛋儿推崇到孩子王的宝座之上。毛蛋儿也毫不推让，欣然受领。可以说，就是从那时开始，毛蛋儿开始领着新的一茬孩子，霸占我们大院的老枣树、老丁香、老桑葚、老影壁、老院墙、老屋顶这一切的空间舞台，上演着属于他们这一茬孩子的活剧，和我们已经截然不同。

如果说，毛蛋儿和小手表因为猫和鸽子的那一场大战，拉开了他当孩子王的序幕，那么，毛蛋儿真正上演他当孩子王以后的第一幕，是在"文化大革命"的红八月。那时候，他爸爸老向同志，因为是建筑公司的头头，被当成走资派，大清早被单位的造反派从被窝里给揪了出来，不由分说地塞进小轿车的后备厢里，准备拉到单位去开批斗大会。毛蛋儿立刻火从心中起，那辆黑色的华沙牌小轿车，以前每天接送他爸爸上下班，是司机谦恭地先打开车门，让父亲先坐进去，现在却把他爸爸像塞什么东西一样塞进了后备厢，这样的屈辱，让他怎么能够忍受！他从家里抄起了一把切西瓜的牛角尖刀，噔噔几步，跑到小轿车前，趁造反派没注意，抡圆了胳膊，拼尽力气，朝车的轮胎就扎了下去。

车胎被撒了气，没法开走了，造反派叫喊着：抓住这个小兔崽子！便开始追毛蛋儿，毛蛋儿跑得快，道又熟悉，一阵风似的，跑出我们的那条街，从北深沟穿过后河沿老城墙的垛口，一直跑到了正义路。造反派气坏了，好几个人拼命地追，越是追不上，越是气急败坏，非要抓到不可。

毛蛋儿跑到正义路口的东边、原来的六国饭店前，眼瞅着那几个造反派已经追了上来，双方都喘着粗气，瞪大了眼睛，示威似的望着，只见毛蛋儿一转身，顺着排雨管子，噔噔地就往上爬。那排雨管不过是薄薄的铁皮，哪里能禁得住一个人的分量呀！街上的行人望着这个疯了一样的孩子，都惊呆了，生怕排雨管断裂，或者他一不留神，就会从那么高的楼上跌落下来，那还不摔成肉饼呀！

那几个造反派，没有想到毛蛋儿突然来了这么一手，也看呆了。转眼的工夫，只见毛蛋儿灵巧得像他养过的那只猫一样，腾云驾雾一般已经爬到楼顶。站在上面，他还故意地冲那几个造反派招招手，然后一转身，又像猫一样，从六国饭店的楼顶跳到另外的楼顶，眨眼间，没有影子了。

毛蛋儿是那一茬孩子的孩子王，这一幕情景，我们大院里的孩子们，怎么可以放过？好多孩子相跟着追了过来，把这一切都看在眼里。那时候，我也站在六国饭店楼底下，和我们大院里好多街坊看到了毛蛋儿如何猫一样飞檐走壁，他的身影又是如何如一团轻雾一样消失在楼顶的蓝天白云之中。说心里话，我挺佩服毛蛋儿的。在那个已经被红卫兵肆无忌惮杀红眼的红八月中，敢于这样明目张胆反抗造反派的人，是极其少见的。那时候，毛蛋儿才只有十三岁。他还不是十分清楚那场所谓的大革命的残酷性，这一次，他面对的，不再是小手表和他的鸽子，而是一场史无前例的大革命。如果他真的被造反派追上，后果不堪设想。就在那一天后的不几天，发生了榄杆市的血案，不过就是因为一个叫李文波的老头儿反抗红卫兵的非人虐待而惨遭红卫兵的毒打，死在乱棍之下。

说心里话，毛蛋儿飞身六国饭店排雨管的这一举动，不仅让他们这一茬孩子震惊，也让我们这一茬已经长大的孩子和大院里很多老街坊震惊。佩服他的人说他的胆子可真大！担心他的人说这孩子不要命了？骂他的人说这家伙什么时候了还这么耍横，吃亏在后头呢！时过境迁之后，这段"文化大革命"中的传奇，流传甚广，如今我们大院里新一茬孩子，已经传说毛蛋儿和武林人学过轻功，向杂技团的人学过杂技，甚至传说他像绿林好汉一样，真的会飞檐走壁了呢。其实，我们

最后的孩子王 **247**

这一茬孩子都知道,这是毛蛋儿每年上树打枣和时不时要上房揭瓦时练就的基本功。我们大院里好多孩子都会这一手,只是谁也没有他这样的艺高人胆大。

作为孩子王,毛蛋儿领衔上演的第二幕大戏,比他飞身六国饭店大楼的排雨管还要惊心动魄。

那是1974年的冬天,我父亲脑溢血去世,我回北京奔丧,就留在北京,因为家中仅剩下老母一人,我准备办困退回京,正苦于烧香找不到庙门。有一天,我家的家门被推开,毛蛋儿穿着一件带毛领子的军大衣走了进来,我差点儿没认出来。坐下之后,他先告诉我他已经办回了北京。我赶紧请教他有什么高招,这么快就办回了北京?他对我说:我办的是病退。我说:你的身体跟生牤子一样结实,你有什么病?他笑着说:我到我们兵团医院去开病退的证明,医生也这么问我,你有什么病?我撩开衣服对医生说,你看我有什么病,就有什么病。医生一看,傻了眼,我的腰间一圈插着的是一把把的蒙古刀。病退证明就这么开来了。听得我后背直冒冷汗,毛蛋儿还是毛蛋儿,从小到大,一点儿没变,什么绝活儿都能使出来,关键时刻都不含糊。

我的困退没有用得上毛蛋儿这样的绝活儿,还算顺利,因为正赶上北京到北大荒招收一批老高三的学生回北京当中学老师,我就搭上了顺风车。等我接到通知,让我回北大荒办调动手续的时候,毛蛋儿为我送行,看我穿着棉衣,还是弟弟送我的工作服,后背已经有了大块补丁,便把他的军大衣脱了下来,让我换上:人配衣服马配鞍,你这次回北大荒办调离手续，怎么也得精神点儿，不能这么寒酸，给咱哥们儿丢脸！

我就是穿着毛蛋儿这件军大衣，回北大荒办的调动手续。回到北京，归还这件军大衣的时候，毛蛋儿对我说：知道我为什么要让你穿着这件军大衣回北大荒吗？没等我说话，他先说了，为了避邪，知道不？为了让你办手续时候顺利点儿，别遭受那帮孙子的刁难。

我说手续办得还算顺利，没受什么刁难，问他这件军大衣有什么特别的讲究吗？

毛蛋儿告诉了我下面的事——

他到内蒙古兵团的第三年，因为爱演节目（我们大院里好多孩子都爱演节目，这是我们大院孩子的一个传统，在暑假里，趁父母不在家的时候，从家里拿出来床单或被单，在两棵树之间拉起来当幕布，开始演出节目，几乎所有的孩子都有过这样的锻炼），他从连队抽到团里的毛泽东思想文艺宣传队。那时候，团长看中了演出样板戏《红灯记》里的"李铁梅"，一个北京女知青，几次想占她的便宜，都没有得手，一直贼心不死。吓得"李铁梅"像被恶魔缠身一样，总是偷偷地掉眼泪。"李铁梅"有个男朋友，是乐队里拉京胡的北京知青。他知道毛蛋儿天不怕地不怕，歪点子又多，就找到毛蛋儿，想让毛蛋儿替他出气。毛蛋儿一听，大骂团长这个老王八蛋妄想老牛吃嫩草，心里的火就蹿了上来，说那个老王八蛋要是再找"李铁梅"，你让"李铁梅"点头，约个时间和地点，把这个老王八蛋约出来，我给这个老王八蛋点儿厉害瞧瞧！还反了他了，他以为他是南霸天呀？

正是数九寒天，塞外冰天雪地的，按照毛蛋儿的嘱咐，"李铁梅"把这个老王八蛋约了出来。老王八蛋约了好几次，"李铁梅"都没有答应，这一次，老王八蛋非常高兴，如约来到团部粮库前，没看见"李铁梅"，正四处寻摸呢，一个大麻袋，从身后套了过来，没等他喊出声，已经黑乎乎地被装进了麻袋里，接着一个闷棍，立刻晕菜。然后，几个知青把人塞进粮库的麦子堆里。

如果不是第二天清早有车来拉麦子，差点儿没把这老王八蛋憋死。毛蛋儿解气地对我描述着他亲自导演的这幕大戏。

不能就这么完了吧？你这不是惹事吗？我问他。

那是！没几天，师部保卫科就来人调查这事。让全宣传队的人都列队站在外面的冰天雪地里，边上还蹲着条大狼狗，阵势怪吓人的。他们先把"李铁梅"和他男朋友叫了出来，让他们交代是谁领头干的？"李铁梅"哇的一声就吓得哭了起来。他们又冲着大家叫喊：今天不说出是谁领头干的，你们谁也别走！什么时候交代出来，什么时候走！谁也不说话，他们就开始把排在队头的人挨个叫出来，大声问是不是你干的？是谁干的？

这玩的是什么战术？我想这么僵持下去，没有什么好果子吃，一咬牙，我就站了出来，说我一个人干的，和别人没关系！师部来的人都带着枪的，凶神恶煞地走到我的面前，指着我的鼻子质问我：你干的？你知道要死人的吗？你胆子也太大了吧？我也火了，一把扒拉开他的手指，比他嗓门儿还大，质问他：你应该知道我为什么这么干？那老王八蛋要强奸我们的

"李铁梅",他的胆子也太大了吧?那人又质问我:你有什么证据说你们团长要强奸"李铁梅"?我大声喊道:我敢这么做,我就有铁证如山!其实,我哪有什么证据?但那时候,气可鼓,不可泄!我这么一喊,所有人都惊呆住了,谁也不说话了。过了好半天,那人才对我说:你跟我来!然后喊了一句:其他人解散!

我跟着他去了团部的保卫股,他问我有什么证据,让我拿出来。我是一口气硬顶在了嗓子眼儿,拧着脖子对他说:我不能给你。为什么不能给我?我是上级派来的。他质问我,我告诉他:你是上级派来的不假,不过我已经把证据交给了你们的上级的上级!他瞪着眼睛直直地盯着我的眼睛问:交给谁了?他以为我不敢正视他,我也直直地盯着他的眼睛,我知道这时候我一定不能泄气,我一个字一个字清清楚楚告诉他:我已经写信交给了周总理。你们要是不管,就快有人来管管了,那老王八蛋就快要完蛋了,你们等着瞧吧!这都是我瞎编的。但是,都是我事先想好的。别说,这一招挺管用。毕竟团长是做贼心虚,不光是"李铁梅"这一件事,他惦记着好多个我们团漂亮的女知青,告状信很多,都寄到了师部和兵团,甚至北京,还真有从北京转来的告状信。没过多久,师部就把这个老王八蛋调走了,我的事也没人追究了。月黑风高杀人夜,大麻袋装老王八蛋的事,被我们宣传队编成了快板书,在内部演开了,说得有鼻子有眼儿,比真事还要精彩!

说了半天,也没说你那件军大衣怎么避邪呀!我问他。

你别急呀。那天晚上,就是我给那个老王八蛋装进麻袋里的那个晚上，因为白天下了一天的雪，雪后寒呀，特别的冷。但已经是定好的事情了，再冷也得出去呀。再说了，那个老王八蛋欲火中烧，他不怕冷啊！我得陪他练练呀！临出门的时候，"李铁梅"的男朋友把他的军大衣披在我身上，让我穿上，一为保暖，二也为了遮挡一下身体，别让那个老王八蛋认出我来。我就穿上了军大衣。事后，"李铁梅"的男朋友说这件军大衣避邪，让我逃过一劫，非要把这件军大衣送我。

从战鸽子，到战造反派，到战团长，毛蛋儿这人生三部曲，让他成为我们大院的传奇，让他这个孩子王的期限无比的延长。如果说我们大院人才济济，其中不乏高人，毛蛋儿理所当然算得上一位。

毛蛋儿从内蒙古兵团回北京之后，在他爸爸的建筑公司当一名工人。起初，是想让他在工地上干两年，然后找机会调到公司的工会以工代干。他爸爸早早过世，让这个机会打了水漂，没有人再去问津。没过几年，公司不景气，改制之后，要下岗一批工人，他先买断了工龄，下岗回到了家。幸亏他爸爸给他留下一个三居室，他从洋桥搬进这三居室，出租一间，有了进项，再加上他老婆的工资，勉强也够他一家花费的了。

那时候，他整天无事可干，除了仨饱俩倒，天天像没笼头的野马到处闲逛。有一天，他路过龙潭湖的鸟市，看见有个人在卖一对翠鸟，竟要上千元那么高的价钱！那时候，他拿到手的买断工龄的钱，一共还不到一万块钱。这着实让他大吃一惊，真是没想到！更让他没想到的是，这么高价钱，居然有人敢买，连犹豫都不带犹豫的！他的心里不禁一动，真是三十年河东,三十年河西,敢情现在行情变了,不仅又开始养猫逗狗,连鸟都这么值钱了,而且居然有这么多人在养鸟买鸟卖鸟!

龙潭湖鸟市偶然间的这一瞥,在他的心里挑起了火苗,噌噌地蹿动着,燎得他浑身发热,蠢蠢欲动。他立刻跑回家,叫喊着要老婆把积蓄的钱拿出一部分。老婆奇怪地问他干什么?他说买鸟。妻子火了,人还养不起呢,你抽风呀,买只鸟养着玩?他不想和老婆置气,一时半会儿跟老婆也掰扯不明白。老婆到底磨不过他,他到底还是把鸟买了回来,他先买回来一对便宜的玉鸟。

毛蛋儿聪明,对于活物,尤其有一种天然的悟性。这从他小时候养猫就能看得出来。他重拾当初养猫的心气和工夫,养鸟和养猫一个道理,只要你心思到了,钻研进去了,鸟和猫一样都会懂得你的心,和你相亲相近,和你相互呼应,和你一起风生水起。

毛蛋儿心灵手巧,他很快就学会了编鸟笼,懂得了调鸟食,他清楚鸟要是病了,该怎样弄碎点西药片掺和在鸟食里喂进去,他知道文百灵武画眉,该怎么个分别遛鸟而不脏了鸟……鸟声啾啾,整天在他的屋子里叫唤,叫唤得他老婆和儿子心烦意乱,却叫唤得他满心欢喜,渐入佳境。

三个月后,他养的第一对玉鸟孵出四只小鸟,活了一对,他小心翼翼把它们养大,拿到鸟市,很轻巧地就碰上了买主,几乎没怎么砍价,就卖了三百元钱。这是鸟带给他的第一笔收入。从此他一发而不可收,养鸟的名气越来越大,在鸟市上认他的人越来越多，收入也越来越多。老婆对他刮目相看，自从下岗之后求谁都不灵，烧香拜佛恨不得都掉屁股，没想到，这小小的鸟却帮了这么大的忙！

　　后来，他基本不到鸟市去转悠了，因为他的名声大震，号称"鸟王"，他的家，常常是顾客盈门，都跑到他的家中订货了。他的鸟还没有孵出来，就已经有人排队预定了。而且，他也不再养玉鸟那种不值钱的菜鸟了，养的都是名贵品种，然后靠它们孵出小鸟挣钱。一对名贵的白牡丹鹦鹉或是烈日牡丹鹦鹉，一万三，少一个子儿，他都不卖呢，还得事先交给他定金才行。

　　他的底气足了，开始把头扬了起来，指挥得一家团团转。他早把出租出的那一间房子收了回来，专门用来养鸟。人家天天听见隔壁屋子鸟叫，睡不好觉，早也不想租住了。这间房子成了鸟房，搭成一层一层的鸟笼，比饲养棚还要整齐，几十只鸟叽叽喳喳，吵得隔壁邻居家不行，他便先是常常买点儿东西送给人家，然后再送只百灵给人养着，把邻居也培养成了养鸟的爱好者，渐渐地把关系调理顺了。听惯了鸟叫，像每天出早操时候放的音乐，便成了大家永远的音乐。我好几次找他，经过他家的楼下，总能给人一种百鸟闹林的感觉。有了相当不错的收入，有了悦耳动听的鸟声，妻子和儿子一时再不习惯，也不再说什么了。

　　一晃，我有好几年没有见毛蛋儿了。不过，听说他的日子过得挺滋润。前两年，毛蛋儿的儿子小毛蛋儿，突然来我家找我，哭丧着脸，对我说：您和我爸爸是好朋友，您劝劝我爸爸好吗？我忙问他你爸爸怎么啦？他不是挺好的吗？小毛蛋儿气急败坏地告诉我：我爸爸到现在还养着他那些宝贝的鸟呢！我不是他的儿子，那鸟是他的儿子！

我让他慢慢说。我知道毛蛋儿养鸟的辉煌，只有那么六七年的时光。后来，鸟的行情一下子跌了下来，原来上千元或上万元的鸟，几百元，甚至几十元，都没有人买了。这种意想不到的价格起伏，和以前吉林长春闹腾的疯狂的君子兰，几乎走的是同一个路子。毛蛋儿的收入一落千丈。但是，毛蛋儿养鸟养出了感情，你不让他养，跟没个抓挠的一样，他的心里五脊六兽的。不为卖钱，自己养几只玩玩，也是可以理解的。你不可能不让他养呀！

但是，小毛蛋儿告诉我，他可不是只养几只的事，那间鸟房还被他占着，依然是一屋子的鸟还在叽叽喳喳地叫着，依然是此起彼伏地孵着小鸟呢。鸟不再卖了，他就把新孵出的小鸟送给人。而小毛蛋儿已经不再是孩子了，他到了要结婚的年龄了，就让他爸腾出这间房子，自己好结婚。这不，父子两人冲突起来了，居然还打了一架。他老婆替儿子结婚没房子着急，当然站在儿子一边，上来劝他：赶紧把这些没有什么用的鸟都收拾了，把房子给儿子腾出来结婚。得，他和老婆又打了一架。气得他老婆骂他六亲不认，就认他的鸟！

我赶紧去毛蛋儿家救火。

毛蛋儿带我到他家这间鸟屋里看这些吃凉不管酸的鸟，指着这一屋子鸟，很有些得意地对我说：有时候，我就坐在这间屋子里听鸟叫，听那是什么鸟在叫，暗暗在想，鸟市最兴旺的时候，得值多少钱；另一只什么鸟又在叫，又值多少钱。钱从心里过，好像大把大把的钱从手里过一样，流水一样，哗哗地响。你说有意思不？

我劝他：算了吧！赶紧把这间屋子腾出来，给你儿子结婚！鸟重要呀？还是儿子重要？哪头炕热，你分不清了？

其实，好多的事情，我们都一样，明明可以分得清爽，却偏偏分不清爽。记忆和现实，便常常这样打架！青春都早已经是挑水的过景（井）了，可偏偏还以为自己是得意扬扬的孩子王呢。

毛蛋儿叹了口气，对我说：那是我儿子，他结婚没房子，我能不急吗？可是，让我把鸟都收拾了，我就不憋气吗？

我对他说：我知道你憋气，可甘蔗难得两头甜，你总得舍一头吧！

他又叹了口气：我知道，我得舍一头。可你说，我都这么大岁数了，你说我再舍下这一头，还剩下什么了？上学的时候没赶上好时候，说是初中毕业，其实就是小学六年级；后来，去上山下乡，青春大好年华，都葬送在塞外高原了；返城了，不像你还赶上个末班车，考上个大学，我这儿倒好，工作没安稳几年，又赶上企业改制，买断工龄下岗……你说我这一辈子是不是两手空空？好容易赶上一把，养鸟让我挣了钱，心气也舒畅了，现在，好，一闪，把我的老腰又闪了一把。你说，现在，我剩下的这一头，就是这点儿鸟了，再把这点儿乐给舍掉，我这一辈子还剩下什么了？

我只好劝他：行了，别抱怨了，人这一辈子，谁都一样，都是狗熊掰棒子,最后能抱住一根棒子就算行了。你有儿子,你儿子得结婚,再给你生个孙子让你抱着,你就算是功德圆满了!

他一摆手说:眼睛指不上,还指望眉毛?儿子我都指望不上呢,还指望抱孙子?

我说他:别怪你儿子,要怪就怪你自己!要是你当初卖鸟红火的时候,给你儿子买套房子备着,能有今天的矛盾吗?那时候,他卖鸟的钱都投入新鸟的培育里了,要不就都大把大把地挥霍掉了。

他一摆手:好汉不提当年勇!

这话说得好。毛蛋儿的内心好强,一直是把自己定位在好汉的位置上。可是,他不明白,他不是当年我们大院里的孩子王了。从战鸽子,到战造反派,到战团长,他一路总是战无不胜。到了今天为了房子和儿子大战的时候,他无奈地败下阵来。其实,说穿了,他也不是在和儿子大战,而是和这个时代大战。在新时代的面前,他不承认自己廉颇老矣。他就像一个过了气的堂吉诃德,不管以前曾经如何辉煌,已经是英雄末路,无可奈何地被这个快速发展的时代甩了下来。人毕竟老了,我们都老了,我们谁不是一样已经被甩在时代的边缘。毕竟,这个时代,这个世界,是属于年轻人的。至于年轻的一代,是能够比我们有点儿出息,还是重走老路,走到和我们今天一样的结局,就看他们自己的造化了。

如同老戏文里唱的那些英雄好汉,以往有再多的过五关斩六将,最后都是以走麦城收场,毛蛋儿最后这一幕戏,到底以悲剧收场。无论是战鸽子、战造反派、战团长,都是和外部的战斗。到了自家的营盘,和儿子战斗了,无论以前你再能耐,再勇猛,再神机妙算和运筹帷幄,都会是老子以失败而告终。这或许是人生的进化论所揭示的哲理,也是人生这出儿女情长的大戏的总体戏路子。在这条路上,谁也逃脱不掉。特别是江湖上的好汉,最后都是折在自家人的手里。自家不过是大千世界的一个缩影。

丁家的秘密

大约十多年前,是我退休的前一年,有一天快下班的时候,楼下传达室的人给我的办公室打来个电话,说有个女同志要找我,要不要让她上楼来我的办公室?我问哪里来的,有什么事吗?传达室的人说:她说是你的老街坊,找你有事,什么事没说。老街坊?是谁呢?我说那就请她上来吧。

走进我的办公室的,是一位三十六七岁的女人。她拎着一把伞,伞上面滴着雨珠,我才注意到外面下雨了。一天光顾着瞎忙乎了,竟不知道什么时候下起雨来了。

她先自我介绍道:我姓丁,您可能不记得我,但是,我爸爸您一定还记得吧?我爸爸叫丁四海。原来和您都住在前门粤东会馆老院里的。

我立刻想起来了。老丁!一个小个子的男人,瘦瘦的,像根柴火棍。站在我面前的老丁的女儿,却高高的个子,已经略微发福,虽然化着精致的淡妆,还是能看得出胖嘟嘟的脸上皮肤有些松弛,和她爸爸那样的瘦削对比得太悬殊。两代人出落得竟然这样的不同。小时候还看不明显，现在竟然这样醒目。我注意打量了一下她，想从她已经变化很大的样子里，寻找到当年的一些印象。真的变化太大了，我已经找不出一点儿以前印象中她的影子了。真的是女大十八变。

老丁一家搬到我们大院里来，大概属于最后一拨的住户了。

那是1975年的事情了，那时，我已经从北大荒回到北京一年多，在郊区的一所中学里当老师。对于我落生之后一直所住的老院，我的感情是复杂的，阔别六年之后，从北大荒重回大院，有一种物是人非的感觉，其实，物也不是了，老枣树、老丁香树、老院墙、老影壁、老石碑，都已经不在了，新盖起的小房子，蘑菇般丛生，切割并压抑着记忆中的空间。很多老街坊已经去世，很多同龄的朋友已经搬走，而后搬进来的人，我都不认识了。而且，我离开北京到北大荒的时候，我家也像很多历史有疵儿的人家被置换了房子。由于大院住人增多，水房里的水龙头不够用，便在我家新搬进的屋子的房檐下面，新安了一个水龙头，每天从早到晚，都是自来水哗哗的响声，吵得我一宿一宿地睡不好觉。到医院一查，大夫说我和我爸得的病一样，血压高，给我开了半天休息的病假条。半天待在家里，窗前的那个水龙头哗哗的响声，似乎更加吵人，时时刻刻都像安了扩音器一样，响在我的耳边。我下决心搬家，离开我前后住了二十多年的老院。

恰好，已经先我搬走的毛蛋儿告诉我，他搬到的洋桥地铁宿舍里有人想换房。这就是老丁一家。

老丁两口子都是湖南人，前几年，老丁铁道兵整个师转业，脱下军装，到北京来修地铁，成了地铁的工人，才来到北京的。刚开始，他一家三口住在洋桥的地铁宿舍里。他的孩子小丁湘马上就到了上小学的年龄了，那时候，洋桥那地方是一片农村，新修的地铁宿舍，房子不错，挺宽敞，还有一个小院子，就是没有小学校。为了能让孩子上学，他不嫌弃房子小，房前还有个水龙头，和我换了房子。我们大院东边一点儿，就是第三中心小学，那里也曾经是我的母校。老丁一家搬过来第二年，丁湘就进了第三中心小学，读一年级，一点儿没耽误。

那时候，我见到的小丁湘才六岁，还是一个小不点儿。如今，这个小不点儿，竟然长得这样高了，而且，也这么大的年纪了。如果不是听她自己的介绍，我真的一点儿也认不出来了。

我忙请她坐下，问她妈妈还好吗？

她告诉我：我妈妈前些天去世了。

我在心里算了算，她妈妈也就六十岁才出头儿，走得早了些。

我问她：你妈妈什么病呀？应该还能再多活一些年头的。

可能不想让我也不让她自己伤心，她轻描淡写地说了句：癌。

癌？怎么也是癌？我的心头不禁一惊，没敢接着这个话头再说下去。

她临走的时候，把这个东西给我，可是，我看不明白这上面都写的什么。说着，她从挎包里掏出一个牛皮纸的信封，递给我。又说,我妈对我说她也看不明白,还说如果你能够找到你肖叔叔,请肖叔叔看看,你肖叔叔或许能明白。

我接过信封,抽出里面的信纸一看,满纸上写着的竟然都是我的笔迹。那时候,我爱用鸵鸟牌的纯蓝墨水,那种颜色的墨水写的字,在当时比蓝黑的墨水要鲜艳得多,如今纸上的纯蓝钢笔字已经褪色得很严重,有些字迹不是很清楚了。流年转换之中,沧桑了多少人与事。

那是一件我替老丁起草的离婚协议书。上面大致的意思,我还清晰地记得。那时候,老丁一直在和丁嫂闹离婚,从小丁湘生下来,就开始闹,一直从湖南闹到了北京。这在我们的老院里,几乎所有人都知道,但是谁也不知道为什么老丁非要闹着和老婆离婚。在我们大院的那些新老街坊们看来,老丁能有这么一个媳妇,是他的造化呢。刚搬进我们大院的时候,老丁四十来岁,媳妇才三十出头,比老丁小了将近十岁,属于一掐一流水的嫩媳妇呢。而且,和老丁这样一个瘦得跟小鸡子似的,又整天病恹恹的人相比,人家长得个头儿高挑,身材秀气,模样俊俏,哪一点儿也比老丁强。真的是糖吃得太多了,不知道甜了!院里的街坊没少这样敲打着老丁。

但是,那时候,老丁走火入魔了一样,执意离婚。那是第二年,也就是1976年年底的事情了。他不知道从哪位老街坊那儿听说我会写文章,那时候,我在报纸上刚刚有点儿豆腐块儿的小文章发表。他不怕路远,下了班,骑着自行车到洋桥找我,非得让我帮助他起草这份离婚协议书。那时,我哪里懂得写这玩意儿呀!我一连推托,让他自己直接去街道办事处。他连连摆手，对我说：离婚这事，我不想扯旗放炮，让满世界知道。我就信得过你。你看，要不我干吗跑这么远的路找你？你替我写吧！他那话不由分说，非我莫属。

如今，丁湘已经长大了，我不知道该怎么向她解释他爸爸执意要写的这个离婚协议书的事情。

我指着离婚协议书问她：那时你爸就是想要和你妈离婚，你有什么不明白的吗？

她也指着离婚协议书问我：我不明白的是为什么我爸要和我妈离婚？这上面没有写离婚的原因呀，只是说夫妻感情不和。您应该知道我爸和我妈感情到底因为什么不和吧？

应该说，我是知道的，但是，我真的不知道该怎么对她说。

她望了我半天，见我一直沉默不说话，对我说：肖叔叔，我知道我今天来的有点儿太唐突，事情已经过去那么多年了，好多事不知该怎么从头说起。但是，我真的是想知道当年我爸为什么非得要和我妈离婚，我妈到临死之前也不清楚自己到底哪一点儿做得不好，甚至做得不对，对不起我爸了！所以，我妈临死之前把这东西拿出来交给我，让我找您问清楚。肖叔叔，您知道，我是好不容易才找到您的呀。她说着，已经带有哭腔了。

我很想编个什么理由，哪怕是谎话也好，事情都已经过去了，老丁夫妇两人都已经先后作古，再说出真相，有什么意义呢？但是，一时我还真的编不出什么谎话来。往事，在我的心里，翻江倒海，却越来越清晰。

我妈临走前对我说，你肖叔叔那里有你爸爸当年写的一份东西，说写的是非要和我离婚的真正的原因。我妈说，我爸临死之前，和她吵架时候还说过这事情，好像抓着我妈什么老大的把柄。我妈那时候就想找您问个清楚的。肖叔叔，您现在还保存着我爸爸写的这份东西吗？

我抱歉地对她说：你爸爸写的那份东西，当初确实一直放在我这里。但是，真的很抱歉，都有三十来年的时间了吧？这么多年过去了，又搬了这么多次的家，那东西早就……

望着她那一双充满期待的眼睛，我说不下去。不过，那份东西，确实早就丢掉了。尤其是老丁去世之后，我觉得更没有保留下去的必要，就把它丢弃在一边了。

没有了吗？最后，她失望地问我，您不能回家再找找看吗？

再找，也是没有了。这么多年过去了，怎么可能还在呢？我想这样对她说。还没有开口，她接着再一次对我说：您就再回家找找好吗？

我不知道该怎么对她说才好。

沉默了好大一会儿，她说：肖叔叔，其实，我妈是知道我爸当初非要和她离婚的原因的，虽然，那时我还小，但从他们经常的吵骂里，锣鼓听声，我也多少明白点儿。只是，我妈一直想弄清楚，我爸写的那份东西里到底写的什么原因！现在，我比我妈更想弄清楚。您知道，这对我更重要！

说到这里，她停住了，望着我，望了一会儿，然后很沉重地说：因为我想知道我到底是谁的孩子？

我当然明白，这个东西对于丁湘的重要。她有权利弄清她是谁的孩子。但是，弄清楚了，对于她是好呢还是不好呢？对于她妈和她爸是好还是不好呢？

您就死马当作活马医好吗？我求求您了！您可能不知道，我妈妈对这件事一直耿耿于怀，到临死之前还对我说，你倒是让我死也死个明白呀！可我妈到死也没明白，您不能让我到死也不明白吧？

这话说得我心里很难受。我只好点点头，与其说答应了她，不如说安慰一下她。

她好像获得了希望，站起身来。我送她走出我们的办公室，心想，这不过是个肥皂泡一样的希望。将近三十年前的一份东西，怎么还会保存下来呢？

送她走出大楼，外面的路灯已经亮了起来。雨没有停，只是小了很多，还在淅淅沥沥地下着。这时候，我才发现，她把伞落在我的办公室里了。我忙对她说：你等等我，我去给你拿伞！她说了句：雨不大！不用了，先放您那儿吧，反正过两天我还得找您呢！说着话，就一步钻进蒙蒙的雨雾中。

这让我很不好意思，即使雨不大，也会淋湿了衣裳。我赶紧跑上前几步追上了她，让她一定等等我，我上楼几分钟就可以把伞拿下来的。

她指着前面不远的公交车站，对我说：您看，没几步，就是车站，我上车就到家了。已经耽误您好长时间，反正过两天我还要来找您，还得再麻烦您呢！

我看见公交车站有个遮雨的凉棚，便送她到了那里。虽然雨不大，还是淋湿了她的头发。她用手抹了抹头发，顺手将耷拉下来的几缕头发往头上拢了拢，宽阔的额头露了出来。我看见了，左眉梢上有一块明显的疤，在路灯的辉映下，是那样明显。

车来了。她上了车，冲我挥了挥手。我竟然忘记了应该也挥挥手和她告别了。

这道眉梢上的疤，让往事迅速地兜上心头。

大约是 1980 年的年初，老丁和他老婆因为离婚的事几乎天天吵架，打架，脾气暴躁的老丁有时候控制不住自己，吵急了，打急了，不管不顾，抄起什么东西，就朝他媳妇身上扔过去。那一天，他抄起他家窗台上的一个花盆，朝他媳妇扔了过去，小丁湘上前拦他爸爸没拦住，花盆砸在她的脸上，立刻鲜血直流。老丁愣住了，抱起女儿就往医院跑。在同仁医院里，缝了三针。大夫说，太悬了，差一点儿就伤在眼睛上了，弄不好，左眼就瞎了呀！

大概就是从这事发生以后，老丁不再和他媳妇闹离婚了。他们家里，渐渐的战火平息，消停了许多。我们大院里的街坊都替他们两口子高兴，都说老丁早就该醒过味儿来了。这么好的媳妇，这么好的女儿，上哪儿找去？

那时候，我正在中央戏剧学院读书，有一天晚饭刚过，我和同学正挤在阶梯教室里看电视，听见门外有人喊我的名字，因为是外地口音，引来同学们的大笑。走出教室，看见是老丁。他把我叫到楼外面，对我说：以前的事，我也不去想它了！想也没用！我对你说过的小丁湘她妈的事，你千万别对别人说。我给你的那东西,你就替我撕了,烧了都行!

我对他说:就应该这样。他点着头说:是啊,我忍了!我知道,他是忍了,咬掉牙咽进自己肚子。但是,又能怎么样呢?真的破釜沉舟,离婚不过了吗?那时,我和大院里很多街坊的心思一样,秉承着宁拆一座庙,不拆一对婚的古训原则。那天晚上,风像小刀片一样吹得脸上生疼,听到老丁能够这样说,我的心里很暖。送老丁走出我们学院大门口,看着他瘦小的身子骑着自行车,骑出棉花胡同,心里有些感慨,但还是替他高兴。

可是,没过几天,老丁又来学院找到我,对我说:我以前给你写的那东西,你没撕没烧吧?

我说:没有啊,这几天正忙着考试,根本没顾上回家。

他说:那就好,你还是替我留着,我跟你说心里话,我心里还是别扭,这婚还是得离,要不一辈子过得都拧巴!

我劝他,没有用,他就是这么一个脾气的人,忍的滋味,不好受。在这样的反反复复中,折磨自己,折磨他媳妇,同时,也折磨小丁湘。

在那个他写的东西里,其实,现在看来,也没有什么重要的内容,但对于当时的老丁来说,却是头等大事。

他写了好多他和小丁湘他妈在同一个村里,从最开始是怎么认识的,又是怎么悄悄恋爱上的,他自己又是在哪一年参了军,又是在哪一年从部队回来结婚的……这样啰啰唆唆的一笔流水账。最后一段,才是关键。他写道,小丁湘不是他自己的孩子,是和他同村同样姓丁的一个人和他媳妇生的孩子。

是他当兵在部队时，他媳妇和这个姓丁的搞上的。不仅孩子和自己长得一点儿都不像，他还有铁证如山。在这张纸后面，他贴了一张医院开的证明，是医院做的亲子鉴定。那时候，做亲子鉴定，不是件容易的事，他千方百计托曾经在一个部队的战友，到部队医院里做的亲子鉴定。

这件事从孩子一出生，就困扰着他。拿到这个亲子鉴定的证明，困扰的谜团解开了，却像一根钉子钉在他的心上，拔也拔不出来。这是一直让他纠结的事情，也是他来找我非要我帮助他写这个离婚协议书的根本原因。他不愿意到法院打离婚，他希望协议离婚，如果他媳妇坚决不同意离婚，最后的杀手锏，就是这份亲子鉴定的证明。

现在，丁湘要看的，就是这份东西，重要的就是这份亲子鉴定的证明。老丁临死的时候，对他媳妇还是耿耿于怀。虽然闹了一辈子离婚也没离成婚，临走临走了，他也没有原谅他媳妇，居然还是想起了这东西，告诉他媳妇这东西藏在我这里，让她媳妇找我。这不等于把扎在自己心上的那根钉子拔出来，扎在媳妇的心上吗？现在，又要阴魂不散地扎在他的女儿丁湘的心上不可吗？

老丁的媳妇到死也始终没有来找过我。我不清楚，她为什么没有来找我。是她不愿意或者不敢面对自己的过去，还是根本就不知道有这么一份亲子鉴定，心存一丝幻想，觉得那只是老丁临死之前的气话？

我大学毕业一年前的春天，老丁去世了。那时候，老丁好久没有来学院找我了。我还以为是他想通了，不再和他老婆闹离婚了，他的女儿小丁湘都该上中学了。后来，我听说，老丁死了，是肺癌。他媳妇哭着埋怨老丁总是抽烟抽得太多。其实，他媳妇也应该知道，万病心头生，是老丁心里一直有这样一块沉重的石头压着，压出了这样的病来。他不是那种能忍，退一步海阔天空的人。

知道老丁病故的消息，我的心里一下子挺同情老丁，他才五十来岁呀！当然，他媳妇不是什么恶人，但是，老丁这一辈子，活得确实太憋屈了。我看得出，他挺爱他媳妇的，但他媳妇却曾经跟别人那样的好过；他挺爱小丁湘的，小丁湘却是别人的女儿。

所有这一切，我想，小丁湘是不知道的，或者是不完全清楚的。但是，她妈应该心里明镜般清楚，自从生下小丁湘，老丁就和她闹离婚，一直闹到老丁去世，十多年来，没有一刻消停过，她自己的日子过得也是狼狈不堪。可能她一直以为自己的漂亮对老丁有足够的吸引力和驾驭力；要不就是一直心存幻想，以为只是老丁的脾气暴躁，老丁往孩子身上想，只是猜测，不会有什么真的证据。因为老丁再怎么和自己吵架，甚至抄家伙动手打架，从来没有提过，甚至连含沙射影都没有提及孩子，这件双方最心痛最敏感的事情。这件事情，就像礁石一直沉在水底，从未浮出过水面。

但是，老丁临终前对她说找我要他写过的那东西的时候，她应该隐隐约约地猜到了一些这块礁石的分量。否则，为什么在她自己临终的时候，又想起了旧事，而且对女儿说要来找到我，找到老丁曾经写过的那个东西？她是想让女儿知道这一切的真相吗？还是依然幻想老丁不会提起这件往事，而让孩子对老丁对自己一直有个完整的印象和记忆？

我不知道。我无法弄清了。人，有时候是极其复杂的，尤其是人的感情，特别是夫妻之间的感情，两代人之间的感情，再如何亲密，有时候也存在无法解开的隔阂，乃至疙瘩。很多的时候，宽容与原谅，对于他人乃至民族，都容易做到，对于自己的亲人最难做到。之所以最难做到，就因为是至爱亲朋，那一点隔阂与矛盾，容易被放大，而难以释怀。最亲的人，往往是离自己最近的人，妄想距离的缩短，有时候，却是再短的距离，往往是咫尺天涯而难以跨越。

几天过后，丁湘给我打来电话，问我东西找到了吗？我抱歉地对她说：没有找到！

她说：我想也不好找到了，毕竟过了这么多年了！我那天有些太冲动！

我说：你能这么说，我挺高兴的。即使找到了那份东西，又有什么用？

她说：您这么说就不对了，对我还是有用的。电话里也说不清楚，您下班有事吗？我想请您吃饭，我还有话想对您说呢！就这么说定了，下班我去文联大楼接您！不由分说，她放下了电话。

下了班，她已经在我们大楼下面等我了。

我对她说：饭就免了吧！我知道你想对我说什么？是不是想问我，你爸的那份东西里到底写了什么？

没错！既然那东西找不到了，但那东西里的内容，您告诉我好吗？那不应该对我是个秘密吧？

我望着她一双期待的眼睛，思忖着该怎么对她说。干脆都告诉她得了，作为父母的孩子，当然想知道父母当初是怎么一回事，尤其是关系到谁才是她的生身父母。但是，话到唇边，还是咽下去了一半：小丁湘呀，其实，那天你来找我的时候，我就想告诉你了，你非要找你爸那份东西，看不看都不吃劲！

您这话是什么意思？

那份东西写的都是你爸怎么和你妈认识，怎么相爱的，又怎么生下你的。主要是生你的时候，你爸在部队，你们村里有风言风语，说你不是你爸和你妈生的，而是你妈和你们村里另一个姓丁的生的。你想，你爸那个人，你妈是村里的大美人，他本来就觉得配不上你妈。你也清楚，你爸心眼儿小，自然就容易起了疑心，而且，这疑心就像滚雪球越滚越大，尤其是和你妈打架之后就更重！你明白吧？你爸就是这样一个人！

丁湘眨巴眨巴眼睛，听我笨拙地讲完，似信非信，不信又信。表情极其复杂。我知道，她是不知道该信，还是不该信，但是，她的心里还是希望这一切应该是可信的。我想起了善意的谎言有时候是需要的这句老话，对她说：你相信不相信你肖叔叔？你爸当初可是相信我的！这话说得她什么话也说不出来了。

我看得出，分别时，她还是半信半疑。但是，对于她，比让她真的看到他爸写的那份东西，尤其是亲子鉴定要好得多。我想，如果老丁活着，应该赞成我这样的做法。送她到公交车站，看着她上了车，回过头，冲我笑了笑，我越发觉得自己做的是对的。有时候，人们渴望真相；有时候，人们又害怕真相；有时候，人们需要真相；有时候，人们并不真的那么需要真相。因为有时候，真相可以帮助人们，有时候真相又可以伤害人们。

　　车子开走了，我才想起来，她的伞还在我的办公室里，忘记还给她了。

　　一晃，退休都已经九年了。日子过得可真快。前些天，清理房间，想把堆积越来越多的旧物，特别是堆放在书房和阳台的旧书旧本清理出去，要不，本来挺宽敞的书房和阳台，快成了杂乱不堪的仓库了。打扫阳台的时候，看见了那个旧铁皮箱子，那还是父亲留给我的箱子，从北京带到北大荒，又从北大荒带回北京，始终没舍得丢。打开那破箱子，里面全是那几年出版的旧杂志，竟然还有最早的《文汇月刊》。《文汇月刊》下面，压着一个牛皮纸大的信封，竟然就是当年老丁给我的那份他写的材料。打开尘埋网封的信封，厚厚的纸页里面露出了那份亲子鉴定，由于有雨水从阳台的窗缝中溅进来，浸进箱子里，洇湿了纸张，上面的字迹已经完全模糊，只有一团像小孩尿湿一样的痕迹。历史，就这样在面前消失得无影无踪。现实，帮助我圆了一个谎言。

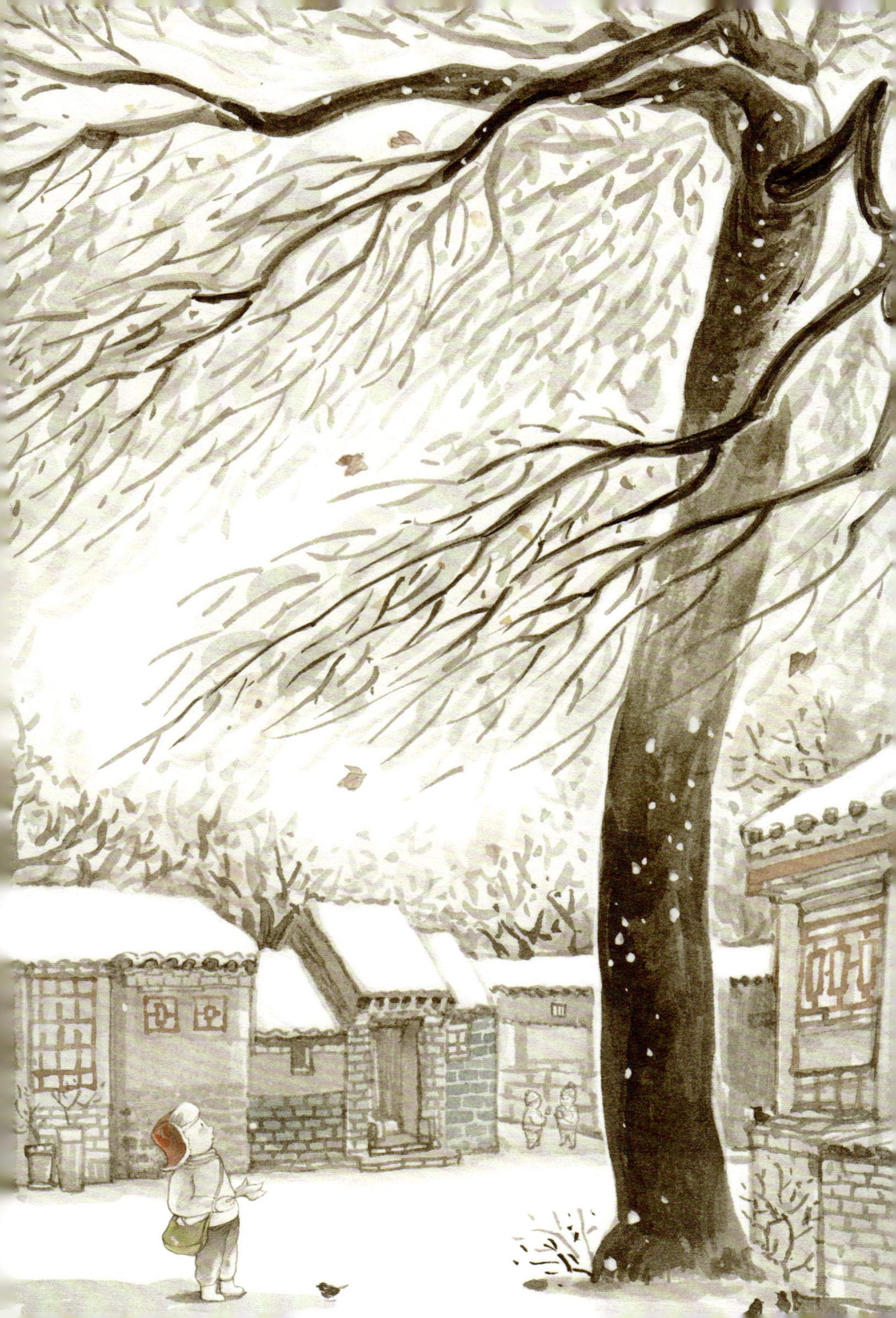

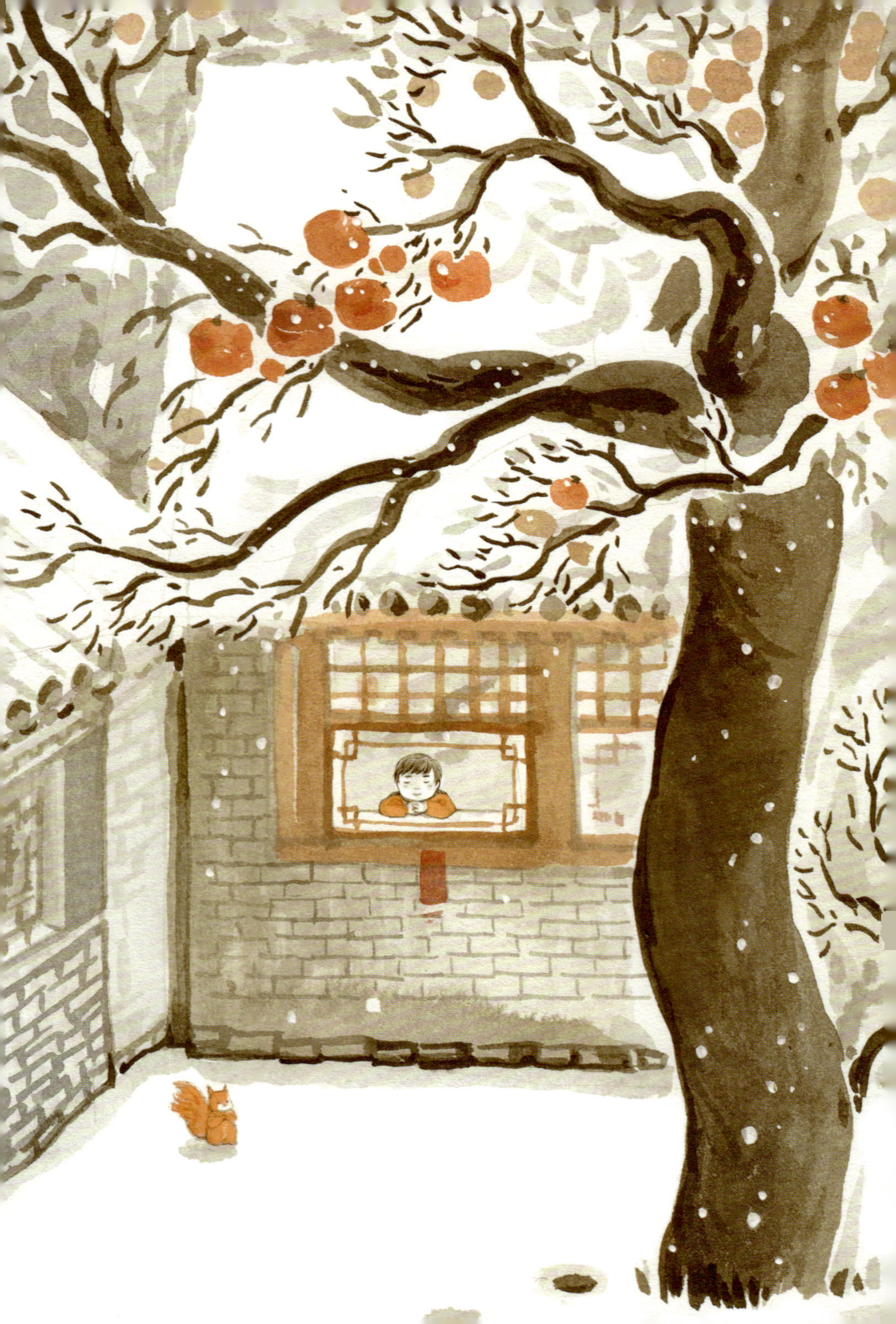

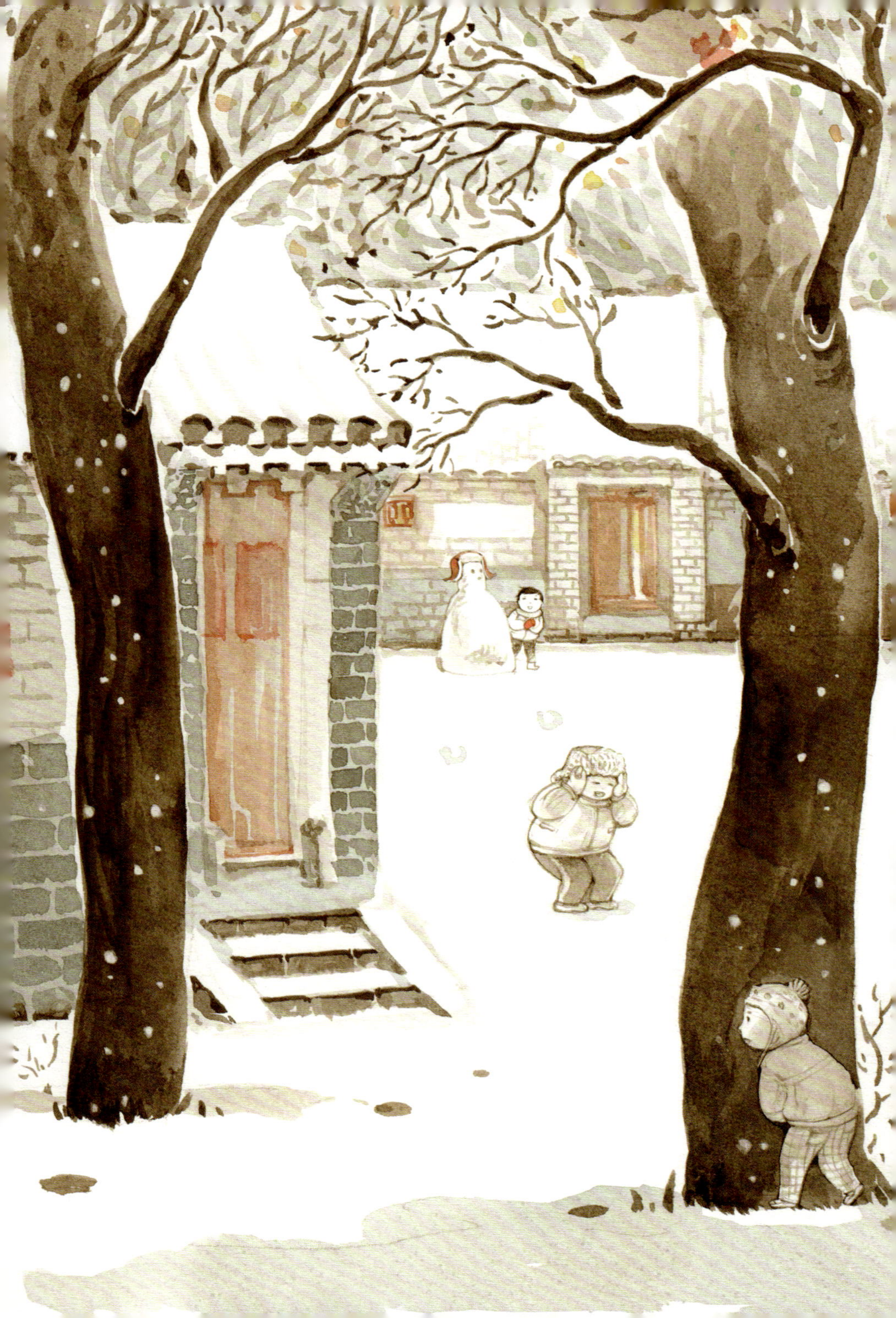

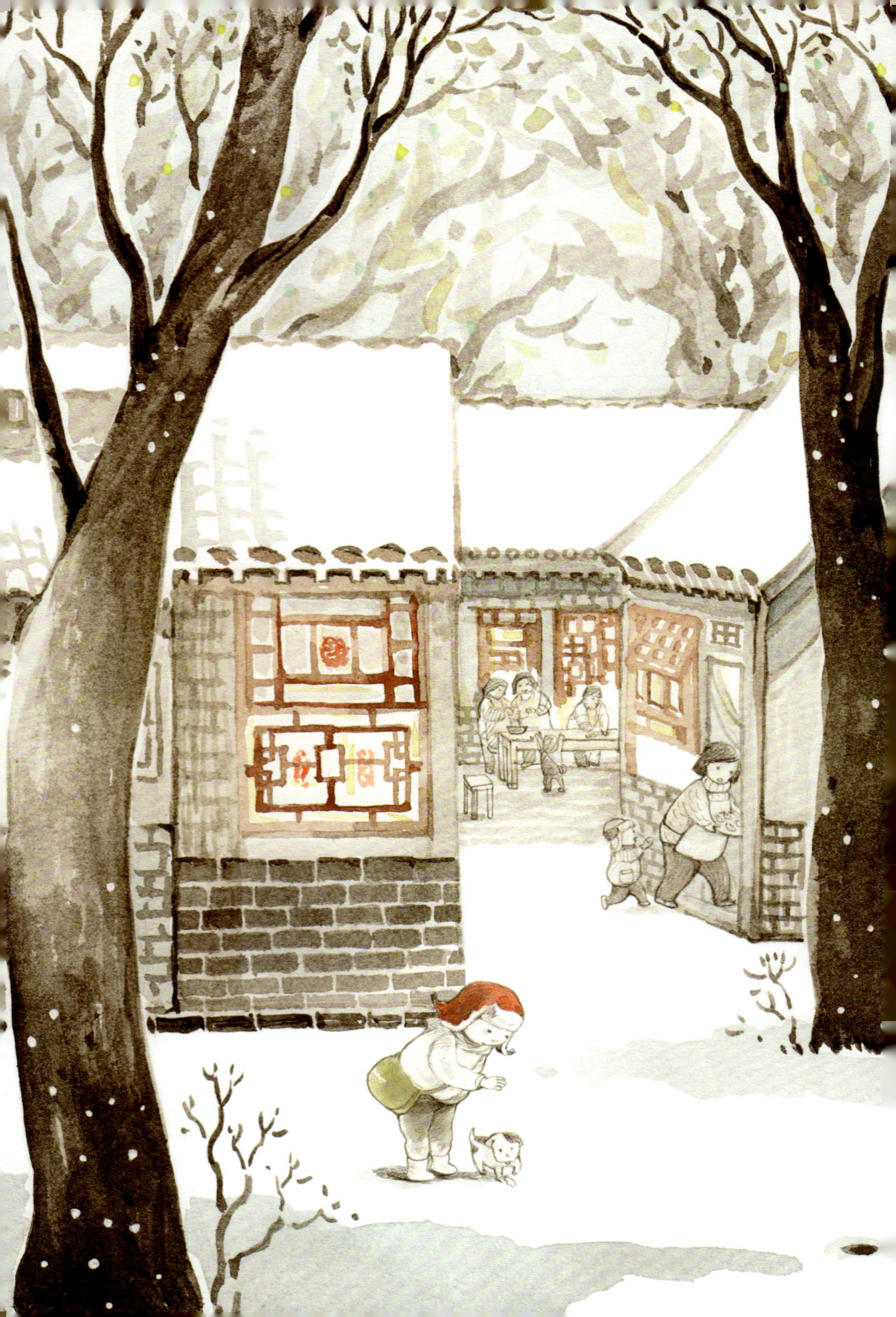

捉奸记

十五岁那年,我和我们大院里几个孩子干了一件挺恶心的傻事。

如果知道这件事以后会有那么严重的后果,我是决不会干的。可当时,一个十五岁的孩子怎么能知道以后会发生什么事情呢?大院里的街坊说得对:早知尿炕,不就睡筛子了吗?

那时,我正在积极争取入团,使出吃奶的劲儿,却怎么都被关在门外。说起来原因很简单,就是因为我爸解放以前参加过国民党,我的思想认识怎么写,都过不了团支部这一关,总说我写得不深刻,没有进入自己的灵魂深处。眼瞅着伙伴们一个个猴爬竿一样,噌噌爬了上去,很容易就戴上了团徽,我却还在竿底下溜达。我反复琢磨着他们入团的诀窍。没有诀窍,为什么他们入上了,偏偏把我给撂外面了?我发现,写思想认识只是一个方面,关键还得有行动,最好是好人好事的实际行动。我发现他们不是干些在大街上捡钱包交公呀,就是送迷路的老人回家呀之类报上常说的那些好事。我不知这些好事怎么都让他们逮着了，反正我瞪大了眼珠子满大街寻摸，也没有见着一个钱包，而那些老头儿老太太个个活得比我还筋斗，老马识途，回家的眼神儿和记忆力利索得很。

于是，我整天胡思乱想，特别希望能干出一桩惊天动地的事情来，让大家为之一惊，感叹一番英雄就在身边而且常被埋没，我的思想认识写得还是很深刻的，不深刻，怎么能有这样惊天动地的举动？团支部立刻就会向我敞开了大门。

就是这要命的虚荣念头害了我。

十五岁的男孩，就是这样自以为是，想入非非，荒唐透顶。

有什么办法，谁让那一年我十五岁，而不是五十岁呢？

那时，我们大院的中院的那一排倒座房，三间大房子，分别住着三家人，表叔和阿婆住最西边一间，另外两间住着张家和卢家。旧式大院一排三大开间的房子，墙一般是用秫秸外糊一层白灰，或者用木板相隔，墙至房顶中间要留有一扇窗，窗要镶玻璃，或糊高丽纸。这墙现在看来既不隔音又难隔人，如今盖房绝没有这种盖法了。但最初人家是只住一户，之所以安这样一个隔扇窗，是为了自家人住着透个亮、唤个人呀，是很方便的。如今这三间房住着表叔和张卢两家，表叔白天上班，家里只有瘫在床上的阿婆一人，安静得像没有人住，热闹的只有张卢两家。

张家仅仅寡妇一个人，住靠东头一间；卢家母女两人，住中间的一间。院子里三个大院的正房和倒座房，早就把墙上面的隔扇窗堵死了，只有张卢两家还保持原样，因为谁也不愿出这笔堵死窗户的钱。两家有点儿鸡毛蒜皮之类的小矛盾，即便平常鸡犬不宁也难得往来，窗户在墙上亮着就亮着，倒也相安无事，谁想到，居然有一天，事情坏就坏在秫秸墙和墙上那扇高丽纸糊的窗户上。

我呢？也跟着倒霉在这墙和窗上了。

那天清早，我背着书包正要上学，张家那个叫张玲的半老徐娘，跟在我屁股后面出了大院。她那时大约四十多岁，不到五十，这只是我的估计，现在是无从查考了。但可以说得准确的是，她人长得白净，慈眉善目，就是个儿矮了点儿，腰身也胖了点儿。这么大年纪了，还要什么腰身呢？她的身世，大院里谁也说不清，有人说她的丈夫原来是一家工厂的电工，早年间一场事故，做电工的竟然碰到了电而一命呜呼。她拿着一笔抚恤金，搬家来到我们大院租下了这间房，别看只是一间，又是倒座房，但房子开间大，房租并不便宜，仗着有那一笔抚恤金，她的底气足些，在大院里也显得人五人六的，说话口气大。据说，她有两个女儿，可谁也没见过，她们从来没有来看过她。至于什么原因，大家只是猜，谁也不清楚了。

她唯一一个可以说得清楚的是，院里院外的事爱操个心，咋咋呼呼的，爱张罗。喜爱她的人说她是热心肠，讨厌她的人说她净是咸吃萝卜淡操心。不管旁人怎么说，她依然爱张罗个事，不管好事、坏事、大事、小事，都常听她扯旗放炮一通喊。为这，她成了街道的积极分子，像得了喜帖子，别说走在我们大院里，就是走在整条街上，都跟踩在弹簧上那么带劲儿。那时候，我们都管这种街道积极分子叫"小脚侦缉队"。在我们大院里，有好几位街坊当了这种街道积极分子，像她这样干得风风火火起劲儿的，只有商家老太太和黄家老太太能和她媲美。

起初，我以为她是去上公共厕所，或者是买早点什么的，或者是到街道办事处办事，没在意。跟了我老半天，在路旁一棵老槐树底下，她叫住了我，说我是大院里的好孩子，学习好，又有正义感，她最信得过我，看得出我正积极争取入团！反正是一通给我上眼药。我真不知道她怎么会知道我正积极争取入团？其实，这很简单，我家人闲扯聊天时多嘴一说就行了。那时，我太傻，真不清楚大人肚子里的花花肠子。

我冲着张玲点头，坦白承认争取入团这事准确无误，她立刻抓住我的胳膊，就像上级首长交给我一支枪要完成什么艰巨任务似的，严肃地对我说：大婶我告诉你这么件事，你敢不敢以一个团员的标准要求自己去干？

我问：什么事？

那时候，我不知道，我只要这么一问，就算是彻底落入了张玲的圈套，如果那时我能认清她有些像狼外婆，小羊乖乖，别把门开开，听完这番话立刻转身上学去，什么事也就不会发生了。可是，当时，我确实没看出她是狼外婆，而且也确实是以团员的标准在要求自己。听她讲得挺严肃的，我的表现也很有些万难不屈，敢于赴汤蹈火的劲头。

于是，张玲像打开水闸的闸门，我便像水立刻倾泻下去，很一本正经、很投入，也很迅速地将自己一同淹没了进去。

现在想想，可真是荒唐可笑。

张家的隔壁卢家，跟张家一样，没有男人，或者说自从我搬进大院，就没看见她家有男人，只是母女俩过日子。上小学的时候，她女儿缨子是我的同班同学，读中学，缨子上了女十五中。那时候，缨子和我一样，也在争取入团，和我一样始终也是没戏唱。原因和我一样，家庭出身不好，缨子妈自己倒没事，问题在缨子她爸那儿，解放前，和我爸一样，缨子她爸是国民党的一个什么官，北平和平解放前夕，跟着蒋介石跑到台湾去，丢下了她们娘儿俩不管了。

那天，在大街上那棵大槐树下，张玲对我说：你知道缨子她妈卢明芳解放前是国民党军官的小老婆吗？

这对我已不是新闻。卢家的这点儿事，满院皆知。

但她接着说：这样的人就是狗改不了吃屎，离开男人就活不了。现在，我发现她常和咱院的老康乱搞男女关系！我们不能眼睁睁看着她道德败坏呀。

这我倒从来没听说过。那时，一说男女关系，甭管什么关系，一律是流氓的代名词。老康住在我们大院的西厢房，解放前在前门一家药店里当账房先生，年纪轻轻的，爱抽两口大烟，把老婆孩子给抽没了，老婆带着孩子回老家过去了，这里剩下他孤家寡人一个。解放以后，不许抽大烟了，他的身子骨好了起来，仗着能打一手好算盘，倒是不愁没人要他去算账，挣的钱不算少，大烟是不抽了，改喝酒了。一天醉醺醺的，虽然还不到四十，就是讨不上个老婆，没有一个女人愿意舍身跟他。那一嘴老远就能闻见的烟油子味儿和酒味儿，实在是呛人。人们一提起他，就像新鞋踩在臭狗屎上一样。缨子妈和这样一个人乱搞男女关系,也不挑挑,让人难以想象。

我一直看你是咱大院里最好的孩子,最近又听说你在积极争取入团,我想你应该帮助政府制止这种腐化堕落的事!现在,阶级斗争还是很复杂激烈的,你应该挺身而出……

反正,经过她这么一煽呼,我脑子里阶级斗争这根弦一下子绷得紧紧的,血直往上蹿,好像好不容易逮着个立功的机会,一副泰山压顶不弯腰的样子,立刻点头答应了她,兵从将令草听风,接受了这位"小脚侦缉队"的任务。

这任务就是让我找几个小孩配合她捉奸。

现在,我想起来这事,就后悔。我不能说自己年幼无知受人利用之类的话来为自己开脱。当时,我是很想干这事的,就像志愿军战士攻打上甘岭一样,充满英雄豪气。现在说起来,人们只能用两个字说我:傻帽儿!

如果真是傻帽儿倒也好了。我却自以为不是傻帽儿,浑身上下抖着十足的机灵气儿呢!

捉奸是一天的下午。不过,我们事先研究各种方案,商量各种对策,可是好几天前就开始紧锣密鼓地准备了。一帮半大孩子干这样一桩大人的事,自然显得很有些力不从心,而我们又格外自以为是地要干一场什么了不起的福尔摩斯大案,尽管嘴把得很严,脸上却写明了一切,逃不出家长们老奸巨猾的眼睛。离捉奸的前一天晚上,我爸撂下饭碗,抹抹嘴后,似乎不经意地冲我说句:缨子她妈也是不容易!

一提到我们大院里那几个家里没有男人,又拉扯孩子的女人,我爸总爱发这样的感慨。这话引起我高度的警惕和反感，立刻反唇相讥：怎么不容易？

她一个人拉扯着缨子长大，这么多年又一直没个工作，什么收入也没有，家里又没个男人，你说容易吗？

照您这么说，她该受人同情甚至受人尊敬啰？

我爸一看我摆出了搭弓开箭的辩论和批判架势，一个回合也不想和我交战，先退缩下去，只是嘴里一个劲儿唠叨：反正是不容易！

我得理不饶人，还没去捉奸，先捉着我爸，假设敌人一般来场演习，心里想，怪不得我爸是国民党呢，立场就是有问题！那时的孩子大多和我一样，以和大人争辩甚至批判大人为荣为乐，就像现在的孩子手里拿着电子游戏机，成天和它较劲以求得乐趣一样。那时我们手中的电子游戏机就是无形的批判的武器。

我一个劲儿逼问我爸：您这立场可有问题了，您怎么老站在缨子妈立场上说话？倒是说说她整个一条寄生虫怎么个不容易法儿？

我爸被我逼问急了，红着脸不再说话。

我们的行动按计划进行。捉奸之前，为要不要缨子也来参加这次行动，我和张玲争执起来。张玲说缨子是卢明芳的女儿。我说正因为缨子是她的女儿而不是她，才应该叫上缨子，我们不能茄子葫芦一堆儿数。她说要是缨子事先把事情捅给她妈怎么办？我说要相信人家，再说也是对缨子的一次考验。大概我说话声挺高，张玲不愿让别人知道这件事，忙用手捂住我的嘴。她刚刚剥完蒜，一手的大蒜味儿，呛得我鼻子直难受。

我的活祖宗,你是大嗓门儿怎么着,就依着你,叫上缨子!

当时,我告诉缨子让她参加我们这次行动的时候,她的脸立刻红得像块猪肝,然后垂下头哭了。哭得我不明白她究竟是什么意思?是想参加?还是不想参加?我脑子首先想的是这,一点儿也没有设身处地替她想。那时,我就是这样只知其一不知其二。我还有些不耐烦呢,直催她:你倒是参加不参加?她点了点头。那时候,能够造家长一次反,是件挺时髦的事。心再怎么宽也不过是个小漏斗,什么事也得从漏斗漏进去,滴进当时装有时代风云的这个大瓶子里。这个大瓶子,简直就是神话《一千零一夜》里的魔瓶。

事后,我曾多次想过,如果这次行动没有缨子参加,对缨子好还是不好呢?或许,她可能会因为没有这样一次机会表现一下自己和妈妈划清界限,而不好受了好长一段时间。那么让她看见自己的亲妈和一个她厌恶的男人干那种事,她就好受了吗?这不等于是对她的一种折磨?事后我想过,如果张玲坚持不让缨子参加就好了,有时好心不见得就能办好事,善恶常能乘坐同一条船,达到同一个彼岸。我们当时难以分得这么清楚,将恶当成善,同船共渡。

让缨子一个才十五岁的姑娘,目睹那一幕,那么尴尬难堪,是我一生常常内疚的事。这件事,会使得缨子以后的命运注定无可逆转。

缨子当时不知道这事对她将会产生多么大的刺激,也许她当时只为能接受这项任务而激动，因为这表示着一种信任。她便觉得前面的路还有一点儿希望的亮光。她不知道接受这项任务等于抱回一个炸药包，引爆之后连她一同要炸毁的。

其实，我并没有真正了解缨子的真实心情。答应参加这次行动，缨子心里应该是挺复杂，也挺矛盾的，并不像我想象得那么简单。无论怎么说，面对的是她的亲妈，而且不是光彩的事。她那个不争气的妈，让她无可奈何地抱上了一只刺猬，再如何扎手，她也不可能扔掉它呀。

事后，她告诉我，妈妈的事，她隐隐约约早就知道了，她曾心惊肉跳做过好多次噩梦，一会儿梦见妈妈，一会儿梦见爸爸，一会儿梦见老康，一会儿又是他们三个人在一起……梦醒之后，她怎么也睡不着，只好天真地想最好神不知鬼不觉谁也不知道就好了！可是，怎么可能呢？没有不透风的墙，更何况她家的墙是秫秸糊的，墙上又有一扇窗！

我们的行动是在这一天下午一点多左右。包括我和缨子在内的大院里五个小孩，那天下午都请了假，没有去参加学校组织的电影观赏活动。我已经忘记要看什么电影了，只记得要不是看电影而是上课，那天下午就不好请假了。

我们一行五人都悄悄地溜回大院，书包都没敢放回家，猫似的先溜进张玲家。那时刚入夏，天已经很热了，五个小孩加一个张玲待在一间屋里，不一会儿就憋得我们个个汗水淋淋。我们却一点儿汗也不敢擦，一点儿声也不敢出，跟邱少云埋伏在敌人的火力网前一样，生怕打草惊蛇。

过了好半天，我都憋出了泡尿，直想上厕所，也没有一点动静，心里开始埋怨这个老谋深算的张玲是不是看走了眼？就在这时候，听见外面门"吱嘎"一声响，张玲轻轻地对我们嘘了一声，开始爬上她家那油腻光亮的红木八仙桌。八仙桌上放着一个小板凳，张玲像只胖企鹅似的，哆哆嗦嗦爬上那个小板凳，她便可以够得着墙上那扇窗了。窗户是用高丽纸糊的，只见张玲用手指蘸了蘸唾沫，润湿窗户纸，捅破了一个小洞，眯缝着一只眼睛，朝里面看去。按照事先的约定，只要张玲看清了缨子妈和老康已经脱衣服进入情况，我便带着一帮孩子冲出张玲家开始行动。

于是，只见张玲趴在窗上一个劲儿地看，就是不给我打信号，等得我们几个孩子都不耐烦了，更何况我还憋着泡尿。那时，我只以为张玲还没有看见什么，我不懂其实那边屋里早有了情况，张玲正如现在人们欣赏"毛片"那种黄色录像一样看得正带劲儿呢，一时舍不得向我们发布信号。无论什么时候，大人的心思，孩子永远揣摸不透。现在想想，打着红旗反红旗，这话说得真绝，好多大人们专爱干这种打着红旗反红旗的事。

我想使劲儿叫一声张玲，问她情况怎么样了？尿实在憋得受不了。话还没出口，只听"咣当"一声响，八仙桌上的小板凳左右一摇，张玲重心不稳，从桌上摔了下来，双手扒着窗户把高丽纸扒下一大块，窗上裂开了一个大窟窿。张玲像只麻袋一样，仰面朝天重重地摔在地上，八仙桌也跟着歪倒下来，桌角正砸在她的额头上，鲜血立刻渗了出来。她一动不动倒在地上，怎么叫她，也不应声。

这情景可真把我吓坏了，尿也憋了回去，一时不知如何是好。旁边的几个孩子和缨子也都傻了眼，吓得大呼小叫起来，把隔壁的缨子妈和老康惊动了，他们跑了过来，缨子妈叫我和缨子：还愣在那儿干什么？赶紧叫人送医院吧！还是老康更老辣一些，凑到张玲面前，掐了掐人中，摸了摸脉，又看了看眼底，说道：没气了！

后来，大人们还是把张玲送进医院，大夫说是脑溢血。我们这次的捉奸闹剧，因张玲的突然毙命而结束。事后好长一段时间，我还觉得有些遗憾。一直到我长大成人以后，才觉得那场闹剧幸亏是这样无疾而终，否则的话，最受伤害的不是缨子她妈，而是缨子，那会让我一辈子无法面对缨子呀。

我们长大以后，陆陆续续都离开了我们大院，我再也没有见过缨子，不知道现在她怎么样了，会不会在偶然之间想起少年时候我们可笑又可悲的荒唐往事？

丁香结

连家大姐，全院人都这么称呼她。她是我们大院老房东连太太的独生女儿。之所以这么称呼，是大家对连太太的尊重。连家大姐三岁的时候，连先生突然病逝，连太太以后再未他嫁，独自领着女儿长大。大院里的老人，秉承着古老的贞女观念，是对连太太尊重的重要原因。为了这，我小时候写作文时还批判过大院这些人的封建意识。作文被父亲看见，骂我懂得个屁，让你一个人拉扯个孩子长大试试！

连太太带着孩子一直靠连先生留下来的房产过日子。我们大院最早曾经是私产。后来，连太太一个人带着孩子过日子艰难，不得已将我们大院的前院、中院和东跨院分别卖掉，只留下了我们大院后院的正房三间的产权归自己，连太太带着孩子一直住在那里。

那时候，我们的大院里，有两棵丁香，非常醒目。一棵白丁香，一棵紫丁香。白丁香种在后院的北房前，紫丁香种在东跨院的小院里。这两棵丁香之所以醒目，是因为它们是连先生种下的，据说是当初连先生喜欢丁香，买下这座大院的时候，看到院子里除了中院的三棵老枣树和后院夹道的两棵桑葚树，杂七杂八的，种的是槐树、柳树和柏树，他不喜欢，说柳树不成材，柏树是坟地里的树，便请来一位花匠，让花匠把柳树和柏树放倒，留下了一棵东院墙前的老槐树，说是夏天槐花开的时候还是挺香的。他又让花匠买来六棵丁香树苗，栽在挖掉的那些树坑里。花匠忙完之后，再回到跨院住下，随手折下一根树枝，也栽在窗根儿前。谁想到，来年春天，别的树苗都没有成活，只有后院和跨院的两棵活了。两棵丁香的年头挺老的了。如今，老木虬枝，树皮斑驳，沧桑的老人一般，但到了春天开起花来，却和年轻漂亮的姑娘一样烂漫，一树紫色如云，一树洁白如雪。

后院是我们大院的中心位置，有正房三间，自成一统，院子里左右对称，还有两个花坛，种的都是月季和西番莲。白丁香在里面自然显得玲珑华贵，尤其是夜色中，玉树临风，婀娜多姿，很有些月朦胧鸟朦胧的意思。如果不是后来大院易主，新主人为了租房挣钱，在后院贴东院墙盖起了一排房子，我们大院的后院，可以说是一个小花园。

对于一个三进三出的老北京典型四合院来说，东跨院是个配院，院子不小，房子挺多，却因为有新盖的有旧盖的，拥挤在一起，显得不伦不类。原来这跨院里是没有一棵树的，多了一棵紫丁香，便显得鹤立鸡群一般，开头不怎么起眼，后来是越长越好，到了春天，开得和白丁香一样旺盛，在我们大院里前后呼应着，一点儿也不示弱。特别有意思的是，白丁香开得好看，却没有一点儿香味，而紫丁香却香气异常浓郁。我小时候，每年春天到了丁香开花的时候，常常要和小伙伴们跑到东跨院去闻紫丁香的香味，那时候，刚在语文课上学到了沁人心脾这个词儿，觉得用在它身上最恰当不过。

那时候，我刚上小学，连家大姐正在读高三。可惜的是，连家大姐考场上太紧张，高考失利，一下子精神受了刺激，开始是说话神神叨叨，后来发展到整宿睡不好觉，有时候半夜里还出来鬼魂似的在大院里转悠。了解连太太的街坊都知道，连太太和连先生都是旧大学毕业，连先生的岁数比连太太大十几岁，两口子结婚晚，有了孩子之后，连太太才辞去工作，在家相夫教女。连先生临去世前嘱咐连太太的话，就是一定要把孩子培养上大学。女儿落成这样子，对连太太的打击可想而知，一下子可是急坏了连太太，赶紧带女儿到安定医院，一检查，是精神分裂症。

大夫说用药物可以控制。可是，就在这个时候，黄鼠狼单咬病鸭子，我们大院黄家老二接到了大学录取通知书。如果换别人而不是黄家老二接到这个通知书，也没有什么问题。黄家老二和连家大姐是高中同班同学，而且，早就悄悄地相爱了。

这事，开始我们大院里谁也不知道，但是，连太太早就明察秋毫。连太太眼睛尖，听大院里什么都知道的街坊们后来说，有一天下午，她出门买酱油，刚迈过二道门，看见女儿从东跨院出来。连家大姐没留神，低着头往前跑，和连太太撞了满怀。连太太只是轻轻说了她一句：慌慌张张地跑什么。再没说什么话，就出门买酱油去了。晚上，连家大姐要睡觉了，连太太走进她的房间，并没有问她什么。连家大姐做贼心虚，自己忙解释说：我是给黄家老二补习功课去的，老师让我去的！老师说他数学不行，高考要拉分的。

　　现在，数学不行的黄家老二，考上了大学，你数学行，却躺在了病床上。望着刚刚吃过药躺在床上睡着的女儿，连太太心里暗暗地叹了口气。

　　大学开学的时候，黄家老二拍屁股，拖着行李就走了，和连家大姐连个招呼都不打。大一一学年没读完，他调屁股转身便和同班的一个女同学好上了，居然还带着女同学，大摇大摆地到家里来过。这事让全院的人都气不过。他家不过是焊洋铁壶的，一共养了四个孩子，挤在东跨院小房里。黄家是我们大院的老住户了，在连家还是我们大院的房东的时候，就住在我们大院。那时，黄家两个大人，从老家带着两个孩子，可怜兮兮地来到大院，想租下便宜的房子，要不是连太太看着两个孩子穿得破衣烂衫的可怜，也不会把东跨院两间小房租给他们。在这个跨院里，他们在北京才算安下了家。后来，他们又生下了他们的老三和老四，孩子一长串糖葫芦一样，日子过得紧紧巴巴的。连太太又动了恻隐之心，少了他们家房租钱。就这样一家人，连家大姐配他家老二有足够的富裕，他家老二却在连家大姐病了的情况下这样做，实在是缺点儿人味。

　　都说没有不透风的墙，但是，这件事情，全院里的大人小孩都瞒着连家大姐，瞒得结结实实的，我们大院的这堵墙还真是够结实。最后，是黄家老二他妈跑到后院，对连太太捅破了这堵墙。她家老二考上了大学，可给她长脸了，整天昂着脖子，眼睛都望到天上去了，觉得自己了不起的样子，太让大院里的人瞧不惯。她居然觍着脸对人家连太太说：也实在是不能怪我们家老二，谁让你闺女得了这个烦人的病呢！连太太好修养，直到黄家老二他妈走出门，什么话也没有说。这要是我，早拿鞋底子抽她，赶她出门了！那时，我妈妈气不忿儿，这样说。

黄家老二和他妈这样的举动，深深刺激了连家大姐，本来病情刚有点儿好转，立刻加剧，最后不得不住进医院。这院一住，哩哩啦啦前后就是五年。等她出院之后，黄家老二大学毕业，和那个女同学双双到上海工作去了，连家大姐连他个人影儿都见不着了。

连家大姐虽然出了院，大夫一再嘱咐连太太，一定不要受外界的刺激，要不很容易引得旧病复发。连太太忧心忡忡，本来容颜姣好，一下苍老了许多。好心的街坊劝连太太，得赶紧给大姐找个对象，因为病情加重是由和黄家老二搞对象失利，那么，就得以毒攻毒，找个对象结婚，能治大姐的病。老话说，就是冲喜。

于是，慌了神的连太太，听了街坊们的这种好心又愚昧的说法，开始忙于给女儿找对象，街坊们也开始马不停蹄地帮连家大姐介绍对象。但是，都是无功而返，人家知道连家大姐的病，谁愿意找呀。

我高中毕业那年，赶上了"文化大革命"。那时候，讲究出身，兴红卫兵造反。黄家焊洋铁壶的，属于工人，他家老太太突然精神抖擞成了居委会的主任，他家老四比我小一岁，在女十五中读高二,这娘儿俩带着一群红卫兵冲进我们大院,径直到了后院,踹开月亮门,抄了连家的家。

这次被黄家老四称之为"革命行动"的结果,是连家和黄家住的院子互换,理由是连家以前是房产主,是资本家,怎么可以住这样宽敞的院子,而让一个工人家庭住在那憋屈的小院子?这样的说法,和商家老太太的腔调如出一辙。在这场"文化大革命"中,我们大院里取得的最大成果,当数商黄两家,为自己换得了大房子住,算得上是巧取豪夺。

那时候,好多事情真的是无法想象,没处讲理去。整个后院都是人家连太太的,黄家带着红卫兵这么一闹,院子的主人变成了黄家,他们想住进人家的房子,就可以堂而皇之并理直气壮地住进去。就像变戏法的,手巾板这么一抖,鸡变鸭,人家的三大间北房连同一个小院,都成了他们家的了。

最可气的是,黄家搬家的那一天,黄家老二居然也从上海回来了,不知是巧合,还是有意。你非得凑这一天回来吗?这不是成心给人家连家添堵,往人家伤口上撒盐吗?

那天,我在院子里看到黄家老二和他妹妹老四,抬着他们家那个铁皮包着四角的破松木箱子,从跨院往后院搬,在后院的月亮门外面,正好和连家大姐与连太太相遇。连家娘儿俩也正抬一个樟木箱子往外搬。黄家老二就跟不认识连家大姐似的,和人家擦身而过没说一句话。就在这时候,连家大姐一失手,箱子掉了下来,正好砸在脚面上,疼得她哎哟叫了一声,捂住脚就蹲在了地上。我赶紧跑了过去,黄家老二听见叫声,也回过头来,放下箱子,走到连家大姐的身旁,问了声:没事吧？连家大姐没有理他，站起身来，要接着抬箱子走。我忙和连太太一起把箱子抬了起来搬走。连家大姐和黄家老二，站在那里，站了一会儿，我不知道他们说话没有，也不知道发生了些什么，只看见那一瞬间连家大姐眼泪汪汪，只听见黄家老四冲着她哥在叫唤：你搬不搬了呀？

1968年，大规模的上山下乡开始了，整天敲锣打鼓，动员各家的孩子上山下乡。我去北大荒插队。大院里的年轻人陆陆续续几乎都走光了，唯独黄家老四，因是工人出身，留在北京，在郊区的机床厂当工人。这一年的冬天，连家老太太经不住这么折腾过世了。说是老太太，现在想起来，其实不过才过六十岁。那时候，我在北大荒，蹲在火炕上猫冬，就着一盏昏黄的马灯光，看父亲写给我的信。父亲的信中流露出对连家大姐的担心，她母亲这突然一死，她自己又拖着精神病的病根，以后的日子可怎么过呀！那一天晚上，大雪纷飞，天上地上，一片白茫茫，大风一刮，雪片被卷了起来，飞起一片又一片的白烟，朦朦胧胧的，摇摇晃晃的。我心里暗想，人要是有魂儿的话，就应该像雪卷起的这样的白烟吧？

时过境迁之后，听大院的老街坊告诉我，与后院的正房相比，东跨院的房子简陋，隔断不像后院的房子是砖砌的，而是秫秸，房顶也是秫秸糊的顶棚。秫秸隔断只是不隔音，还没有什么，关键是这种老秫秸秆糊一层高丽纸做的顶棚，最容易闹耗子。本来，这样一折腾，就让连太太晚上睡不好觉，顶棚上还常常有耗子跑来跑去，就更睡不好了。这一天夜里，竟然从顶棚上掉下来一只硕大无朋的耗子，掉到连太太的脸上，连惊带吓，没过几天，连太太就走了。

那一天，北京下起了一冬的第一场雪。

据说，连太太走的很平静，从顶棚上掉耗子的事，到了也没对女儿说，怕吓着本来精神就有毛病的她。但是，那天夜里，耗子从顶棚上掉下来的情景，连家大姐看得真真的。她以为母亲会对自己说起这件事的，好让自己注意，让自己别怕。因为母亲临终的时候，伸出了手指，指了指顶棚，但很快又滑了下来，指向了隔断墙。但是，连家大姐觉得母亲其实一定指的是顶棚，她相信母亲到临终前想的还是自己的，只不过临死前没有了力气，才像是折断的树枝一样，手臂带着手指滑下来。

都说往事如烟，日子不禁过。我在北大荒插队六年之后，由于父亲去世，我符合困退回京政策。那时，我家已经从大院搬到别的地方住了。但是，从落生到二十一岁去北大荒，我毕竟在大院里住了二十一年，大院有我从童年到青春的记忆，便忍不住回去看看。重返老院时听老街坊讲，连家大姐终于找到一个对象，这是最让大家感到有些安慰的事。这个人，你认识！老街坊对我说。

那一年，连太太突然过世，连家大姐一下子慌了爪儿，手足无措，一时不知如何是好。大院里的年轻人都上山下乡去了，剩下的老人心有余力不足，搭不上手，连家后事，都是常来我们大院的派出所的警察帮助料理的。这个警察，我们都认识，没别的毛病，就是胖，那时，我们一帮孩子给他起了个外号"大胖子张"。现在想想，对人家真的有些不敬。谁能想到呢，就是他，帮助了孤苦伶仃的连家大姐，从连太太入殓到火葬到墓地，都是他一手操办的。

第二年，他们结了婚。那一年，连家大姐三十二岁，大姐夫三十六岁。过了一年，他们生下一个女儿，一直住在东跨院里。老街坊兴致勃勃地对我说。

那一天，我去东跨院看她，她没在家。家里靠大姐夫一个人不多的工资，又添了个孩子，日子过得紧巴巴的，她想出去找份工作，贴补一下家用。街道办事处都知道连家的事情，再加上大姐夫派出所警察的面子，别的活儿怕她干不了，便给她找了一个看自行车的活儿，就在鲜鱼口大众剧院前面。我赶紧到鲜鱼口见她，她居然一眼认出了我，还说在晚报上看过我写的文章。我看她行动有些蹒跚，说话也有些吃力，但还是替她高兴。

一晃，三十多年没有见到连家大姐了。去年春天，电视台要拍摄老北京的老街，选中了我小时候住过的老街，找到我要我陪他们一起采访老街上的老街坊。大院里已经拆得七零八落，多户人家都搬走了，我只见到一个老街坊，她告诉我，大院正忙于拆迁，连家的东跨院因是私产，而且保存完整，有人出了八百万收购。然后，她感慨黄家，由于人口多，把三间北房开膛破肚接出好几间房子不说，还在院里的那两个漂亮的花坛上，盖起了好几间房子，嫌那棵白丁香碍事，早早把树也给砍了，院子最后被弄得不像样子。

我去了东跨院，一眼看见那株老紫丁香居然还在，满树紫嘟嘟的花朵盛开，香气依旧浓郁扑鼻。老街坊跟在我的身后，对我说，人家就是看着这棵老丁香树，才把价钱出了这么高的呢!

临出跨院的时候，迎面看见一位三十来岁的女人，老街坊对我说：这是连家大姐的女儿小欣。好多事情，你问她，她知道得清楚!

那天晚上，我在东跨院吃的晚饭。房子已经清的差不多空了，小欣留下我说话，在煤气灶上为我下了一碗面条。她从连家大姐那里知道我，便信任地对我讲述了连家大姐这些年的经历。我对她说你爸爸真的不错，也不容易，我也对她讲了当年给她爸爸起外号的不恭敬，我又说刚才老街坊说起人家冲着这棵老紫丁香树，出价八百万买下这个跨院。听完之后，她说：都是道听途说，没那么回事。我告诉您，整个院子当初都让我妈卖给新的房东了，这个东跨院怎么可能单单属于我们家的呢？再说了，您看这个跨院多破破烂烂呀，就因为有棵丁香树，就能卖出大价钱，怎么可能呢？但是，当初卖院子的时候，后院那三间正房却没卖，是属于我们家的。要说卖房，我家只能卖那三间房子。您明白了吗？大院的老街坊们是一片好心，那是故意要恶心黄家呢。

我明白了，尽管经历了那多年的跌宕沉浮，我们大院的老街坊心里都有一本善恶明细账。你黄家当初不是非逼着人家连家换房子吗？好吧，三十年河东，三十年河西，房子换了，现在你换出去的东跨院倒值钱了。大院的街坊们就是用这样最为简单不过的换算法，将人心和人性搁在秤上称一称，锱铢轻重，立见分晓。丁香树，不过是个说辞。不过，丁香树倒真的是一个好的说辞，甚至是一种象征。

小欣接着对我讲起往事：前几年拆迁的时候，黄家占着后院想多要钱，说要不他们就不走，自己把院子卖了。可他们拿不出院子的地契。他们就说，地契早已经没有了，当年我们和房东换房的时候，房东就说了地契没有了。但这房子我们住了几十年，从来也没交给国家，房管局也没管过，房子当然就是我们的了。这时候，我爸爸拿出来了后院三间房子的房契，黄家没话说了，折腾了一溜儿够，最后也只好老老实实地搬走，把房子腾给我们。您知道为什么吗？我爸爸和我妈妈结婚那一年，我爸爸听我妈妈说，从顶棚上掉下来一只大耗子，才把我姥姥吓死的。我爸爸就先把顶棚换成了水泥的，又把秫秸隔断砌成砖的。就在拆隔断的时候，发现了我姥姥藏在里面的地契。

我想起人们曾经说的，连太太临终前从顶棚向隔断滑落的手指，一下子，有点儿走神。小欣悄悄地对我说：您知道吗？我妈妈前年走了。我点点头，刚才，老街坊告诉我了。

告别小欣，我离开了这座藏有我青春记忆也藏有连家大姐记忆的大院，心里忽然百感交集。路过一个街心花园，我走了进去，坐在长椅上，想平静一下心情，梳理一下大院和我和连家大姐的这些丝丝缕缕。夜色很浓，公园里的路灯幽暗，隔着春天刚长出绿叶的树枝，远处闪烁着一家商厦的霓虹灯。世事沧桑，人生况味，变化得都那样的快。当年，这座街心花园，是我常来的地方，到这里复习功课，和小伙伴玩捉迷藏，第一次和女同学约会，也是在这里。现在却有些陌生了，起码，原来只有几个粗糙的石凳，根本没有刷成漂亮绿漆的木靠背长椅。

我的身旁忽然坐着一位女人，这让我有些吃惊。我不知她是什么时候坐过来的，连个招呼都没打，悄悄地，一点儿动静都没有，就像一片叶子轻轻地落在我的身边。我转身看见她冲我笑了笑，忽然感到十分面熟，这时候听见她对我说话了：我知道你刚才在想什么，是不是想起来你在这里第一次和女朋友约会了？我更吃惊了，她怎么知道？她接着对我说：我第一次和我的男朋友约会也是在这里。然后，她问我：你还记得你第一次约会是什么时候吗？不等我回答，她接着说：我第一次约会，就是这时候，春天丁香花开的时候。丁香花开，是最美的时候了。你一定还记得，咱们的大院里，那两棵丁香，一棵白丁香，一棵紫丁香……咱们大院？我再一次吃惊地问。她点着头说：是啊，是咱们大院。怎么，你都不认识我了吗？我望着她，她望着我，然后接着说：我就是喜欢咱们大院的那两棵丁香，才和我的男朋友这时候到这里来约会的呀！难道你不是这样的吗？

我这才发现，一阵阵浓郁的花香从我的身后飘来。转身一看，不远处，是一丛丛丁香，白丁香，紫丁香，交错一起，在夜色中摇曳着一片朦胧的影子。

丁香结

忆秦娥

现在想想，其实大华也就比我大三岁，也就是说，我上小学三年级，他上初中；我上初中，他已经升入中专了。那时不知怎么搞的，他显得比我大那么多，仿佛两代人似的。并非他长得人高马大，而是小时候我显得很弱小，跟没有长开似的，再加上他特别爱打架，总是挥胳膊动拳头，一脸凶神恶煞的样子，便显得越发比我强大许多。那时候，在我们大院里和我一样大或比我还要小的孩子，似乎都有这样的感觉，也都很怕他，老远看见他都躲着他。那时我们谁都没有想到，没有人和他玩，和他说话，他是很孤独的。

我们大院原来是北京前门一带很出名的一家会馆，在前门打磨厂只要一打听粤东会馆，老人们几乎没有不知道的。三进三出的大院子，前出廊，后出厦，大影壁，高碑石，月亮门，藤萝架，可以想象前清时建造它时的香火鼎盛。我们住在这院子里的时候，黑漆大门上的对联"诗书继世长，忠厚传家久"虽斑驳脱落，却还是在的。只是诗书难以继世，早不那么灵光了；忠厚也没能够传家，渐渐地变得不那么忠厚了，这在以后的日子里越发明显地显现出来，越发被人心叵测所替代。但是，人丁兴旺是比以前要翻了几番的，三教九流，孩子成群，尤其下午放学后和晚上的时候，我们这些半大孩子满院子疯跑，影壁前、枣树后、花架里，乃至公共厕所的墙根儿下，都成了我们捉迷藏的好地方。

好多次我们玩得兴味阑珊，准备往家里走的时候，大华常常会影子一闪，突然出现在我和弟弟的面前，二话不说，先把我弟弟一把推倒在地，再挥动他结实有劲的胳膊，上前就给我当胸一拳。他从不说为了什么，我们也从不问，彼此心里都明镜似的清楚得很：都是因为他的那两个姑姑。

大华家姓秦，他的两个姑姑叫什么，至今我也不知道，大院里的大人们和我们所有的孩子，都管她们两个叫秦家大姑和秦家小姑。小孩子看人的年龄常常走眼，那时我总觉得小姑比大姑要小许多，大姑显得有些苍老。也许是因为大姑的衣着总是灰蒙蒙的，而小姑的穿戴要鲜艳得多，在那个服装单调被后来人们称之为"蓝蚂蚁"的年代里，她那鲜艳的色彩喜鹊登枝似的总能够招惹人们的目光。她和大姑这样明显的对比，让人觉得她们两人年龄差异很大。记得小时候我曾经到过她们的家，那些早已经不复存在的场景，留给我的记忆却很深。最深的是大姑家一墙的书柜，遮挡住了半屋的光线，由于地面返潮，书的气味有些发霉。而小姑家简洁清爽，新洗的干干净净的床单，散发着肥皂淡淡的味道和阳光温煦的气息，这大概也是让我觉得她们两人年龄差异的原因吧。

两人的性格差异更大，大姑矜持，平常不大爱讲话，但性情温和，出出进进的，端庄大方，不大爱着急；小姑是属炮仗捻儿的，点火就着，一着就烟火弥漫得吓人，和大华的急脾气很像。

两人的长相倒是很像，都是高挑儿的个头，脸庞也很白皙，长得都属于清秀受看的那种。不过，岁月老去，她们的模样对于我已经是一片模糊，所有关于她们的容貌、身材以及仪表、举止，与其说是我的回忆，不如说是我的想象。但是，有一点，绝对不是想象，而是沉淀在岁月和记忆里极其深刻的印象，就是小姑的左脸颊上有一块红痣，非常大，几乎占据了半边脸，如果是生起气来或着急上火，那块红痣就越发的显眼，脸上鼻子眼睛的线条便也显得越发明朗，都被映得红红的。我们背后又叫她红脸小姑，那叫法里当时有种恶狠狠解气的意思。她的那些来如雨去如风的无名火，在他们家里逮谁朝谁发，特别是爱朝大华的大姑发。即使他们家里拉上窗帘，我们也能够从映在窗帘上她那张牙舞爪的影子，想象得出她脸上那块红痣烧红的烙铁似的样子。而大姑总显得那样的低眉敛气，逆来顺受，从来没看见过她有一次的反驳，任凭她雨打芭蕉一般地发泄和数落。所以，那时候，我们对大姑充满好感，而对这位红脸小姑总是印象不佳。

现在想想，大姑很像现在电影演员号称"天下第一嫂"的王馥荔，而小姑有点儿活泼泼辣的小陶红的意思罢了。

大华家住在我们大院中院的一排坐北朝南的正房里，豁朗的房门前有轩豁的廊檐和高高的台阶，院子里有三棵前清时种下的老枣树，枝干都已经老态龙钟了，生命力依然旺盛，春天枣花的清香满院地飘，撩人得很，秋天的时候，满树结满红红的枣压弯了树枝，常常让我们这些孩子在枣还没有红的时候，就忍不住嘴馋而爬上树去偷偷摘枣。当然，这也是我们和大华常常打架的一个导火索，大华总以那三棵枣树是他们家的自居。这样的房子，不能说是最好的，也可以说是大院里比较好的房子了，从中可以揣摩出当年大华爷爷在世时买下这一排大瓦房时，一定是个钟鸣鼎食人家（据说大华爷爷在世时买的是我们大院整个中院的一个院子，包括东西耳房，四周有院墙和一个月亮门，可以独立门户，他家的东耳房外面是一条走道，走道东面还有一排房子，才是我们外来人住的地方，足见他家当时的殷实）。我们懂事时，大华的爷爷就早不在世了，东西耳房早已经住着别的三户人家，院墙和月亮门更是早拆除了，他家只保留下那一排三大间房子，正中住着大华的奶奶，左右两大间分别住着他的两个姑姑。大姑已经成婚，小姑一直独身，大华跟小姑住。

  问题就出在这里了，大院里从来不缺乏好事者，一直在关注和猜测小姑为什么不结婚呢？在他们看来三十多岁的女人还不结婚，一定是有问题的。当然，脸上有块红痣是问题之一，脾气暴躁也是问题之一，但在他们看来这绝对不是问题的全部或主要部分，他们认为主要问题在于大华其实就是她的孩子，而且是来路不明的私生子。带着这样一个莫名其妙的拖油瓶，才是她始终无法结婚的根本原因。他们对此津津乐道，醋打哪儿酸，盐打哪儿咸，分析得头头是道。秦家自己说大华是他家二姑的孩子，二姑在老家山西太原，但他们认为这个二姑是虚拟的，因为从来没有见过他家的这位二姑来过，哪怕是一次。再怎么样，要是真有这么一位二姑，怎么也得来看看自己的亲骨血吧？

我们一帮小孩子就是受了这样的影响，一准儿认为大华肯定就是红脸小姑的孩子。想一想，没结婚居然就能够有了孩子，别说脸上有块难看的红痣，就是没有，就是再漂亮的女人，也难以让我们容忍呀。那时候，我们还不懂得未婚先孕或私生子这个词，但我们懂得道德和节操，已经被那时淘洗漂白得至善至美、至纯至净。在那个情感和情欲一并被压抑的时代里，本该是我们觉醒的青春期，我们的心理与情感，却被一腔正义的理性与书面慷慨的词汇理所当然地替代，以为天就应该很蓝，水就应该很清，眼睛哪里揉得进沙子？

我们背后常常议论大华和他的红脸小姑的秘密，小小的口气却给予义正词严的批判，尽管都是背着他，大华当然也是会断断续续听得见的。更何况有时候我干脆就是指桑骂槐故意说给他听的。他那样一个急脾气的人，怎么能够善罢甘休？找我来算账，是可以想象的，也是必然的。为此，我和弟弟没少挨他的打，只是弟弟那时还没有上小学，根本不懂事，完全是吃瓜落儿。我和大华的关系一直很僵，虽然他比我个头儿大又有力气，我常常挨了打回家不敢说，但是我的心里是不服气的，管自己的妈不叫妈却叫姑，总不是光彩的事情吧？还打人，有什么本事？有本事，别叫小姑叫妈呀！当然，这话我不敢当面跟大华讲，背着他没少啐他。

并不是所有的孩子都和我一样，挨了打不敢回家说而忍气吞声。大院里有一个和弟弟差不多大小的孩子，骂大华是野孩子，让大华听见了，和他打了起来，那孩子也不示弱，和大华扭成一团，结果是大华大获全胜，那孩子被打得一身是土，鼻子直流血，脏猴似的哭哭啼啼地回家了。他家的家长不干了，他妈妈立刻跑出屋，找到大华，破口大骂：你不是野孩子，你把你爸爸给找出来，让我们看看到底是谁！说着，用头撞大华的肚子，一直把大华撞到墙根儿底下，撞得大华脑袋在墙上嘭嘭直响。那孩子他妈妈才解气地走了，大华捂着肚子疼了半天，然后望着我们一帮看热闹的孩子，一句话没说，回家了。当时，我不理解大华望我们的那眼神里有什么意思，说心里话，当时我心里光觉得解气，不会理解大华一肚子的委屈和无法诉说无法抗争的怨尤的。当时心里还在想，看着吧，大华的小姑下班回家要是知道了，就她那脾气，能善罢甘休吗？她是全院有名的护犊子呀，更热闹的架还在后面呢。

可是，那天，架没再打起来。大华根本没有告诉他的小姑。我当时不明白大华这样的举动是为了什么，还以为真的软的怕硬的，硬的怕横的，横的怕不要命的呢，幸灾乐祸地想，大华你也有服软的时候啊！现在想想，多少能够理解大华了，当时他是把眼泪把委屈把怨恨都咽进自己的肚子里了。那时，他该是多么的孤独，多么的痛苦，因为在这次打架之后，大院里的孩子更远远地躲着他，不和他玩了。他和我差不多大，还是一个孩子，却要承受比我们都要多的苦恼，而且这苦恼还不敢和家里人说。

当时，我太不懂事，恨不得带领全院的孩子孤立大华。在这之后不久，突然有一天弟弟背着我悄悄地和大华玩在一起了。我实在不能够忍受，别人都不和大华玩了，你还和他玩，况且你挨了人家的打，还和人家玩，这在我看来不等于背叛投敌一样吗？我当时真是气愤已极，和弟弟打了几架。

　　现在想想这原因其实也很简单，大华和我弟弟都不怎么爱学习，在学校里的成绩都很差，每学期都是有一两门功课不及格的主儿。正如弟弟是我家最操心的一样，这也成为了大华的小姑和他奶奶包括他大姑都为他头疼的事情，特别是火爆脾气的小姑，没少软硬兼施地数落大华，弄得他对学习更是厌烦。大院里的孩子都不爱和他玩，正好有了我这样一个同样一见课本就心烦的弟弟，两个人凑在一起，彼此算是有了照应。

　　我开始发现弟弟和大华玩在一起，是看见了弟弟衣兜里广和剧场的电影票，一问弟弟，他倒是老实交代，是大华给他的电影票，看的电影是《女理发师》。到现在我还记得特别清楚，是因为当时我立刻气不打一处来，质问弟弟难道你忘了大华是怎么打你的吗？但是，一张电影票足以让弟弟一笑泯恩仇，何况，其实之前，大华已经给了弟弟许多张电影票，两人一起到广和剧场去不知看过多少次电影了。广和剧场就是解放以前有名的广和楼，就在我们大院前不远的肉市胡同里，两人一抬腿就到了，而那时买一张看电影的学生票虽然只要一毛五分钱，对于生活拮据的我家来说，也够弟弟向爸爸要的。因此，一下子不断顿儿有那样多的电影可看，也让弟弟立场不坚定，和大华一下子亲近起来，成为了大华在大院里唯一的玩伴儿。

　　最令我气愤的，是那一次弟弟和大华逃课，一起去东单体育场看杂技，回来后大华心血来潮也要照葫芦画瓢玩杂技。在他家前的枣树底下，他非让弟弟在他的双手支撑下练倒立，妄想和刚刚看完的杂技演员一样玩点儿绝活儿，结果两人都摔得鼻青脸肿。大人下班回家，我弟弟没少挨我爸爸的骂，大华更是被他小姑骂得个狗血淋头。那时，我不知道即使是挨了一通臭骂，大华的心里也是很高兴的。这是他在大院里唯一开心的事情，毕竟有孩子和他一起玩了。我们都是孩子，哪个孩子不爱玩呢？哪个孩子又不渴望有个朋友和他一起来玩呢？那时，我爸爸常常说就是秦桧还有三个好朋友呢！但是，那时我还小，很难理解父亲的话，更难理解大华从小因缺少父亲而在心里一天天随着年龄长大增加的孤独与寂寞，空落落的犹如干涸的沙土地，有一点水星儿也让他觉得滋润无比。因为小时候和大华一次次打架的阴影总也消失不去，在我心里像是越积越厚的尘一样，无法打扫干净，让我对大华的隔膜越来越深。

　　童年的好恶就是这样地黑白分明，没有一点过渡色。单调的童年，因有这样的被我自己升级为正义与非正义的打架，而多了色彩与内容一般，让我的心里膨胀着虚拟的情感，并在我的作文里多了写作的内容。就像是在成长的特殊时期，随着季节的变化，我都容易多愁善感一样，我是极易受到大人的暗示而表现出自己的疾恶如仇的性格和洁白如云的追求，以此显示自己确实在长大，在向正义和正直靠拢。而所有这一切，是因为我把假想敌都化作了大华的那个红脸小姑。

那时候,我不知道,其实我错了。

而且,那时候,我还不知道,大华的奶奶在大华中专就要毕业的那一年去世之后,大华的性格发生了根本性的变化。他忽然变得不爱和我们打架了,而且越发地显得不爱说话了,见到我们不是我们远远地躲着他,而是他绕着我们走了。就连大院里唯一的原来和他一起玩的我弟弟,他也有意躲得远远的。

算一算,那一年,是我初三毕业的前夕,也就是 1963 年的样子。

那时候,我更不知道,大院里大人们的心思更是发生着翻天覆地的变化和震荡。现在想一想,阶级斗争思维的蔓延和缠裹下的日常生活状态,饮食男女包裹的馅不再是柴米油盐,而是尔虞我诈,人与人之间无法携手走进天堂,却一下子跌进了地狱。人们变得很冷漠,窥测他人的好奇心如猪笼草似的,希望捕捉到想要知道的一切,对于别人家的隐私更加感兴趣,并且在用其制造成制人于死命的一发发炮弹。大院无形中成为了窥测他人隐私的最佳场所,门对门地住着,窗帘掩不住委琐的身影,再厚的砖墙也没有不透风的,压抑的情欲化作了阴暗的心理,扭曲的情感膨化为极端的行为。在那个过去并不太久的年代里,趴墙根儿、听窗户、盯门缝,甚至拆人家的信件、然后跑到街道办事处或派出所去告密,都不是什么奇怪的事情。三年之后"文化大革命"的爆发,正是有着这样丰富的群众基础,常年低头不见抬头见的街里街坊们,拼命地把屎盆子往别人身上扣,居然可以一下子视若不共戴天的仇敌,那不过是必然要撕破的最后一层面纱而已，就像是包子蒸熟了最后得揭锅一样。

在大华奶奶死后没有多久，这样的一个新闻就在我们大院里迅速地传开了：大华的亲妈不是他的小姑，而是他的大姑。现在，我已经无法考证这样的消息是大院里哪一位高人最先窥探到的，但你不能不叹服这位高人比派出所的警察管得还要宽，比福尔摩斯的鼻子还要灵，而且，他或她的窥测结果是准确无疑的。

事实上，确实是大华的奶奶在撒手人寰之前把大华叫到跟前，亲口向他讲了这件事情。人们在当时有意或无意地忽略掉了，在这个基本事实之外，大华奶奶特意嘱咐大华另外重要的一点，那就是大姑是个好人，早已经逝去的大华的亲生父亲也是个好人（这位好人到底是做什么的，又是因为什么而死的，大家的功夫没到家，到底没有探测清楚，却不妨碍添油加醋去胡乱猜疑），现在这个大姑夫更是个好人，他已经受尽了苦，就千万不要再给他添苦恼了。现在看来，秦家老奶奶是个心肠善良的老太太，她嘱咐大华要善待这些对于他都是好人的家人。当然，这么多年，一直背着是大华妈妈名声的红脸小姑，更是个不同寻常的好人，她替姐姐分担了恶名和许多痛苦，把大华从小拉扯成人。

我不知道大华从老太太那里亲耳听到这个消息之后，心里是一种什么样的感受。他会高兴知晓这件对于他是真实的事情吗？面对一直和他相依为命的小姑，他会高兴地认大姑为妈吗？

事后我曾经想，如果老太太不告诉大华这个消息，对他会不会更好些呢？有时候，说破了事情的真相，对于当事人是一种相当残酷的折磨，因为他维系心底的平衡突然间被打破了，心就像断了线的风筝一样飘泊无依。但是，事后我也想过，大华当时并不是已经习惯把红脸小姑当成了自己的母亲，而没有一丝的怀疑，对于大人们的世界无法靠近又无法破解而在内心咬噬着的痛苦，伴随着他度过整个的童年和青春期，那漫长的岁月中煎熬的孤独无助与哭诉无门，不仅要比他的两位姑姑要深，也比我们一般孩子要深得多的。只是那时我们太小，并不知道也并不理解，而是把他的痛苦碾碎成我们对他的嘲笑，他那样拼命地和我一次次地打架，不过是他的发泄罢了，而那时我觉不出他的痛苦，而只觉得自己的委屈。

当大院里所有的人都知道了这一事实之后，开始出现的是意想不到的惊愕，水落石出一般，残酷的事实终于裸露在那里，大院里所有的人似乎都惊愕地感叹怎么就没有想出来呢？这种惊愕，主要是对大华的大姑的始终讳莫如深，然后转化为对红脸小姑的敬佩，感叹她始终不嫁的不容易。再后来，是意想不到的平静，甚至是难得的通情达理与温馨的关照和善意的同情。那时，我不知道，这不过是暴风雨来临前的风平浪静，是回光返照一般短暂的瞬间而已。在这短暂的瞬间里，谁似乎都知道大华有一个隐隐的红字刺在身上，那红字写的就是"私生子"。如果说，在此之前虽然这三个字一直存在着，却还是不够确切的，因大姑突然的浮出水面而成为确定的事实之后，那三个字便越发醒目刺眼。在那个年代，那是三个多么可怕的字眼，是不会被忽略不计的。

在我的印象中，那时，大华依然管他的生身母亲叫大姑，起码从外表看，我没有发现大华对她的态度有丝毫的变化，仿佛一切并没有发生。大华也真能够沉住气的，小小的心里盛得下那么多的事。我现在知道，其实我当时并不理解大华的心情。在他即将长大成人的时刻，突然知道了这样对于他至关重要的事实，表面上的不动声色，只不过掩饰着内心无法言说的震荡与痛苦。天天和自己的生身母亲要面对面，却始终叫不出口一句妈妈，该是多么的苦楚和压抑。那时，我们确实都还太小，我们一时都自觉不自觉地承继着我们上一代的思维模式，却无法承继他们的历史，根本无法走进他们的历史。我们不知道他们为什么要这样做，我们也不知道自己该怎样做。我们不仅与同代人彼此隔膜着，和上一代更是隔膜着。因此，他们的痛苦，我们是不理解的，而我们的痛苦，他们谁也无法帮助我们解决，只能靠我们自己默默地忍受着、独自一人吞食着自以为是灿烂的阳光和清纯的空气，营养不良地消化着。这就是当时大华无法将这些苦闷传递给他人而必然对沉默的选择。现在，每当我想到这一点时，常常后悔当初那样的不懂事，和他一次次让他格外伤心的打架。我们自以为有父亲有母亲，自以为学习比他要好，而对他的嘲讽和冷落乃至孤立，让他和我们本来物质与精神生活就一样贫瘠的童年和少年的时光里，因为我们自以为是的正直与正义的积压，而无情地增多了孤独和痛苦，并独自去咀嚼着这些孤独与痛苦。

那时，大华的大姑已经越发地苍老，出入我们的大院，她总是低着头，仿佛怕见到任何投到她身上的目光，走路轻轻地跟一阵风似的，没有一点声响，像没有她这一个人。特别是大华已经知道了她就是自己的母亲这一事实之后，她越发显得如鸵鸟一样低着头走路，尽量避免和大华碰面，不得已和大华碰面，表情不是难堪，就是不知所措。其实，那时她的女儿才上小学六年级，她那时的年龄撑死了也就四十挂零。她是个小学老师，她的女儿就在她教书的小学里上学，可以成天跟着她，她几乎从来都不让女儿跟大院里的孩子玩，她让女儿整天跟在她的屁股后面，就像她的影子一样。我现在多少能够理解她的这个防范警惕的举动，她实在不愿意让自己那么小的女儿再像大华一样听到我们这些半大孩子的风言风语而受到伤害了。

  原来她在我们的大院里是不怎么起眼的，特别是和风风火火的小姑相比，就更不显山露水。但从那时起，我开始对她格外打量起来，在她闪闪烁烁的人生片段中，有一段是和大华密切联系在一起的。即使到现在我也无法想象她当时的心情，自己的儿子，一个大活人一直就在眼前，从那样小一天天长高长大，她的内心深处会涌出什么样的感情和感觉？都说儿女是当妈的心头肉，大华一天天在长大，特别在成长过程中学习并不如意，对于她这个当老师出身的母亲，就一点不心疼不着急吗？就一点表示都没有吗？还是有许多细微的只有她自己知道的东西，我们作为外人是并不清楚的？还是因为大华的粗心和贪玩而忽略了她的那些点点滴滴？还是因为她太老谋深算而被处理并遮掩得竟是那样的波澜不惊，云淡风轻？那时，我确实充满了好奇和疑惑，总是问自己，在她内心深处是如何将这些令她心碎的碎片悄悄地连缀成完整的一页的？我对她刮目相看，总觉得分外神秘。

大华的大姑夫原来是个俄语翻译，后来成为了右派，到中学里教俄语，和大华的大姑一样，也是扎嘴的闷葫芦，除了坐在他家的那个转椅上把头埋得很低地默默看书，看不到他干别的什么事情。因此，无论是他们上班离家还是下班回家，他们的家里总是静静的，仿佛空荡荡的根本没人一样，只有偶尔风把他们家的窗帘吹起吹落沙沙地响。不过，我相信大姑夫对这一切是早都已经知道的，并不像大院里的人们猜测的那样，秦家一直是瞒着他，为了不妨碍他和大姑的生活。只不过，他从来都不说什么，不管是对大华，还是对妻子，他始终都是缄默的。他只想保持着平静的生活。有时，想一想，人们的要求就是这样的简单。但是，就是这样简单的要求有时也很难达到，在那个动荡的年代里，平静的生活已经是一种奢侈。

平静被打破，在于那一年大华的奶奶死后没多久，大华中专毕业后立刻回老家山西了，据说是在太原钢厂当工人。秦家多余的房子立刻被人相中，租出去了大华和红脸小姑住的那一间。入住的是一位军人的家属，带着她不大的孩子。

红脸小姑是和大华一起走的，她主动调回了山西。这件事情对我震动很大。虽然，那时我并不能够完全理解红脸小姑的举动，但我知道她是为了大华，当然也是为了她的姐姐。那时，红脸小姑在一个无线电厂当技术员，辞去了这样一份很好的工作，而且是离开了许多人都向往的首都，远走山西，是需要决心的。是什么让她那样果断地下了如此一了百了的决心？当时，在我们的眼里，山西除了醋还能够有什么呢？能有北京的故宫、颐和园和前门楼子吗？现在，我已经渐渐变老，经历了一些人世的沧桑，品尝到了一些人生的况味，多少能够理解一点红脸小姑。并不是因为她的脸上长着红痣就让她自卑，而在内心里没有一点春心荡漾（否则她也不会愿意穿戴得那样色彩鲜艳，女是为悦己者容的），也不是因此就没有男人喜欢她，她就该着倒霉一辈子嫁不出去，我们大院里就有男人看上过她，但她始终都是对自己摇头，对别人摇头，一辈子没有结婚，自始至终守身如玉地和大华生活在一起，这该是多么了不起的选择，是嚼碎了多少痛苦的选择。在这里，我看到的是亲情的力量，有时，你得承认，在这个世界上，爱情也好，友情也罢，可以很鲜艳，很动人，但那只是树上开的花和结的果，可以为我们的生活而点缀，也可以为我们的生存而餐食，但总是开出来的结出来的，毕竟是外在的，而亲情是唯一与血脉相通的，是永远不会如花朵如果实一样会在成熟时或在风雨中掉下树来的，因为它是树的根系。因此，现在我会想，大华到底应该管谁叫作母亲呢？他的生身母亲当然是应该叫的，但他的红脸小姑更应该被他叫作母亲。

  大华走得很突然，但大院里和我年龄差不多大小的孩子还是凑在一起，买了一个笔记本，在他临走前的那天晚上，在树影婆娑的枣树下送给了他，作为青春分别的礼物为他送行。算一算那一年，大华十八岁，我十五岁。他没有特别感谢，但我看得出他其实还是很高兴的。童年和少年的许多次打架和争斗乃至惆怅和苦恼，在分别的那一瞬间都变得有些美好起来。我才发现，我们和大人们毕竟离着一段距离，我们自己还是多少有些息息相通。

　　大华和他的红脸小姑离开我们大院，是上午的时候，我们都去上学没在家，我只知道大院里好多的老街坊都出来为他们送行，一直送到大院的大门口，却不知道大华一家子是一种什么样的情景，特别不清楚大华的大姑也就是他的亲生母亲会是一种什么样子？她会流泪吗？大华也会流泪吗？她会一直送到火车站吗？或是送到大院的门口就去上班了？即使什么话也不说，起码会向大华挥挥手吧？那可是他们母子有生以来第一次的分别呀，而且又是因为知道了母子关系的事实原因而分别的呀。对于那天的分别，到现在我也不清楚那时的情景会是什么样子，我只能对此充满着青春期所萌发的想象，替大华，替大华的大姑，也替他的红脸小姑，一遍遍地想象着，就像搭积木似的，一遍遍地自以为是地搭建起来，又一遍遍地被自己否定而拆掉重来。大华走后好长一段时间里，再见到他的大姑，我感到十分的陌生，忽然感叹自己离大人的世界是那么的遥远，一种从来没有过的茫然，浓重的雾气一般在我的心头弥漫，总也散不去。

　　大华走后的第三年开春，他从太原回了北京一趟。可惜，我没有看见他。我弟弟那时下午放学正在家，两人相见分外高兴，弟弟一直陪着他。大华的大姑和大姑夫都没有下班，他在邻居家坐了一会儿。弟弟后来告诉我，大华从书包里拿出几个苹果，切开一瓣一瓣地分给那些馋鬼孩子吃。那时，在我们大院里，开春时候的苹果，还是难得一见的贵物，特别是开春时还有保存得那么好的苹果，更是难得一见的奇迹。大华在邻居家一直待到大姑和大姑夫回来，拿出一个苹果给了邻居，说还剩下两个苹果给大姑和大姑夫。这句话给我弟弟留下的印象特别的深刻。那晚，我回家的时候，大华已经赶回太原了，我不知道他为什么走得那样匆忙。从此以后，我再也没有见到他，我不知道他有没有再回过北京，反正从他的大姑和大姑夫从我们大院搬走前，他都没有再回来过。

现在，我想，他幸亏没有再回来。

就在他这次匆匆忙忙走后不久，他的大姑和大姑夫平静的生活被彻底打破。那年夏天来临的时候，"文化大革命"降临了，灾难也随之降临了。还是大院的人，曾经窥探过，也曾经同情过，曾经詈骂过，也曾经为大华送行过的人们，一夜之间，在我们的大院门口和大华大姑家的窗前贴上了墨汁淋漓的大字报。当过右派的大姑夫，有过私生子的大姑，双料爆出，足以制人于死命。那时候，我已经大了，高三正要毕业，我虽然也在为"文化大革命"而欢呼，但我实在难以理解这样落井下石的大字报，难道一直老老实实一直沉默寡言的大华的大姑和大姑夫，真的是万恶不赦的坏蛋？这怎么能让我相信。

红卫兵就是这样闯进了我们大院。门口的大字报是他们的向导。大华的大姑和大姑夫在劫难逃，批斗会就在他家的门前台阶上举行。那一天，我偷偷地逃出大院。我不忍心看到在那时司空见惯的悲惨一幕。我无法想象人竟然可以如此对同类下毒手,让人感到地狱的陷阱随时都在身边一般的可怕。漫无目的地走在大街上,我暗暗地想,要是大华看见这样一幕该怎么想?不管怎么说,那是自己的生身母亲呀。他真是有先见之明,早早地避开了。

因为我们大院里要批斗的人太多,真中了那时流传的一副对联的谶语,叫作"庙小神灵大,池浅王八多"。似乎大院里埋藏着无穷的秘密,像一个远远没有掘开的宝库,让一些人乐此不疲地挖掘。相比较挖掘出来的一个个重磅炸弹,他们的摘帽右派和私生子问题,就不在话下了。他们很快就没有人再理会了。不过,他们很快也就搬家了,离开了这块伤心之地。从大华的爷爷买下独立门户的中院,到奶奶在世时剩下的一排三间大北房,到大华和小姑去了太原后出租出的一间,一直到大姑和大姑夫搬走,秦家彻底走完了败落的道路。

如今,我也早从粤东会馆搬出。大院里,已经物是人非,曾经发生的一切显得那样不真实似的,如同一个远逝的梦魇。时过境迁之后,我曾想,无论大华一家,还是整个大院,经历了这样一场命运的跌宕,其实都是具有悲剧性的。只不过,人生对于大华是无可选择的,蕴涵在大华一家的悲剧是宿命的;而对于我们大院其他人,悲剧是自找的,从别人身上的痛苦看乐,最终搬起石头砸自己的脚,曾经跌入地狱的丑恶灵魂,会永远不得安宁。更何况,伤害的不仅是大华的大姑小姑这样的大人,更是大华这样一个无辜的孩子。我相信一切发生过的事情,都不会水过地皮干一样很快就消逝或遗忘殆尽,你干过的事情,生命中会留下轨迹,你没干过的事情,生命中会留下空白，你什么也躲不过。在光天化日之下，有一个明朗朗的太阳在注视着你；在这幽暗的黑夜里，有一颗属于你自己的星宿在注视着你；在冥冥的世界上，有一个万能的上帝的眼睛在注视着你。无论什么时候，你都不要为所欲为。那个太阳、那颗星宿、那个上帝，就是我们自己的良心。

记得上个世纪70年代中期刚从北大荒插队回来的时候，我专门回了老院子里一趟，很想打听一下大华和他的两个姑姑的下落。但是，访旧半为鬼，惊呼热中肠，健在的老人都不清楚他们现在的一丝一毫的消息，年轻人更是连他们是谁都不知道了。只看见秦家那一排房子住了三家陌生的人，原来门前的枣树都已经砍掉了，代之而起的是拥挤的小房。原来豁亮的房门也堵死了，而是把后窗打成了门，为的是可以多占据一些空间，搭间做饭的小厨房，挤巴巴的，早没有当年的风光。

现在，又有近三十年的时光过去了，大华今年该是差一岁就六十的人，大华的大姑和小姑是接近八十或超过八十的老人了。我不知道他们现在的日子过得怎么样，我又去过大院几次，问过老街坊，谁也不知道他们的消息。他们再也没有回来过，他们回来干什么呢？这块只留下他们的伤心和痛苦的地方。

大院更是凋零破败，拥挤不堪，年轻的一代住进去，他们的孩子都长成我们当年一样大小，在满院尽情奔跑是不行了，但那稚气的面孔是那样的似曾相识，可以说是我和大华当年的拷贝。大院不说是饱经沧桑，也确实是见过大世面的了，像是一个老人，老眼厌看往来路，流年暗换南北人。

槐花祭

  我对于槐花的记忆始于上个世纪的 60 年代初期。日子过得就是这样的快，要说都得说是上个世纪，仿佛在说着天宝往事一样地遥远了。

  那时，我刚刚小学毕业，对一切世事处于似懂非懂的懵懂年龄。我住在北京一个叫作粤东会馆的大院里，大院藏在靠近前门楼子的一条古老的胡同里。许多会馆是清朝时的同乡举子为了在会试之年进京赶考而出资合建的，为了考试方便，大多建在紧靠皇城的前门大街一带的大小胡同里。我们的粤东会馆是比较大的会馆了，不过打解放前就已经不光是广东人住，越住人越杂，三教九流，什么人都有。我们大院前的那条胡同，离着前门楼子只有半里多地，非常近便，只是胡同显得窄小，大院的门庭也有些凋败，当年鼎盛时期的风光早已经荡然无存。由于胡同在清朝年间就有了，路两旁栽的老槐树，都有上百年的岁数，枝叶婆娑，一脸沧桑的样子，多少还能让人依稀想象得见当年这里马嘶车喧的样子。我从小就住在这里，常和它们碰面，每天上学更是要从这些槐树旁边走过，对于槐花应该说并不陌生。但是，许多再熟悉不过的事情常常因为被忽略，而容易熟视无睹，对于每年在夏天刚刚到来的时候就密麻麻开满一树树白色的槐花，我从来都没有怎么在意。只知道槐花开放的时候，常常会从槐树上掉下来一种绿色的毛毛虫，我们管它叫"吊死鬼"，从树叶间拉着长丝吊在树枝下面，随风摇摆着，有时会突然掉到我们的头上、身上，黏糊糊地蠕动着，很吓人。在上学或放学路过它们的时候，我们便不住地从这棵树下跑到另一棵树下，像是要躲着坏蛋的机枪射击似的，哪里还会注意看一看它们上面的那些小白花呢？

我怎么也不会想到就是这样根本不起眼的小白花，有一天竟然可以卖钱养活一家人的性命，而且可以繁衍出那样悲欢离合的人生。

可以说，在此之前，尽管生活得艰辛，毕竟是在不谙世事的童年，日子单纯，还是无忧无虑的。正是这槐花撕开了以往被遮掩得平滑或者说是被缝补得阳光灿烂的一角，让我第一次看见了人生残酷乃至惨烈的另一面。我知道，我的童年由于槐花的意外出现而结束了。

那是一个饥饿的年代，尤其对于我们孩子来说，一见到吃的东西，眼睛就发亮，肚子里总是空空的，无底洞一样，吃多少东西也吃不饱。为了到黑市上买高价粮来填饱我们这些孩子的肚皮，许多家开始动用以往的积蓄，而穷人没有什么积蓄可花，只好想办法弄钱。就是从这样饥饿的原始感觉出发，不少人想到了以前根本不怎么在意的槐花，在那一年槐花盛开的时候不约而同地聚集在老槐树底下，拿着原来晾衣服的长长的竹竿，拿着以往盛放粮食的布口袋，眼巴巴地望着这些无辜的老树。槐花，就这样把大院里的人们分成了两种人：穷人和有钱人。那几年每到7月槐花开放的时候，在我们那一条长长的胡同里，都会见到这样拿着竹竿和口袋的大人和孩子，和雪似的槐花一起从树上纷纷掉下来的"吊死鬼"，再也吓不着孩子们了。他们可以把"吊死鬼"踩死，把打下来的槐花晾干，卖给药铺做药，每斤能够卖一角来钱。那时，同仁堂药铺的制药车间就在我们这条老街东边的新开路胡同口上，打槐花来卖的动议肯定就是来自那里的启发，也算是近水楼台先得月吧。

其实，那时许多人都打过槐花，我的妈妈就也曾经踩着小脚打过，但都没打出过什么故事，唯独我们大院里的毛子妈打出了麻烦。

毛子妈外号叫作"大摩登"。那时，她也就三十多岁不到四十的样子，个头高挑，身材丰满，模样俊俏，肤色白皙，应该说是徐娘半老，风韵犹存。我们大院里美人很多，她应该是我们大院里出众的大美人，很像是解放前月份牌上印着的那种化过妆的时髦美人。因为她在解放前当过一段时间舞女，养成了描眉打鬓爱打扮的习惯，只要一出门必要捯饬得油光水滑，穿上大院里一般人家少见的旗袍和高跟鞋，风摆柳枝一样，袅袅婷婷的，风骚四溢。尤其是那么高的船形高跟鞋，是我们大院其他美人都没有穿过的。这让好多人看着眼馋、妒忌，也让好多人看不惯，所以大院里的人们给她起了这样一个外号,当面客气地叫她"毛子妈",背后都撇着嘴叫她"大摩登"。

听大院里的老人们说,解放前夕,国民党的一个飞行员到舞厅跳舞时看上了她,和她结了婚,她便不再到舞厅里当舞女,安安稳稳地过了几年的日子,先后生下了三个孩子,毛子是老二,是男孩子,他上有一个姐姐叫小萍,下有一个妹妹叫珠子,长得漂亮,都像她们的妈妈,小小年纪就已经出落得亭亭玉立,眉眼之间不同凡响。毛子的姐姐和我年龄一般大,毛子和我弟弟一样大,我们常常在一起玩耍,言谈话语间,对他们家的事情多了一层了解。那时,他们姐弟仨有一个舅舅,开一个羊羹厂,来看他们的时候,常给他们家拿来许多那种用红小豆做的软而甜的羊羹,毛子妈很大方,总会让毛子和他的姐妹分给我们这些孩子一起尝尝,日子过得倒也平安无事,甚至有些甜甜蜜蜜呢。不想刚解放没几年,飞行员犯了不知是什么样的案子,警察来到我们的大院里,把他给逮了进去,一判判了十年,发配到东北的兴凯湖劳改农场,一去杳无音信。大概是飞行员留给她的老底,让她这些年变卖得差不多了(她是那样一个讲究吃喝打扮的女人,多少东西也禁不住她坐吃山空呀),而他家的舅舅来的次数越来越少,以致最后根本不来了,连个接济的唯一亲戚都没有了,要不她怎么会也落魄到打槐花的队伍中来呢?

我们大院里所有的人都没有想到,有一天的清早,她会和我们大院对门泰山永油盐店的少掌柜,从她家那两间大南房里大摇大摆地出来了。这家伙,不住在我们大院,怎么跑到毛子妈的家里来了呢?看他和毛子妈一个人手里拿着竹竿,一个人手里拿着口袋,他们的身上散发着槐花的清香味儿。这让那些大人瞠目结舌,然后是吐沫啐地人啧啧的声和连连的骂声。

说实话,在我们孩子的心目中,她好歹长得漂亮,而且还让她的孩子给我们羊羹吃,虽然都知道她以前当过舞女,对她却并不反感。但对于这个油盐店的少掌柜,谁也不会看上眼的,别说全院的人都不怎么理他,就是他们家里的人都不待见他。这家伙,长得就猥琐,黑不溜秋的,嘴唇上还留着两撇小胡子,人又好吃懒做,四十郎当岁,也搞不上个正经的对象,整天吃他们家的那点老本,过着游手好闲的日子,像一只散了黄的臭鸡蛋。如果不是饿得真急了眼,说下大天来,他也不会加入到打槐花的队伍里去。谁想到,打槐花,把他和"大摩登"打得热乎起来,迅速地黏糊到了一起。

这真是王八看绿豆对上眼儿了,整个一个臭鱼找烂虾。这是当时大院里几乎所有的人都这样说的话。当然,也有人感叹地说是一朵鲜花插在牛粪上了,但也有人恶毒地说是熬不住了,×痒痒得难受了。那时候,对于毛子妈和这个泰山永油盐店的少掌柜的议论,成为了我们大院很长一段时间热议的话题。他们俩不管那一套,你们爱说什么说什么,我行我素,旁若无人一般,很快就双飞双宿,出双入对,油盐店的少掌柜俨然成了这家的新主人,毛子和他姐姐大了,他不敢惹,有时把毛子的妹妹珠子堵在门口,非逼着她管他叫爸爸。

这一年槐花落尽、槐树叶子也开始飘落的时候,"大摩登"居然渐渐地显山显水地挺起了大肚子。

这让大院里很多人看不惯，气不忿，是可忍，孰不可忍。有好事者向派出所进行了汇报，警察也来到她家，最后不了了之，毕竟是民不举官不究的事，谁也没有办法让她挺起的大肚子再缩回去。

第二年槐花将开未开的时候，孩子落生了，又多一张吃饭的嘴。大院的人们议论纷纷，但除了我爸爸在吃饭的时候悄悄地跟我妈说了句："毛子妈也不容易，她要养活三个孩子呀！"（后来被我和弟弟一通批判，说他这种同情没有立场，多年以后，我看余华的小说《活着》的时候，忽然想起了父亲的话，才掂量出活着的意义，对于在艰难中连肚子都喂不饱的普通百姓来说，活着实在并不是一件容易的事情），大多数人对他俩都是嗤之以鼻，施以白眼。而他们根本没有把大家放在眼里，照样该干什么就干什么，该怎么干就怎么干，该生孩子就把个孩子准时准点地麻利儿地生了下来。对于大院里人们的这些白眼和冷嘲热讽，我始终不知道当时他们到底是怎么想的，但我知道他们没有料到这样做，为他们以后的命运埋下了祸根。

生下来的是一个女孩子，一岁的时候，可以看出眉眼来了：长得黑些，像油盐店的少掌柜；模样却还是像她妈一样俊俏，取名叫小菲，是一个比毛子和他姐姐小萍和妹妹珠子都洋气的名字。由于长得黑，她上小学以后，我们给她起了"拉非克"的外号，这是那时我们从广播里听相声说的非洲一个孩子的名字。

槐花再一次开的时候，小菲能够满地跑了，跟着他们两个大人的屁股后面一起去打槐花。他们要接着打槐花，这是夏天他们唯一能够挣到钱的机会。打槐花打得毛子妈的一身细皮嫩肉渐渐地黑了起来，向油盐店的少掌柜靠拢了。

在冬天，他们逮过土鳖虫子，也是卖给同仁堂药铺当药材，每一只可以卖两分钱，架不住逮得多，两分钱、两分钱，加起来，也能够积少成多。别的时候，他们两人收集过手指甲、脚指甲和头发，不知他们是从哪里听说的那些古怪的东西都可以卖给同仁堂药铺做药，反正能够卖钱的东西和法子，都让他们变着法儿地想到了。实在没有别的法子了，他们还卖过血。奇怪的是，每次去医院卖血出门之前，毛子妈都要打扮得很漂亮，脸上扑上粉，嘴上涂上淡淡的口红，还特意穿上高跟皮鞋和玻璃丝袜子，那样子不像是去卖血，倒像是去赴宴。她对毛子和他的姐妹说是找朋友办事找钱，大人们则悄悄地对我们说她这是又要去卖血了。每一次他们这样出去的时候，毛子和他的姐妹们都沉着脸，待在家里不出来；每一次他们从外面回来之后，毛子家总会飘出炒菜的香味来，毛子他们可以改善改善伙食了。

为了养活数目已经增加到了四个的孩子，这是他们不得已的法子。现在想他们两个原来那样讲吃讲穿的人，能够做到这一步，真如父亲说的是不容易的。艰苦的日子，磨去了原来浮华镀上的漆皮，露出了生活的原色，便也让他们学会在艰辛之中怎样才能够带领一家人活着并活好，怎样才能够让他们忘记昔日的万千宠爱而面对现实的众叛亲离（那时，毛子妈被毛子和毛子他姐姐划清界限唾骂，唯一的兄弟和她也彻底断了来往，油盐店的少掌柜被家人不认而赶出家门），以及毫无尊严地日复一日。

　　这一年槐花落尽，槐树结出长长豆荚的时候，我记得很清楚，已经是秋天了，那时候刚刚开学，我升入初三。突然，毛子的爸爸从兴凯湖回来了。按日子算，他应该再在那里待上两年，因为表现好，提前释放的。他被逮进去的时候，我还小，对他没有一点印象，如今看到他高高大大的样子，比猥琐的油盐店少掌柜长得强多了，也强壮得多，心先不由自主地偏向在他这一边。全大院的同情心和我一样也都向他这一边倾斜。那一天，自从他走进了大院的门，在他家的门口第一眼见到黑黑的小菲，愣愣地站在那里，和小菲默默地对视着开始，大院里一下子就比往常静了许多，气氛紧张得像有个炸药包放在院子里，随时都可能炸响。而所有人的目光像是聚光灯似的，都聚集到了毛子的家里。

　　晚上，我们孩子要出门玩，大人们都不让出去。许多人都在提心吊胆，许多人也都在幸灾乐祸，等着看热闹。直到那一天很晚了，各家都吃完饭了，油盐店的少掌柜也没有露面，而毛子的爸爸早已经亲手做好了一桌子菜，并备好了酒，等着和他进行最后的谈判。全大院的人们都屏住呼吸，好像约好了似的谁也不睡觉，仿佛在看格外吸引人的跌宕起伏的大戏一样，专门等着这谈判的最后结局。可是，主角之一的油盐店的少掌柜，缩头乌龟一样躲到了我们大院对门泰山永油盐店旁边他爸爸的小院里，死活就是始终不出场。

　　后来，还是毛子妈气哼哼地出了门，跑到油盐店少掌柜爸爸的小院,一脚踹开了房门,先是好说歹说,后是破口大骂,最后把他跟拽死狗似的拽了出来。大院里的人们从各家的窗户里看到油盐店的少掌柜耷拉着脑袋,灰溜溜地跟在毛子妈的屁股后面走进那两间南房,有人担心着,有人责骂着,有人叹气着,有人兴奋着,有人甚至摩拳擦掌着。

我到现在也不知道面对同一个女人,两个男人是怎么谈判的。但不少人所期盼的砸碎酒杯,踢倒饭桌,抽响耳光,最后闹得人仰马翻,最好是白刀子进去红刀子出来的场面,并没有出现。毛子家始终很平静,只是灯亮了一宿。

虽然,那时我还小,但以我初三的年龄来分析,也觉得毛子的爸爸突然出现,对于毛子家里的任何一个人来说,是一道比我们那时正学的三角函数还要难解的难题。这道难题,最后是以毛子的爸爸突然间工伤致死而提前结束。意外得很,也简单得很,像是从响晴薄日的天空中落下来的一滴雨,地皮还没有湿一点儿呢,人们还没有醒过味儿来呢,雨滴已经蒸发没了,没得那样干净利索和彻底。一个大活人就那样说没就没了。

毛子的爸爸回来后被分配到一家工厂当工人,没有干多久,一天,在机床前干着活儿被机器莫名其妙地就卷了进去,送进医院,失血过多,没有抢救过来。连飞机都开过、都修过的主儿,对普通的机床应该不难对付,却偏在小河沟里翻船。全院人听到这个消息,都很吃惊,谁也不敢相信,就连那些憋着看热闹的人都叹了一口气。我父亲那时也叹了一口气,说毛子的爸爸肯定是干活儿时候走了神。这一回,我没有反驳他,我不得不同意他的话。生命有时就是这样在冥冥之中充满着阴差阳错。

油盐店的少掌柜又搬了回去，住进毛子妈的那两间南屋，日子又开始了新的循环。他们自己的小女儿小菲一天天在长大，黑中透着俏丽，越长越漂亮，越长越像毛子妈。该看到的热闹都已经看到了，没出现的热闹始终没出现，大院里人们的好奇心、正义感，以及窥测欲，像次数越续越多的茶水，一天天随之变淡。谁家没有一本难念的经？谁人没有一颗红亮的心？当然，如果就这样下去了，虽说日子平淡无奇、琐碎而庸常，但毛子一家起码可以平平安安。

三年过后，夏天到来的时候，"文化大革命"来临了。我们谁也没有想到，我们谁也都高举起了伟大领袖的小红语录本，我们谁也都料到了，大院里首先倒霉的肯定是毛子妈"大摩登"和油盐店的少掌柜。

那一天到来的时候，现在想起来还让我感到几分恐怖。那时候，我已经上高三了，应该说是一个成年人了，我可以有我的发言，表示出我的反对，我的支持，哪怕起码是我的一点点微弱的态度。但是，我就那样呆若木鸡地待在大院里，不敢说一句话。

我怎么也忘不了那一幕，那天下着雨，雨很大。男男女女一群红卫兵像是被捅了蜂窝的马蜂一样冲进我们大院（我知道大院里是谁给红卫兵报的信），一头先扎进毛子家，不容分说，推推搡搡地把毛子妈和油盐店的少掌柜一起揪了出来，然后把早就准备好的两块牌子挂在他们两人的脖子上，一块写着"大破鞋",一块写着"老流氓",墨迹未干,加上雨水一淋,墨汁顺着牌子直滴答,滴答在他们的身上。紧接着,他们一把把他们两人跟跟跄跄地推到院子中央,鞭子一样的雨水抽打着他们,很快就把他们的衣服淋透了。我已经不敢认他们两人了,他们都被剪成了阴阳头,脸浮肿着,黄黄的,没有一点血色,特别是原来毛子妈那样漂亮的一个大美人,一下就跟魔术里鸡变鸭一样完全变了另外一个模样,变得如此丑陋不堪,惨不忍睹。

我们大院正中央有一排坐北朝南的正房,高高的台阶上面,宽敞的廊檐底下,是一个挺轩豁的平台,无形中成了批斗会的主席台。那帮红卫兵站在那上面,叉着腰,挥动着皮带,凶神恶煞地吆喝着。就听其中的一个红卫兵冲着油盐店的少掌柜先喊道:你先上来!少掌柜哆哆嗦嗦地走到台阶上面,那个红卫兵指着毛子妈冲他接着喊道:你先让她在雨里淋淋,让她清醒清醒想自己的问题!说说她到底和多少男人睡过觉?你给她数着,数到一百,让她上来,你下去反省。听见没有?

少掌柜只好开始数数。没数几下,红卫兵怒喝打断了他:你数那么快干什么?是不是心疼她了,想赶紧数到一百,好让她赶紧上来别挨雨淋?不行,重数!

重数!其他红卫兵大声地应和着,向他挥舞着皮带。

少掌柜只好重数,没数多少,又被另一个红卫兵怒喝打断:怎么回事?数这么慢干什么?你是不是自己不想下去,故意拖延时间怎么着?

弄得他不知如何是好,被红卫兵一脚踢下台阶。

那是我第一次看到批斗会,我真没有想到,红卫兵会想出这样的批斗方法,一代年轻人的聪明才智和想象力,就这样膨胀和滥用。更让我没有想到的,忽然有一个红卫兵,还是一个女的,瘦瘦的小个子,从同伴手中夺过一根皮带,而后扔给毛子妈和少掌柜一人一根,冲他们喊道:你们互相打,打打对你们有好处,疼了,才能够触及灵魂,知道问题的严重性!

皮带落在他们俩的面前的地上,雨水迸溅在上面,他们望着皮带,谁也没动手。

红卫兵们为这个女红卫兵这个出其不意的主意兴奋着,更加撕破了喉咙大声地吆喝着,呵斥着,催促着,破口大骂着。

他们只好弯腰捡起了皮带,挥动起了皮带。开始,他们只是轻轻地打,被红卫兵愤怒地呵斥着;后来,他们竟然互相都真的使起了劲,一声声有力地抽打着对方,但本能还只是抽打在对方的身上,而避开了脸。我有生以来第一次看到皮带还有这样的功能,它可以成为一种折磨人的凶器,一种发泄的怪物,那不停起落抖动的皮带,简直像是凶恶的蟒蛇一样在人的身上肆无忌惮地咬噬着。以前,只是在小说或电影里看到地主或者像《红色娘子军》里的老四之类的坏蛋才用皮带抽打人,现在却是一帮和我一样稚气未脱的年轻人挥舞起了皮带,而且还可以是自己的家人六亲不认相互用皮带抽打在彼此的身上。

最后,让我实在想不到的是,在皮带抽打的过程中,他们都急红了眼,像是咬急的疯狗一样,互相对骂起来,什么难听就拣什么骂，皮带抡圆了，越打越凶，而且是用带铜扣的皮带头打，不仅只是抽打在身上，也开始往脸上抽打，发泄着不知从哪里来的一股狠劲和邪劲，由于皮带是沾着雨水，抽打在身上脸上，就格外疼，他们似乎根本没有任何察觉和感觉，一任血从他们的脸上身上流了出来，和着雨水一起洇红……

更让我不堪卒睹的是毛子的姐姐小萍和妹妹珠子，手里领着才四五岁的小菲（那一天赶巧毛子没在家），也被逼着出来站在他们家的屋檐底下看着这惊心动魄的一幕。高矮不一的三个女孩子，阶梯式地站在那里，眼睛望着她们自己的亲人，尤其是小菲的眼睛像是受惊的小鸟的眼睛一样，惊恐万分地望着她的爸爸和妈妈，一声不敢吭，也不敢哭，浑身不住地发抖。还能有比这更毫无人性的残酷场面吗？就是日本鬼子和德国法西斯的凶残，又能够怎么样呢？况且他们面对的是自己的同胞，而且是完全无辜而弱小的孩子。

许多年过去了，我永远也不会忘记那一幕。雨水中互相挥舞的皮带，急红了的眼，变形的脸，血和雨的交流，以及四周狰狞的吼叫、快意的观看和麻木不仁的静穆，以及小菲那小鸟一样惊恐纷乱的眼睛，包括我自己的怯弱和颤抖。人性还能有这样的扭曲吗？尊严还能有这样的践踏吗？心灵还能有这样的无奈吗？我就那样和许多大院的街坊们一起噤若寒蝉地站在一旁的屋檐下，听着皮带抽打着的声音和自己的怦怦心跳，以及哗哗的雨水在脚下流淌。

第二天，走出大院，看见胡同两旁的槐树下面槐花落了一地，被雨水打湿，委顿得和弱小的人没什么差别。看到槐花，忍不住想起毛子妈和少掌柜，当时曾幼稚地心想要是没有打槐花能有他们悲惨的今天吗？其实，那只是我太幼稚的想法而已，即使毛子妈和少掌柜没有因为打槐花打在一起，毛子妈和提前出狱的毛子爸在一起，一个解放前的舞女，一个劳改的释放犯，又怎么能逃过这一劫难吗？

在整个"文化大革命"中，我们大院里命运最惨的是毛子妈，她甚至遭受到比油盐店的少掌柜还要惨无人道的折磨甚至毒打。不知为什么人们把愤恨都集中在她这样一个女人的身上，哪怕有时可以放过油盐店的少掌柜，也绝对不能放过她。人们对于一个女人的漂亮，特别是这个女人又曾经有过男女关系的绯闻，便有一种天然的敌视和愤怒。在那个年代里，还有比男女关系更为十恶不赦的罪行吗？压抑着的性欲，就这样发泄在政治运动中，发泄在疯狂的年代里的疯狂兽性中。我还真是从来没有见过人的骨子里竟然潜藏着如此深切的对美的仇视和敌对，人的兽性发作起来，真是比野兽还要可怕。

在好长一段时间里，他们两人劳动改造，是被责成打扫我们的那条胡同。那条胡同从东到西一共有三里长，剃着阴阳头，又挂着写有"老流氓"和"大破鞋"的牌子，他们每天在这样长的胡同里扫几个来回，众目睽睽之下的日子，不要说别的，就是一路上散落在他们身上的那鄙夷的眼光，就让人受不了。每一次在胡同里，我见到他们两人的时候，都躲得远远的，不敢和他们打照面。但也有孩子特意要跑过去，向他们扔一块石子，吐一口痰，或者骂一句，故意羞辱他们。

有一天，毛子妈一个人正扫着街，被风一样突然而来的一帮红卫兵围在一起,二话不说,上来就是用木棒和皮带一通毒打,一直到把她打得躺倒在地昏了过去,那帮比我弟弟还要小的男男女女红卫兵才扬长而去。路过的行人没有一个敢上前管一管的,就任她那样死狗一样躺在大街上。后来,是油盐店的少掌柜发现了躺在血泊里的她,一个人弄不动她,跑回家叫上毛子的姐姐小萍,两个人一起才把她抬回家。

那一幕,我没有亲眼看到,是弟弟看到的,回到家对我说起,只有面面相觑,无言以对。后来听说那天小萍怎么叫都叫不醒她妈,吓坏了,对油盐店的少掌柜说赶紧送医院吧,但油盐店的少掌柜说,送医院哪个医生敢给咱们牛鬼蛇神看这伤呀!小萍什么话也说不出来了,他们两人只好帮她脱掉衣服,用温水洗去她身上的血,再往她身上涂家里藏有的云南白药,才算让她死里逃生。不过,脱衣服时可费了劲,血肉模糊,和衣服都粘在一起了。

梦魇般的"文化大革命"过去了,又一个十年的光阴没有了。一个人能够有几个十年可过呢?大概是 70 年代末,我做梦也没有想到,有一天,毛子妈竟然坐在我家里等着我。那时,我刚刚从北大荒插队回来不久,在北京一所中学里教书,下班回家,一眼瞅见她坐在我家的桌旁。由于正是黄昏,她坐在阴影里,我第一眼差点儿没认出来她,但第二眼我还是认出了她,虽然,十多年没有见到她了,日子在那一瞬间迅速地缩短,往事的一幕幕立刻浮现在眼前。不过,她变得很苍老。能不苍老吗?谁赶上她那样的命运,不死也得扒层皮,活过来就不容易了。想起她原来那婀娜俏丽的样子,电影里的叠印镜头一样,和眼前重叠着,心里总不是滋味。

我大概知道了她这些年的命运,毛子到山西插队,留在了那个县里的一家工厂当工人,小萍早早嫁给了一个大她好多岁但根正苗红的工人,才没有去插队,留在北京一家街道工厂当工人。他们两口子被扫地出门赶回到油盐店的少掌柜的老家,北京郊区通县的农村。村里的乡亲对落难的人还不错,给他们盖了房,又给了他们一块地。珠子和他们两人生的孩子小菲一直跟着他们,种地,养猪,倒也自给自足,怎么苦,怎么累,总可以不再挨打挨斗了,好歹活了下来,熬到了"四人帮"被粉碎,也算是老天有眼。

说起这一切的时候,她先是苦笑,后是摇头,没有叹气,也没有发泄,一直都是很平静,仿佛叙说的根本不是她自己而是另外一个人的事情。临走的时候,站在我家的门帘前,她回过头对我说:好几次真是想不活了,可还是活了下来。她说活着不容易,想死也不容易呀!说得我的鼻子一酸,眼泪差点没掉出来。

她又对我说就是想回来看看老街坊们。我当时心想,老街坊?老街坊中有落井下石的,有幸灾乐祸的,有现在占了她原来那两间大南房的,还有什么看头?可她还是来到我们大院,一家一家走着,在我们那已经盖起很多小房和偏厦、变得越来越拥挤的大院里,看遍了还住在老粤东会馆里的所有街坊们。

那是我最后一次见到她。算一算,那一年,她也就五十多岁,却已经像是一个老太太了。走在我们这条胡同里,飞快长大的年轻一代看到她,谁能想象得出来这是一个过去时代袅袅婷婷的摩登美人呢?

那年的夏天,弟弟告诉我:毛子妈去世了,死在通县珠子的家中。他见到了毛子的姐姐小萍,听她讲起了她母亲命运多舛的晚年,真是令人唏嘘。

毛子的妹妹珠子嫁给了村里的生产队长,凭着她长得漂亮的模样,这是她当时最好的出路了。她本来可以和姐姐小萍一样在城里生活的,但她那么小就跟着妈妈到了农村,她无法再走回头路了。有了生产队长做靠山,妈妈在村里的日子也好过点儿,没有人敢欺负她了。毛子妈和少掌柜生的女儿小菲,得了肝病治疗得不及时,还没有来得及结婚,就过早地死掉了。毛子妈老了以后身体越来越差,得了病,没什么钱去医院,都是少掌柜给她扎针灸。他在农村里学会了针灸,小病,针灸还能够对付,大病,针灸根本不管用,可他还是用针灸,以为针灸无所不能。其实,也是没钱,有什么办法呢?频繁的扎针灸,扎得她最后害怕得很,一见他拿着针向她走来,浑身就哆嗦,像是见到了魔鬼,以致后来精神受到了刺激患上了病,不能够再见到他,只要一见到他病就发作,浑身像是通了电似的战栗不已。

珠子只好把她接到自己的家来,幸好那个生产队长还不错,让她多活了两年。在生命的最后时刻,她的心里什么都明白,却突然说不出一句话来了。她就那样躺在床上整天望着窗外的天和田地发呆,想说什么,只能挥动着枯瘦的手臂,张大了嘴,空空地吞咽着空气。她到底是想要对人们说些什么,谁也不知道。临终之际,她连少掌柜都没让他到自己的身边来,就那样孤零零地死去了,异常痛苦地离开了这个对于她并不公平的世界。

她活了七十多岁,美丽过,丑陋过;风光过,屈辱过;纸醉金迷过,痛不欲生过;四体不勤、五谷不分,坐享其成过,也背朝青天、脸朝黄土,辛勤劳作过。一个人的一辈子,就这样过去了,真是人生如梦。她死了,没有什么人知道,就连原来老粤东会馆大院的街坊们大多也不知道。即使知道了,又能够怎么样呢?会有人为她特意写悼词吗?为她专程来奔丧吗?不会,没有人知道她这样一个普通得连一个城里人都不是而最后只是一个农民的老女人,一个最后连一句表白或表达的话都无法讲出的哑女人,在一个夏天刚刚到来的时候死去了。只有我们原先胡同两旁槐树的槐花又开了,可惜她无法看到了。

她已经死去好多年了。我常常想起她,想应该为她写点什么。在春节休息这几天的空闲时间里,我再一次想起了她,同时想起大院里那些曾经嫉妒她、恼怒她,乃至加害于她的人们,也想起自己在那场夏雨中看到她和她的男人相互用皮带抽打的一幕,和在这一幕中自己同样的胆怯、屈辱和渺小。

愿她在九泉之下能够安息!

虞美人

我是从北大荒插队回到北京后认识她的,那是上个世纪70年代的中期。那时候,我二十七八岁,她已经六十开外了。

她是后搬进我们大院里来的,在我到北大荒插队的时候。以前她住在鲜鱼口路东一条胡同的一个小四合院里,街道搞第三产业,建了一个服装厂,占了那个四合院,把住户都迁移了出来。那时,我们大院里上山下乡的年轻人很多,被遣送回老家的老人也不少,有空出来的房子,她就搬进了我们大院,住在最里院东院墙边原来钟家住的那一排三间东屋,房间敞亮,光线很好,门前的院子也不小,可以在那里摆张小桌两把椅子喝茶。她对我说这里比起以前住的院子要乱,但比起以前住的房子要宽敞,已经很难得了。

那时候,知青大返城的风还没刮起,因为我父亲突然病故,我刚从北大荒回来,算是知青里回来的比较早的。刚回来的时候,我以为钟家的大儿子老钟和他的老婆"二级风"还住在那里,就去叩响房门找他,开门出来的是她,问我找谁?

我说找老钟。她告诉我老钟早就搬走了。

我们就这样认识了。当时是夏天,她常在她家前那个空地的小矮桌前喝茶,坐在一个竹椅上,那竹椅很旧,但油光锃亮,别看个儿不大,还有个扶手,挺特别的。更特别的是她摇的不是大院里常见的大芭蕉扇,是一柄纱的团扇,和她小巧玲珑的身子,还有这个小竹椅,倒是相得益彰,很引我的注目。

以后,我和她就常常坐在这里聊天。那时候,我回北京在郊区的一所中学里教书,"四人帮"还没有粉碎,读书无用论还在盛行,学生们不爱读书,我也不爱和他们较劲,就在那里混日子。那时候,因为家窗户根儿的自来水龙头整天吵得我睡不好觉,血压升高,医院里给我开了半天休息的假条,我上午上完课,下午就跑回家,闲来没事,就找她聊天。以后,我搬家搬到洋桥地铁宿舍住,还会时不时地回我们大院,找她聊天。

因为我越来越发现这个老太太不简单,是个有故事的人。她这人爱说,也愿意我来找她,愿意东一榔头西一棒子地说那些陈芝麻烂谷子的事。越聊,我们俩越投缘,特别是没两年"四人帮"被粉碎,她说话更是没边没沿,更引起我的兴趣。那时候,我正在做着当作家的梦,一心想根据她的事写东西,她知道我的心思后,笑着对我说,我不怕你写,就看你写得真不真像不像了!

说这番话的时候,她坐在竹椅上,晃动着身子,眨动着眼睛,眼光里有些俏皮和狡黠,不像这么大年纪,有点儿像年轻人。这更激发了我对她的好奇心。

每次找她去聊天,她总是爱坐在她那把宝贝竹椅上。有一次,我听见那破竹椅在她的身下嘎吱嘎吱地响,有点摇摇欲坠的样子,对她说,您这把竹椅够年头儿了,快老掉牙了,别把您再摔着!

她摇摇头说,它可结实了,我那年结婚的时候,在前门大街上洪盛兴买的呢,你看都坐了多少年了?然后,她问我洪盛兴你知道吗?前门大街路西那个杂货店,往里面一拐就是粮食店街,再往里走,就是小李纱帽胡同,小李纱帽胡同,你知道吗?就是原来的八大胡同。说这话,她的眼睛眨了一眨,让她屁股下面的这把破竹椅和八大胡同,都变得有些含混不清。

后来,她告诉我,她原来住的家,就在那附近,离八大胡同也不远。这是我第一次从她的嘴里听说八大胡同,说得那么随意轻巧,甚至有些亲切,像是说她的一个什么邻居。

她还告诉我,自打北平解放以后,她就一直住在那里,有好多老街坊先后都搬了家,她还住在那里,一直到前些年那院子做街道服装厂,她才搬到我们大院里来。后来,随便闲聊中,她又对我说她有一个什么亲戚,说是她的一个姨夫,住在杨梅竹斜街,住的时间可长了,解放以前就住在那里。

说这些话的时候,她的眼神里总有些闪烁,有些暧昧。很久以后,我知道了这话里的潜台词。杨梅竹斜街在前门大街路西,离八大胡同更近,而八大胡同是北平解放前有名的红灯区,这个老太太和八大胡同沾边儿。常听街坊们东一嘴西一嘴,闪烁其词地说起她解放前的身世,更让我觉得在恍惚之中。

那时候看她，老是老了点儿，但很瘦溜儿，一点不臃肿，个头不高，脸白白净净的，总像是扑上了一层粉似的，很光亮。她很爱干净，什么时候见到她，她总是穿戴得整整齐齐的，头发花白了，却也总是梳理得一丝不乱。她的手里，总爱攥着一条绢或丝的白手绢，总是洗得干干净净的。她爱聊天，爱抽纸烟，如果你递给她一支烟卷，她就很容易在烟雾吞吐之中，情不自禁地和你聊起来，话茬子像流水似的，止都止不住，举手投足，有那么一点儿前世的风情遗韵。

她和我聊起来的时候，就是这样吐着烟圈儿，她的烟圈儿吐得格外漂亮，我见过有人抽烟吐烟圈儿的，但从来没有见过吐得像她这样漂亮的，一个连着一个飘忽忽的圆圈，就像一条条小鱼的嘴衔着尾巴列队迤逦游出来一样，在她的头顶上盘桓。

她先告诉我以前她特别爱吸水烟袋。然后，她问我：知道什么叫水烟袋吗？我说：我知道，小时候我们大院老蒋家是南方人，他家的老爷子爱吸那玩意儿，一种铜做的像壶一样的家伙，有一个长长弯弯的细嘴，壶里装着水，吸起来的时候，里面咕噜噜直响，就像闹肚子似的。

她笑了，然后又对我说：我还抽过大烟吸过白面呢，这玩意儿你横是没见过吧？说完，她得意而顽皮地又笑了，有点儿像小孩子。

她姓姜，一个很爽快的老太太。大概我和她认识两年多以后，她突然告诉我她以前当过妓女，当然，她说的不是这么直白，但意思一听我就明白了。当时，虽然思想里早有准备，但

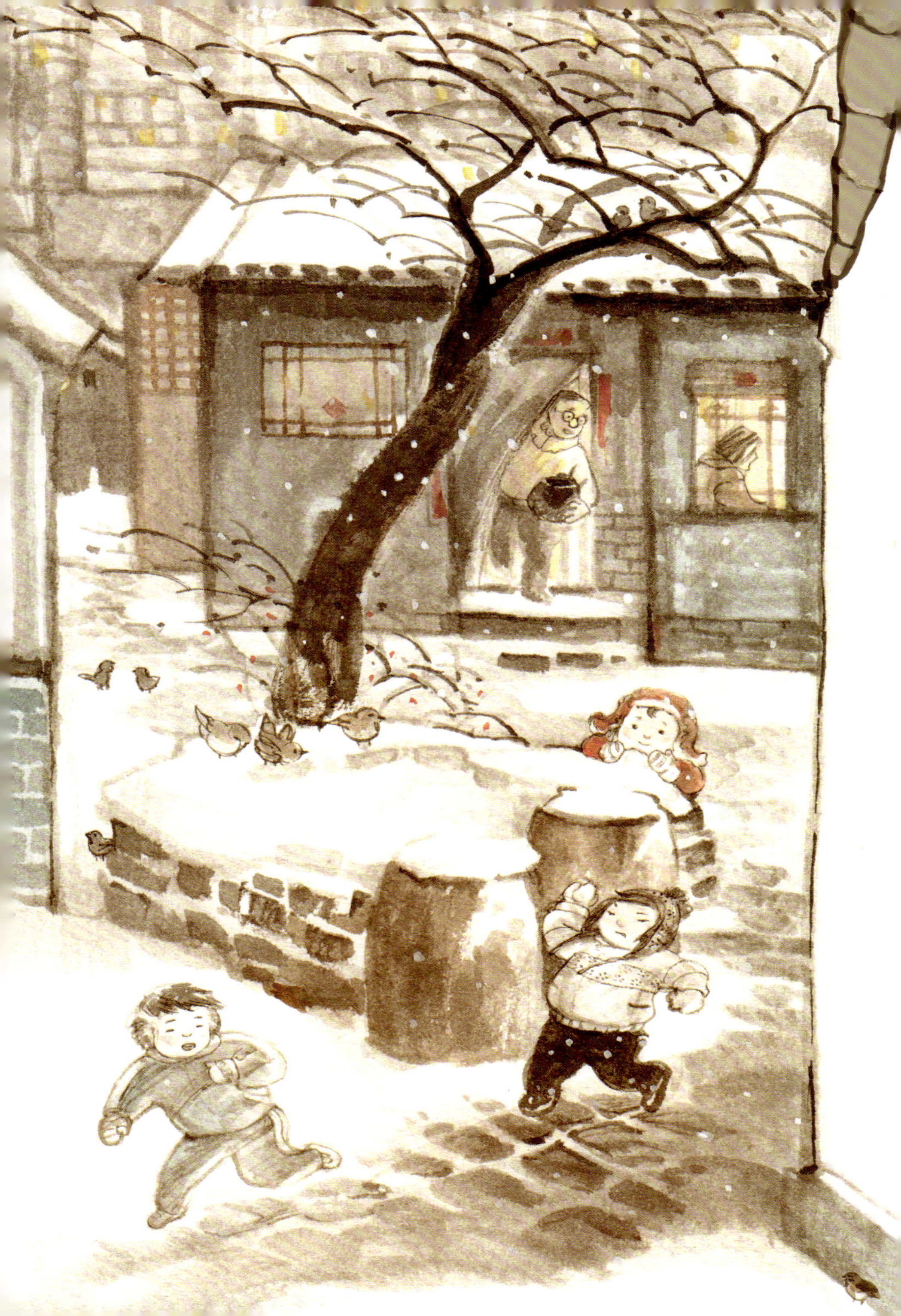

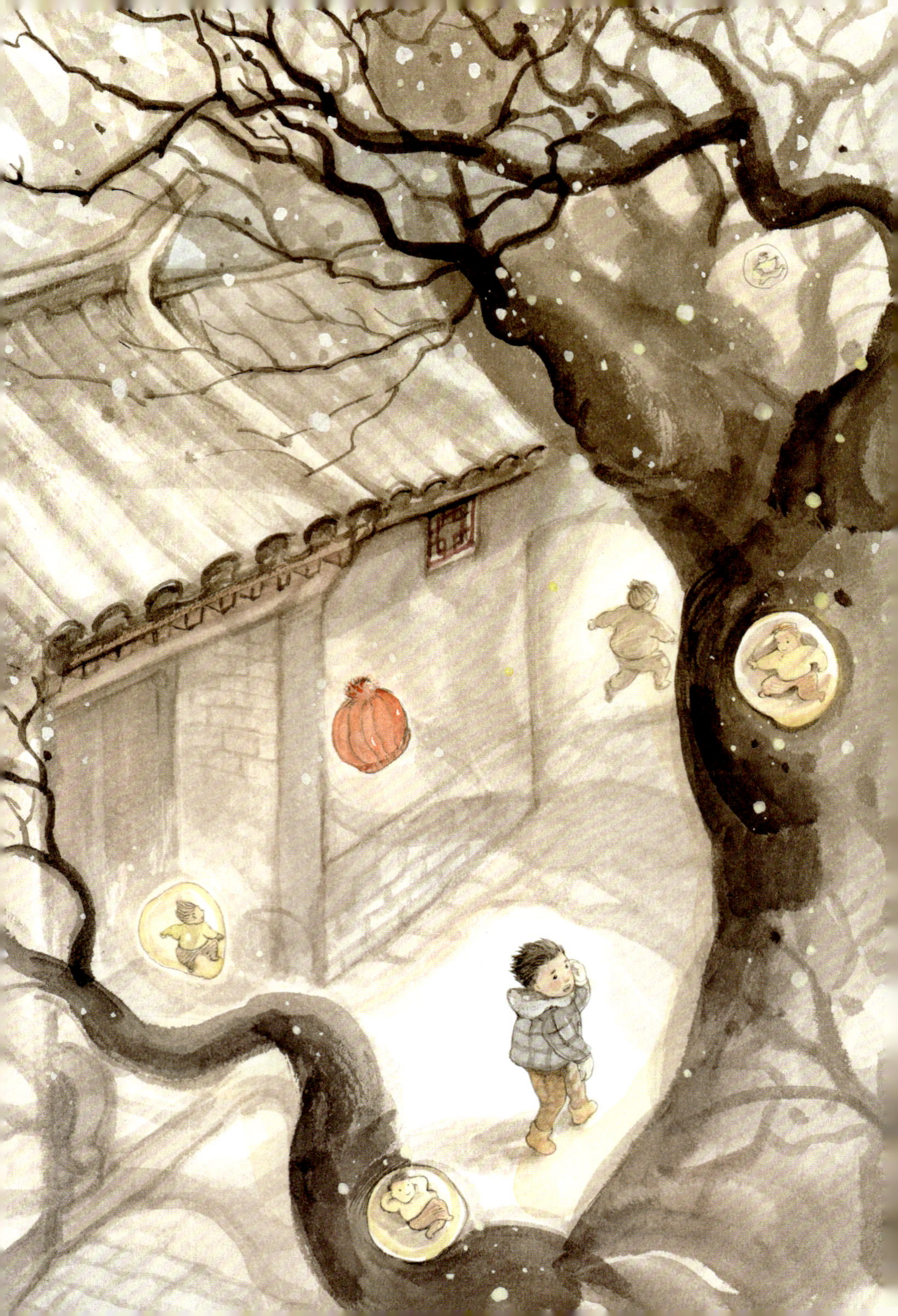

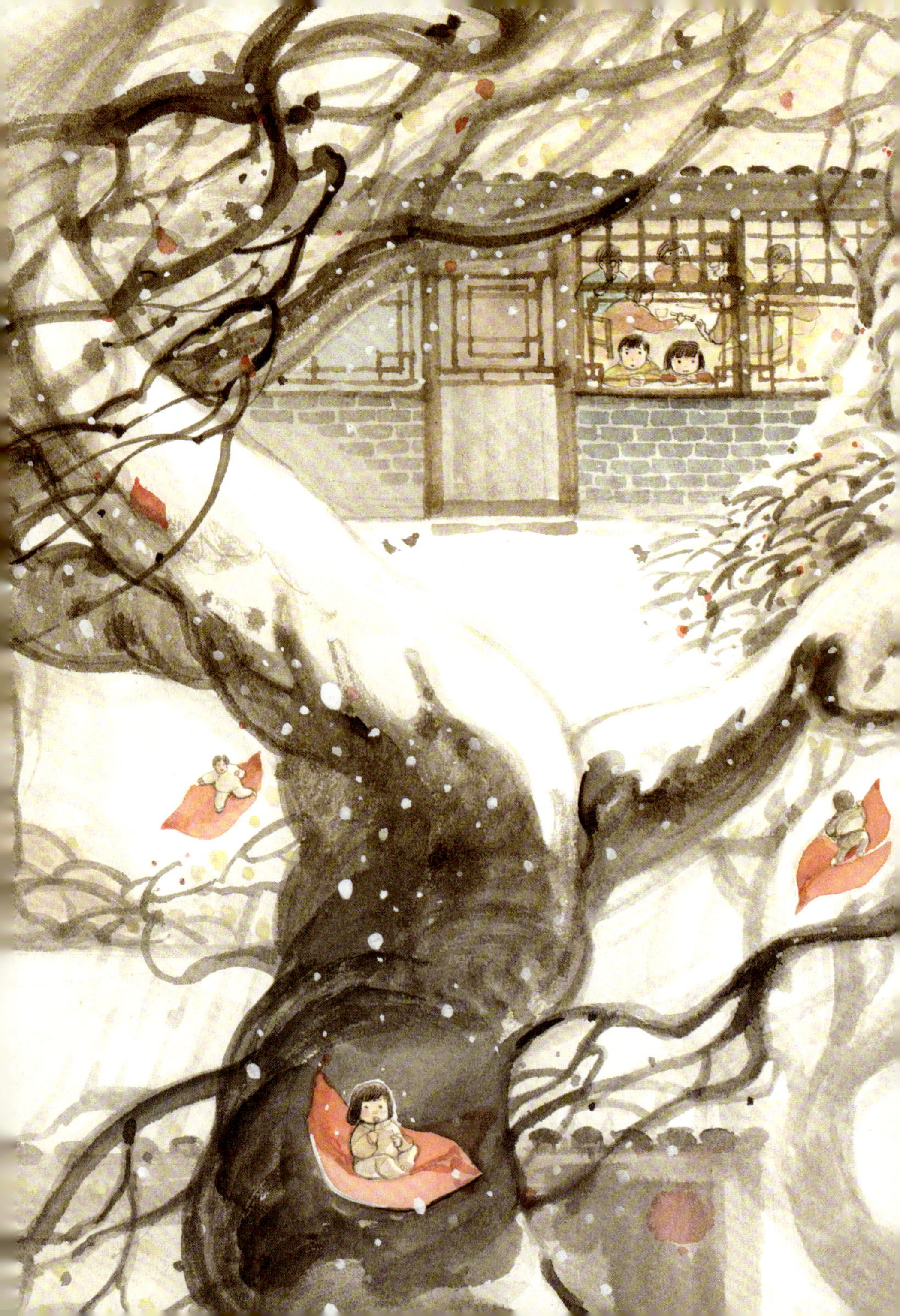

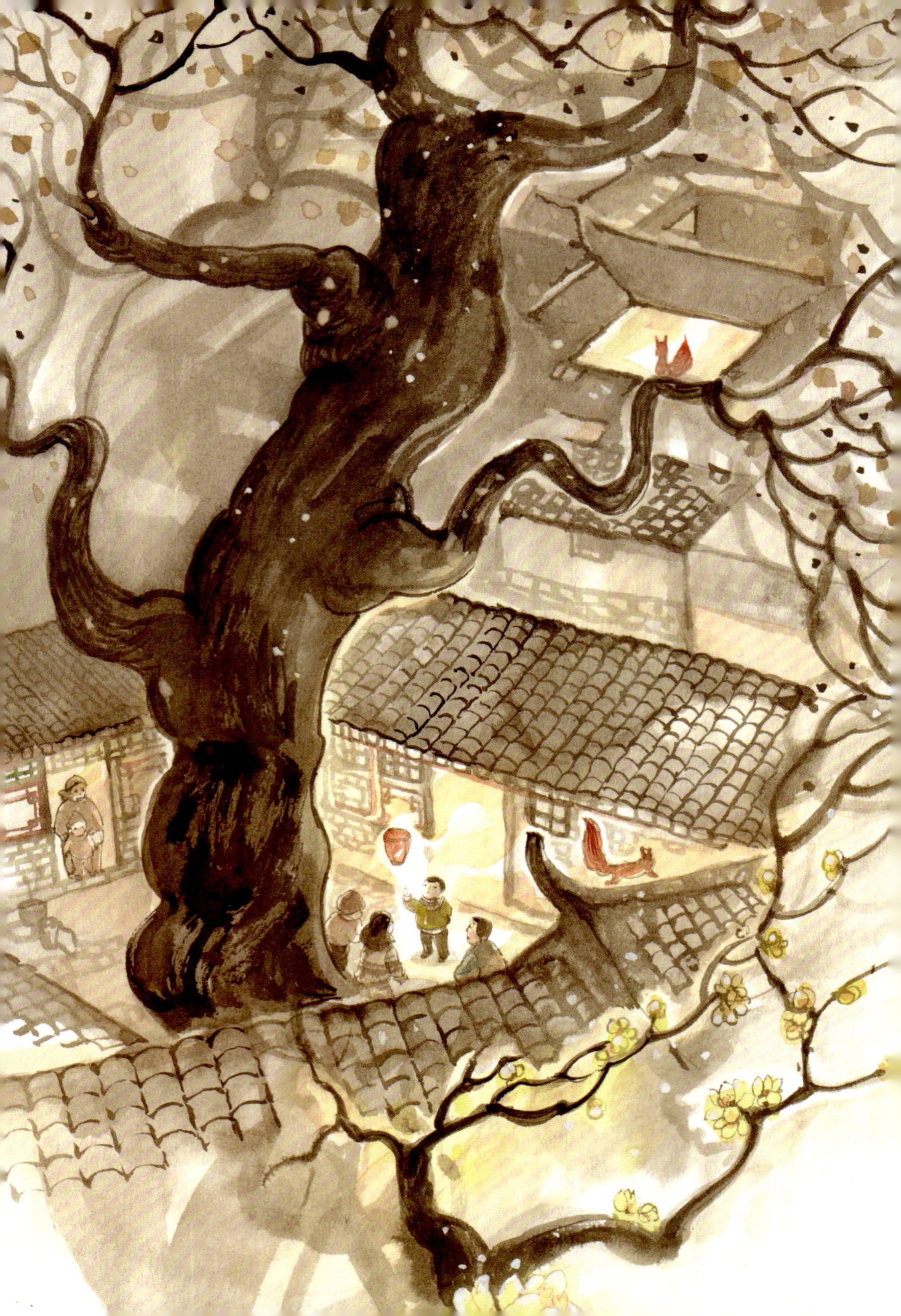

还是吓了一跳。紧接着，她告诉我她就在八大胡同里面。说完之后，她眨着眼睛问我：是不是听街坊们这么说过我？没等我答话，她笑了起来：她们说得没错！

我当时是问她解放以前做什么工作的，我知道她的丈夫是个建筑工人，一直不知道她究竟是干什么的，街坊的传言，总让我半信半疑，想问出个究竟。她粗通文墨，还会写毛笔小楷，她说以前有时街道上写个什么告示或通知，街道积极分子（我们称之为"小脚侦缉队"）一般都会找她来写。她也不客气，拿起来就写，还是悬腕，半行半草，一挥而就，字写得蛮像那么一回事。

还有好几次，我看见她丈夫从外面回来，买来了稻香村的细皮点心，或是从新侨饭店里买来的那种牛角面包，都非常的讲究，而且都是她让她丈夫专门为她买来当早点或夜宵吃的。姜老爷子个头不高，已经谢顶，但不胖不瘦，身材匀称，说话非常客气，一口地道的北京话，只是话不多，提着点心或面包，向她问了句：现在吃？还是沉会儿？便拐进里屋，不再说话，也不再出来。没一会儿，里屋的戏匣子响了起来，老爷子爱听京戏。我问过姜老太太：您会唱吗？她笑笑说：我只会两口昆曲。我说京昆不分家。她说还是不一样。然后，她指指里屋，他爱听京戏，以前梅兰芳活着的时候，常领我去中和戏园子和广和楼听京戏。不过，跟你说实话，我不爱听那玩意儿，纯粹是为陪他！

除了京戏，我看见姜老爷子爱养花，她家窗台上通常摆着一溜儿花盆，原来小钟养鸽子的鸽子棚也都拆掉了，空地上摆着大盆的花。每盆里面种的花还不带重样的，有的花我认识，有的花我还真没见过，不知道老爷子是从哪儿淘换来的。不过，后来我发现并不是老爷子爱养花，而是老太太爱花，但老太太是动嘴不动手，都是老爷子为老太太伺候那些花。这和老爷子到稻香村买点心，到新侨饭店里买面包的意思是一个样的，她管吃，他管伺候。

当时，这些事情，都让我很好奇，这样的做派和爱好，觉得她不像是个家庭妇女，才问起这个问题：解放以前您是做什么工作的？她反问我：你看看我像是干什么的？没等我猜，她自己先告诉了我答案，我很吃惊，没有想到她这样的快人快语。

当时我紧接着问她的第二个问题是：那您"文化大革命"怎么过来的，没有挨斗吗？她笑着说：我就知道你准得问我这个，好多人都问我这个问题。我告诉你，我挨了一点儿斗，没怎么受大罪，这得归功我们家的当家的，他是根正苗红的工人阶级。工人阶级，你懂吧，那时候，就数工人阶级好使，最厉害！

那时候，"四人帮"刚刚被粉碎，人心大快。她才能够这样敢于直抒胸臆吧？

那时候，她大概六十多岁的样子。我曾经问过她有多大年纪了，她摇摇头说自己也记不清了，我说户口本上不是写着您的出生年月吗？她还是摇头，对我说：那也不准，和老姜结婚那时候登记户口本，派出所的警察问我哪一年出生的，我随口说了句是属兔的，他就那么算填上了。那时候，我也替她算了算,她大概是1910年前出生的。她告诉我见过清朝的大龙旗嘛,但这也是说不准的事情,看着她细皮嫩肉的模样,也不大像。

别看她对自己的出生年月记不大清楚,但当年许多往事,她可是记忆犹新。她对我说得最多的是八大胡同里的头牌赛金花,好像她和赛金花认识一样,很熟络。但我算算,她比赛金花的年龄要小得多。她的年龄应该和小凤仙差不多,但她很少说起过小凤仙,总是常提起赛金花。就是她告诉我:当年有风水先生告诉赛金花,陕西巷有一处房子,形状像是乌龟,最适合开设妓院,撺掇赛金花买下,买下了,将来准赚钱。然后,她问我:你知道那房子在哪儿吗?还是没容我猜,她就急不可待地告诉我就是陕西巷旅馆,原来叫作赛琼林,是家大菜馆。当时,赛金花听了人家风水先生的话,买下来开了班子,果然大赚其钱,一天就能够净赚一个大元宝呢。这件事,她对我说过好几次,每次说完,她都看着我笑着说:那时候,我要是有钱就好了,我买下这个乌龟房子多好!我就不用住在这个破院子了。紧接着,她又自嘲说,兴许我也就活不到现在了。她笑得更厉害了,好像在说一个挺逗的笑话。

后来,我知道,她也在那里干过。不过,她到那里的时候,赛金花早已经住进居仁里去了。没过多久,就孤零零地死在了居仁里。

她的身世很复杂,她告诉我她是广东人,很小的时候就被卖到了上海,从上海又被卖到天津。但她讲话和姜老爷子一样,是一口地道的北京口音,听不出一点儿南方口音来。她曾经对我说，从上海坐船到天津时，是被塞进货舱里的，差点儿没把她憋死。那印象让她怎么也忘不了。到了天津，她住在江岔胡同，那里靠着海河，好多妓院集中在那里，她问我：你知道不知道，赛金花当时也在那里开过张。我说我不知道，但江岔胡同，我到天津的时候好像去过。然后，她说她在江岔胡同的时候，那里和小白楼、滨江道一样热闹，比北京好的是，那里吃鱼方便，中秋节前后，吃螃蟹也便宜，而且个个是顶盖儿肥！

我问过她这样一个问题：您为什么被人家一卖再卖？

这个问题，我问过好几遍，她都没有回答过，她只是瞪了瞪我，好像这样的问题还需要再问吗？但我实在不知道她是因为什么样的原因被一卖再卖的，我很好奇，只能够自己一再去猜想。那时候，正是徐迟写陈景润的报告文学《哥德巴赫猜想》的时候，那是我的"哥德巴赫猜想"。我为她构想着许多我能够想得出来的原因，比如，她的家境贫寒，她的父亲抽大烟破落，她的父母双亡，或者她是被拍花子的人拍走而最后被拐卖，或者是她给人家当了童养媳当了丫头当了填房，或者是她头一次被卖之后不驯服，甚至有过逃跑的行动，等等。但是，我始终没有弄清楚。

有一次，她好像随口问我这样的一个问题。大概那时我刚刚在《人民文学》上发表了我的第一篇小说，那是1978年夏天的事情了。她知道我喜欢文学，就问了我这样一个文学的问题，当时我很吃惊，心里暗想这个老太太居然也懂得文学？她到底是一个什么样的出身和背景呀？

她问我：你看过老早年间有本叫作《一缕麻》的小说吗？

我说我没看过。

她说她也没看过，但她在上海的时候，看过根据这个小说改编的文明戏。

我替她算算，她在上海的时候也就是十几岁的样子，看戏应该是民国的事情了。我让她给我讲讲这个《一缕麻》讲述的什么故事？

她摇摇头，说自己也记不大清楚了。大概是讲一个有点儿文化的年轻女子，被父亲包办，不得已嫁给了一个弱智儿，那女子心里十分不满，迫于压力，又不敢反抗父亲。但是，新婚之夜，她坚决不让丈夫近身。后来，她得了重病，是一种传染病，丈夫天天煎汤熬药没日没宿地伺候着她，她的病好了，丈夫却一病不起，最后死掉了。

讲完这个故事，她看了看我，我看了看她，似乎彼此都在观察对方的表情，我发现她的脸上没有什么特殊的表情，我敢肯定这个故事和她的身世有着某种联系。虽然，我不能够完全猜透，但一些蛛丝马迹还是从这个故事中泄露出来，就像暗屋里掀开了一角窗帘的缝儿，光线和尘埃一起闪了进来，飞虫一样四下蠕动了起来。也许，她跟故事里那个女子一样，才跳出一个火坑，又掉进了另一个火坑？

我很想顺藤摸瓜，那时我非常好奇，特别想根据她的身世和故事写东西。在这个姜老太太的身上，藏着太多的秘密，和那个过去的时代一起纠缠着，不安分的小鸟一样，时不时地从昨天到今天的生活中跳进跳出。尤其后来她的年龄越发的老了,我明显地预感到她就要不久于人世了,如果再不问明白,她有可能就把这些秘密都带到另一个世界里了。但是,她对我几乎讲述了她人生的全部故事,却始终没有对我讲述过她的青春时代最关键的这一节故事。

那天,面对我的提问,她很快就转移了话题,她问我你知道这个《一缕麻》是谁写的吗?我还没有回答,她先告诉我了:是个叫包天笑的人,你一定知道他吧?你喜欢文学,肯定知道他的。我说这个我知道,包天笑是清末民初一个挺有名的言情小说家,好像是鸳鸯蝴蝶派吧?

她又问我:那你知道他在北京住在哪儿吗?我说这个我还真不知道。她马上很开心,好像小孩子玩捉迷藏,一下子就抓到我一样开心。她对我说:我告诉你吧,那时候他就住在铁门胡同,铁门胡同,你肯定知道在哪儿的,就在菜市口的东边一点儿,路北就是。有一次,我还去过他家呢。

记得那天我对她开玩笑地说:哪天我也写本小说,就写您,题目叫作《两缕麻》。

她一摆手笑着说:拉倒吧!还《两缕麻》呢,一团乱麻!

她家的姜老爷子是一个很和气的老头儿,从不打搅我们的谈话,看我来找老太太,不是出门买东西,就是闷头干活儿,忙这儿忙那儿的,手不拾闲儿。再没事可做了,就拎着一把他自制的喷壶给窗台上那些宝贝花浇水。老爷子是个扎嘴儿的闷葫芦,不大爱说话,家里的话似乎都让她说了。

姜老爷子身子骨一直显得比老太太好,而且,后来我知道他年龄也比老太太小好几岁。北平刚解放的时候,八大胡同的妓院都关闭了,妓女从良,一部分妓女嫁给了贫苦的工人,那时候,老爷子是建筑工,进了韩家潭一个叫星辉阁的大院里,当时准备从良的妓女,一部分集中在这里,等待着有人来挑,他一眼看中了她。谁也没有想到,这么硬朗的一个老爷子,一天提着水壶往窗台上浇花的时候,一个趔趄,水壶砸在花盆上,他和水壶连花盆一起摔在地上,再没有起来。这大概是80年代末发生的事情了。

我听到消息,赶过去看老太太,老太太很稳,阵脚一点没乱。街坊四邻帮忙,把老爷子送进了医院,进了医院就送进了太平间。一连好几天过去了,医院和街坊都劝她先把老爷子的尸体火化了吧,在太平间多待一天,多一天的挑费。她摇头,说得等儿子回来。我去的那天,她让我陪着她去六部口的电报大楼,给儿子打长途电话。她已经托邻居给儿子发了电报了,儿子一直没有回来,她心里有些急。

那时候,打长途挺不方便的,得去邮电局。六部口离我们大院不远,从前门坐车,过天安门和石碑胡同两站就到。但她毕竟上了年纪,又得挤公共汽车,我对她说,您有什么事交给我,我去给您儿子打电话说,我骑自行车,快。她坚持要去,没办法,我陪着她去了六部口的电报大楼。等公共电话的时候,她一把拉住我的手说,我那个当家的,是个好人,"文化大革命"批斗我的那会儿,他从外面跑了回来,冲那帮红卫兵喊:你们凭什么要斗她?红卫兵冲他也喊:她是妓女!他接着喊:是妓女没错,杜十娘也是妓女,李香君也是妓女,妓女也是受苦人,还是好人呢!什么人堆儿里都有下三烂也有好人!你们不能茄子葫芦一起数……我这一辈子没听他说过这么多的话。

那一天,她一直对我说老爷子,却没有说一句关于她儿子的话。那一天,好容易等到电话通了,却没有能够找到她的儿子。

她和姜老爷子只有这么一个儿子,是刚解放不久出生的,比我小三岁,在云南插队,和当地的农民的女儿结婚生子后,留在当地,一直没有回来。他们老两口谁也不怎么提儿子的事情,但我知道,其实他们都想儿子,想让儿子调回北京来,一家子好团聚。这是他们最小心翼翼的一个话题。

就是在姜老爷子病逝的日子里,他们的儿子带着老婆孩子,从云南回来过一次,但料理完丧事,没过几天,就又都回云南了。

在老太太家,我见过她儿子一次,是唯一的一次。我看他长得不像她,像老爷子,个儿不高,连性格都像,也不怎么爱说话。老太太抽烟的时候,他显得特别的烦,又不说话,只是撇嘴、龇牙花子,然后就埋头收拾东西,一副恨不得立马儿拔身就走人的样子。倒是他的儿子,那时也就三四岁吧,绕着老太太的身边跑着玩,一边跑一边伸出小手捉老太太喷吐出的烟圈儿。老太太能耐大,喷吐出的烟圈儿,竟然一个紧接一个,像连环套,在屋子里飘起了一道弯弯的弧。我看得出,她那个儿子,和他们老两口的感情不大深,或者有着什么意见或隔阂。想想,也可以理解,一个妓女的儿子,如果是我,心里也会像长满蒺藜一样,时刻扎得自己难受,别说是在那些特别讲究出身的政治时代里,就是现在也不是挂在自己身上的光彩的纪念章呀。

姜老爷子一去世，儿子一走，我发现姜老太太的精气神儿大不如以前了。她儿子刚走的时候，我怕老太太心里不得劲儿，到她家看过她一次。明显的风烛残年的感觉，显现在她的脸上。那一次，老太太的话明显少了很多，临走的时候，她倚在床头，指着窗台上那一溜儿花盆对我说：劳你的驾，帮我把这些花盆都扔了吧。我才看见那一溜儿花盆里的花，死的死，蔫的蔫，没有了老爷子的照顾，都要寿终正寝了。

我替她往大街上的垃圾桶里扔花盆的时候，看见一盆花虽然也打蔫儿了，但还没有完全死，浇浇水，兴许还能活，便问老太太：这盆也扔吗？老太太一挥手说：扔！那花猩红色的朵儿，单瓣四片绽开，虽然要败了，但样子挺好看的，特别是薄薄的花瓣，像沾着一层粉似的，格外惹人怜爱。我没见过这种花，搬走它扔进垃圾筒后回来，挺可惜地问老太太：那盆叫什么花？老太太告诉我叫丽春花，又叫虞美人。它就是虞美人？以前，在书里看见过说这花的，我们古代的词牌里有一个词牌的名字就叫《虞美人》。这么漂亮的花，扔了太可惜了！我对老太太说。老太太瞅了我一眼，没说话，那眼神的意思似乎在说，可惜的东西多了。我也理解老太太的心情，老爷子突然这么撒手一走，儿子也那么快撇下她说走就走了，她的心气儿，她的气力，都像是庙里的快要燃尽的香烛。

当时，我隐隐地担心，她大概也活不长了。有时，我会带点儿好烟，那种带过滤嘴儿的，去看望她，和她聊天，只有聊天，她还能够恢复一些元气似的，又回到了从前。但是，那时我又搬了家，从洋桥搬到了和平里，离她那儿很远了，去一趟不容易，去的次数明显的少了。

有一天，我去她那里的时候，她有气无力地对我说，让我去杨梅竹斜街一趟，帮她捎个信，找个人。那时候，家里都还没有电话，这样让我去传信是最快也最保险的一种方式了，而且，说明老太太信任我，我很高兴，拿着信立刻拔脚就走。我知道她家有一个姨夫住在杨梅竹斜街，以为是让我帮她找她姨夫。到了那儿一找，推门出来的，不是她的什么姨夫，而是一个女人，比我大好几岁的样子。她看看我带去的信，谢了谢我，说了句听我妈说起过你，我在报上也看过你写的东西。然后，她不动声色地告诉我说，回去对老太太讲，她今晚就过去。

我回去把话告诉了老太太，这才知道，这女人是她的女儿，但不是她跟姜老爷子生的。是和谁生的，她又不说了。我后来仔细回想，看不出那女人哪一点像她，和她的那个儿子一样，都不像她，她的遗传基因，似乎很少传到她的下代。从那个女人的年龄来看，肯定是她在八大胡同的时候生的，也就是说，生女儿的时候，她还在风尘之中，并未赎身，她的解救，是解放初期的事情了，共产党封闭了八大胡同的妓院，她从了良，才嫁给了姜老爷子的。那么，她身处八大胡同的时候，怎么有的女儿，又怎么把女儿生下来的呢？女儿的父亲又是一个什么样的人？又到哪里去了呢？隐身人一样，就隐身在女儿的身上了吗？解放以后，她和女儿又是一种什么样的关系？这一切都成为了秘密，藏在老太太的心里了。

人都有自己的一点儿秘密，是到死也不会说出来的，就让它埋在老太太的心里吧。

我不知道老太太找女儿为了什么事情，一定是有重要的事情，要不她不会找平常日子里一直都不怎么惊动的女儿的。我也不知道她的女儿那天晚上过去找到老太太，老太太都和她说了些什么。我只是隐隐有种不祥的预感，怕是老太太活不了太久了，是不是临终托付给女儿点儿什么。

但是，我的预感是错的，老太太又活了好几年，一直顽强地活到了90年代，算是长寿了。在这几年的时间里，我去看望过几次老太太，去的次数很少了，到现在我都很后悔，也常常责备自己，为什么没有抽出时间来多看看她。我发现，老太太的晚年很凄凉，她倒是不愁吃不愁穿，一个儿子，一个女儿，都分别给她一点儿钱，虽然不大富大贵，却足够她的花销了。最后的时刻，女儿还帮助她请了一个保姆，应该说到死她都没有受什么大罪。只是，她非常的孤独，我发现她最大的快乐和安慰，就是身边有个和她说话的人，听她叨唠着那些陈年往事，那是她最喜欢唱的独角戏，常常是她一个人自吟自唱，不容我插嘴。她这一辈子最乐和的事情，除了抽烟，就是聊天了。

在老太太最后的日子里，她对我说的话常常颠三倒四，含混不清。我知道，这是人老的标志，我没见过年轻时她在上海在天津在北京八大胡同里是什么样子，我只能想象，从我最初认识她六十多岁的模样看，年轻的时候，她一定是个美人坯子，我觉得比照片上看到过的赛金花和小凤仙都要好看些。她的一生最好的年华是在妓院那样一个晦暗的地方度过的，她的一生那么快就要走到了尽头。我替她有些伤感。

我曾经把自己这样的想法说给她听,她使劲地望望我,像是在安慰自己,也像是安慰我,说了句:人无千日好,花无百日红,都是这样子的。

在她人生的最后时刻,我已经和她很熟了,她也很信任我,愿意和我聊天,讲她那些陈芝麻烂谷子,讲她埋藏在心底的一些隐秘的事情,我猜想,这样的事情,恐怕她不会对自己的儿子和女儿讲的。有时候,有些心底深处的一些话,是无法亲口面对自己的孩子讲出来的,但可以对外人讲,没有那么多的负担,那可以是一种心灵上的解脱。

记得最深刻的是,她对我说起这样的两件事情,我还真的是头一次听,听得我有些毛骨悚然。这是两件都和"鱼口"有关的事情。

一件事情是,她在天津的时候,一个她接过的客人,长得倒挺面善的,干起的事情,却比谁都狠。他非要让她帮他往北京走私烟土,而且要她把烟土塞进"鱼口"里。她问我:你知道什么叫"鱼口"吗?我说不知道,她指指自己的下身,那时,她已经躺在床上起不来了。我明白了,她指的是阴道,把烟土塞进阴道里,能够容易躲过检查,比较保险。这个客人真的是够狠的了。她没有办法,因为这是客人和老鸨合伙干的生意。他们一起让一个十几岁的小姑娘,干这样的事情,伤天害理不说,还让她感到屈辱。她告诉我,就是在那一次次从天津坐火车到北京来走私烟土的时候,她下定了决心,再也不能干这种威胁生命的勾当了,她才从天津来到了八大胡同。都是妓院，哪里不是一样的活命呢？她想的就是这样的简单。

另一件事情是，到了北京八大胡同落脚后不久，常常来的一个客人，大概和她聊得来，渐渐地情投意合，便越发地黏糊，一待就待上好长的时间，好像有说不完的话，长长的流水不断线地说。有时候来了别的客人，她不愿意接，专门等这个人。我猜想，老太太聊天的习惯和爱好，就是从这时从这里而来的。在妓院里，称这样的做法，叫作"热客"，是不允许的。因为这样做，会耽误时间，便也耽误了生意。老鸨找到她，警告了她，她不仅没听，相反和那人商量好了要逃跑。跑得了吗？她被抓了回来，绝食，坚决不接客。老鸨急了，竟然用剪子剪开了她的"鱼口"，肿胀得发烧一般，疼痛难熬。

这两件事情，一直像刀子一样刻在我的心上。八大胡同，从清末民初走到了解放的前夕，不走到头才怪呢？它是脚上的泡，自己踩出来的，它自己把自己送上了断头台。

老太太死的消息，是她的女儿打电话告诉我的，我立刻去了她家，看见老太太倒在床上闭上了眼睛。她死的很安详，没有太大的痛苦，唯一遗憾的是，闭眼之前，两个孩子都没在身旁。她的儿子没有回来，说是路途太远，自己的小孩正中考。她也不该有过高的奢望，或要去责备孩子，她的一生是屈辱的，她的两个孩子活得就不屈辱吗？更何况，多少妓女因过度地接客导致终生不育，她毕竟还有两个孩子，有了一份留给这个世界上的她自己的一点微弱的影子，和一点单薄的回声。

我常常会想起这个老太太，也想起晚年时候她常常对我提起的赛金花，还有她从未提起过的小凤仙。我会忍不住地拿她和她们两人做比较，尽管这样的比较是不对等的，没有可比性。可还是忍不住地比较。

有时候，我觉得她比赛金花和小凤仙多少要幸福一些，毕竟她活到了解放以后，过上了一段正常人的日子。

有时候，我又觉得她还赶不上赛金花和小凤仙，不管怎么说，人家曾经有过一段感时忧国的传奇，和历史共存，和时间同在。而且，赛金花和小凤仙，虽然都是妓女，起码没有受到过如两次"鱼口"事件那样的屈辱，还都有过一份情感的关爱和疼爱。她的在哪儿呢？姜老爷子？还是那个和她生下一个女儿的隐身人？

有时候，我会想到，真的是寿长则辱，老太太晚年的心境，或者更多的如老太太一样普通而艰辛地生存到了解放以后的妓女，谁能够真正地理解她们呢？她的那两个孩子能吗？我能吗？我们的后代能吗？

有时候，我会想到，虽然姜老太太和赛金花和小凤仙，分处于不同的时代，从清末到民国到新中国成立以后，她们一路迤逦地走过来，有着不同的经历，也都还有着相似的地方，像是胎记一样，醒目地印在那里，那就是她们和时代的关系。作为个体的存在，她们只是一个个的个案，如同一枚枚标本，但这些曾经活过的生命，和她们所处的那个时代的关系是那样的分明。因此，她们身后共同的生存背景——八大胡同，便和她们的命运休戚与共，也和她们所处的时代密不可分。当八大胡同从赛金花时代走到了小凤仙时代，一直走到了姜老太太的时代，它的这一本再页码厚厚、再情节跌宕、再纷乱杂陈的书，也实在是到了该合上的时候了。

记得那天看完终于合上眼睛的姜老太太，走出院子，走出我们的那条老街，回到我们现在住的小区的时候，我看见小区院子里有一株银杏树，从来没有注意到有这样一株银杏树。正是晚秋，银杏的叶子都黄了，落了一地，在阳光的映射下，金子一样，分外明亮。我当时心里感慨，那么漂亮的叶子，却已经是死的叶子，很快就会被扫走，烧掉。

过了很久，好几年前的冬天，我曾经有一次到前门路过这附近，忽然想去我们老院看看。走进老院，来到里院原来东院墙那一排东屋前，我想起了姜老太太，禁不住心里想，日子过得可真快，一晃，老太太离开人世已经十多年了。明知道即便进去也不会再看到姜老太太了，早已是宅第换新主，衣冠异昔时了，但是，忍不住还是叩响了房门。

老太太曾经住过的那房子，没有一点变化，只是门换成新的了，房檐前原来摆着一溜儿花盆的窗台没有了，被拆掉，往外推了一点儿，就着原来小钟的鸽子笼的空地，盖起了一个刀把式的小厨房。小厨房的门旁边，摞着一堆废报纸旧杂志，忍不住看了一眼，托着这些东西的下面，居然是那把破竹椅，早已经落满尘土厚厚的一层了。

屋子里传出来笑声，然后跑出一个半大小子，后面紧跟着一个半大丫头，猛然看到站在门前的我，有些吃惊。我不知道他们是不是姜家的后人，会不会就是姜老太太儿子的那个孩子？看那小子有点儿像，但看那个丫头，不敢认。他们两人看见我站在门前，止住了笑声，愣愣地望着我，问道：您找谁？

母　亲

　　十年来，我写过许多篇有关普通人的报告文学。我自认为与他们血脉相连，心不能不像磁针一样指向他们。可是，我却从来没有想到我可以，也应该写写她老人家。为什么？为什么？

　　是的，她比我写的报告文学中的那些普通人更普通、更平凡，就像一滴雨、一片雪、一粒灰尘，渗进泥土里，飘在空气中，看不见，不会被人注意。人啊，总是容易把眼睛盯在别处，而忽视眼前的、身边的。于是，便也最容易失去弥足珍贵的。

　　我常责备自己：为什么现在才想起来写写她老人家呢？前些日子，她那样突然地离开人世，竟没有留下一句话！人的一生中可以有爱、恨、金钱、地位与声名，但对比死来讲，一切都不足道。一生中可以有内疚、悔恨和种种闪失，都可以重新弥补，唯独死不能重来第二次。现在，再来写对比生命来说苍白无力的文字，又有什么用呢？

我仍然想写。因为她老人家总浮现在我的面前,在好几个月白风清的夜晚托梦给我。面对冥冥世界中她老人家的在天之灵,我越发觉得我以往写的所有普通人的报告文学,渊源都来自她老人家。没有她,便没有我的一切。对比她,我所写的那些东西,都可以毫不足惜地付之一炬。

她就是我的母亲。

一

她不是我的亲生母亲。

1952年,我的生母突然去世。死时,才三十七岁。爸爸办完丧事,让姐姐照料我和弟弟,自己回了一趟老家。我五岁多一点儿,弟弟还不到两岁。我们俩朝姐姐哭着闹着要妈妈!

爸爸回来的时候,给我们带回来了她。爸爸指着她,对我和弟弟说:"快,叫妈妈!"

弟弟吓得躲在姐姐身后,我噘着小嘴,任爸爸怎么说,就是不吭声。

"不叫就不叫吧!"她说着,伸出手要摸摸我的头,我拧着脖子闪开,就是不让她摸。

我偷偷打量着她:缠着小脚,没有我娘漂亮、个高,而且年龄显得也大。现在算一算,那一年,她已经四十九岁。她有两个闺女,老大已经出嫁,小的带在身边,一起住进了我们拥挤的家。

后妈，这就是我们的后妈？

弟弟小，还不懂事，我却已经懂事了，首先想起了那无数人唱过的凄凉小调："小白菜呀，地里黄呀，两三岁呀，没有娘呀……"我弄不清鼓胀着一种什么心绪，总是用一种异样的，忐忑不安的眼光，偷偷看她和她的那个女儿。

不久，姐姐去内蒙古修京包线了。她还不满十七岁。临走前，她带我和弟弟在劝业场里的照相馆照了张相片。我们还穿着孝，穿着姐姐新为我们买的白力士鞋。姐姐走了，我和弟弟都哭了。我们把失去母亲后对母亲越发依恋的那份感情都涌向姐姐。唯一的亲姐姐走了，为了减轻家中添丁进口的负担。她来了。我们又有妈妈了。

姐姐走后，她要搂着我和弟弟睡觉。我们谁也不干，仿佛怕她的手上、胳膊上长着刺。爸爸说我太不懂事，她不说什么。在我的印象中，她进我家后一直很少讲话，像个扎嘴的葫芦。出出进进大院，对街坊总是和和气气，从不对街坊们投来的芒刺般好奇或挑剔的目光表示任何不快。"唉！后妈呀……"隐隐听到街坊们传来的感叹，我心里系着沉沉的石头。我真恨爸爸，为什么非要给我和弟弟找一个后妈来！

对门街坊毕大妈在胡同口摆着一个小摊，卖些泥人呀、糖豆呀、酸枣面之类的。一次路过小摊，她和毕大妈打个招呼，便问我："你想买什么？"

我瞟瞟小摊，又瞟瞟她，还没说话，身边跟着她的亲女儿伸出手指着小摊先说了："妈！我要买这个！"

她打下女儿的手，冲我说："复兴，你要买什么？"

我指着摊上的铁蚕豆,她便从毕大妈手中接过一小包铁蚕豆;我又指着摊上的酸枣面,她便又从毕大妈手中接过一小包酸枣面;我再指着小泥人、指着风车、指着羊羹……我越指越多。我是存心。那时,我小小的心竟像筛子眼儿一样多,用这故意的刁难试探一位新当后妈的心。

她为难地冲毕大妈摇摇头:"我没带这么多钱!"

我却嚷着,非要买不成。这么一闹,招来好多人看着我们。她非常尴尬。我却莫名其妙地得意,似乎小试锋芒,以胜利而告终。

过了些日子,她的大女儿从天津来了,我叫她大姐。大姐长得很像她,待我和弟弟很好。我们一起玩时有说有笑也很热闹,大姐挺高兴。临走前整理东西,她往大姐包袱卷里放进几支彩线,让我一眼看见了。这是我娘的线!我娘活着的时候绣花用的,凭什么拿走?第二天,大姐要走时找这几支彩线,怎么也找不着了。"怪了!我昨儿个傍晌明明把线塞进去了呀!咋没了呢?"她翻遍包袱,一阵阵皱眉头。她不知道,彩线是我故意藏起来了。

送完大姐回天津,爸爸从床铺褥子下面发现了彩线,一猜就是我干的好事,生气地说我:"你真不懂事,藏线干什么?"

我不知怎么搞的,委屈地哭起来:"是我娘的嘛!就不给!就不给!……"

她哄着我,劝着爸爸:"别数落孩子了!兴是我糊涂了,忘了把线放在这儿了……"我越发得理似的哭得更凶了。

咳!小时候,我是多么不懂事啊!

二

　　几年过去了。我家里屋的墙上，依然挂着我娘的照片。那是我娘死后，姐姐特意放大了两张十二寸的照片，一张她带到内蒙古，一张挂在这里的。我和弟弟都先后上学了，同学们常来家里玩。爸爸的同事和院里的街坊有时也会光顾，进屋首先都会望见这张照片。因为照片确实很大，在并不大的墙上很显眼。同学们小，常好奇地问："这是谁呀？"大人们从来不问，眼睛却总要瞅瞅我们，再瞅瞅她。我很讨厌那目光。那目光里的含义让人闹不清。

　　随着年龄的一天天增长，我的心态开始盛满过多复杂的情感。我对自己的亲姐姐越发依恋，也常常望着墙上娘的照片发呆，想念着娘，幻想着娘又活过来同我们重新在一起的情景。有时对她会莫名其妙地发脾气。她从不在意，更不曾打过我和弟弟一个手指头，任我们向她耍着性子，拉扯着她的衣角，街坊四邻都看在眼里。

　　许多次，爸爸和她商量："要么，把相片摘下来吧？"

　　她眯缝着眼睛瞧瞧那比真人头还大的照片，摇摇头。

　　于是，我娘的照片便一直挂在墙上，瞧着我们，也瞧着她。她显得很慈祥。头一次，我对她产生一种说不出的好感。但叫她妈妈一时还叫不出口。

　　那时候，没有现在变形金刚之类花样翻新的玩具，陪伴我和弟弟度过整个童年的只有大院里的两棵枣树，我们可以在秋天枣红的时候爬上树摘枣，顺便可以跳上房顶，追跑着玩耍。再有便只是弹玻璃球、拍洋片了。我不大爱拍洋片，拍得手怪疼的；爱玩弹球，将球弹进挖好的一个个小坑里，很有点儿现在的高尔夫球、门球的味道。玩得高兴了，便入迷得什么都不顾了，仿佛世界都融进小小透明的玻璃球里了。一次，我竟忘乎所以地将球搁进嘴里，看到旁边的小孩子没我弹得准时兴奋地叫了起来，"咕噜"一下把球吞进了肚子里。孩子们惊呆了，一个孩子恐惧地说："球吃进肚皮里要死人的！"我一听吓坏了，哇哇哭起来。哭声把她拽出屋，一见我惊慌失措的样子，忙问："怎么啦？"我说："我把球吃进肚子里了！"一边说着，一边又哭了起来。她很镇静，没再讲话，只是快步走到我身边，蹲下身子一把解开我的裤带，然后用一种我从未听过的、带有命令的口吻说："快屙屎，把球屙出来就没事了！"我吓得已经没魂了，提着裤子刚要往厕所跑，被她一把拽住："别上茅房，赶紧就在这儿屙！"我头一次乖乖地听了她的话，顺从地脱下裤子，蹲下来屙屎。小孩们看见了，不住地笑。她一扬手，像赶小鸡一样把他们赶走："都家去，有啥好笑的！"

　　这一刻，她不慌不乱，很有主意。我一下子有了主心骨，觉得死已经被她推走了，便憋足劲屙屎。谁知，偏偏没屎。任凭憋得满脸通红就是屙不出来。她也蹲着，一边看看我的屁股，一边看看我："别急！"说着，用手帮我揉着肚子："这会儿球也不能那么快就到了屁股这儿，刚进肚儿，它得慢慢走。

我帮你擀擀肚子!"我不知道她为什么一直把揉肚子叫擀肚子,但她擀得确实舒服,以后我一肚子疼就愿意叫她擀。她不光擀肚子这块,还非得叫我翻过身擀后背。她说就像烙饼得翻个儿一样,只有两面擀才管用。这时候,我第一次感受到她那骨节粗大的手的温暖和力量。不知擀了多半天,屎终于屙出来了。多臭的屎啊!她就那样一直蹲在我的旁边,不错眼珠地望着那屎,直到看见屎里果真出现了那颗冒着热气的圆鼓鼓的小球时,才高兴地站起来,走回家拿来张纸递给我:"没事了,擦擦屁股吧!"然后,她用土簸箕撮来炉灰撒在屎上,再一起撮走倒了。

孩子没有一个是省油的灯,大人的心操不完。我们大院门口对面是一家叫泰丰粮栈的大院。它气派大,门前有块挺平坦宽敞的水泥空场。那是我们孩子的乐园。我们没事便到那儿踢球、抖空竹,或者漫无目的地疯跑。一天上午,它那儿摆着个大车轱辘,两只胶皮轮子中间连着一根大铁轴。我们在公园玩过踏水车的玩具,便也一样双脚踩在铁轴上,双手扶着墙,踩着轱辘不住地转,玩得好开心。我忘了我们小孩能有多大劲呢?那大轱辘怎么会听我们摆布呢?它转着转着就不听话,开始往后滚。这一滚动,其他几个孩子都跳下去了,唯独我笨得脚一踩空,一个栽葱摔到地上,后脑勺着着实实砸在水泥地上,立刻晕了过去。

等我醒来时已经躺在医院里,身旁是她和同院的张大叔。张大叔告诉我:"多亏了你妈呀!是她背着你往医院跑呀!我怕她背不动你,跟着来搭把手,她不让,就这么一直背着你。怕你得后遗症，求完大夫求护士的。你妈可真是个好人啊……"

她站在一边不说话，看我醒过来，伏下身来摸摸我的后脑勺，又摸摸我的脸。我不知怎么搞的，眼泪怎么也控制不住流了下来。

"还疼？"她立刻紧张地问我。

我摇摇头，眼泪却止不住。

"你刚才的样子真吓死人了！"张大叔说。

回家的时候，天早已黑了。从医院到家的路很长，还要穿过一条漆黑的小胡同，我一直伏在她的背上。我知道刚才她就是这样背着我，踩着小脚，跑了这么长的路往医院赶的。

以后许多天，她不管见爸爸还是见街坊，总是一个劲埋怨自己："都赖我，没看好孩子！千万别落下病根儿呀……"好像一切过错不在那大车轱辘，不在那硬邦邦的水泥地，不在我那样调皮，而全在于她。一直到我活蹦乱跳一点儿事没有了，她才舒了一口气。

这就是我的童年、我的少年。除了上学，我们没有什么可玩的。爸爸忙，每天骑着那辆像侯宝林在相声里说的除了铃不响哪儿都响的破自行车，从我家住的前门赶到西四牌楼上班，几乎每天两头不见太阳。她也忙，缝缝补补，做饭洗衣，在我的印象中，她一直像鸵鸟一样埋头在我家那个大瓦盆里洗衣服，似乎我们有永远洗不完的破衣烂衫。谁也顾不上我们，我们只有自己想办法玩，打发那些寂寞的光阴。

一次，我和弟弟捉到几只萤火虫，装进玻璃瓶里，晚上当灯玩。玩得正痛快呢，院里几个比我大的男孩子拦住我们，非要那萤火虫灯。他们仗着自己人高马大，常常蛮不讲理欺侮我和弟弟这没娘的孩子。说实在的，那时我们怕他们，受了欺侮又不敢回家说，只好忍气吞声。这一次非要我们的萤火虫灯，真舍不得。他们毫不客气一把夺走，弟弟上前抢，被他们一拳打在脸上，鼻子顿时流出血来。我和弟弟一见血都吓坏了。回家路过大院的自来水龙头，我接了点儿凉水，替弟弟把脸上的血擦净，悄悄嘱咐："回家别说这事！"

弟弟点点头，回家就忘了。我知道他委屈。爸爸是个息事宁人的老实人，这回也急了，拉着弟弟要找人家告状。她拦住了爸爸："算了！"

我挺奇怪，为什么算了？白白挨人家欺侮？

她不说话。弟弟哭。我噘着嘴。

晚上睡觉时，我听见她对爸爸说："街坊四邻都看着呢。我带好孩子，街坊们说不出话来，就没人敢欺侮咱孩子！"

当时，我能理解一个当后妈的心理吗？她就是这样一个人，一直到去世也没和任何人红过一次脸。她总是用她那善良而忠厚的心，去证明一切，去赢得大家的心。以后，院里大孩子再欺侮我们，用不着她发话，那些好心的街坊大婶大娘便会毫不留情地替我们出气，把那些孩子的屁股揍得"啪啪"山响。

这样一件事发生后，街坊们更是感叹地说："就是亲娘又怎么样呢？"

那是她的小闺女长到十八岁的时候。

她一直怕人家说自己是后妈待孩子不好，凡事都尽着我和弟弟。哪怕家里有点好吃的,也要留给我们而不给自己的闺女。我们的小姐姐老实、听话,就像她一样。小姐姐上学上得晚,十八岁这一年初中刚毕业。她叫她别再上学了,让她到内蒙古找我姐姐去,让我姐姐给介绍了个对象,闪电式便结了婚。现在越发金贵的一纸北京户口,就这样让她毫不犹豫地抛到内蒙古京包线上一个风沙弥漫的小站。那一年,我近十岁了,我知道她这样做为的是免去家庭的负担,为的是我和弟弟。

"早点儿寻个人家好!"她这样对女儿说,也这样对街坊们解释。

小姐姐临走时,她把闺女唯一一件像点儿样的棉大衣留了下来:"留给弟弟吧,你自己可以挣钱了,再买!"那是一件粗线呢的厚厚大衣,有个翻毛大领子,很暖和。它一直跟着我们,从我身上又穿到弟弟身上,一直到我们都长大了,再也用不着穿它了,她还是不舍得丢,留着它盖院子里冬天储存的大白菜。以后,她送自己的闺女去内蒙古,也没讲什么话,只是挥挥手,然后一只手牵着弟弟,一只手领着我。当时,我懂得街坊们讲的话吗?"就是亲娘又怎么样呢?"我理解作为一个母亲所做的牺牲吗?那是她身边唯一的财富啊!她送走了自己亲生的女儿,为的是两个并非亲生的儿子啊!

记得有一次,爸爸领我们全家到鲜鱼口的大众剧场看评戏。那戏名叫《芦花记》,是出讲后妈的戏。我不大明白爸爸为什么选择带我们来看这出戏。我一边看戏,一边偷偷地看坐在身旁的她。她并不那么喜欢看戏,也看不大懂,总得需要爸爸不时悄悄对她讲述一遍情节才行。我不清楚她看了这出演后妈的戏会有什么感触，我自己心里却倒海翻江，一下子滋味浓浓得搅不开。那后妈给孩子穿用芦花假充棉花却不能遮寒的棉衣，使我对后妈充满恐惧和厌恶。但坐在我身边的她，是这样的人吗？不是！她不是！她是一位好人！她是宁肯自己穿芦花做的棉衣，也决不会让我和弟弟穿的。我给我自己的回答是那样肯定。

我不爱听评戏。从那出《芦花记》后，我再也没看过第二场评戏。

妈妈！我忘记了是从哪一天开始叫她妈妈了。但我肯定是在看了这出评戏之后。

三

童年和少年，是永远回忆不完的，像是永远挖不平的大山。那时，我们因节节拔高而常常看不起目不识丁的母亲；常常会在不知不觉中忘记了她的存在。当一切过去了，才会看清楚过去的一切，如同潮水退后的石粒一般，格外清晰地闪着光彩显露出来。

小学高年级，我的自尊心其实是虚荣心膨胀起来的，像爱面子的小姑娘。妈妈没文化，针线活做的也不拿手，针脚粗粗拉拉的。从她来以后，我和弟弟的衣服、鞋都是她来做。衣服做得像农村孩子穿的，洗得干干净净。这时候，我开始嫌那对襟小褂土；嫌那前面没有开口的缅裆裤太寒碜；嫌那踢死牛的棉鞋没有五眼可以系带……我开始磨妈妈磨爸爸给我买商店里卖的衣服穿。这居然没有伤她的心，她反倒高兴地说："孩子长大了，长大了！"然后，她带我们到前门外的大栅栏去买衣服。上了中学以后，她总是把钱给我，由我自己去挑去买。而她只是在衣服的扣子掉了的时候帮我补上；衣服脏的时候埋头在那大瓦盆里洗不完似地洗。

　　我甚至开始害怕学校开家长会，怕妈妈踩着小脚去，怕别人笑话我。我会千方百计地不要她去，让爸爸参加。如果实在没有办法，她必须去，我会在开会前羞得很，会后又会臊不嗒嗒的，仿佛很丢人。前后几天，心都紧张得很，皱巴巴的，怎么也熨不平。其实，她去学校开家长会的机会很少，但我仍然害怕，我实在不愿意她出现在我们学校里。反正，那时我真够浑的。

　　一年暑假，我磨着要到内蒙古看姐姐。爸爸被我磨得没办法，只好答应了。听说学校开张证明，便可以买张半价的学生火车票。爸爸去了趟学校，碰壁而归。校长说学生只有去探望父母才可以买半价学生票，看姐姐不行。我知道那位脸总是像刷着糨糊一样绷得紧紧的校长，他说出的话从来都是定盘的星。我们谁见了他都像耗子见了猫一样，躲得远远的。

　　妈妈说我去试试！

　　我不抱什么希望。果然她也是碰壁而归。不过她不是就此罢休，而是接着再去，接着碰壁。我记不清她究竟几进几出学校了。总之，一天晚上，她去学校很晚没回家，爸爸着急了，让我去找。我跑到学校，所有办公室都黑洞洞的，只有校长室里亮着灯。我走近校长室门，没敢进去。平日，我从不敢进一次校长室。只有那些违反校规、犯了错误的同学才会被叫进去挨训。我趴在门口听听里面有什么动静？没有。什么动静也没有。莫非没人？妈妈不在这里？再听听，还是没有一点儿声响。我趴在窗户缝瞅了瞅，校长在，妈妈也在。两人演的是什么哑剧？

我不敢进去，也不敢走，坐在门口的石阶上等。不知过了多半天，校长的声音吓了我一跳："大妈！我算服了您了！给您，证明！我可是还没吃饭呢！"接着就听见椅子响和脚步声，吓得我赶紧兔子一样跑走，一直跑出学校大门。我站在离校门口不远的一盏路灯下，等妈妈出来。我老远就看见她手里攥着一张纸，不用说，那就是证明。

她走过来，我叫了一声："妈！"愣愣的，吓了她一跳。她一见是我，把证明递给我："明儿赶紧买火车票去吧！"

回家的路上，我问她："您用什么法子开的证明呀？"我觉得她能把那么厉害的校长磨得好说话了，一定有高招。

她微微一笑："哪儿有啥法子！我磨姜捣蒜就是一句话：复兴就这么一个亲姐姐，除了姐姐还探啥亲？不给开探亲证明是什么道理？校长不给开，我就不走。他学问大，拿我一个老婆子有啥法子！"

"妈！您还真行！"

说这话，我的脸好红。我不是最怕妈妈去学校吗？好像她会给我丢多大脸一样。可是，今天要不是她去学校，证明能开回来吗？

虚荣心伴我长大。当浅薄的虚荣一天天减少，我才像虫子蜕皮一样渐渐长大成人。而那时候,我懂得多少呢?在我心的天平上,一头是妈妈,一头却是姐姐。尽管妈妈为我付出了那样多,我有时依然忘记了妈妈的情意,而把天平倾斜在姐姐的一边。莫非是血脉中种种遗传因子在作怪吗?还是心中藏有太多的自私?

大约六年级那一年,我做了一件错事。姐姐逢年过节都要往家里寄点儿钱。那一次,姐姐寄来三十元。爸爸把钱放进一个牛皮小箱里。那箱子是我家最宝贵的东西,所有的金银细软都装在里面。那时所谓的金银细软,无非是爸爸每月领来的七十元工资、全家的粮票、油票、布票之类。我一直顽固地认为:姐姐寄来的钱就是给我和弟弟的。如果没有我和弟弟,她是不会寄钱来的。爸爸上班后,我趁妈妈不在家的时候,走近那棕色的小牛皮箱。箱子上只有一个铜钉锦儿,没有锁头,轻轻一掀,箱盖就打开了。我记得挺清楚,五元一张的票子六张躺在箱里,我抽走一张跑出了屋。那时,我迷上了文学,尤其是古典诗词。我从同学手里借了一本《千家诗》,全都抄了下来,觉得不过瘾,想再看看新的才解气。手中有五元钱一张"咔咔"直响的票子,我径直跑往大栅栏的新华书店。那时五元钱真禁花,我买了一本宋词选,一本杜甫诗选,一本李白诗选,还剩一块多零钱。捧着这三本书,我像个得胜回朝的将军得意扬扬回到家,一看家里没人,把书放下便跑到出租小人书的书铺,用剩下的钱美美地借了一摞书。我忘记了,那时五元钱对于一个每月只有七十元收入的全家意味着什么。那并不是一个小数字。

我正读得津津有味,爸爸突然走进书铺。我这才意识到天已经暗了下来。我这才发现爸爸一脸怒气,叫我立刻跟他回家。一路上,他走在前面,我跟在后面,活像犯了错的小狗,耷拉着耳朵垂着尾巴。我知道大事不好。果然,刚进家门,爸爸便忍不住,把我一把按在床上,抄起鞋底子狠狠地打在我的屁股上。爸爸什么话也不讲。我不哭,也没有叫。我和爸爸都心照不宣,我心里却在喊:"姐姐!姐姐!你寄来的钱是给谁的?是给我的!我的!"

我生平头一次挨打。也是唯一一次。

妈妈就站在旁边。她一句话也没说,就那么看着,不上来劝一劝,一直看着爸爸打完了我为止。

吃饭时,谁也不讲话,默默地吃,只听见嚼饭的声音,显得很响。妈妈先吃完饭,给爸爸准备明天上班带的饭,其实我天天看得见,但仿佛这一天才看清楚:只是两个窝头,一点儿炒土豆片而已。爸爸每天就吃这个。大冬天,刮多大风、下多大雪,也要骑车去,不肯花五分钱坐车,我却像大爷一样五元钱大把大把地花。我忽然感到很对不起爸爸,觉得是我错了,我活该挨打。妈妈不劝也是对的,为的是让我长个记性。

饭后,爸爸叮嘱妈妈:"明儿买把锁,把小箱子锁上!"

第二天,那个棕色小皮箱没有上锁。

第三天,妈妈仍然没有锁上它。

在以后的岁月里,那箱子对我始终没有上锁。为此,我永远感谢妈妈。那是一位母亲对一个犯错误孩子的信任。对于儿子,只有母亲才会把自己的一切向他敞开着……

四

我上初中的时候,正赶上三年自然灾害。那时,弟弟上小学三年级。我们正在长身体、要饭量的棁节儿。一下子,家里粮食月月出奇的紧张,我们的肚子出奇的大,像是无底洞,塞进多少东西也没有饱的感觉。

星期天,爸爸对我们说:"今天带你们去个好地方!"

爸爸、妈妈领着我们兄弟俩来到天坛墙根儿底下。妈妈一下子精神焕发,蹲下来挖了两棵野菜。原来是挖野菜来了!爸爸口中念念有词:"野菜更有营养!"我和弟弟谁也不信,都觉得那玩意儿很苦。挖野菜,妈妈是行家。她在农村待过好多年,逃过荒、要过饭,闹饥荒的岁月就是靠吃野菜过来的。她很得意地告诉我和弟弟这叫什么菜、那叫什么菜,那样子很像老师指着黑板告诉我们什么是正确答案。以后,我写小说时要写一段有关野菜的具体名字时问她,她依然眼睛一亮,得意地告诉我什么是茴菜、马齿苋、苣荬菜、苦苦菜、老瓜筋、洋狗子菜、牛舌头棵……

就是这些名目繁多味道却一样苦涩的野菜,充饥在爸爸和妈妈的肚子里。那时,从天坛墙根儿挖来的野菜,被妈妈做成菜团子(用玉米面包着野菜做馅的食品),大多咽进她和爸爸的胃里,而把馒头和米饭让给我和弟弟吃。野菜到底是野菜,就在灾荒眼瞅着快要过去的时候,爸爸妈妈却病倒了。

先是爸爸，患上高血压，由于饥饿，全身浮肿，脚面像被水泡过发酵一般，连鞋都穿不进去。他上不了班，只好提前退休，每月拿百分之六十的工资，全家只有靠爸爸的四十二元钱过日子了。紧接着，妈妈病了，那么硬朗的身子骨也倒下了。

我永远不会忘记那一夜。

那时，我正要初三毕业，弟弟小学毕业，正要毕业考试之际。一天半夜里，我被里屋妈妈的一阵咳嗽惊醒，睁眼一看，见里屋的灯亮着。爸爸和妈妈正悄悄说着话。我听出来是妈妈吐血了。我再也睡不着，用被子捂着脸偷偷地哭了，又不敢哭出声，怕惊动弟弟和他们。我知道，这一切是为了我们。我们这些孩子有什么用！我们就像趴在他们身上的蚂蟥，在不停吸吮着他们的血呀！我们快长大了，他们的血也快被吸干了。

第二天上午，我对他们讲："爸！妈！我不想上高中了，想报中专！"上中专吃饭不用花钱，每月还能有点助学金。

爸爸一听挺吃惊："为什么？你一定得上高中，家里砸锅卖铁也要供你！"爸爸知道我初中几年都是优良奖章获得者，盼我上高中、上大学。

妈妈坐在一旁不说话，只是不断地咳。她每咳一声，都像鞭子抽打在我的心上。那一刻，我真想扑在她的怀里大哭一场。

爸爸又说："你听见了吗？一定要上高中！"他见我不答话，生气地一再逼我答应。

我急了，流着泪嚷了句："妈都吐血了，我不上！"

这话让他们都一惊。妈妈把我叫到她身边，说："你听谁瞎嘞嘞？我没——"

"您甭骗我了！昨夜里你们的话，我都听见了！"

她本来就不会讲瞎话，让我这么一说更不会遮掩了："妈妈是没事！我以前身子骨好，你放心！上学可是一辈子的事。妈妈一辈子没文化，你可要……"她说着有生以来最多的一次话。她说得不连贯，讲不出什么道理，但我都明白。

"你快别惹你爸生气，你爸有高血压。听见不？就点点头说你上高中！"

她说着，望着我。我望着她蜡黄的脸上皱纹一道道的，心里不禁一阵阵抽搐。

"你快答应吧！"她急得掉出了眼泪。

我不忍心她这样悲伤近乎哀求一样地对我说话，只好点了点头。

当天，爸爸把这事写信告诉了姐姐。就是从那个月起，姐姐每月都寄来三十元钱，一直寄到我到北大荒插队。我知道我只能上高中，只能好好学习，比别人下更大的苦功夫学！

爸爸一辈子留下两件值钱的东西：一是那辆破自行车；另是一块比他年纪还要老的老怀表。他卖掉了这两样东西，给妈妈抓来中药。我卖掉了集起来的一本邮集，又卖掉几本书，换来一些钱，交到妈妈的手中。我想让妈妈的病快点儿好起来，心想妈妈会为我这么孝顺高兴的。谁知她听说我卖了书，什么话也没说，眼泪落了下来。弄得我不知怎么回事，一个劲儿问："妈，您怎么啦？……"

"你真不懂事啊！真不懂事！我为了什么？你说！你怎么

能卖书呢?"

我讲不出一句话。妈妈,你病成这样子,想的还是要我读书!

"你答应我以后再也不干这傻事了!"

我只好点点头。

我升入高中。就在高一这一年下乡劳动中,我上吐下泻病倒了。同学赶着小驴车连夜把我送到长途汽车站。我回到家后几天高烧不退,昏迷不醒,可吓坏了爸爸妈妈。一位邻居对妈妈说:"孩子是魂儿丢了。你得快替孩子招招魂!"妈妈赶紧脱下鞋,用鞋底子拍着门槛,嘴里大声反复叫着:"复兴,我的儿呀,你快回来吧!复兴,我的儿呀,你快回来吧!……"然后不住叫我的名字:"你答应啊!复兴,你答应啊!……"

躺在床头迷迷糊糊听见她在叫我,我不应声。我当时刚刚加入共青团,又是学校堂堂的学生会主席,自以为很革命,怎么能信招魂这迷信的一套呢?我不应声,妈妈便越发用鞋底子使劲拍门槛,越发大声叫:"复兴,你答应啊……"那声音越发充满着紧张和急迫,直到后来嗓子哑了、带着哭音了。她是那样虔诚地相信我的魂还未被她招回。我的性子可真拧,或者说我的革命性可真坚定,妈妈就这样叫了我半宿,我硬是不应声。

弟弟在一旁急了,撺掇我:"你快答应一声吧!"没办法,我只好有气无力地应了一声:"呃!"妈妈长舒一口气,穿上鞋站起来走到我身边,说:"总算把魂招回来了!没事了,你病快好了。"

病好之后，我说她："妈！大半夜的叫魂，多让人难为情。您可真迷信！"

她一笑："什么迷信不迷信！你病好了，我就信！"

这就是我的母亲！在所有人面前，我从来不讲她是后妈，也绝不允许别人讲。

我忽然想起这样一件事。那时，我在学校食堂吃一顿午饭，负责打饭、分饭。我们班有个眼皮有块疤癞的同学，有一次非说我分给他的饭少了，横横地对我说："怎么给我这么点儿？你后妈待你也这样吧？"我气得浑身发抖，扔下盛馒头的簸箩，和他扭打了起来。我从来没和别人打过架，自小力气便弱。疤癞眼是个嘎杂子琉璃球的个别生，很会打架。我知道我打不过他，可还是要打。结果，吃亏的当然是我，我被他打得鼻青脸肿。但他也没占什么便宜，开始时，他毫无准备，被我朝他的小肚子上结结实实打了好几拳。

回到家，见我狼狈的样子，妈妈吓坏了，忙问："小祖宗，你这是怎么啦？"

"没什么！"我没告诉妈妈。但我觉得我值得。我为妈妈做了点儿什么。虽然，也付出了点儿什么。

五

我是用爸爸的一条命从北大荒换回来的。

"文化大革命"中，我和弟弟分别到了北大荒和青海。那时，我们热血沸腾，挥斥方遒，一心只顾指点江山，而把两个老人那样毅然决然、毫无情义地抛在家里，像抛在孤寂沙滩的断楫残桨。我们只顾自己年轻，却忘记了老人的年龄。1973年秋天，我和弟弟回北京探亲，我刚刚返回北大荒不几日，而弟弟还在途中，电报便从家中拍出：父亲脑溢血突然病故在同仁医院。我们匆匆往家中赶，三个姐姐先赶到家。我进门第一眼便看见妈妈臂上戴着黑箍，异常刺目。死亡，是那样突然、那样无情，又是那样真实。我的心一下子紧缩起来。

妈妈很冷静。听到爸爸去世的消息，她孤零零一个人赶到同仁医院。我们都是她的儿女啊，却没有一个人在她的身边。在她最需要我们的时候，我们却远在天涯，只顾奔自己的前程。

好心的街坊问她："肖大妈，有没有孩子们的地址？找出来，我们帮您拍电报！"她从床铺褥子底下找出放好的一封封信。那是我们几个孩子这几年给家中寄来的所有的信。她看不懂一个字，却保存完好；虽目不识丁，却能从笔迹中准确无误地辨认出哪封是我、是弟弟、是姐姐们寄来的。街坊们告诉我："你妈这老太太真是刚强的人，一滴眼泪都没掉，等着你们回来！"街坊就是按这些信封上的地址给我们几个孩子分别拍来电报的。

冷清的家，便只剩下妈妈一个人。我这时才发现，她已经老了，头发花白了，皱纹像菊花瓣布满瘦削的脸上。我算算她的年龄，这一年，她整整七十岁了。年轻和壮年的时光一去不返，我们却以为她还不老，还可以奔波。我的心中可曾装有几多老人的位置？我感到很内疚。父亲丧事料理妥当，姐姐、弟弟分别回去了，我留下没走。我决心一定要办回北京，决不让妈妈一个人茕茕孑立，守着孤灯冷壁、残月寒星生活！

我回到北京，开始了待业的生涯。姐姐又开始每月寄来三十元钱。弟弟也往家寄来钱。我和妈妈真正相依为命的日子是从这时候开始的。以往，我从没有像这时候一样感到心贴得如此近，感到彼此是个依靠，是不可分离的。

当我像家中的男子汉一样，要支撑这个家过日子了，才发现家里过冬的煤炉是一个小小圆孔小肚的炉子，早已经落后了十年甚至二十年。它无法封火，又无烟道，极易煤气中毒。院里已经没有一家再用这种老式简易炉子了。而妈妈却还在用！而我几次探亲，居然视而不见！我真是个不孝的儿子！我骂自己。我想起刚刚到北大荒正赶上大雨，收割小麦，双腿陷入深深的沼泽中，便写信让家里给我买双高勒雨靴寄来。买新的，没那么多钱；买旧的，得到天桥旧货市场，妈妈走不了那么远的道。那时候我怎么就没有想到呢？是妈妈托街坊毕大妈的儿子到天桥旧货市场帮我买的。我连想也没想，接到雨靴便穿在脚上去战天斗地了。这年冬天，又写信向家里要条围巾，好抵御北大荒朔风如刀的"大烟泡"。这一回，毕大妈的儿子到吉林插队了，妈妈没有了"拐棍"，只好自己到王府井，爬上百货大楼，替我买了一条蓝围巾。我怎么就没有想到呢？她是踩着小脚走去的呀！这已经是她力不胜任的事情了。我接到围巾时，发现那是条女式围巾，连围都没围便送给了别人。我怎么就没想到那是妈妈眯缝着昏花的老眼挑了又挑，觉得这条围巾又长又厚,才特意买下的,为的是怕我冷呀!当时,我什么都没想,随手就将围巾送给了人,只顾嚼着那围巾里包裹的一块块奶糖……

我实在不知道人生的滋味,不知道妈妈的心。妈妈细致的爱如同润物无声的春雨,却只打在我那粗糙、梆硬如同水泥板的心上,没有渗进,只是悄无声息地流走了……

我望着那已经铁锈斑斑、残破不全的煤炉,一股酸楚和歉疚拱上嗓子眼。我对妈妈说:"妈,咱买个炉子去吧!"

"买什么呀!还能用!"

"不!买个吧!这炉子容易煤气中毒!"

大概是后一句话打动了妈妈,同意去买个炉子。实际上,她是怕我煤气中毒。莫非我的命就比她金贵吗?

我不知道那年头买炉子还要票,我也不知道妈妈是怎样找到街道办事处磨到了一张票。她和我从前门转到花市,就像如今买冰箱彩电一样,挑了这家又挑那家。那时,炉子确实是家中一个大物件。最后终于买到一个煤球、蜂窝煤两用炉。我和妈妈一人一只手抬着这个炉子,从花市抬到家里,足足得走两里多的路呢。妈妈竟然那么有劲儿,想想她老人家都是七十岁的人了呀。我家中有史以来第一次冬天生起这样正规的炉子。那是我家第一件现代化的东西。红红的炉火苗冒起来,映着妈妈已经苍老的脸庞,她那样高兴,身旁有了我,她像是有了底气。我回家为妈妈做的第一件事,便是买这个炉子,且以新火试新茶,我和妈妈的生活就是从这炉子开始的。

我的待业生涯并不长,大约半年过后,我调回北京,在郊区一所中学教书，每月可以拿到薪水四十二元五角。我将这第一个月工资交给妈妈，她把钱放进那棕色牛皮箱里，就像当年爸爸每月将工资交给她由她放好一样。节省是一门学问，是一项只有在人生苦难中才会磨炼出来的本领。妈妈就有这种本领和学问。每月四十二元五角，两个人过日子并不富裕。她料理得有理有条，中午自己从不起火做饭，只是用开水泡泡干馒头和米饭，就几根咸菜吃；每天只买两角钱肉，都是留到晚上我下班回家吃。而我当时却偏偏还在迷恋文学，还要从这紧巴巴的日子里挤出钱来买书、买稿纸。每次妈妈到那小皮箱里拿钱，从不说什么。每次我问："还有钱吗？"她总是说："有！有！拿去买你的书吧！"仿佛那箱子是她的百宝箱，钱是取之不尽的。

我清楚，我的书一天天增多，家里的日子一天天紧巴，妈妈脸上的皱纹一天天加深。

一天傍晚下班回家，还没进家门，听见一阵婴儿的啼哭声从屋里传出。谁的小孩？我们家任何亲戚都不曾有这样小的孩子呀！家里出了什么事？我心里很不安，走进家门，看见妈妈正给躺在床上的一个婴儿换褯子。

"妈！这是谁家的孩子？"

"我给人家看的。"

妈妈抱起正在啼哭的孩子，一边拍着、哄着，一边对我说。

"谁叫您给人家看孩子？"

"每月三十元钱，好不容易托人才找到这活儿的！"妈妈说着，显得挺激动。那时，每月增加三十元，对我家来说差不多等于生活水平翻一番呢。她抱着孩子，像抱着一面旗，很有些自豪，"这孩子挺听话，不闹人！孩子他妈还挺愿意我给看……"

"不行！您把孩子送回去！"我粗暴地打断妈妈兴头上的话。生平头一次，我冲妈妈发这么大火，"现在就送回去！"

妈妈也急了，泥人还有个土性呢，冲我也叫道："你还要吃人呀？"

"不行，您现在就把孩子送回去！"我不听妈妈那一套，铁嘴钢牙咬紧这一句话。我只觉得让年纪这么大的妈妈还在为生计操劳，太伤一个男子汉的尊严，让街坊四邻知道该多笑话我没出息、没能耐！

争吵之中，孩子哭得更响了。妈妈和我都在悄悄地擦眼角。最后，妈妈拧不过我，只好抱着孩子送回去了。她回来后，我们谁也不讲话。整整一晚上，小屋静得出奇。我心里很难受，很想找碴儿对妈妈讲几句什么，却一句也说不出。

第二天清早，妈妈为我准备好早饭，指着我鼻子说了句："你这孩子呀，性子太犟！"昨天的事过去了。妈妈终归是妈妈。

傍晚下班回家，一进门，好家伙，家里简直变了样。床上、地上全是五颜六色的线团和绒布。本来不大的屋子，一下子被这些东西挤得更窄巴了。妈妈被这些彩色的线簇拥着，只露出半截身子，头发上沾满了线毛。

这一回，妈妈见我进屋就站起来抖搂一身的线毛，先发制人："这回你甭管！我一定得干！拆一斤线毛有X角钱（我忘记具体是几角钱了,只记得拆的线毛是为工厂擦机器的棉纱)。这点钱不多,每天也能添个菜!再说你爸一死,我也闷得慌,干点儿活儿也散散心。你不能不让我干!"

我还能说什么呢?妈妈的性子也够犟的!她从没上过一天班,没拿过一分钱工资。她一无所有,没有财富没有文化也没有了青春,正如现在那首歌里唱的:"脚下这地在走,身边那水在流,可我却总是一无所有。"她所有的只是一颗慈爱的心和一双永远勤劳不知累的大手。即使如今她老了,还将她那最后一缕绿荫遮挡我,将她那最后一抹光辉洒向我。那些个小屋里弥漫着彩色棉纱的夜晚,给我们的家注满了温馨和愉悦。我就是这样坐在妈妈身旁,帮妈妈用废钢锯条拆着那彩色线毛。妈妈常笑我笨,拆得不如她快、她利索……

一次参加朋友的婚礼,招待我喜糖,里面有金纸包装的蛋形巧克力。说起来脸红,那时我还从未尝过巧克力。小时候,只有在过年时才能吃到硬块水果糖,最好的也只是牛奶糖。嚼着另一种味道的巧克力,我忽然想起还在灯下拆线毛的妈妈,她也从来没吃过这种糖呀!我偷偷拿了两块金纸巧克力,装进衣兜里。婚礼结束后回到家,我掏出那两块巧克力对妈妈说:"妈!我给您带来两块巧克力,您尝尝!"谁知衣兜紧靠身体,暖乎乎的身子早把巧克力暖化了。打开金纸只是一团黑乎乎、黏糊糊的东西了。我好扫兴。妈妈用舌头舔了舔,却安慰说:"恶苦!我不爱吃这营生……"

我一把揉烂这两块带金纸的巧克力,心里不住地发誓:我一定要让妈妈过上一个幸福的晚年。

六

妈妈病了。

谁也不会想到身体一直那么结实、心地那么宽敞的妈妈会突然发病，而且是精神病。

起初，我没有一点儿思想准备，一直不相信这残酷的现实。有时半夜，她蹑手蹑脚地走到我的床头，伏在我的耳边悄悄地说话，生怕别人听见："你听见了吗？隔壁有人在嘀咕咱娘儿俩，要害咱娘儿俩！"我坐起来仔细听，哪有什么声响！我劝她快睡觉："没有的事！"越说不信她的话，她越着急。一连几夜如此，弄得我心烦得很："妈！您耳朵有毛病了吧？没人嘀咕，咱又没招人家，没人要害咱们，也没人敢害咱们！"她一听就急了，先压低嗓门："我的小祖宗，你小点儿声，不怕人家听见！"然后生气地伸手捂住我的嘴。

"没有的事，您自个净胡思乱想！"我也急，不知该怎么向她解释才好。越解释，她越生气："怎么，我的话你都不信？我这么大年纪了还能胡说八道？你呀，你甭信，你就等着人家来害你吧！"

我不知该怎么办才好。

突然，一天夜里，正飘着秋天凄苦的细雨。她又走到我床头，把我摇醒，说："快走！有人来害咱娘儿俩！"我把她扶到自己的床上，让她躺下，耐着性子说："妈！外面下雨了，您听差了吧！快睡吧！别想别的！"她不再说什么，我也就放心回屋睡去了。

没过一会儿，我听见房门悄悄打开了。我以为她是看看窗外屋檐下的火炉，怕炉子被雨浇了。可是，过了许久，再听不见门开的声音，我的心陡然紧张起来，忙爬起身来跑到屋外。夜色茫茫，冷雨霏霏，没有一个人影。妈妈到哪儿去了？我的心一下沉落进冰窖里，从来没有那么紧张。我这才意识到事情比我原来想的要坏。我没了主心骨，慌忙拍响街坊张大叔的家门，他的两个孩子一听立刻打着手电筒跑出来，和我兵分三路去寻找。"妈！"我冲着秋雨飘洒的夜空不住大声呼喊。在北京城住了这么多年，我还从来没有这样可劲响亮开嗓门喊过。可是，除了细雨和微风掠过树叶的飒飒声外，没有妈妈的回声。我的心像秋雨一样凉，眼泪顺着雨水一起从脸上流下来。

就在我已经毫无希望地往家走时，半路上忽然望见个人影坐在一块地坡上。走近一看，竟是妈妈！她的屁股底下坐着一个包袱卷。这显然是她早准备好的。我拉她回家。她不回。两位街坊赶来，说死说活，好不容易把她拽回了家。

街坊对我说："肖大妈这样子像是得了精神病呀！你得带她去医院看看呀！"

那是我第一次来到安定医院，这家北京唯一的精神病院。诊断结果：幻听式精神分裂。

我怎么也接受不了这残酷的现实。妈妈！您从不闹灾闹病，平日常说："你呀，身子骨还不抵我呢！"怎么会闹下这样的病呢？我开始苦苦寻找着答案，夜夜同妈妈一样睡不安稳。父亲去世后，谁能理解妈妈的心呢？她又从来不对任何人诉说自己的苦处，总是默默地忍着，将所有的苦嚼碎了，吞咽进肚里淤积着，直到淤积不了而喷发。老伴儿、老伴儿，人老了失去了患难与共的伴儿该是什么滋味？我才明白老伴儿这词的含义。而那一阵子，我光顾着忙，有时感到苦闷、孤独，常常跑到朋友家聊天，一聊聊到深夜才回家。有几次为了创作还跑到外地，一去几个星期，把妈妈一个人甩在家中。她呢？她的苦闷、孤独，向谁诉说？我没有想到应该好好和她聊聊，让她把淤积在心里的苦楚倒出来。没有。她从不爱讲话，我便以为她没什么话要讲。我只顾自己了，像蚕一样只钻在自己织的茧里。我太自私了！我不知道她心里装的究竟是什么，才使她神经再也承受不了重荷，像绷得太紧的琴弦一样断了……

　　我第一次感到自己并不了解妈妈。即使再老、再没文化、再忠厚老实的老人，也有自己的思想、情感。仅仅吃饱穿暖，并不是对老人最为挚切最为重要的关心和爱。

　　每天三次让妈妈吃药，成了我最挠头的难事。她一直不承认自己有病，尤其反感说她是精神病，最反对我那次带她去安定医院。再让她去说死说活也不去，弄得我没辙，只好自己去医院挂号，把情况讲给大夫听，求人家把药开出，拿回家。见到药，她的话就是："吃哪家子药，没事乱花钱！"我递给她药，她一把扔到地上："我一辈子也没吃过什么药，身子骨不是好好的？"没办法，我把药碾成末放进糖水里，可她一喝还是能喝出来药味，便把杯往旁边一放，再不喝一口。我只好再想新招，把药放在粥里，再加大量的糖，一定盖过药的苦味，在吃饭时让她把粥喝进去。她喝了。她还从来没喝过这么甜的粥,指着我鼻子说:"你把卖糖的打死了?"

吃完这药,她总是昏昏睡,有时口水止不住流。大夫讲这都是服药后的正常反应。我望着她那样子,揪心一样难受。她老了,确实老了。她像快耗完油的灯盏,摇曳着那样微弱的光,一切都是为了我们啊!在那些难熬的夜晚,我弄不清她究竟在想什么?她总是昏昏睡过之后,睁着被密密皱纹紧紧包围的昏花老眼瞅着我,一言不发地瞅着我……

这是她有生以来第二次吃药。一次是那年吐血后。药力还真起作用,我见她的脸渐渐又红润起来。我以为她的身体又会像那次吐血后一样迅速恢复过来。我忽略了人已经老了十二三岁了呀,而且病也不一样:一个是累的病,一个却是心病呀!

一天下午,我正带着学生下厂劳动,校长突然给我挂来电话,要我立即回家,校长在家等我有要紧的事。我的心一下子提到嗓子眼。校长亲自找我,说明事情的严重性。又是要我立即回家,我马上想到了妈妈!我骑着自行车从郊外赶到家,屋里挤满了人,一时竟看不到妈妈在哪儿。校长迎了出来安慰我:"刚才电话里没敢对你说,你妈妈刚才要跳河,你千万不要着急……"下面的话,我什么也听不清了,脑袋立刻炸开。我赶紧拨开人群,见到妈妈钻进被子躺在床上,脱下来放在地上的棉裤已经湿到腰。"妈!"我叫着,她睁开眼看看我,不讲话。街坊们开导她说:"肖大妈!您看您儿子不是好好的没事?您甭胡思乱想!"然后对我说,"你快给肖大妈找衣服换换吧!"

好心的街坊告诉我,我才知道妈妈的病复发了。依然是幻听,依然是恐惧,依然是有人要害我,这一次是听见有人已经在半路上把我害了,她一下失去依靠,觉得无路可走,竟想寻短见。她走到河边,正是初冬,河水瘦得清浅,离岸上有长长一段河堤。她穿着笨重的棉裤没有那么大气力走下去,而是坐在堤上一点点蹭下去的。河边上溜弯的人不知她要干什么,待她蹭到河里时,才意识到不好,赶紧跳下去把她救了上来⋯⋯

我帮妈妈换上一条新棉裤,看见她的腿那样细,细得像麻秆,骨骼都凸凸地格外明显。这么多年,我是第一次看见她的腿,居然瘦削得这样刺目,心里万箭穿透。妈妈!您为什么要这样!小屋里散发着湿棉裤带上河水的土腥味儿。那一夜,我总想着妈妈蹭到河水中的那一幕。那一刻,她的脑子里想的是什么?她是否已经万念俱灰?是否感觉到了另一个世界父亲的召唤?我至今不得而知。我再次责备自己的无能,自己对妈妈缺少理解和关心,自己太大意了!以为病好转了,可这并不是一般的头疼脑热呀!谁能够妙手回春,替妈妈把病治好?我愿意献出自己的一切。

我再次把妈妈送到安定医院。

这次病好转后,我们娘儿俩谁也再不提这件事。那是一块伤疤,烙印在彼此的心上。每逢路过那条小河,我都对它充满恐惧。我十分担心她病情再次复发,曾对妈妈说:"要不送您到天津大姐家住一阵日子吧!换换环境有好处!"她不说话,却果断而坚决地把手一摆:不同意。我便再也不提。我知道这是妈妈对我的信赖。我对她说:"那您得听我的,还得接着好好吃药!"她点点头。每次吃药,她皱着眉头也会吞下去,只是要喝好多好多的水,那药就是在嗓子眼里转,迟迟才肯下去,那样子,让我感到像个小孩子。人老了,有时跟孩子一个样。

  1978年11月,我考入中央戏剧学院。报到日期到了,我拖到最后一天。那天,我很晚才离开家。妈妈不说话,默默看着我收拾被褥、脸盆和书籍。她不大明白戏剧学院是怎么一回事,反正上大学总是件大事,打我小时候起上大学一直便是她和爸爸唯一的梦。我是吃完晚饭离开家的,她送我到家门口,倚在门旁冲我挥挥手。我驮上行李,骑上自行车便走了。天刚擦黑,新月升起,晚雾飘散,四周朦朦胧胧。风迎面打来,很冷,小刀片般直往脖领里钻。我骑了一会儿,不知是下意识,还是第六感官的提醒,回头看了看,竟一眼看见妈妈也走出家门和院子,拐到了马路上,向我迈紧了步子。我立刻涌出一股难以言说的感情。我知道,这一夜,我住进学院,她将孤零零守着两间小屋,听着冷风像走得太疲倦的旅人一样拍打着门窗,她会是一种什么心情?儿子再次为自己的前程去挤上大学的末班车,妈妈怎么办?我又像十年前为了自己的前程跑到北大荒一样,把妈妈甩在一边。只不过那次是知识不值钱,这次知识又值了钱,我像被风吹转的陀螺旋转着奔波,妈妈呢?她却一样孤寂地守候着,望着我陀螺旋转着。这一次,她将要熬四年,四年苦苦地等待。等待什么?等待的是自己头发更花白、皱纹更深、身体更瘦削。我立刻跳下车,推着自行车向她走去。这一刻,我真想不上什么劳什子大学!她却向我摆着手,不让我折回。我走到她身边,她仍然不停地摆着手。她不说一句话,只是摆着手,那手背像枯树枝在寒冷的晚风中抖动。

到学院报到之后,在宿舍里安置妥当。我睡在上层铺,天花板是那样近,似乎随时都有压下来的危险。我的心怎么也静不下来,像是被风吹得急速旋转的风车。望着窗外高高的白杨树枝不住摇动,我知道风越来越大了,便越发睡不安稳,赶紧跳下床跑出宿舍,骑上自行车一路飞快朝家中奔去。当我敲响房门时,听见妈妈叫了声:"谁呀?"我应了声:"是我。"屋里没开灯,只听见鞋拖地的声音,然后看见妈妈掀开窗帘的一角,露出皱纹密布像核桃皮一样的脸,仔细瞧瞧外面,认准确实是我,才将门打开。这时,我发现门被一根粗大木头死死顶着。这一刻,我真想哭。我知道,她怕。人老了,最怕的是什么?不是吃,不是穿,不是钱,不是病……是孤独。

这一宿,我没有回学院去住,而是和妈妈又守了一夜。我的心再也放不下,那根粗木头时时像顶在我的胸口上。我经常隔三岔五地从学院跑回家,生怕万一出什么差错。妈妈看出我的担心,劝我不要这样三天打鱼两天晒网地上课,讲她没事,让我放心。我知道,总这样,我和她都得身心交瘁。我想把她送到天津大姐家,又怕她不去。再说人家也是一大家子人,对妈妈又是陌生的地方,她不愿去是可以理解的。但我实在怕我不在家时出什么意外。犹豫再三,我还是试探着对妈妈讲了。这一次出乎意料,她爽快地点点头,就像上次果断地摇头一样。我知道这都是为了我:在母亲的心中,只有儿子的事最重要，尤其是儿子的学业，寄托着她同父亲一并的期望。为了儿子，母亲能够做出一切牺牲。为了儿子，母亲在七十五岁高龄时又开始奔波，客居他方……

小屋锁上了门。我再回家时，小屋里是冰冷，是灰尘，是扑面而来的潮气。只要妈妈在，小屋便决不是这样，小屋便充满生气、充满温暖、充满家的气息。哪怕我再晚回家，小屋里也总会亮着灯，远远就能望见，它摇曳着橘黄色的灯光，像一颗小小跳跃的心脏……

七

世上有一部书是永远写不完的，那便是母亲。

我不能再写下去了，那些喃喃自语，只能留给自己听，留给母亲听。

四年后大学毕业，到天津去接妈妈，我同妻子做的第一件事是给她老人家买了件毛衣，订了一瓶牛奶。生活不会亏待善良的人，妈妈的病好了，好得那样彻底，以后再也没有犯过，大姐和我们一样为妈妈高兴。虽然她喝牛奶像喝药一样艰难，总嫌它味太冲，但那奶毕竟使她脸色渐渐红润、光泽起来。生活，像一只历尽艰辛的小船，重新张起曾经扑满风雨的风帆，家中重新亮起了那盏橘黄色如同心脏跳动的灯光。

这几年，我能写几本小书了。那里大都写的是像我母亲一样的普通人。我知道这是为他们，为自己，也为母亲。当街坊或朋友指着新出版的书上我的名字和照片,高兴地向她夸赞让她辨认时,她会一扬头:"这不是复兴嘛!"然后又说,"写这些行子有什么用,怪费脑子的,一天一天坐在那儿不动地方地写!他身子骨还不抵我呢……"

谁能想到呢?就是这样一个硬朗的身子骨,再没犯过其他什么病的妈妈,竟会突然倒下去,再也没有起来呢?

她已经八十六岁,毕竟上年纪了。她不是铁打的金刚,身体内各个零件一天天老化、锈损。我知道这一天迟早要来,绝没想到会这样早,这样突然!头一天,她还把自己所有的衣服洗了,连袜子和脚巾都洗得干干净净,然后拣好新买的小白菜和一捆大葱,傍晚时站在窗前看着孙子练自行车,待我回家时高兴地告诉我:"小铁学会骑车了,骑得呼呼往前跑……"谁会想到呢?这竟会是她留给我最后的话语。第二天傍晚,她却突然倒在床上,任我再怎么呼喊"妈妈",再也答应不了……

母亲去世的第二天清早,我走进她的房间,一眼看见床中间放着四个红香蕉苹果。那是妻子放上的。我不大明白为什么要放上这红苹果,却知道那床再不会有妈妈睡,再不会传来妈妈的鼾声了。我也知道那苹果是前两天我刚刚买来的,新上市的还挂着绿叶,妈妈还来不及尝上一口。我打开她的柜门,看见里面她的衣服一件件都洗得干干净净、叠得整整齐齐。仿佛她只是出去买菜,只是出一趟远门。她没有给孩子留下一点儿麻烦,哪怕是一件脏衣服、一条脏手绢都没有!在她人生灯盏的油将要耗尽之时,她想的依然是孩子们!孩子们!什么是母亲?这便是母亲!母亲!

而我们呢？我们做儿女的呢？我们是如何对待自己的父母老人的呢？尤其是如何对待像母亲一样忠厚、善良、从来不会讲话又从不多讲话的人呢？每个人的内心都是自己灵魂的审判官。我为此常常内疚，常常想起儿时种种不懂事、少年时的虚荣、对母亲看不起、长大成人后只顾奔自己的前程而把老人孤零零甩在家中，以及自己的自私和种种闪失……我知道，什么事情都会很快地过去，很快地被人遗忘。即使鲜血也会被岁月冲洗干净不留一丝痕迹，在死亡的废墟上会重新长出青草，开出花朵，而忘记以往曾经发生过的一切。我也会吗？会忘记陪我度过三十七个年头，为我们尝尽酸甜苦辣的人生况味的母亲吗？不，我永远不会！

我会永远记住她老人家的！

我将那些红香蕉苹果供奉在她的遗像前，一直没有动，一直到它们全部烂掉。

我的老家在河北沧县东花园村。三十七年前，妈妈便是从那里来到北京，来到我们身边，把我们抚养成人，与我们相依为命的。在乡亲们的关怀和帮助下，我将她的骨灰连同父亲和我亲娘的一并下葬在家乡的祖坟中间。在坟前，我和弟弟跪在那充满黏性的黄土地上，一起将我们俩人合写的一本刚刚出版不久的新书《啊，老三届》点燃。纷飞的纸灰黑蝴蝶一般在坟前缭绕着、缭绕着……

父 亲

一

我对父亲最初的印象,是母亲去世之后第二年的清明节。那时,我六岁。一清早,父亲便催促我和弟弟赶紧起床,跟着他走到前门大街。那时,我家住在西打磨厂老街,出街口就是前门楼子,路很近,很快就到前门火车站前的小广场上,坐上5路公共汽车,一直坐到广安门终点站。

广安门外,那时是一片田野。我不知道前面是没有公共汽车了还是有,父亲为了省钱没再坐。沿着田间的小路,父亲领着我和弟弟往前走。不知走了多远的路,反正记得我和弟弟已经累得不行了。那时,弟弟才三岁,实在走不动了。父亲抱起了弟弟,继续往前走。我只好咬着牙,跟在父亲的屁股后面走。开春的田地在翻浆,泥土松软,脚底上粘了一鞋底子的泥。记忆中的童年,清明节从来没下过雨,天总是湛蓝湛蓝的。在这样开阔的蓝天和返青发绿的田野背景下,父亲抱着弟弟,像一帧剪影,留给我童年难忘的印象。

一直走到了田野包围的一片坟地里,父亲放下弟弟,走到了一座坟前,从衣袋里掏出两张纸,然后,扑通一下跪在坟前。突然矮下半截的父亲的这个举动,把我吓了一跳。

坟前立着一块不大的青石碑,那时我已经认识了几个字,一眼看见了碑的左下侧有一个"肖"字,一下子猜想到那上面刻的是父亲的名字,而碑的中间三个大字,我不认识,一直过了好几年,我才认识上面刻着的我母亲的名字"宋辅泉"。又过了好几年,我才明白母亲名字的含义,我父亲的名字叫肖子泉,母亲的这个名字是父亲起的,是要母亲辅助父亲支撑这个家的。可是,母亲三十七岁就去世了。父亲比母亲大整整十岁,母亲去世的那一年,父亲四十七岁。

这个埋葬着我生身母亲的坟地,除了这块墓碑,再有就是旁边不远的一条小溪,之外,我没有别的印象了。之所以记住了这条小溪,是因为给母亲上完坟后,父亲要带着我和弟弟到这条小溪边来捉蝌蚪。小溪里,有很多摇着小尾巴的蝌蚪,黑亮黑亮的,映着春天的阳光,小精灵一样,晃人的眼睛。我和弟弟都盼望着赶紧上完坟,去小溪边捉蝌蚪。

那时候,我还不懂事。父亲每年清明都要到母亲的坟前来祭祀,还能理解;让我不可理解的是,父亲每一次来都要跪在母亲的坟前,掏出他事先写好的那两页纸,对着母亲的坟磨磨叨叨地念上老半天,就像老和尚念经一样,我听不清他都念的是什么,只见他一边念一边已经是泪水纵横了。念完了这两页纸后,父亲掏出火柴盒,点着一根火柴,把这两页纸点燃,很快,纸就变成了一股黑烟,在母亲的坟前缭绕,然后在母亲的坟前落下一团白灰,像父亲一样匍匐在碑前。

真的,那时候,我实在太不懂事,只盼望着父亲赶快把那两张纸念完,把纸烧完,就可以带我和弟弟去小溪边捉蝌蚪了。

让我更不理解的是,除了清明节来为母亲上坟,到了中秋节前,父亲还要来为母亲再上一次坟。而且,父亲照样是跪在坟前,掏出两页写满密密麻麻小字的纸,念完后烧掉。我当时常想,那两页纸写的都是什么内容呢?每一次写的内容是一样的吗?还是惯性动作一样,每一次来给母亲上坟,父亲都要写这样长的信,念给母亲听,母亲听得到吗?父亲怎么有这么多的话要对母亲说呢?

这样做,打破了常人的习惯。因为一般人都是一年一次在清明节给亲人上坟,不会在中秋节再上第二次坟的。当然,长大以后,我明白了,这说明父亲对母亲的感情很深。但是,在当时,中秋前后,青蛙都已经绝迹,小溪边没有蝌蚪可以捉,又要走那么远的路,我和弟弟对母亲的思念,常常被对父亲的抱怨所替代。特别让我不能理解的是,为了省钱,给母亲上坟回来的时候,父亲常常是带着我们从广安门上车坐到牛街这一站就提前下车,然后,对我和弟弟说:你们是想继续坐车呢,还是走着回家?现在,咱们要是坐车坐到珠市口,一张车票是五分钱,要是不坐车,就用这五分的车票钱,到前面的菜市口,给你们买一包栗子吃。那时候,满街都在卖糖炒栗子,香味四散,勾我和弟弟的馋虫。我和弟弟抵挡不住栗子的诱惑,选择不坐车,用省下来的这五分钱买栗子。

那时候，五分钱能买一包栗子，可是，常常是吃不到珠市口，栗子就吃完了。我和弟弟还想吃栗子。父亲说：从珠市口坐车，坐到前门，一张车票也是五分钱，你们要是不坐车，就可以用这五分钱再买一包栗子。我和弟弟当然又选择了栗子。就这样跟着父亲走回了家，天不知什么时候已经黑了。父亲没有吃一口栗子。下一年中秋节前，父亲带我们去为母亲上坟，尽管知道要走那么远的路，一想到栗子，我和弟弟还是很愿意去。

现在想想，那时我和弟弟毕竟小，对母亲的印象是很模糊的，对母亲的感情，远没有父亲对母亲的感情那样的深。父亲之所以用这种方法带我们去为母亲上坟，是为让母亲的在天之灵看看我和弟弟。这其实是父亲对母亲的一份感情。只是，我不懂。我更不清楚，父亲和母亲是怎么相爱的，又是怎么结婚的，在那些个战火纷飞的日子里，又是怎么样一路颠簸从信阳到张家口最后来到北京的。清明的蝌蚪，中秋的栗子，小孩子的玩和馋，和大人之间的感情拉开了距离。一直到父亲去世之后，我也并不了解父亲，更谈不上理解。似乎命中注定，我和父亲一直很隔膜，像是处于两个世界的人。童年母亲坟前，对母亲那种迷迷糊糊又似是而非的感情，和父亲在坟前对母亲毫无掩饰而且是无法遏制的感情，只不过是我和父亲隔膜与距离的一种象征。

我只知道，母亲是河南信阳人，长得个子很高，看过我家唯一存下来的她的照片，长得肤色白皙，应该属于漂亮的女人。父亲是在那里工作时，和母亲结的婚。那时，父亲在南京国民政府的财政局受训之后,来到信阳工作。1947年,我出生后,父亲先到张家口,紧接着又到北平工作。父亲在北平安定下来后,母亲抱着刚刚满月的我,带着我的姐姐随后投奔过来。因为正是战乱时,张家口站人特别拥挤,母亲带着我们没有挤上火车,只好坐下一班的火车,火车开到南苑时停了下来,停了很久也没有开。一打听,原来上一班火车被炸药炸了。而正在前门火车站接站的父亲,以为母亲和我们都在这列火车上,心急如焚。

很多年后,当姐姐对我讲起这件往事的时候,想象着当初的情景,我才多少理解了父亲对母亲的一份感情。战乱动荡的时局中,普通人之间的感情,便显得那样揪人心肺,而容易相濡以沫,弥足情深,所谓聚散两依依。

母亲突然的离世,对父亲的打击,显然很大。那时,北京刚解放三年,日子刚安定下来不久。只是,那时,我太小,难以理解一个人到中年的父亲的心情罢了。母亲去世不久,父亲就回老家一趟,为我和弟弟娶回一个继母。继母比父亲大两岁,比母亲大十二岁。还有与身材高挑和清秀的母亲不同的是,继母缠足。

那时,我不懂得父亲为什么要娶回我的继母。我不懂得父亲所做的这一切,都是为了幼小的我和弟弟。

1994年,孙犁先生读完我的《母亲》一文,知道我小时候生母去世后父亲回老家又为我和弟弟娶回一个继母的这段经历,来信说:"您的童年,无论如何,不能说是幸福的,使我伤感。"然后,又驰书一封特别说:"关于继母,我只听说过'后娘不好当'这句老话,以及'有了后娘就有了后爹'这句不全面的话。您的生母逝世后,您父亲就'回了一趟老家',这完全是为了您和弟弟。到了老家经过和亲友们商议,物色,才找到一个既生过儿女,年岁又大的女人,这都是为了你们。如果是一个年轻的,还能生育的女人,那情况就很可能相反了。所以,令尊当时的心情是痛苦的。"

孙犁先生的信,让我没有想到,因为在我写文章的时候,一直到文章发表之后,都没有想到过一点点父亲当年那样做内心真实的感情,而只是一味地埋怨父亲。孙犁先生的信提醒了我,也是委婉地批评了我。真的,对于父亲,我一直都并未理解,一直都是埋怨,一直都是觉得自己的痛苦多于父亲。也许,只有经历过太多沧桑的孙犁先生,对于哪怕再简单的生活才会涌出深刻的感喟吧,而我毕竟涉世未深。我不懂得一个人到中年的父亲,选择一个比他年纪大的女人,作为我和弟弟的新母亲,是为了我和弟弟。我不懂得孙犁先生所说的父亲"当时的心情是痛苦的"。

当时间和我一起变老的时候,童年时父亲带我和弟弟为母亲上坟的那一幕便越发凸显。父亲跪在母亲的坟前为母亲读信的那一幕,才越发让我心动。可惜,我从来不知道父亲在那两页纸上密密麻麻写的都是什么。但我可以想象得出来。想象得出来,又有什么用呢?人老了之后,才渐渐明白了一点人生,才和父亲有了一点点地接近,付出的却是几乎一辈子的代价。我才明白,在这个世界上,亲人之间,离得最近,却也有可能离得最远。

二

在我的印象中，父亲胆子很小，一直到他去世，都活得谨小慎微，有毒的不吃，犯法的不干，树上掉片树叶都要躲着，生怕砸着自己的脑袋。长大以后，当我知道父亲的这件事情之后，对父亲的印象有所改变。

父亲很年轻的时候，就独自一人离开家乡河北沧县，跑到天津去学织地毯。我的爷爷当过乡间的私塾先生，略有文化，他有两个孩子，一个是父亲，一个是父亲的哥哥。和一辈子守在乡下种田的哥哥不同，父亲在乡间读完初小，就想离开家乡。别人怎么劝都不行，他还是来到了天津。天津离沧县一百二十里地，是离沧县最近的大城市。沧县很多人都曾经到天津跑码头，这个传统一直延续至今，现在天津的街头还能碰到不少打工者，操着沧县的口音。想想，父亲只身一人跑到天津学织地毯的情景，很像如今那些北漂。尽管时代相隔了近百年，年轻人的躁动的梦想和盲目的行为方式，基本相似。那时候的父亲，胆子并不小，性格里有很不安分的成分。

我一直在想，父亲为什么曾经会有这样不安分的性格？后来，为什么又将这种性格磨平乃至变得如此谨小慎微呢？

受我爷爷当私塾先生的影响，父亲读书的时候，爱看一些杂书，特别是章回本的旧小说。我读小学的时候，在晚上我和弟弟睡觉前，他常常讲《三国演义》《施公案》《水浒传》

《聊斋志异》里的一些故事给我们听,也不管我们听懂听不懂,爱听不爱听。他也喜欢沧县地区有名的文人纪晓岚的《阅微草堂笔记》,常讲一些他小时候听到的关于纪晓岚的民间传说。一直到现在我还记忆犹新,听他有声有色地说起纪晓岚小时候,有一位从南方来的大官,看见纪晓岚在田里放牛,大夏天的,还穿着一件破棉袄,摇着一个破芭蕉扇,觉得很可笑,就随口说了句:穿冬衣,拿夏扇,胡闹春秋。纪晓岚回了一句:到北地,说南语,不识东西。讲完这个故事,父亲呵呵地笑,他故意将"识"说成"是",然后又对我们讲这里一语双关的意思,讲这个对子里的对仗,对得非常简单,又非常有趣。我和弟弟也觉得特别的好玩。父亲去世之后,整理他的极其简单的几件遗物,其中有一本旧书,就是《阅微草堂笔记》。

父亲从来没有对我讲过这类文学书对于他的影响,他只是说自己从小喜欢读书,以此来教育我和弟弟要好好读书。所以,只要是我买书,他从来都不反对,读小学一年级的时候,他为我买的第一本杂志,是上海出的《小朋友》,那是一种很薄的画册。以后,我识字多了,他为我买《儿童时代》。再以后,他为我买《少年文艺》。这三种杂志,成为我童年读书的三个台阶,应该说是父亲领着我一步步走上来的。

那时候,我家住的大院斜对门有一家邮局,是座二层小楼,据说,前身是清末在北京成立的第一家邮电所。那里卖这些杂志。跟着父亲到邮局里买这些杂志,成了我童年和少年时代最快乐的事情。我想,以后我能写一些东西,最初应该是父亲在我的心里埋下的种子。父子两代人，总有一些相似的东西，影子一样叠印在彼此的身上，是遗传的基因，也是潜移默化的结果，是上一辈人未曾实现的梦想不由自主的延续。

偶尔一次，父亲对我说，在部队行军的途中，要求轻装，必须得丢掉一些东西，他还带着这些旧书，舍不得扔掉。说这番话的时候，其实，父亲只是为了教育我要珍惜读书，没小心说秃噜了嘴，无形中透露出他的秘密。当时，我在想，部队行军，这么说，他当过军人，什么军人？共产党的？还是国民党的？那时候，我也就刚读小学四五年级，一下子心里警惕了起来。如果是共产党的军人，那就是八路军，或者是解放军了，应该是那时的骄傲，他应该早就扯旗放炮地告诉我们了，绝对不会耗到现在才说。所以，我猜想，父亲一定是国民党的军人了。

事实证明了我的猜想没有错。

我家那时有一个黄色的小牛皮箱，我知道，里面放着粮票、油票、布票等各种票据，还有就是父亲每月发来的工资，都是我家的"金银细软"。有一天，我打开这个小牛皮箱，翻到了箱子底，发现了一本厚厚的相册，和一张委任状的硬皮纸。委任状上，写着北平市政府任命父亲为北京市财务局科员，下面有市政府大印，还有当时北平市市长聂荣臻手写签名的蓝色印章。这是北平和平解放之后，对于像我父亲这样的国民党政府留下的人员接收时的证明。应该说，没有任何问题，问题出现在那本相册上。那是一本道林纸的厚厚的印刷品，当我打开相册，看见里面每一页都印着一排排穿着国民党军服的军官的蓝色照片。这样的国民党军服，只有在电影里才见过，是那些杀人不眨眼的刽子手才穿的军服。我一下子愣在了那里，小小的心，被万箭射穿。我几乎忽略掉了这本相册下面还压着四块袁大头银元。

读中学之后，我才渐渐弄清楚了。父亲在天津学织地毯，并没有多长的时间，他是觉得这样一天天织下去，没有什么前途，就投奔了在冯玉祥部队当军需官的一位亲戚（这位亲戚后来官居国民党少将，居于并逝世于上海）。父亲不安分的心，再一次蠢蠢欲动。因为他多少有一些文化，在部队里很快得到了提拔，最后当了一个少校军衔的军需官。抗战结束后的1945年，他从部队转业，集体到南京国民政府受训，然后转业到地方的财务局，一路辗转，从信阳到张家口到北平。

国民党，还是一个少校军官。这样的一个曾经拥有过的身份，对于我简直像一枚炸弹，炸得我五雷轰顶。

而这样的一个身份，如一块沉重的石头，一直压在父亲的档案里和心里。

我读初一的时候，已经是1960年。新中国伊始的许多政治运动，如"三反五反""反右"等，都已经轰轰烈烈地过去了。父亲都相安无事，实在是不容易的事。后来，我才发现父亲写的那些交代材料一摞一摞的，不知有多少。父亲对我也不隐瞒，就放在那里，任我随意看。那里有他的历史，有他的人生。有一段时间，我非常好奇，曾经翻看父亲的这些交代材料，有很多都是重复的车轱辘话，要不厌其烦地反复地讲，又要发自肺腑地深刻地讲。食不厌精，脍不厌细一般，不怕交代的琐碎，不怕检查的絮叨。父亲的字写得很小，又挤在一起，像火车站拥挤的人群，生怕挤不上车，眼睁睁地看着火车开跑，自己被无情地甩下。那些密密麻麻的钢笔字，有很多已经颜色变浅，甚至模糊，不知道为什么让我想起父亲带我和弟弟给母亲上坟时，他写的那两张纸上密密麻麻的字迹。同样也是不厌其烦的反复讲的车轱辘话，同样也是发自肺腑讲的深刻的话，却是那样的不同。

　　读初三的时候，我十五岁，退了少先队之后，要申请加入共青团，首先一条，就是要和家庭划清界限。于是，步父亲后尘，如同父亲写交代材料一样，我不知写了多少对家庭出身对父亲历史认识的报告，交给团支部，接受组织一遍遍地审阅，一次次地考验。我才知道，写这些材料，不是一件简单的事情。尽管那时我的作文写得不错，但是，这样的材料，远比作文难写，总觉得写得枯燥，笔重千斤，心很累。但是，我并没有理解父亲写这些交代材料的时候真正的心情。那时，我只顾自己的心情，觉得好多的委屈，埋怨自己为什么会摊上了这样一个父亲，却难以理解父亲的心情其实是更为复杂，更为疲惫不堪的。

　　想想，有时候，为了表现出和家庭划清界限，还要做出一些决绝的举动，对父亲的伤害，就更不知晓了。

　　记得有一次，我们大院里住的一个在解放以前曾经当过舞女的女人，突然和我们大院对面的油盐店的少掌柜的生下一个私生女。从不多言多语的父亲，在家里和我妈妈悄悄地议论这事，说了句：王婶也不容易，一个女人带着两个孩子，日子怎么过呀！没有想到，他的话，被我听到了，我当时就反驳他：你站在什么立场上说话？还王婶王婶地叫着？父亲立刻什么话也不说了，像霜打的茄子，蔫蔫地待在一旁。那时候，我不懂得上一辈人的历史，也不懂得生活的艰难，只知道阶级的立场，只知道要时时刻刻睁大眼睛，警惕着和父亲划清界限。

父亲的棱角就是这样渐渐被磨平。年轻时候的不安分，本来就是摇曳在风中的一株弱小的稗草，更禁不住一阵又一阵的风雨的洗礼了。而在这一番番的风雨中，父亲所要经受的，不仅来自时代和社会，也来自家庭，而在家庭中，主要是为了追求自己前途的我。

年轻的时候，谁没有过不安分的心思和性格呢？不安分，其实就是不安现状，渴求一种新的生活。年轻的时候，谁不像一株迷途而不知返的蒲公英一样盲目而莽撞呢？我长大了以后，要去北大荒插队之前，曾经和父亲当年一样，没有和他商量，就那样毅然决然地离开了家，父亲当时什么话也没有说，他知道说什么也没有用，眼瞅着我从小牛皮箱里拿走户口本，跑到派出所注销。我离开家到东北的那天，父亲只是走出了家门，便止住脚步，连大院都没有走出来。他也没有对我说任何送别嘱咐的话，只是默默地看着我离开了家。

现在想想，我就像父亲年轻时离开沧县老家跑到天津学织地毯一样，远方，总是比家更充满诱惑，以为人生的理想和前途在未知的前方。尽管成长的历史背景完全不同，父子各自的性格以及一生的轨迹，总会有相同部分，命定一般在重合，就像父子的长相，总会有相像的那某一点或几点。

以后，看北岛的《城门开》，书中最后一篇文章是《父亲》，文前有北岛题诗："你召唤我成为儿子，我追随你成为父亲。"文中写道："直到我成为父亲……回望父亲的人生道路，我辨认出自己的足迹，亦步亦趋，交错重合——这一发现让我震惊。"读完这篇文章，我想起了我的父亲，眼泪禁不住打湿了眼睛。

三

父亲不善交往，也不愿意交往。每天是骑着自行车，上班去，下班回，两点一线，连家门都不怎么出。只有退休之后，每天清晨天不亮就出家门，到天安门广场南面的花园练太极拳，才在大院里多了出出进进的次数。那时候，还没有建毛主席纪念堂，在那个位置一直往南到前门楼子，是一片花园。从我家出来，走十来分钟就到。他到那里练拳，独自一人，面对花草树木和天安门与前门楼子，可以什么话也不用说。不知那时他的心里都想些什么，他从来没有对我讲过，我从来没有问过。他像一个独行侠，其实，他的身上没有一点儿侠的气质，倒像一个瘦弱的教书先生，尽管他练的拳脚很正规，而且，特意买了一双练功鞋，并在鞋帮上缝上两个带子，系在脚脖子上，以免使劲踢腿时把鞋踢飞。现在想想，自从退休后，那里是父亲唯一外出的地方，远避尘世，有花草树木相拥，那里是他的乐园，一直到他去世。

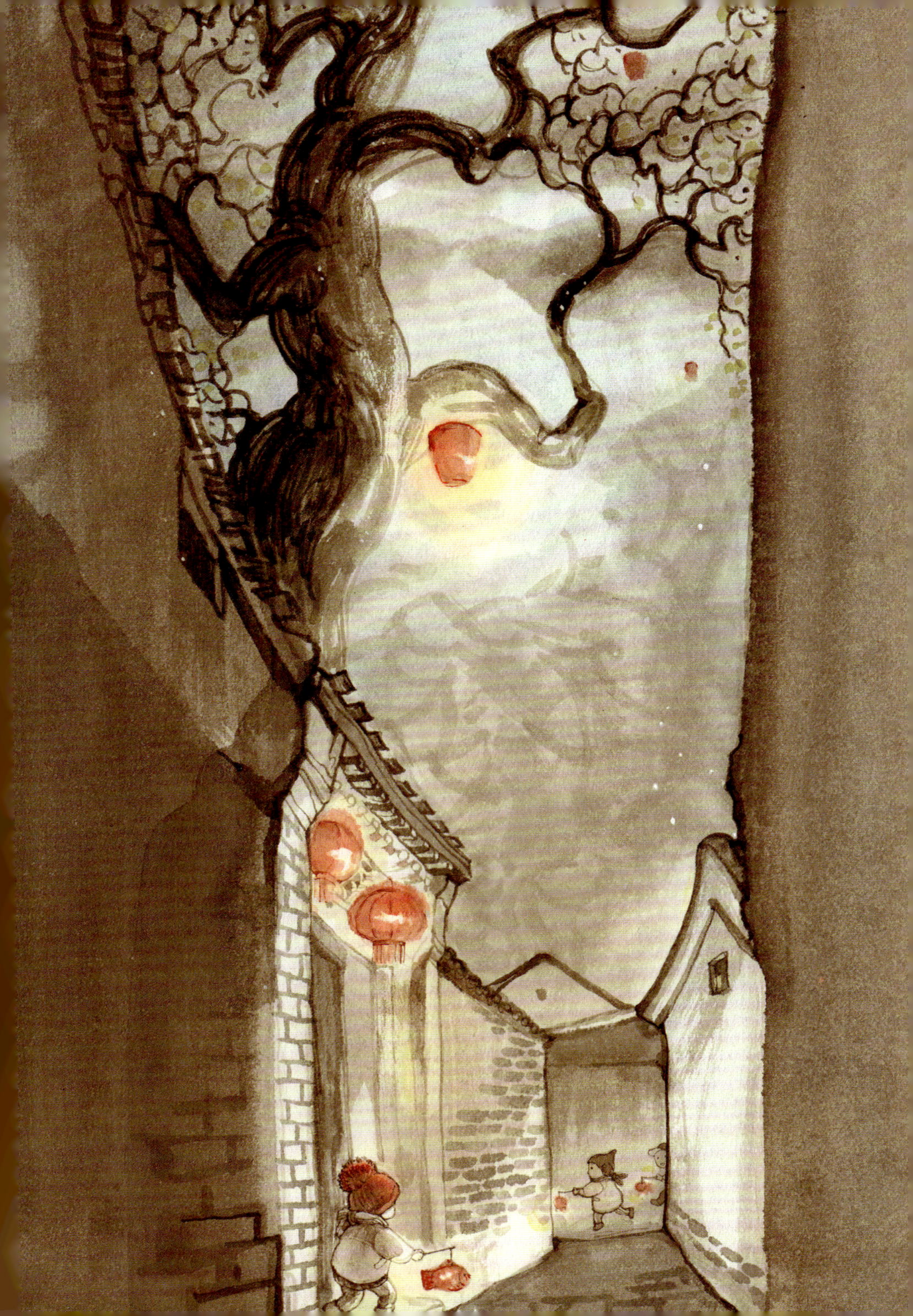

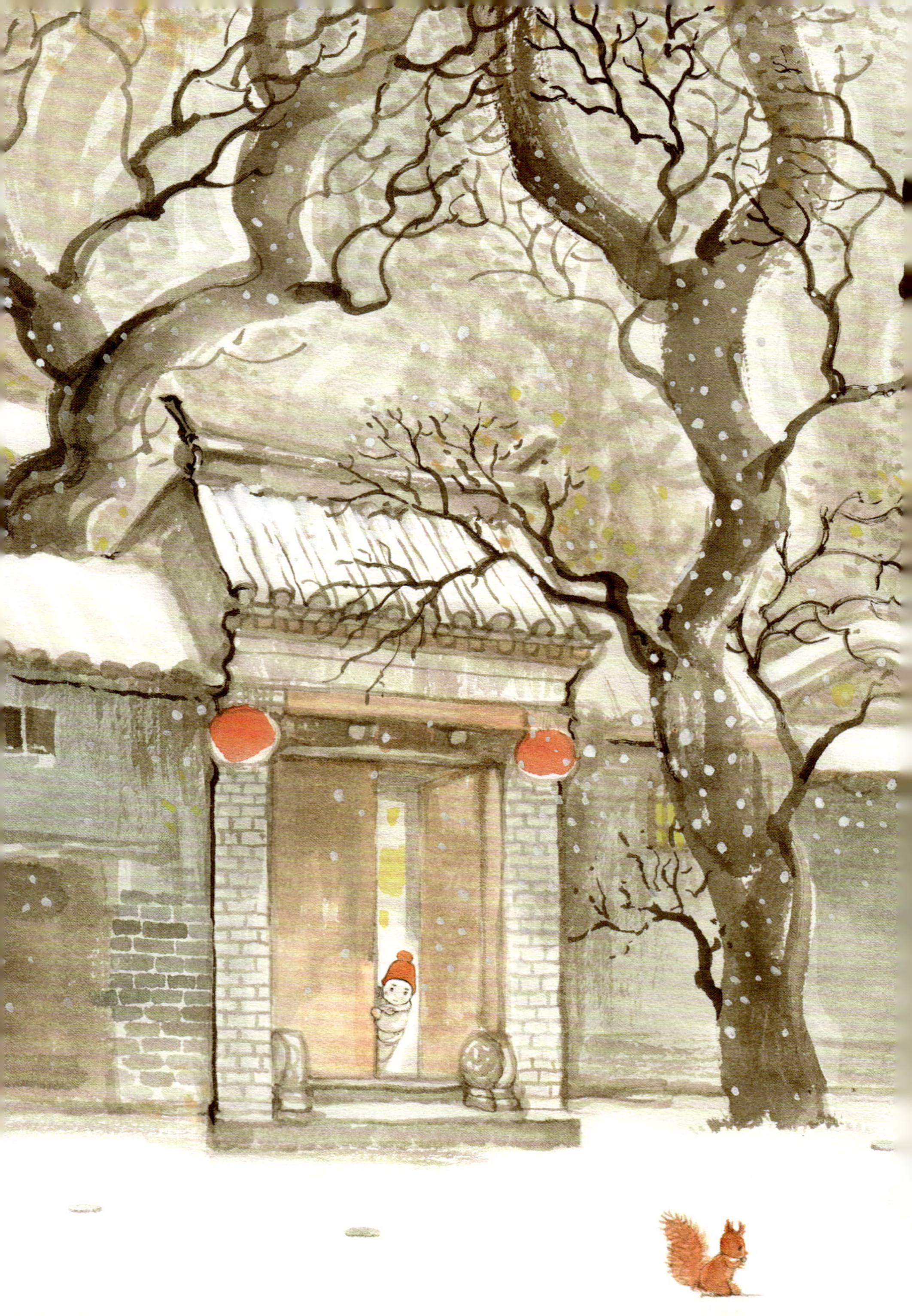

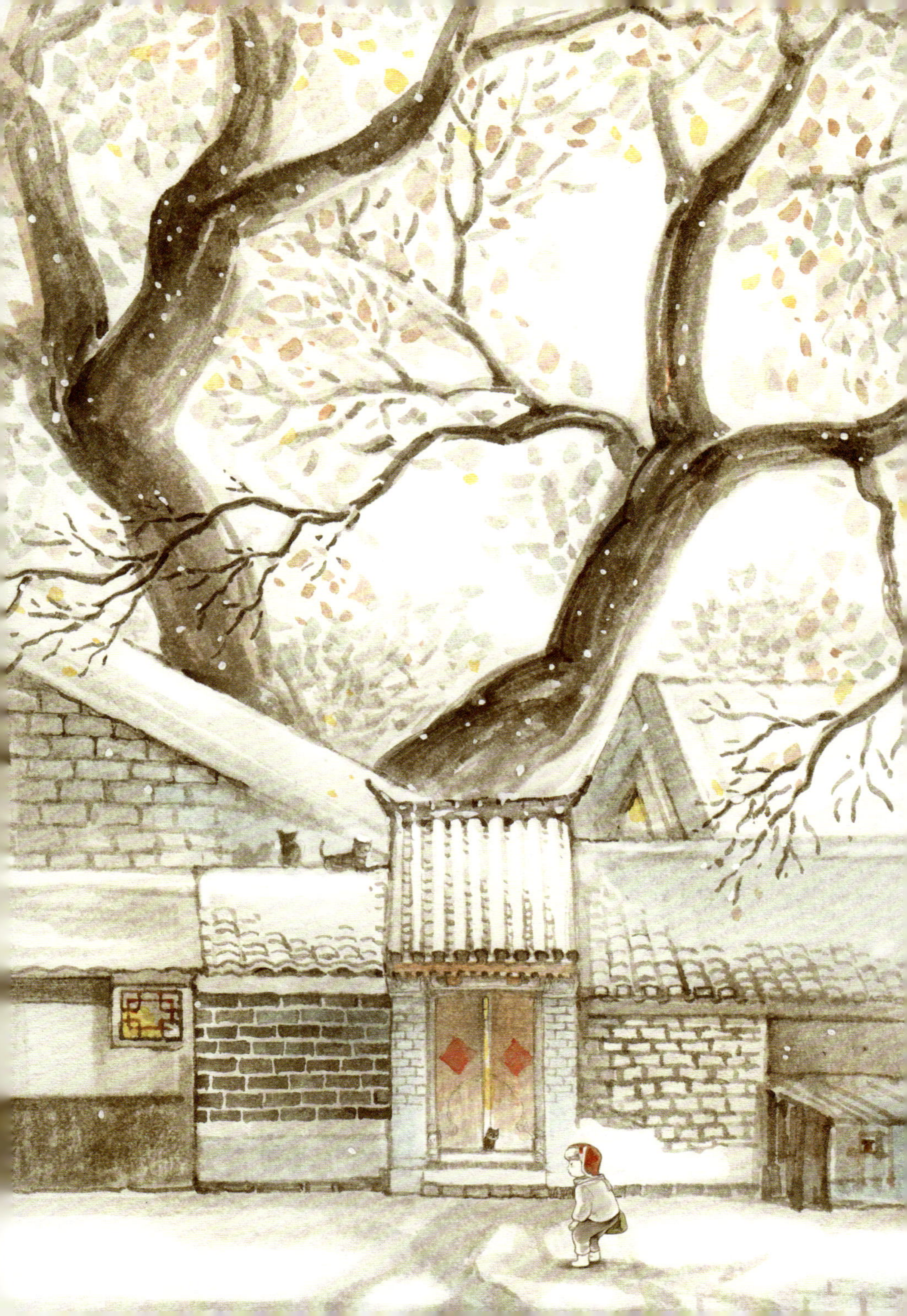

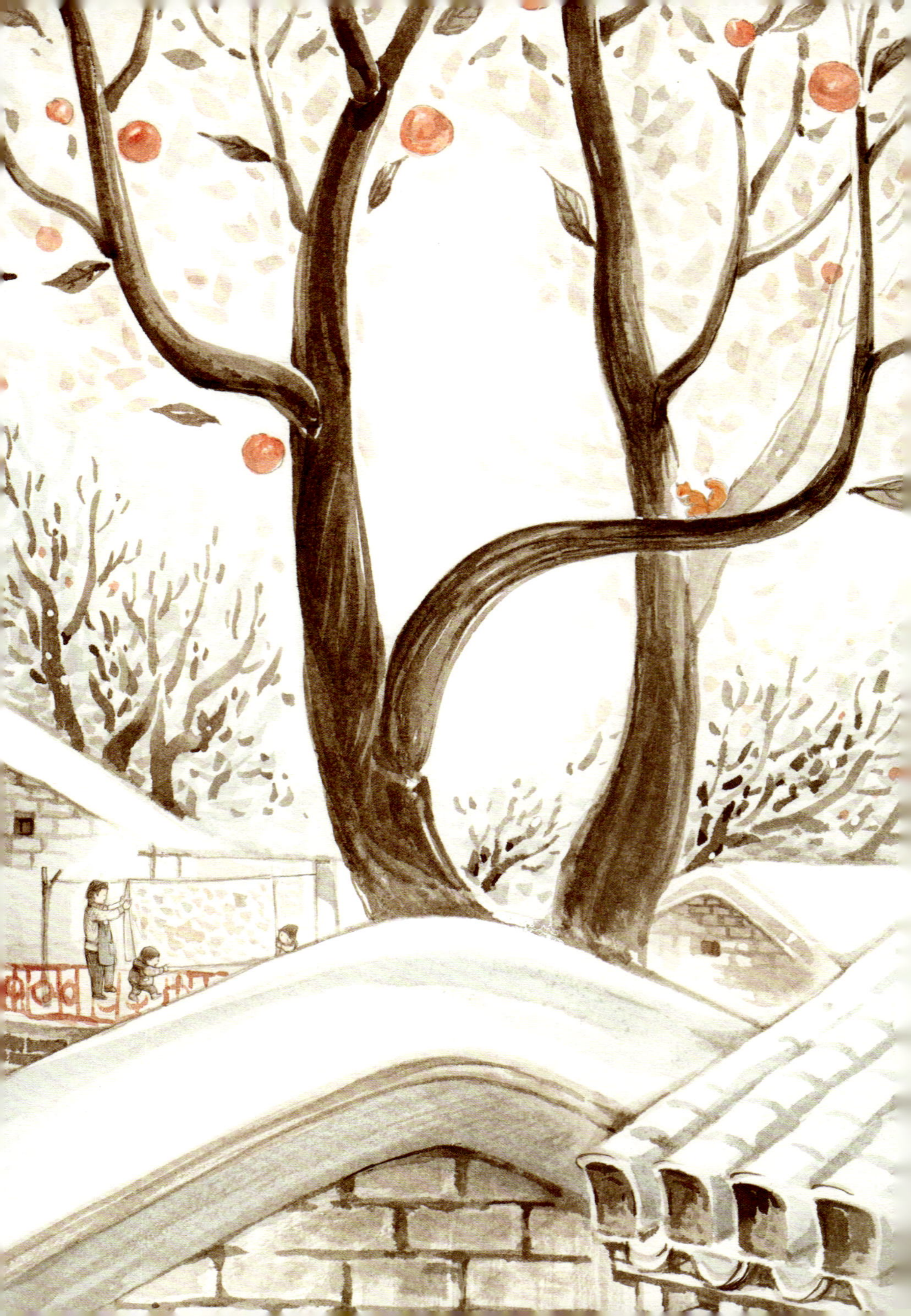

在我的印象中，父亲这一辈子似乎只有一个朋友，便是崔大叔。

崔大叔和父亲是一起在南京受训时候认识的，然后，两人一起到信阳、张家口和北京，一直都在一个税务局工作。崔大叔和他的妻子都是河南信阳人，我的生母，就是崔大叔两口子做的媒，和父亲相识结的婚。崔大叔先到北平找到的工作，然后邀请父亲前往北平。母亲带着我和姐姐从张家口来北平投奔父亲，起初没有住处，是先住在崔大叔家的。住了好长一段时间，父亲才在前门外的西打磨厂的粤东会馆找到了房子搬的家。有意思的是，父亲带着我们全家从崔大叔家搬出，崔大叔到我家庆祝父亲乔迁新居的那天晚上，两个人都喝多了，一个小偷溜进我家外屋，偷走父亲新买的一袋白面，扛在肩上，大摇大摆地走出我们大院，一路上还和街坊们打着招呼，以至于街坊们都以为小偷是我家的什么亲戚，成为对父亲和崔大叔的笑谈。

只有和崔大叔在一起，父亲才会喝那么多的酒。一种新生活开始的兴奋，让他们两人都有些忘乎所以。

崔大叔是父亲唯一一个可以无话不谈的朋友。在我渐渐长大以后，父亲的话变得越来越少，几乎成了一个扎嘴的葫芦。因为，在那个阶级斗争的弦紧绷的年代里，他知道像他这样历史有"疖儿"的人，要谨防祸从口出。而且，因为和我越来越隔膜，父亲更是很少对旁人说起对我的评点。但是，我知道，他一定对我有他的看法，甚至意见和不满。只有一次，春节在崔大叔家，父亲和崔大叔喝酒时，说到了我，我听见一句：复兴呀，我看他将来能当老师！这让我有些奇怪，因为那时我还很小，刚上小学几年级，父亲怎么就一眼看穿断定我以后一定得当一名老师呢？

每年过年的时候，父亲都要带着我和弟弟去崔大叔家去拜年。除此之外，父亲没有带我们到任何一家去拜年，足见崔大叔对于父亲的特别重要。记得最清楚的是，每次去崔大叔家的路上，父亲都要教我见到崔大叔和崔大婶以及他家老奶奶的时候问候拜年的话。那时候，我的脸皮薄，特别害怕叫人，在路上一遍遍地重复着父亲教给我说的话，让这一路显得特别的长。

其实，从我家到崔大叔家很近，过前门，从东南角到西北角，一个对角线，穿过天安门广场，走几步就到了。崔大叔家就住在那里一个叫作花园大院的胡同里。这个名字很好听，让我一下就记住，怎么也忘不了。崔大叔家的大院门前有一棵大槐树，总能够把老枝枯干慈祥地伸向我们。那院子是北京城并不多见的西式院落，高高的台阶上，环绕着一个半圆形的西式洋房，特别带着有宽宽廊檐的走廊和雕花的石栏杆，以及走廊外面伸出几长溜的排雨筒，都是在别处少见的，更是大杂院里见不到的景观。崔大叔就住在正面最大的房子里，里面是一个非常宽阔的大厅，一边一间小房间，全部铺着木地板。那个大客厅，更是属于西式的，中国人一般住房拥挤，哪儿还会弄出一个这么宽敞的客厅来。以后，崔大叔的孩子多了，客厅的两边便搭上了两张床，让孩子们睡在那里了。那时，他家的老奶奶，也就是崔大叔的母亲还健在，就住在刚进房门的那一间小屋里。老奶奶总要对我说：你爸你妈带着你，就住在我这屋子里，那时还没有你弟弟呢。去一次，说一遍。

崔大叔人长得特别英俊，仪表堂堂，很高的个子，戴一副近视眼镜，知识分子的劲头很足，说话很开朗，特别爱笑，哈哈大笑的时候，仰着头，很潇洒的样子，在"文化大革命"期间，让我觉得很有几分像当时正走红的乔冠华。特别是冬天，崔大叔爱穿一件呢子大衣，从远处那么一看，有些威风凛凛的样子，就更像乔冠华了。

很长一段时间里，我对崔大叔并不了解，父亲也从不对我说崔大叔的经历，只是每年要带我和弟弟去给崔大叔拜年。

小时候，我不懂事，只是觉得那一年去崔大叔家，他家好像有了一些变化，到底有什么变化，我又说不清。后来，我仔细想了，是崔大叔没在家。每次去，他都会在家的，他都要烫上一壶酒，陪父亲喝上几杯的。为什么父亲带着我们特意去他家，他偏偏不在家呢？而且，又是春节，难道他不放假吗？

后来，我发现父亲不仅仅是春节时带我们去，而且隔一段时间就去一次。奇怪的是，每次去，崔大叔都不在家，这在以前是绝对不可能出现的事情。这让我的疑惑越来越重，也越来越好奇。我问过父亲，父亲并不回答我，只是时不时去崔大叔家，每次去，都和崔大婶在一旁低声说着什么，老奶奶在一旁叹气，不时地咳嗽。

在我的记忆里，大概就是这时前后，老奶奶去世了。每次再去崔大叔家，因缺少了崔大叔爽朗的笑声，也因缺少了老奶奶温和的话语声和一阵阵的咳嗽声，让我觉得这个家不仅缺少了生气,还笼罩着一些悲凉的气氛。那是我十岁左右的事情了,一切雾一样迷离得似是而非,那样的遥远而弥漫着轻轻的叹息。

一直到我读了高中以后,我才对崔大叔有了一些认识和理解,那种突然之间撞在心头的残酷现实,让我认识了崔大叔,也让我认识了父亲。在同一个西城区税务局里,崔大叔混得比父亲要好许多,他曾经当过部门的一个小官,而且是一名经济师。但是,出头的椽子先烂,混得好的容易遭人忌恨。1957年,反右时,父亲侥幸逃离,崔大叔却当了右派,被发送到南口下放劳动,一般不允许回家。他和我父亲都是从旧社会过来的人,在国民党的税务局干过事,加上他爱说,就这样莫名其妙地成为了右派。

我私下里曾经莫名其妙地涌出过这样奇怪的想法:是不是因为崔大叔人长得气派,也是成为右派的一个理由呢?在我小时候的印象里,在电影和小人书里,那些从国民党那里出来的人,都是猥猥琐琐的,或者像项堃演的国民党一样阴险,起码不应该长得这样的堂皇。

我记得那时父亲在拼命地写检查材料。在税务局里,一定是谁都知道他和崔大叔非同一般的关系吧?父亲谨小慎微,态度又极其恭顺,也就是他的性格帮助了他,好歹没有跟着崔大叔一起倒霉。父亲所能够做的,就是在崔大叔劳动改造的日子里,多去几次崔大叔家,看望崔大婶一家。在我长大以后,回想这一切的时候,就像看一张老照片,拂去少不更事和时光落满的尘埃之后,才渐渐地清晰起来。崔大叔应该是父亲唯一的朋友。在父亲坎坷的一生中，他唯一能够相信，并且能够给他雪中送炭的，只有崔大叔一个人。而在崔大叔蒙难的时候，他唯一能够做到的就是多去几次崔大叔家里看望。尽管父亲所做的这些，如同一粒小小的石子投入河中，溅不起多大的水花，是那样的微不足道，却是父亲平淡乃至平庸的一生中最富有光彩的举动了。起码，父亲没有落井下石，将这一枚小小的石子砸向崔大叔。起码，在我看来是这样的。

崔大叔大概是由于劳动改造的好吧，没有过几年——也许是过了好多年之后，在小孩子的记忆里，时间的概念和大人是不同的，更何况是崔大叔劳动改造那艰难又不准回家的日子，一定就更显得漫长吧——便被摘下了右派的帽子，又重回到税务局工作。再去他家的时候，又能够看见谈笑风生的崔大叔了，我们两家的聚会便又显得那样的愉快了，父亲和崔大叔多喝了两杯酒，都面涌酡颜了。也是，作为一般人家，图的还不就是一家子平平安安和团团圆圆？但是，他们两人再没有一次像那年父亲搬家后在我家那样喝多过。我想，他们或许年龄已经大了，再不是以前的时候了。

我从没有见过他们在一起交谈过去，不管是他们的伤怀往事，还是他们曾经的飞黄腾达，仿佛过去的一切都并不存在。也许，他们是有意在避讳我们孩子，过去的一切毕竟沉重，他们不愿意让那黑蝙蝠的影子再压在我们孩子的身上。也许，他们都相知相解，一切便尽情融化在那一杯杯酒之中了，所谓功名万里外，心事一杯中吧？

"文化大革命"中，我去北大荒，弟弟去了青海油田，崔大叔都是派了他的大女儿小玉来送的我们，一直把我们送上了火车，我们在车窗里掉下了眼泪，小玉在车窗外也跟着哭。小玉的年龄和我一般大，但比我工作得早，她初中毕业就到了地安门商场当了一名售货员，那时候，崔大叔正在南口劳动改造。她早早地替家里分忧，担起了生活的担子。我和弟弟离开北京之前的那些日子里，小玉下了班后，一趟趟往我家里跑的情景，总让我忘不了。贫贱而屈辱的日子里，两代人的心便越发的紧密，让心酸中有了一点难得的慰藉。

我们离开北京没多久，她的两个妹妹分别去了内蒙古兵团和山西插队，最小的弟弟最后参军去了外地。和我家一样，他们家也只剩下了崔大叔老两口。我们再见到他们，只有在回家探亲的时候了。走进花园大院，一种从来没有过的凄凉感，不禁油然而生。坐在客厅里，从来没有显出来那样的空空荡荡，说话的回音在木地板上跳荡着，让我忍不住把话音放低。

那年的冬天，我从北大荒回来探亲，崔大婶看见我穿的棉裤笨重得很，棉花擀毡都臃在一起。她为我特意做了一条丝绵的棉裤，说我在北大荒那里天寒地冻的，别冻坏了，闹成了寒腿，可是一辈子的事。那棉裤做的特别的好，由于里面絮的是丝绵，又暄腾又轻巧，针脚分外的细密。我接过来，感动得很，一再感谢她，并夸她的手艺好。她叹口气说：你的亲娘要是还活着，她比我做的活儿好，还要细呢！她说这番话的时候，我从她的眼睛里能够看到对往昔的一种回忆。

父亲去世的那一年，我还在北大荒插队，弟弟在青海油田，接到妈妈打来的电报，我和弟弟星夜兼程往家里赶。我妈见到我时对我说,崔大叔和崔大婶听说父亲去世后,先来家里看望过了。他们担心老母亲一个人怎么应付这突然到来的一切。我到现在还清晰地记得崔大叔当时对我妈说过的话:老嫂子,有什么困难,需要我们做的事情,一定要说啊!每逢想起崔大叔这话的时候,眼泪总会忍不住润了眼角。

弟弟回来后,我们一起去崔大叔家,见到他们两口子,我和弟弟忍不住要落泪,忽然才觉得父亲去世了,他们是我们唯一的亲人了。

以后,我结婚,生了孩子,都特意到崔大叔家去,为的是让他们看看。他们是我的父母一辈子唯一的朋友,现在,我们去看他们,也就等于让父母也看见我们长大了,已经成家立业了吧。他们看见后都很高兴,崔大叔连连地对我们说:好!多好啊,多快呀,你们都大了!崔大婶则一边抹着眼泪一边说:要是你亲娘活着,该多好啊!

似乎是一眨眼的工夫,我们都长大成人了,而他们却都老了。从税务局退休后,崔大叔一直都没有闲着,因为有技艺在身,懂得税务,又懂得财务,许多地方都争着聘他去继续发挥余热。后来,他参加了民主党派,还曾经当过一段时间的区政协委员或人大代表。晚年的崔大叔,生活应该是充实的,也算是苦尽甘来吧,是命运对他的一种补偿吧。有时候,他会想起我的父亲,对我说:你父亲是个好人,他要还活着,该多好啊!我站在他的身边,不知该说些什么。我知道,他是看着我长大的,由于母亲去世得早,父亲也去世了,算一算时间,我和他接触的时间比父母都要长许多。在他经历的动荡而折磨的一生中,他比我们这一代饱尝了更多的艰辛,但比我们乐观而达观地看待一切,并始终把他的关爱给予我和弟弟,默默替代着父亲的那一份责任,默默诉说着父亲的那一份心情。虽然,大多的时候,他并不说什么,但我能够感受得到,就像是风,看不到,摸不着,却总能够感受得到它无时无地不在吹拂着我的脸庞。我常常会记得,让我感动,而难以释怀。

我应该感谢父亲,是他让我拥有了这样一位长辈,在父亲不在的时候,替代了父亲的位置。我想,这应该是父亲做人的一种回报吧。

四

我小时候亲眼看到,父亲有三件宝贝。这三件宝贝都挂在我家的墙上。

一件是一块瑞士英格牌的老怀表。父亲从来没有揣在怀里过,却一直挂在墙上当挂钟用。那时候,家里没有钟表,就用它来看时间。我和弟弟小时候,常常会爬在椅子上,踮着脚尖,把老怀表摘下来,放在耳朵边,听它嘀嘀嗒嗒的响声,觉得特别好玩。

一件是一幅陆润庠的字,写的什么内容,一点儿印象都没有了,只是听父亲讲过,陆润庠是清末大学士,当过吏部尚书,是皇帝溥仪的老师。

另一件是郎世宁画的狗,这个人是意大利人,跑到中国来，专门待在宫廷里画画。他画的狗是工笔画，装裱成立轴，有些旧损，画面已经起皴了，颜色也已经发暗，但狗身上的绒毛根根毕现，像真的一样，背景有树，枝叶茂密，画得很精细。

我不知道这两幅字画，父亲是怎样得来的，是什么时候得来的，从字画陈旧且保存不好的样子看，再从父亲喜爱又熟悉的样子看，应该年头不短了。

我猜想，父亲并不是为附庸风雅，或真的喜欢字画。他只是喜欢两幅字画的名气。值钱，使得这两幅字画的名气，在父亲的眼睛里，更形象化。父亲就是一个俗人。在一面墙皮暗淡甚至有些脱落的墙上，挂这样的字画，多少显得有些不伦不类。不过，这种不伦不类，让父亲心里暗暗自得。在税务局里所有二十级每月拿七十元工资而且始终也没有增长的同一类职员里，父亲是得意的，起码，他拥有陆润庠、郎世宁，还有另一位，就是他的老乡：纪晓岚。

墙上的这两件宝贝，常常是父亲向我和弟弟炫耀他学问的教材。同时，也是父亲借此教育我和弟弟的机会。父亲教育我们的理论就是人生在世要有本事，所谓艺不压身。不管什么本事都行，就是得有本事，像陆润庠不当官了，写一手好字，照样可以活得挺好；像郎世宁画一手好画，在意大利行，跑到中国来也行。父亲常会由此拔出萝卜带出泥，由陆润庠和郎世宁说出好多名人，比如，他会说，同样靠一张嘴，练出本事，陆春龄吹笛子，侯宝林说相声，都成为雄霸一方的能人。本事有大有小，小本事有小本事的场地，大本事有大本事的场地，就怕什么本事都没有，只有人家吃肉你喝汤了。

在我小的时候，父亲不像我长大以后不怎么爱说话，而是话很多，用我妈的话说是一套一套的，也不怕人家烦。

父亲的教育理论中，这种成名成家的思想很严重。我大一点儿的时候，曾经当面反驳过他，他并不以为然，相反问我：不是成名成家，而是说本事大，对国家的贡献就大。你说说，到底是一个科学家对国家贡献大，还是一个农民对国家贡献大？我回答不上来，觉得他讲的这些也有些道理。一个科学家造原子弹成功，对国家的贡献，当然比只种出几百斤几千斤粮食的一个农民要大。但是，在我长大以后，还是把小时候听到的父亲的这些言论，当成了反面材料，写进我入团的思想汇报里，在那些思想汇报里，我对父亲进行了批判。

现在回想起来，父亲的这些言论，一方面潜移默化地激励了我的学习，一方面又成为我入团进步的垫脚石；一方面成为开放在我学习上的花朵，一方面又成为笼罩在我思想上的乌云。在那个年代里，我的内心其实是有些分裂的。在这样的分裂中，对父亲的亲情被蚕食；把父亲的教育理论，作为批判的靶子，它常常冷冰冰地矗立在面前，可以随时为我所用。

父亲教育我和弟弟的另一个理论，也曾经潜移默化地影响着我，那就是他常说的本事是刻苦练出来的。那时，他常说的口头语，一个是要想人前显贵，就得背后受罪；一个是吃得苦中苦，才能享得福中福；一个是小时候吃窝头尖，长大以后做大官。

如果我的考试得了九十九分，父亲就会问我：你们班上有考一百分的吗？我说有，父亲就会说，那你就得问问自己，为什么人家考了一百分，你怎么就没有考一百分？一定是哪些地方复习得不够，功夫没下到家！你就得再刻苦！

父亲教育我和弟弟的方法，就是不厌其烦。父亲的脾气很好，是个慢性子，砸姜磨蒜，一个道理，一句话，反复讲。有时候，我和弟弟都躺下睡觉了，他站在床边，还在一遍又一遍地讲，一直讲到我和弟弟都睡着了，他还在讲，发现了之后，才不得不停住了嘴巴，替我们关上灯，走出了屋子。

弟弟不怎么爱学习，就爱踢足球，父亲不像说我一样说他，觉得说也没有用，便由着弟弟的性子，踢他的球。弟弟磨父亲给他买一双回力牌的球鞋，那是那个年代里最好的球鞋，一双鞋的价钱，比一双普通的白力士鞋贵好多。父亲咬咬牙，还是给他买了一双。这对父亲来说，是不容易的，在我和弟弟的眼里，他从来是以抠门儿而著称的，很难让他从衣袋里掏出钱来。我读中学的时候，他每月只给我三块钱，买公共汽车月票，就要两元，我便只剩下可怜巴巴的一元钱。过春节的时候，弟弟要买鞭炮，他会说：你买鞭炮，自己拿着去点，还害怕，你放炮，别人在一旁听响，所以，傻小子才买鞭炮放。他有他的花钱的逻辑和说辞，我和弟弟常在背后说他是要饭的打官司，没的吃，总有的说。

从王府井北口八面槽的力生体育用品商店买回一双白色高帮回力牌的球鞋，弟弟像得了宝，穿在脚上，到处显摆。父亲对他说，给你买了这双鞋，是要你好好练习踢足球，不管学什么，既然学，就一定要把它学好！对于我和弟弟，在我们渐渐大了以后，父亲采取的教育策略也相应进行了调整和改变，他不再说那些大道理和口头语。说的好听一些，他是因材施教；说的通俗一些，就是什么虫就让他爬什么树。他认定了弟弟不是学习的料，既然喜欢踢球，就让他好好踢球吧，兴许也能踢出一片新天地。

弟弟鸡啄米似的点头听父亲的说教，心里想着的是这双回力牌球鞋终于到手了。父亲并不懂弟弟买这双回力牌球鞋，其实不是真的为了踢足球，而是为了显摆。这种高帮的回力牌球鞋，有一层厚厚的蓝色的海绵，弹性很好，特别适合打篮球，没有人会去用它踢足球，弟弟也舍不得穿着它去踢足球。他只是每天到学校上学时穿上它去臭美，觉得只有穿上了它，让同学们看看，才像是个练体育的。

初一的时候，弟弟没有辜负父亲给他买的这双回力牌球鞋，终于参加了先农坛业余体校的少年足球队。弟弟从业余体校回来，很兴奋地对父亲说，教练说了，我们练得好的，初中毕业就可以直接升入北京青年二队。父亲听了很高兴，鼓励他，把足球踢好，也是本事，你看人家张宏根、史万春、年维泗，就得好好练出人家一样的本事！

我家墙上的陆润庠和郎世宁，就这样成为了父亲教育我和弟弟的药引子，可以引出无数的说法，变着花儿地说明他的教育理论。

在父亲的心里，有一个小九九，是一碗水没有端平，而是偏向我的。他觉得弟弟学习不成，而我的学习不错，把我培养上大学，是他最大的希望。

上个世纪60年代，我读初中。父亲突然病了。那正是全国闹天灾人祸的时候，连年的灾荒，粮食一下子紧张，我家又有我和弟弟两个正长身体的男孩子，粮食就更不够吃，每个人每月定量，在我家，每顿饭要定量，要不到月底就揭不开锅。因此，每顿都吃不饱肚子。父亲和母亲都尽量省着吃，让我和弟弟吃，仍然解决不了问题。

　　有一天，父亲不知从哪里买来了好多豆腐渣，开始用豆腐渣包团子吃。团子，是用棒子面包着馅的一种吃食，类似包子。开始的时候，掺一些菜在豆腐渣里，还好咽进肚子里。后来，包的只是豆腐渣，那东西又粗又发酸，吃一顿两顿还行，天天吃，真有些受不了。可是，父亲却天天在吃豆腐渣，中午带的饭也是这玩意儿，最后吃得浑身浮肿，连脚面都肿得像水泡过一样。单位给了一些补助，是一点儿黄豆。但是，这点儿黄豆，已经远远地解决不了父亲身体的严重欠缺。他开始半休。等他的身体稍稍恢复了以后，他的工作被调整了。

　　但是，父亲一直没有对我们说，他是怕我们为他担心，也是怕自己的脸面不好看。直到有一天，我发现父亲下班回来没骑他的那辆自行车，才发现了问题。原来，父亲把这辆自行车推进委托行卖掉了。

　　父亲的那辆自行车，就像侯宝林说的相声里那辆除了铃不响哪儿都响的破老爷车，一直是父亲的坐骑。父亲上班的税务局是在西四牌楼，从我家坐公共汽车，去一趟要五分钱的车票，来回一角钱，父亲的这个坐骑，可以每天为父亲省下这一角钱。现在，这个坐骑没有了，他要每天走着上下班了。

大约就在这个时候,姐姐来了一封写得很长的信,家里一下子平地起了风波。姐姐想把我接到呼和浩特她那里上学,这样,家里可以少一个人的开销,特别是我读中学之后,又想要买书,花费就更大一些,姐姐想用这样的方法,帮助父亲解决一些困难。

我不知道自己的命运会有怎样的变化?从心里,我很想念姐姐,能够到呼和浩特去,就可以天天和姐姐在一起了;只是,离开北京,离开熟悉的学校和同学,我又有些舍不得。而且,到一个陌生的新学校去,又有些担忧,况且,我们的学校是一所百年老校,是北京市的十大重点中学之一,姐姐帮我选择的学校是他们铁路的子弟中学,教学质量肯定不如我们学校。我拿不定主意,就看父亲最后是怎么决定了。

父亲没有同意,他没有像我这样地瞻前顾后,他以果断的态度给姐姐回了一封信,不容置疑地回绝了姐姐的好意。这对于一辈子优柔寡断的父亲而言,是唯一一次毅然决然的决定。或许,这是父亲性格的另一面,在年轻时的军旅生涯中有所体现,只是那时还没有我,我不知道罢了。

父亲在给姐姐的信中说,他可以解决眼下的困难,他还是希望把我留在北京,以后在北京考大学,各方面的条件都会更好些。

姐姐没再坚持。其实,姐姐和父亲都是性格极其固执的人,如果不是固执,姐姐不会主意那么的大,那么不听人劝,十七岁时就独自一人跑到内蒙古,在风沙弥漫的京包铁路线上奔波了一生。当时,我猜想,姐姐一定明白,在父亲的心里，我的分量很重，亲眼看到我考上大学，是父亲一直的期待。姐姐也一定明白父亲的想法，因为她只读了小学四年级，便开始参加工作了，父亲一直笃信自己的教育水平，不会相信她，更不会放心把我交到她的手里。

在我长大以后，我的想法有了改变，我猜想，除了对姐姐的不信任，和希望亲眼看到我上大学之外，他的心里一定在想，已经把一个女儿送到塞外了，不能再把一个儿子也送到塞外。在父亲的眼里和懂得的历史中，尽管呼和浩特是一座城市，毕竟无法和首都北京相比，怎么说，那里是昭君出塞的地方。

我留在了北京。父亲继续步行，从前门到西四上班。日子，似乎又恢复了平静。只是，粮食依然不够吃，每月月底，是最紧张的时候，面对两个正在长身体的男孩子，父亲和母亲常常面面相觑，一筹莫展。

没过多久，我发现墙上的那块英格牌的怀表也没有了。

又没过多久，墙上的陆润庠的字和郎世宁的狗，也都没有了。

我知道，它们都被父亲卖给了委托行。那时，我妈吐血，为给我妈治病，也为治他自己的浮肿，要买一些黑市上的高价食品，父亲不得不卖掉了他仅有的三件宝贝。

我知道，父亲是希望用这样的方法，补养我妈的身体，更为挽救自己江河日下的身体，以尽快恢复原来的工作。

可是，这三件宝贝没有挽救得了父亲的身体。他的身体下滑得厉害，而且，黄鼠狼单咬病鸭子，又患上了高血压。税务局让他提前退休了。那一年,他五十七岁,离退休年龄还有三年。

退休那一天,我去税务局接父亲,顺便帮着他拿一些东西。我才发现,他被调整的工作,不再是税务局,而是税务局下属的厂子,生产胶木产品的一个小工厂。在税务局旁边胡同里的一个昏暗的车间里,我找到了父亲,他正系着围裙,戴着一副白线手套挑胶木做什么电源开关。听见同事叫他的名字,他抬起头来看见了我,站了起来,和同事打过招呼之后,和我一起走出车间。我能感到,车间里几乎所有人的目光都落在我和父亲的身上。我不清楚那些目光的含义,是替父亲惋惜、悲伤,还是有些幸灾乐祸?

那一天,我和父亲从西四一直走到前门,一路上,我和父亲什么话也没有说,就这么默默地走在车水马龙的大街上,想象着从新中国成立后他一直是骑着自行车上班下班来往在这条大街上的。现在,工作没有了,自行车也没有了。我知道,父亲的心里一定很痛苦,他一定没有想到他自己会以这样的一种方式,告别了工作,提前进入了拿国家养老金的人的行列里。他一定不甘心,又一定很无奈。

我一直在想,按照父亲的教育理论,他这一辈子算是有本事的呢?还是没有本事的呢?如果说没有本事,父亲是凭着初小的文化水平,靠着自己的努力,从国民政府到共产党开国以来,一直担当着这一份工作的。如果说有本事,他却最后沦落到做胶木电源开关的地步,和他原来所学所干的工作相去甚远。他是被身体打败的呢?还是由于身体的原因而被单位借此顺坡赶驴一样赶下了山？父亲从来没有和我谈论过这些，而在那个年代，我也没有能力思考这一切。相反觉得让父亲提前退休，是组织对他的格外照顾。

很久以后，也就是父亲去世之后，税务局的工会派来一位老人来家里进行慰问。因为这个老人在税务局工作的年头很长，曾经和父亲一起共事，对父亲有所了解。他对我说起父亲，说你父亲脾气倔，工作认死理，他去人家单位收税的时候，据理力争，虽然得罪人，但是总能把税给收上来。他的话，给我留下的印象很深，但不知为什么，删繁就简，最后没有了收税，只剩下了得罪人。

父亲退休以后，开始练习气功和太极拳。他做事有定力和恒心。那时候，因为父亲提前退休，每月只能拿百分之六十的工资，四十二元钱，家里的生活一下子变得更加拮据，便把原来的三间住房让出一间，节省一些房租。家里就剩下两间屋子，清晨，是父亲练太极拳的时候；晚上，是父亲练气功的时候；雷打不动，无论什么情况，他都能坚持，特别是晚上，即使我和弟弟在外屋复习功课或说笑打闹有多吵多乱，他都会一个人在里屋练气功，站桩一动不动。

父亲的举动，让我很受触动。不仅是他的耐性和坚持，而是由于他的提前退休，让家里的日子变得艰难。我本想读高中将来考大学的，在初中即将毕业的时候，把这个念头打消了，想考一所中专或师范学校，上学可以免去学费，又能管吃住，帮助家里解决一点儿负担。父亲知道后，坚决不同意，说是砸锅卖铁也要供你上大学，你弟弟不爱读书也就算了，你学习成绩一直不错，绝不能因为我耽误了你！

姐姐知道了这件事，每月从她的工资中寄来三十元，说是补齐父亲退休前的工资，一定要我读高中，考大学。

我如愿考上了理想的高中，父亲多日阴云笼罩的脸上露出了笑容。

读高中的时候，我迷上了文学，常常在星期天的时候逛旧书店。那时候，北京几家有名的旧书店，琉璃厂、东安市场、隆福寺、西单商场……我都去过。西四的旧书店，也是我常去的地方。父亲曾经工作过的税务局，就在书店旁边。路过它的大门的时候，我想起父亲，想起了父亲退休的那一天我来接他的情景，心里总会涌出一种酸楚的感觉。我暗暗地想，一定要好好地读书，考上一个好大学，为父亲的脸面争光。

我的儿子读高中的时候，我曾经带着他去过西四一趟，西四牌楼早就没有了，过西四新华书店不远的税务局还在，大门依旧。我指着这扇大门对我的儿子说：你爷爷以前就是在这里工作。

五

初三毕业的那年暑假，一天晚上，我已经躺在床上睡下了。父亲走进来，轻轻地把我叫醒。睁开惺忪的睡眼，望着父亲，不知有什么事情，都已经这么晚了。父亲只是很平淡地说了句：外面有人找你。就又走出房间。

我大了以后，父亲不再像我小时候那样砸姜磨蒜一样絮絮叨叨地教育我，他知道我不怎么爱听，和我讲话越来越少。初三那一年，我正在积极地争取入团，和他更是注意划清阶级界限。父亲显然感觉得出来，更是明显地和我拉开距离，不想让自己当成我批判的靶子，当然，更不想影响我的进步。因此，他和我讲话的时候，显得十分犹豫，不知该说什么才好。最后，索性少说，或者不说。

我穿好衣服，走出家门，看见门口站着一个女同学。起初，没有认出是谁，定睛一看，是我的小学同学小奇。她笑着在和我打招呼。我们是小学同学，她是上四年级的时候，从南京来到北京，转到我们学校的。我们同年级，不同班。第一次见面的情景，立刻在她向我挥手打招呼的瞬间闪现。我们学校有几台乒乓球案子，课间十分钟，是同学们抢占案子的时候，每人打两个球，谁输谁下台，让另一个同学上来打。那时候，我乒乓球打得不错，常常能占着台子打好多个回合。那一天，上来的同学，劈头盖脸就抽了我一板球，让我猝不及防，我忍不住叫了声：够厉害的呀！抬头一看，是个女同学，就是小奇。

小学毕业，我们考入不同的中学，初中三年，再也没有见过面。突然间，她出现在我家的门前，这让我感到奇怪，也让我感到惊喜。看她明显长高了许多，亭亭玉立的，是少女时最漂亮的样子。

她是来我们大院找她的一个同学，没有找到，忽然想起了我也住在这个院子里，便来找我。但那一夜，我们聊得很愉快。坐在我家旁边的老槐树下，她谈兴甚浓，五十多年过去了，谈的别的什么都记不得了，唯独记得的是，她说暑假跟她妈妈一起回了一趟南京，看到了流星雨。我当时连流星雨这个词都没有听说过，很好奇地问她什么是流星雨。她很得意地向我描述流星雨的壮观。那一夜，月亮很好，星光璀璨，我望着夜空，想象着她描述的壮观夜空，有些发呆，对她刮目相看。

谈不上阔别重逢，但是，少年时期的三年，正是人的模样、身材和心理、生理迅速变化的三年，时间过得很快，回想起来却显得很长。意外的重逢，让我们彼此都有一种异样的感觉。我们就是这样接上火，令我们都没有想到的是，我们的友谊，从那一夜蔓延到了整个青春期。高中三年，"文化大革命"两年，一直到我们分别到北大荒插队，整整五年的时间，从十六岁到二十一岁。

从那个夜晚开始，几乎每个星期天的下午，她都会到我家找我，我们坐在我家外屋那张破旧的方桌前聊天，天马行空，海阔天空，好像有说不完的话，窄小的房间，被一波又一波的话语涨满。一直到黄昏时分，她才会起身告别。那时，她考上北京航空学院附中，住校，每星期回家一次，她要在晚饭前返回学校。我送她走出家门，因为我家住在大院最里面，一路要逶迤走过一条长长的甬道，几乎所有人家的窗前都会趴有人头的影子，好奇地望着我们，那眼光芒刺般落在我们的身上。我和她都会低着头，把脚步加快，可那甬道却显得像是几何题上加长的延长线。我害怕那样的时刻，又渴望那样的时刻。落在身上的目光，既像芒刺，也像花开。

我送她到前门 22 路公共汽车站，看着她坐上车远去。每个星期天的下午，由于她的到来，变得格外美好，而让我期待。那个时候，我沉浸在少男少女朦胧的情感梦幻中，忽略了周围的世界，尤其忽略了身边父亲和母亲的存在。

所有这一切，父亲是看在眼睛里的，他当然明白自己的儿子正发生了什么事情，又在经历着什么事情。以他过来人的眼光看，他当然知道应该在这个时候提醒我一些什么。因为他知道，小奇的家就住在我们同一条街上，和我们大院相距不远，也是一个很深的大院。但是，那个大院和我们大院完全不同，从外表就可以看得出来，它是拉花水泥墙，红漆木大门，门的上方，有一个浮雕大大的五角星。这便和我所居住的那种广亮式带门簪和门墩的黑色老门老会馆，拉开了不止一个时代的距离。

其实，这一点，我是知道的，每天上学下学，都要路过那里。但是，当时的我对这一点根本忽略不计。对于父亲而言，这一点，是表面，却是直通本质的。因为居住在那个大院里的人，全都是解放北平城之后进城的解放军的军官或复员军人和他们的家属。那个被称作乡村饭店的大院，是解放之后拆除了那里的破旧房屋后新盖起来的，从新老年限看，和我们的老会馆相距有一两百年的历史。在父亲的眼里，这样的距离是不可逾越的。不可逾越，从各自居住不同的大院就已经命定，地理里有无法更易的历史，地理里有难以摆脱的现实。我发现，每一次我送小奇到前门回到家，父亲都好像要对我说什么，却都欲言又止。从那时我的年龄和阅历来讲，我无法明白父亲曾经沧海的忧虑。我和父亲也隔着一道无法逾越的历史与地理的距离。

有一天，弟弟忽然问我：小奇的爸爸是老红军，真的吗？那时，我还真不知道这个事实。我觉得老红军是在电影《万水千山》里，在小说《七根火柴》里，从没有想过老红军就在自己的身边。弟弟的问题，让我有些意外，我问他从哪儿听说的？他说是父亲和母亲说话时听到的。当时，我不清楚父亲对母亲讲这个事实的心理。后来，在我长大以后，我清楚了，我和小奇越走越近的时候，父亲的忧虑也越来越重。特别是在北大荒插队的时候，生产队的头头在整我的时候，当着全队人叫道：如果是蒋介石反攻大陆，肖复兴是咱们大兴岛第一个打着白旗迎接蒋介石的人，因为他的父亲就是一个国民党！

两个父亲，两个党，一个共产党，一个国民党。

后来，我问过小奇这个问题。她说是，但是，她并没有觉得父亲老红军的身份对自己是多么大的荣耀。她只是说当时父亲在江西老家，十几岁，没有饭吃，饿得不行了，路过的红军给了他一块红苕吃，他就跟着人家参加了红军。她说的是那样轻描淡写。在当时所谓高干子女中，她极其平易，对我一直十分友好，充满温暖的友情，即使是以后"文化大革命"格外讲究出身的时候，她也从来没有有些干部子女的趾高气扬，居高临下。那时候，我喜欢文学，她喜欢物理，我梦想当一名作家，她梦想当一名科学家。她对我的欣赏，给我的鼓励，表露于我的友谊和感情，伴随我度过了青春期。

说心里话，我对她一直充满似是而非的感情，那真的是人生中最纯真而美好的感情。每个星期天她的到来，成为我最欢乐的日子；每个星期见不到她的日子，我会给她写信，她也会给我写信。整整高中三年，我们的通信，有厚厚的一沓。我把它们夹在日记本里，涨得日记本快要撑破了肚子。父亲看到了这一切，但是，他从来没有看过其中的任何一封信。

寒暑假的时候，小奇来我家找我的次数会多些。有时候，我们会聊到很晚，送她走出我们大院的大门，我们站在大门口外的街头，还接着在聊，恋恋不舍，谁也不肯说再见。那时候，不知道我们怎么总有说不完的话，长长的流水一般汩汩不断，扯出一个线头，就能引出无数条大路小道，透迤迷离，曲径通幽，能够到达很远很远未知却充满魅力的地方。

路灯昏暗，夜风习习，街上已经没有一个行人，安静的像是睡着了一样。只有我们两人还在聊。一直到不得不分手，望着她向她家住的乡村饭店的大院里走去的背影消失在夜雾中，我回身迈上台阶要回我们大院的时候，才蓦然心惊，忽然想到，大门这时候要关上了。因为每天晚上都会有人负责关上大门。那样的话，可就麻烦了，门道很长，院子很深，想叫开大门，不是件容易的事情。很有可能，我得在大门外站一宿了。

当我走到大门前，抱着侥幸的心理，想试一试，兴许没有关上。没有想到，刚刚轻轻一推，大门就开了。我庆幸自己的好运气，大门真的还没有关闭。我走进大门，更没有想到的是，父亲就站在大门后面的阴影里。我的心里漾起一阵感动。但是，我没有说话，父亲也没有说话，就转身往院里走。我跟在父亲的背后，走在长长的甬道上，只听见我和父亲咚咚的脚步声。月光把父亲瘦削的身影拉得很长。

很多个夜晚,我和小奇在街头聊到很晚,回来生怕大院的大门被关闭的时候,总能够轻轻地就把大门推开,然后看见父亲站在门后的阴影里。

那一幕的情景,定格在我的青春时代,成了一幅永不褪色的画面。在我也当上了父亲之后,我曾经想,并不是每一个父亲都能做到这样的。其实,对于我和小奇的交往,父亲从内心是担忧的,甚至是不赞成的。因为在那个讲究阶级讲究出身的年代,一个共产党,一个国民党,他们的水火不容,注定他们的后代命运的结局。年轻的我吃凉不管酸,父亲却已是老眼看尽南北人。

只是,他不说什么,任我任性地往前走。因为他不知道该如何说,他怕说不好,引起我的误解,伤害我的自尊心,更引起我对他的批判。更重要的是,他知道说了也不会起什么作用。两代不同生活经历与成长背景的人,代沟是无法填平弥合的。在那些个深夜为我守候在院门后面的父亲,当时,我不会明白他这样复杂曲折的心理。只有我现在到了比父亲当时年龄还要大的时候,才会在蓦然回首中,看清一些父亲对孩子疼爱有加又小心翼翼的心理波动的涟漪。

六

"文化大革命"爆发的那一年,我高三毕业,正准备迎接高考。几乎是在一夜之间,上大学的梦想破灭了。这对于我和父亲,无疑是最大的打击。突然降临的大风暴,席卷我们而去,让我们无暇顾及个人梦想在风雨中的落花流水,是那样的无足轻重,又那样的无可奈何。在"老子英雄儿好汉,老子反动儿混蛋"对联的疯狂肆虐下,父亲国民党少校军需官的历史,一下子格外彰显,像刻在父亲的脸上,也刻在我的脸上的一块罪恶的红字一样,让我和父亲都抬不起头来。

那时候,我从心里怨恨父亲当时为什么不在天津学织地毯学到底,起码现在我的出身可以算作工人。在"文化大革命"的年代,算是红五类。现在,我却沦为了黑五类。

所谓的红八月中,到处都在抄家,到处都在批斗。身穿绿军装、手挥武装带、臂戴红袖章,被领袖在天安门城楼上接见的红卫兵们,在耀武扬威。在我们学校里,校长高万春不忍红卫兵的毒打,被逼跳楼自杀。在从学校回家走的一路上,很多大院的门口贴着墨汁淋淋的大字报,说是"庙小神灵大,池浅王八多",叫喊着把什么坏人揪出来示众。好像每个院子里都有坏人,不止一个,各式各样,五花八门。我们大院里最先被揪出来的人,是以前当过地主的后院主人,紧接着是当过舞女的王婶。我的心小把儿紧攥着,生怕哪一天,在大院外的墙上揪出父亲的大字报。每天从学校回家,先要紧张地看看院门口的墙,没有父亲的大字报,才稍稍安心。那一面墙,成了我的晴雨表。

猜想,那时候,父亲的心里一定比我还要紧张。

为了表现积极,父亲主动上交了小牛皮箱里的那四块银元。除此之外,他没有什么可以上交的了。那本南京受训时印有他身穿国军制服的相册,早被他毁掉了。

红八月终于过去了,父亲没有被揪出来批斗。我的心里一块石头落了地,便和班上当红卫兵的同学一起,冒充红卫兵去大串联了。当我从广州、衡阳、株洲,然后韶山和南京一路归来的时候,发现父亲和母亲正在院子里忙乎接待红卫兵的事情。那时候,很多外地的红卫兵串联到北京,住在我们大院各家里。

在我离开家的这些天里,父亲做了两件事,让我格外的吃惊。

一件是居然教会了我妈背诵了毛泽东的"老三篇"中的《为人民服务》。要知道,我妈是大字不识呀,能够全文一字不差地背诵下来《为人民服务》,与其说是我妈的奇迹,不如说是父亲的奇迹。在那个疯狂的年代里,什么样的事情,都有可能意想不到地发生。

一件是在我家的柜子和窗台之间,用火筷子在两根很粗的竹子上扎上了眼儿,然后连上几块木板,成为了书架,前后可以放上两层我的一些书本。那时,我珍贵的藏书,有泰戈尔文集中的两本,还有就是从1949年到60年代所有的儿童文学选集。这些书一直放在地上一个鞋盒子里,现在,终于堂而皇之地有了摆放它们的书架了。弟弟告诉我,这是他和父亲一起做的,竹子是南方来的红卫兵到北京串联走的时候留下来的,被父亲废物利用。

一直到现在,我都觉得这是父亲做的最古怪的一件事情,和他谨小慎微的性格完全不符。

这是我家的第一个书架。我有些惊讶,在那个读书无用,革命唯大的年代里,父亲居然还有心做书架,惦记着我的读书,而且敢于把这些书放在书架上。这是他在"文化大革命"中的得意之作。他从来相信艺不压身,到什么时候读书都是重要的,更何况,这些书确实也不是什么封资修,见不得人。也许,这是父亲为我做这个简陋书架的心理依据。

这样平静的日子很快就到头了。秋天刚到的时候,我们大院里突然揪斗出一位工程师,说人家是反动权威。都是院子里新搬来的一个街道革委会的积极分子干的。所谓街道积极分子,在那时是一种特别的称谓,更是一种特别的身份。她们大多是家庭妇女,并不是街道居委会("文化大革命"一来叫街道革委会)的正式工作人员,但因为家庭出身好,又积极为街道居委会跑前跑后干些宣传或收费或节日里站岗巡逻的事,被聘为街道积极分子。这些积极分子中,有不少是热心公益事业的人,但也有不少借此狐假虎威或为方便谋取私利的人。这个积极分子,就是人们忌恨的狐假虎威者。她找来的一帮红卫兵,当天下午在我们大院里开批斗会。她来到我家,找到父亲,要求父亲下午参加大会,并且准备批判发言。我看见父亲在认真地写批判稿,写了好长的时间,密密麻麻的,足足写了有两页纸。其实,父亲和工程师平常没有什么来往,甚至连说话都很少,他对工程师的了解有限,真不知道那批判稿都写了些什么东西。

下午批判会在我们大院的后院开,那里房前有宽宽的廊檐，和几级台阶，正好当成了舞台。批判会开始的时候，父亲第一个走上台发言，他身穿一身整齐的制服，激动地抖动着手中那两页纸，像是受惊的鸟不住纷飞的羽毛。然后，听见他的声音，那声音特别让我吃惊，突然的高八度，一下子非常的尖厉。我从来没有听见父亲这样说过话，平常他说话都是细声细语，怎么会突然变成了这样的声嘶力竭呢？我知道，他是想表现自己，以划清界限的姿态，想拼命地站到革命阵营这方面来。可是，他的声音太刺耳了。我有些替他脸红，没有听完他的批判发言，就悄悄地溜出了大院。

父亲这样异常的表现，并没有能够保住自己。他是被那个街道积极分子给耍了。第二天清早，我出门要去学校，看见大门口外面那面墙上又贴出了大字报，只有一张纸，但我一眼就看见了父亲的名字，然后看见了国民党和少校军需官的字样，是那样的醒目，飞奔而来的箭镞一样，直射入我的眼睛里。父亲步工程师的后尘，这一天下午，还是在我们大院，要开父亲的批斗会。

我害怕这个街道积极分子像找父亲一样，来家里找我写批判父亲的发言稿，然后让我登台发言批判父亲。一整天，我都没有敢回家。我记得特别的清楚，上午我去学校，虽然在复课闹革命，但上课没有什么内容，下午就没事了。下午，我坐上5路公共汽车，从前门坐到广安门终点站，再从终点站坐回到前门，来回不停地坐，一直坐到天完全黑了下来，才像丧家犬一样悻悻地溜回大院，回到家里。父亲看到我回来，没有说话，他在找他在税务局工厂发的劳动手套。我猜想，明天，他将和我们大院的工程师、地主和舞女一起,去街道接受劳动改造了。整整一个晚上,谁都没有说话,一盏十五瓦的浑黄的灯下,全家静悄悄的,气氛凝滞了一样,非常压抑。

我不知道,对于这一连两天批斗会上的遭遇,父亲是怎么看待的,我从来没有和父亲交流过。我只知道我自己,那时的心情非常复杂和慌乱。我第一次看到了人心的险恶,对那个街道积极分子嗤之以鼻。我也第一次看到了父亲的另一面,居然为了保护自己可以这样声嘶力竭。同时,我也是第一次面对自己,害怕父亲被批斗,其实是害怕自己的身份进一步下跌。这样的胆怯,无力面对眼前发生的一切,只有选择了逃避。

也就是从那时候开始,我成了"文化大革命"的"逍遥派",彻底逃离了所谓的革命的旋涡,就像鲁迅批评柔石的小说《二月》中的主人公肖涧秋时说的那样,衣襟上溅了一点水花,就落荒而逃。我开始躲在一边,后来又跑到呼和浩特的姐姐家,偏于一隅,埋头在读书之中,尽可能找能找到的书读。而父亲则开始在街道修防空洞,每天干年轻人干的搬砖砌洞的力气活儿。想想,那一年,父亲六十一岁。

第二年的年底,弟弟忍受不了这样压抑的气氛,先报名去了青海油田。又过一年的夏天,我也离开北京,去了北大荒。弟弟和我走的时候,父亲都没有送,也没有分别的一点嘱咐,只是走出了屋门,看着我们走去,连挥挥手都没有,显得是那样的麻木。

很久很久以后,我和弟弟谈起这些往事的时候,才觉得真正麻木的是我们。为了自己,我们那样毅然决然地选择了离开家,而且想离的越远越好,所谓眼不见心不烦,企图寻找世外桃源,躲个清静,而把已经是年老多病的父亲和母亲毫无顾忌地丢在一旁,丝毫都没有想过,应该和他们一起患难与共,帮助他们度过余生残年。年轻时的我们,被所谓革命的风鼓得身心膨胀。其实,更是自私和胆怯,如蛇一样悄悄地爬出心头,在一点点地蚕食着人性中对父母的亲情。

在那场疾风骤雨的革命中,父亲就是一条落水狗,可以被人任意欺凌。他的国民党和少校军需官身份,就是他的原罪。庆幸的是,父亲从来都不多言多语,而是逆来顺受,任劳任怨地修防空洞,工余的时候,还负责为这些戴罪劳动者读报。所以,他没有被遣送回老家,总算保住了他的老窝。但是,最后他付出的代价是,得要换出他的房子。在我离开北京的第二年,那个街道积极分子对父亲说,你们的孩子都走了,用不了那么大的房子,应该把房子交给工人出身的人住。父亲老老实实地交出了房子,住进了对门院子里两小间矮小的东房里。而那个批斗了父亲和工程师的街道积极分子,更是无理占据了工程师家一间宽敞的正房,给自己的女儿做了婚房。她的女儿嫁给了一个海军军官,似乎更为她虎上添翼,越发威风起来。

离开北京两年后的夏天,我从北大荒第一次回来探亲。走进陌生的大院,来到父亲信中说的家门前,心里一阵心酸。我第一眼看到的是家门玻璃窗前的窗帘,是母亲用碎布一点一点地拼接起来的。打开门,被风吹动的那块像小孩褯子布一样的破窗帘,让我脸红。我不在家的日子里,父母的日子过成了这样的狼狈不堪,而且被人欺负,不费吹灰之力,便被赶出自己的家门。

那时候,父亲还在修防空洞。母亲去把父亲叫回家。父亲看见我一脸被霜打的样子,很清楚我想的是什么,便对我说,没被扫地出门赶回老家就是万幸。窝还在,你们回来探亲,还有个家。他轻描淡写地说,却说得我心里不是滋味。说着,父亲让母亲赶紧拿出瓜子和花生给我吃。母亲从床下拿出一个笸箩,里面盛满了葵花子和带皮的花生。那时候,只有过春节每户才有半斤花生和瓜子可以买到。父母春节买的花生瓜子舍不得吃,一直留到现在。都已经半年了,瓜子和花生放得都有些哈喇味儿,但是,我还是装作挺好吃的样子咽进肚子里。

第二天,父亲又去修防空洞了。现在,父亲参与修的这个防空洞还在,成为可以供人们参观的人防工程,长长而宽敞的防空洞,成为前门地区的一道景观。父亲却早已经不在了。那个防空洞的洞口就在街道办事处旁边,每逢路过它的时候,我都会想起父亲,也会想起批斗过父亲和我们大院工程师乃至舞女的那个街道积极分子。人生的遭际,在历史的跌宕中有阴差阳错的选择;人心的险恶,在时代的动荡中有不由自主的表现,像排泄粪便一样忍无可忍,不能自已。前者,其实更多是出于个人生计的选择;后者,则更多是人性潘多拉盒子的乍开。我相信,每个人的心里都不会鲜花一片,只是,有的人不让或者少让心里藏着的魔鬼出来,而有的人愿意让魔鬼趁机出来兴风作浪,浑水摸鱼。一般而言,后者会活得放得开,什么时候都容易如鱼得水,甚至活色生香;前者会活得谨小慎微,甚至压抑,夹着尾巴做人,却总能让人踩住尾巴。父亲显然属于前者。

七

1972年的冬天，我再次从北大荒回北京探亲。可能是一年多前回家时那个破窗帘对我的刺激太深，这一次回家，我想应该为父母做一点儿什么。

那时候，我的思想还处于阶级斗争理论的笼罩下，尽管已经松动，但脑子里还有阶级斗争这根弦，就像风筝还被线拽着。因此，我的这个念头，其实也是在矛盾中时起时伏。有时候，我会想，毕竟父亲当过国民党的少校军需官，是共产党的敌人，即使父亲是被改造好，已经不会站在敌对的阵营里，但也不属于无产阶级阵营里的呀。有时候，我又会想，父亲真的就是在电影和小说里看到过的那种凶神恶煞的国民党吗？怎么看都不像。从我记事开始，父亲都是唯唯诺诺的，见谁都客客气气，走路都怕踩死蚂蚁，街坊们对他一直很友好。即使"文化大革命"开始，即使沦落到修防空洞了，除了那些街道积极分子直呼过他的名字，街坊们见到他，也还客气地叫他肖先生。不过，我想，国民党是很狡猾的，会伪装的，也许，这只是父亲伪装出的一种假象。

这是当时我真实的心理活动。按下葫芦起了瓢，自己跟自己较劲，打架。

我回到家之后，弟弟先给我寄了点儿钱，那时，他在青海油田当工人,有高原补助,工资高。弟弟来信说,让我用这钱给父亲买点儿好酒喝。我和弟弟都知道,父亲一辈子爱喝点儿小酒。父亲的酒量不大,可能年轻的时候酒量大些,这时候,一天只在晚上喝一次,八钱的小酒杯,他能喝一杯,却只喝半杯就浅尝辄止。一瓶二锅头,可以喝半个月。但是,父亲喝酒,有自己的规矩,就是不管天冷天热,都得把酒烫上。他的理论是,冷酒伤身。记得我和弟弟小的时候,父亲每次喝酒,都把酒烫在开水碗里,烫好了,先不喝,而是把酒往桌子上先倒一点儿,然后划着一根火柴,在酒上一点,酒立刻燃烧起一团淡蓝色的火焰,蛇一样蠕动着,特别好看。然后,他会用筷子蘸一点儿酒,让我和弟弟一人尝一口,常常惹得我妈说他,小孩子家的,喝什么酒。我和弟弟被酒辣得大叫,父亲端着酒杯呵呵地笑。那是一家子最开心的画面了。

  弟弟在我之前回北京探过一次亲。那时,他买来了好多瓶名酒,给父亲喝,看到父亲难得的高兴,难得喝得酡颜四起,便让我照方抓药,告诉我到哪里能买到这些名酒。拿着弟弟寄来的钱,我到弟弟指定的商店,买回来好几瓶名酒,有五粮液、古井贡、竹叶青,还有一瓶三花酒。这后一种酒,是我自作主张买来的,当时看到三花酒出产地是桂林,早就在贺敬之的诗中知道桂林山水甲天下,一直很向往,虽然没有去过,买一瓶酒回来尝尝,也像是去过了一样。

  回到家,我找到几个酒杯,把每一种酒倒上一点儿,分别用开水烫好,让父亲每种酒都尝尝。看到父亲坐在桌旁,望着这一杯杯的酒在灯下泛着光,他的眼睛里也放着光,像小孩子一样的兴奋,然后,依次端起酒杯,眯缝上眼睛,每杯抿上一小口,美滋滋地品味着。那一刻,真有点儿六根剪净,万念俱灭,所有的日子,都融化在这一杯杯酒中了。

他抿完三花酒,特别对我说:这种酒我从来没有喝过。我问他味道怎么样?他说不错,比五粮液柔和,有股甜味儿。我就又给他倒上一杯三花酒,也给自己倒上一杯,然后和他碰碰杯,一饮而尽。他说我,酒哪有这么喝的,得慢慢地品品。我看着他慢慢地品着,忘却了曾经发达或耻辱或悲凉的一切。

那情景,让我感到,父亲就是一个俗人,简直就像一个农民,一点儿都不像小说和电影里看到过的国民党坏蛋。

他已经是被共产党改造好了。我在心里这样安慰自己说,让自己找到一种重新看待并对待父亲的依据。或许,在那一刻,无法泯灭的亲情,还是无可救药地占了上风,一种千古至今绵延存在无法剔除的人性中柔软的东西,让再冰冷的石头也能溶化了吧?

那时候,电影院里正在上演朝鲜电影《卖花姑娘》。对于一演再演的《地道战》之类的老电影,这是一部新电影,演员演的好,里面的歌唱的也好听,特别叫座。我到大栅栏的大观楼电影院,买了三张电影票,请父母一起看这部电影。我妈没有显出多么的高兴,父亲却很兴奋。他已经好多年没有看过电影了。这部《卖花姑娘》,他在报纸上看过介绍,知道是一部很好看的电影,心里很期待。

我第一次看电影,还很小,没有上学的时候。是父亲带着我去看的，在长安街上的首都电影院，是他们税务局包场发的电影票，看的电影是《虎穴追踪》。而我第一次带父亲看的电影，是父亲老的时候了。这一年，父亲六十七岁了。

坐在电影院里，看着父亲的侧影，忽然想起往事，心里有些愧疚。记得好几年前，大概是1961年初的寒假，也是在这个大观楼电影院，那时它被改造成北京唯一一座立体宽银幕电影院。那时，演的电影是《魔术师的奇遇》。因为不仅是宽银幕，还是立体电影，进电影院后，要先发一副特殊的眼镜，看电影的效果才是立体的，如果是水流，就真的像是在向你流过来一样，浪花能够溅湿你的衣服似的。所以，特别吸引人。排队买电影票的人非常多，我和弟弟一起去买票，长长的队伍像长蛇一样，都排到门框胡同了。可是，我和弟弟没有为父母买票。

年轻的时候，真的有很多幼稚和自私，表面上是为了革命，其实，心里想着的是自己，甚至可以是和自己没有任何关系八竿子都打不着的人，比如那时叫喊着要解放世界三分之二受苦受难的人民，却很少想到关心一下身边的父母。尤其是对于当过国民党少校军需官的父亲，更是理所当然地冷落在一旁。这样做，没有觉得有什么不妥，相反觉得是阶级立场应有的表现。

年轻的时候，真的还有非常可笑的时候。《卖花姑娘》，现在来看，这是一部很会煽情的电影，卖花姑娘悲惨的身世和故事，让很多人感动，当时的电影院里嘤嘤的哭声一片，有人甚至说，看《卖花姑娘》之前，得带一块手绢。那天，我看电影时擦完眼泪之后,瞥了一眼坐在身边的父亲,忽然发现他也在掉眼泪,在用手不停地擦着眼角。我心里在想,他是一个国民党呀,怎么国民党也会为贫苦的百姓掉眼泪呢?当时的我,就是这样可笑。那一年,我已经二十五岁。难道还是一个小孩子吗?却比小孩子还要可笑。

隔了几天,我就要回北大荒了。我想在我离开北京之前,带父母看一次京剧。因为我知道,父亲很爱看戏,小时候,他常常带我到鲜鱼口的大众剧场看评戏。我看的第一个评戏《豆汁记》,就是父亲带我看的。只是那时,除了样板戏,没有什么戏可演。我便在离家不远的肉市胡同里的广和剧场买了三张《红灯记》的京剧票。看戏的那天晚上,天下起了大雪。鹅毛般的大雪,没有阻挡住父亲看戏的热情,他和我妈相互搀扶着,跟着我来到了剧场。我特别带他们出来的时间早些,是想带他们先去离广和楼一步之遥的全聚德吃顿烤鸭。我和弟弟每次回京探亲的时候,都会去全聚德吃烤鸭,开牙祭解馋,却没有带父母去吃过一次,顶多带回一点儿吃剩下的烤鸭片。因为心里的愧疚,很多以前自己的不是,便都像沉在水底的鱼一样,一条条地浮出了水面,每条鱼都张着嘴,在咬噬着我的心。

马上就要离开北京了,心里的这种希望弥补的愧疚,越发沉重。真的,那是我有生以来第一次对父母涌出来的愧疚之情。特别是看到父母一天天见老,这种滋味更不好受,更折磨自己的心。父亲生我的时候,年龄很大,已经是四十二岁了。而我妈比他大两岁,比我的生母大十二岁,那一年已经六十九岁了。他们真的老了。而作为两个儿子,都在那么远的地方,一个在北大荒,一个在柴达木。遥遥得让我觉得像是一声长长的叹息。

我所能够做的,就只有这一场《红灯记》,和这一顿烤鸭了。

那一天的大雪下的时间很长,一直到戏散了,雪还在下。纷纷扬扬的雪花中,父母搀扶着,一身雪花,蹒跚在西打磨厂街上的情景,成为了一幅画,总会在我的眼前晃动。那画面,让我感到更多的是心酸。因为我这一辈子,只为父亲做过这样一件稍稍可以让他感到有些安慰的事情。在以前我生活的二十五年时光里,我没有为他做过一件事情,相反,却做过很多和他毅然决然划清阶级界限的无情事情。父亲好像从来不是作为我的生身父亲,存在于我的生活中,而是作为敌对的阶级,作为一个我需要铁面无私审判的政治符号,存在于我写过的那些申请入团的思想汇报中。

落地无声的大雪,掩盖了街道上的坑坑洼洼,和落叶、垃圾、泥污等所有的肮脏。那一刻,眼前的一切,平坦、洁白得像一个童话里的世界。

那时候,我读过并背诵过苏轼的诗句:人生到处知何似,应似飞鸿踏雪泥。泥上偶然留指爪,鸿飞那复计东西。但是,那时,并没有读懂。现在想来,我和父亲,谁是飞鸿,谁又是雪泥呢?在我的人生二十五岁以来很长的一段时间内,我是把父亲视为雪泥的,他被当时的时代和社会无情地踏在泥中,也是被我无情地踏在泥中的。而我却把自己看作飞鸿,要去远方展翅飞翔，不计东西的。那时候，语录里说的是，广阔天地，大有作为。那时候，歌里唱的，就像后来的那句词！雄鹰展翅飞，哪怕风雨骤。

八

第二年，也就是1973年的夏天，我再一次从北大荒回北京探亲。那时候，我已经有了女朋友，正在恋爱。她是天津知青，和我前后脚从北大荒回来探亲，我们两人商量好了，等我回到北京之后，她从天津来我家一次，我们一起去呼和浩特看我姐姐，然后再去天津到她家看看，最后一起乘火车回北大荒。这样的行程安排，是想让双方家长都看看，就像定亲一样，事情就这样定下来了。那时候的爱情，简单却不带任何杂质，纯净得像没有污染过的蓝天白云。

女朋友从天津动身的时候，我和很多一起到北大荒插队又正好一起回北京探亲的知青，到北京火车站接她。人很多，阵势很是浩大。女朋友下了火车，吓了一跳，没有想到我居然这么兴师动众。我心里很清楚，这些伙伴是为我好，生怕女朋友第一次来我家，看到浅屋子破房子那么寒酸，一下子失落，无所适从，甚至最后无可收拾。

这一列队伍浩浩荡荡，簇拥着我的女朋友走进我家大院，来到我家门前的时候，我注意到，尽管我的女朋友心里早有思想准备，但眼前所出现的破败和凋零，还是让她大吃一惊。不过,她是个懂事而且善解人意的女孩子,并没有把内心的惊讶表现出来,露出的依然是平常常见的笑容。那一年,她二十三岁,正是一个女人最好的年华。

那么多的人簇拥着一个年轻的姑娘,我家那两间小房根本无法挤得下。大家都站在院子里说说笑笑,引来了街坊四邻好奇的目光。我家来的这些人中,主角是谁,很快就被他们捕捉到,聚光灯一样的目光都集中在了我的女朋友身上。我看她倒是没有被这聚光灯照得有什么异样,而是在和我妈和大家亲热地轻松自如地聊着天。

让我多少有些奇怪的是,家里只有我妈在家。我问我妈我爸哪儿去了?她告诉我,给你买东西去了,这就回来!正说着,父亲拎着一网兜水果,已经走进院子,看到这一帮人,便和大家打着招呼,大家立刻都闪到一边,像忽然抖开的一幅扇面,亮出中间一个空场,把我的女朋友亮了出来。

这是父亲和她第一次见面,也是唯一一次见面。在一片嘈杂中,我记得父亲没有进屋,就在院里的自来水龙头前接了一盆水,把网兜里的水果倒进盆中洗了起来,然后让大家吃水果。不知道为什么,那天见面的这个情景,让我记忆犹新,至今回忆起来,还像是发生在昨天一样。我记得是那样的清楚,父亲买的水果不多,几个桃,几个梨,还有两串葡萄。而且,我清晰地记得,一串是玫瑰香紫葡萄,一串是马奶子白葡萄。

我无法解释清楚,为什么这些水果,特别是那一串紫葡萄和一串白葡萄,这么多年过去,还会如此水灵灵地出现在我的记忆中?

现在想来,可能因为这是父亲留给我最后的一点印象了。尽管当初我无法预测未来,根本不会想到这已经是父亲留给我的最后印象。但是,生命的轨迹,总会神不知鬼不觉地显现在父子的亲情之中,在命运的冥冥之中。那是一种生命的感应,即使你当时迟钝地没有察觉,但那已经像一粒种子,悄悄地落入你的生命中,落入你的记忆中,在以后的日子里生根发芽,忽然有一天让你触目惊心而叹为观止。

非常奇怪,在梦中我常梦见我妈,却很少梦见过父亲。前年夏天,我在美国儿子家小住,一天夜里,居然梦见了父亲,这几乎是父亲去世之后唯一的一次和他梦中相见。父亲的样子很清楚,与我童年少年和二十多岁见到他时一个样子。穿着一身粗衣粗裤,紧紧地握着我的手,在跟我说着什么。但是,说的什么话,我一句也听不清。梦做到这儿,我醒了。屋外雷雨大作,而楼上的一岁半的小孙子正在哇哇啼哭。

很多天,这个梦一直缠绕在我的脑海里,我百思不得其解。我不明白,这个梦昭示着什么。父亲究竟在和我说什么呢?是埋怨我当年对他无情的批判呢?还是述说当年辛酸中难得的温馨?还是嘱咐我他的处世箴言?……

同时,为什么那一夜突然雷鸣电闪?而且,恰恰那个时候,小孙子也醒了,不停地在啼哭?或者,是生命又一个循环吧,纵使我的儿子都没有见过他的爷爷,小孙子就更无法见到他的祖爷爷了。但是,血脉的延续,生命的轮回,基因的遗传,是命定的。无论是我,是我的儿子,还是小孙子,我们都生活在他的影子里，生活在他的足迹中。所有的不幸也好，幸运也好；所有的错误也好，正确也好；所有的醒悟也好，愧疚也好，我们都一起经历过，并在那雷鸣电闪中给我们以醒目的警示。

只是，那一夜的梦，以及对梦的认知，我再无法对父亲诉说。

我知道，其实，父亲一直在我心里，不仅是一个念想，一个回忆，更是一根刺，刺痛了我的心，永远无法从心头拔出。

就是那个夏天我带我的女朋友回家，深深地刺激了他。对于父亲，带给他的是美好，也是痛苦。他当然希望儿子有女朋友，但是，他知道，他的儿子有了女朋友，就会在北大荒结婚成家，就再也回不来了。当时，对于未来，他是悲观的。"文化大革命"，不知道何时才能到头，而他的身体已经每况愈下。

其实，那时候，知青返城之风，已经起于青萍之末，先行者，开始通过走后门参军，或办理困退病退，回到了北京。只是，这一切对于父亲而言，显得那样遥不可及。他没有这个能力了，因为他自顾不暇。偏偏这时候，我姐姐给父亲写来一封信，说别人家的孩子都已经从农村办回城里，你们老两口身边无一个子女，是符合知青返城的政策的，你应该去街道办事处问问。就是街道办事处的积极分子整的他，一提起街道办事处，他就心里发酸，打哆嗦。

姐姐的信，是压垮父亲身上的最后一根稻草。拿着姐姐的这封信，他不知道找谁去诉说，去求教，只能憋在心里，负担越来越重。我离开北京一个多月之后，正是秋收的日子，我正在地里收豆子，一封电报传到我的手里。父亲脑溢血去世。清早，他照例去天安门前的那个小花园练太极拳，突然一个跟头倒下，就再也没有起来。

我和弟弟，还有姐姐星夜兼程赶回北京。父亲躺在同仁医院的太平间里，眼睛还没有合上。他是死不瞑目呀。姐姐用手轻轻地合上了他的眼睛。

父亲的一生，就这样结束了。我不知道该如何评价他的一生。我只知道，在他的一生中，起码有二十多年是屈辱的，在这些屈辱中，有许多是时代和历史使然，却也有一些是我添加给他的。我无法对他请求原谅。我只是无法原谅自己。

父亲没有什么遗物。只是在他的床铺褥子底下，压着几张报纸和一本儿童画报。那时，我已经开始发表文章，这几张报纸上有我发表的散文，那本画报上有我写的一首儿童诗，配了十几幅图。这或许是他生命最后日子里唯一的安慰。

在看我家那个装宝贝的小牛皮箱子时，我发现了姐姐写给父亲的那封信，放在箱子的最上面。在箱子的最底部，有厚厚的一沓子信。我翻开一看，竟然是我去北大荒之前没有带走的小奇写给我的信，是整整高中三年写给我的所有的信。

望着这一切，我无言以对，眼前泪水如雾，一片模糊。

不到半年之后，我从北大荒办回北京，在一所中学里当高中语文老师。命运，真的让父亲一语成谶，我到底还是当了老师。第一天上班，找到那所偏僻的学校的时候，我在心里对父亲说，您为什么就不能再坚持一下呢？您为什么就不能等我回来呢？

又过了两年，"四人帮"被粉碎了。一切，并不像想象的那样好，但也不像想象的那样坏。在时代的变迁中，在生命的轮回中，曾经被风雨压弯的再弱小的草芥，也可以重新伸展起腰身，然后回黄转绿。

有一天，下班回到家，一位漂亮的年轻女警察，突然也前后脚地来到我家。我很奇怪，为什么警察光临？对于一个曾经长期担惊受怕的家庭而言，警察的出现，让这个家的气氛一下子紧张凝固。我看见我妈有些惊讶，以为出了什么事情。我让女警察坐在我家唯一的椅子上，她很和蔼地问我："文化大革命"中，您家是不是上交过四块银元？我点点头，那是父亲干了好多年少校军需官留下的唯一财产。她接着说：现在清理"文化大革命"中上交的这些东西，要落实政策归还原物，没有原物的，要照价赔偿。您家呢，这四块银元，要给您四块钱。说着，她从包里掏出四块钱，并让我在签收单上签字。

这四块钱，连同父亲去世后税务局给予的抚恤金和补发的半年工资五百元，我一直存在家附近崇真观的银行里，那里离家很近，父亲一抬脚就到，他在世的时候，如果有钱，也是存在那个银行里的。一直到多年以后，崇真观被拆，银行被取消，才把这钱取出转存别的银行。我不敢花这个钱，这是父亲为我留下的唯一的财产。虽然不多，却带有他生命的温度。

粉碎"四人帮"后一年多，即1978年的春节，我和我的女朋友结婚。我们没有举办婚礼，只是请了几个朋友，姐姐派来她的女儿，晚上的时候，我们一起在家中和我妈吃了顿饭。白天，我到街上买了一点儿菜和两瓶酒，其中一瓶是三花酒。那曾经是父亲爱喝的一种酒，他说这酒很柔和，有股子甜味儿。

　　有这瓶酒摆在桌上，父亲好像也在了。

图书在版编目 (CIP) 数据

我们的老院 / 肖复兴著. — 北京：北京十月文艺出版社，2017.1（2025.3重印）
ISBN 978-7-5302-1618-7

Ⅰ.①我… Ⅱ.①肖… Ⅲ.①散文集—中国—当代 Ⅳ.①I267

中国版本图书馆 CIP 数据核字 (2016) 第 191932 号

北京市2016年度重点图书选题出版扶持项目

我们的老院
WOMEN DE LAOYUAN
肖复兴　著

出　　版	北京出版集团公司	
	北京十月文艺出版社	
地　　址	北京北三环中路6号	
邮　　编	100120	
网　　址	www.bph.com.cn	
发　　行	新经典发行有限公司	
	电话（010）68423599	
经　　销	新华书店	
印　　刷	北京盛通印刷股份有限公司	
版　　次	2017年1月第1版	
印　　次	2025年3月第20次印刷	
开　　本	880毫米×1230毫米　1/32	
印　　张	14.5	
字　　数	300千字	
书　　号	ISBN 978-7-5302-1618-7	
定　　价	56.00元	

质量监督电话　010-58572393
如有印装质量问题，由本社负责调换。

版权所有，未经书面许可，不得转载、复制、翻印，违者必究。